Elizabeth von Arnim

Verzauberter April

Roman

Aus dem Englischen von
Adelheid Dormagen

Insel Verlag

Der Roman erschien erstmals 1922 in London
unter dem Titel ›The Enchanted April‹.

Sechste Auflage 1994

Satz: Fotosatz Otto Gutfreund GmbH, Darmstadt
Druck: Nomos Verlagsgesellschaft, Baden-Baden
Printed in Germany

Verzauberter April

Erstes Kapitel

Es begann in einem Frauenclub in London an einem Februarnachmittag – ungemütlich der Club und trübselig der Nachmittag –, als Mrs. Wilkins, die von Hampstead gekommen war, um einzukaufen, und in ihrem Club zu Mittag gegessen hatte, die *Times* vom Tisch im Raucherzimmer nahm, mit einem lustlosen Blick die Seufzerspalte entlangfuhr und dies entdeckte:

An jene, die Glyzinen und Sonnenschein zu schätzen wissen. Kleines mittelalterliches Castello an der italienischen Mittelmeerküste für den Monat April möbliert zu vermieten. Notwendiges Personal vorhanden. Z, Postfach 1000, *The Times*.

Das war der Augenblick der Empfängnis; aber wie es so oft der Fall ist, war die Empfangende in diesem Augenblick selbst ahnungslos.

Ihr April war für dieses Jahr damit unweigerlich festgelegt – aber so ahnungslos war Mrs. Wilkins, daß sie die Zeitung mit einer verdrossenen, resignierten Geste fallen ließ, ans Fenster ging und trübsinnig auf die triefende Straße hinausstarrte.

Doch nicht für sie die mittelalterlichen Castellos, mochten sie auch ausdrücklich als klein beschrieben werden. Nicht für sie die Mittelmeerküste im April, die Glyzinen und der Sonnenschein. Solche Wonnen waren den Reichen vorbehalten. Dennoch, das Inserat richtete sich an jene, die dergleichen zu schätzen wissen, so daß es immerhin auch an sie gerichtet war, denn zu schätzen wußte sie diese Dinge gewiß; mehr, als irgendeiner ahnte; mehr, als sie je offenbart hatte. Aber sie war arm. Auf der ganzen Welt gehörten ihr gerade neunzig Pfund, die sie über die Jahre erspart hatte, von ihrem Kleidergeld sorgsam Pfund um Pfund abgezwackt. Sie hatte diese Summe auf Vorschlag ihres Mannes als eiserne Reserve für Notzeiten zusammengekratzt. Das Kleidergeld, das ihr Vater ihr spendete, betrug 100 Pfund im Jahr, und folgerichtig war Mrs. Wilkins' Kleidung genau das, was ihr Mann, der sie zum Sparen anhielt, als schlicht und schicklich bezeichnete und ihre Bekannten untereinander, wenn überhaupt von ihr die Rede war, was selten geschah, denn sie war gar zu unscheinbar, als »na ja: proper«.

Mr. Wilkins, Anwalt von Beruf, ermunterte überall zur Sparsamkeit, ausgenommen in dem Bereich, der sein Essen tangierte. Dort hielt er es nicht für Sparsamkeit, dort hielt er es für schlechte Haushaltsführung. Doch für die Sparsamkeit, die sich mottengleich in Mrs. Wilkins' Kleidern einnistete und sie ruinierte, war er des Lobes voll. »Du weißt nie«, sagte er, »wann Notzeiten kommen, und vielleicht wirst du da noch froh sein, wenn du einen Spargroschen hast. Ehm, wir beide wohl.«

Nachdem Mrs. Wilkins eine Zeitlang trübsinnig aus dem Clubfenster auf die Shaftesbury Avenue hinausgeblickt hatte – ihr Club war eher bescheiden, lag aber recht günstig für Hampstead, wo sie wohnte, und für Shoolbred's, wo sie einkaufte –, fragte sie sich plötzlich, vor ihrem geistigen Auge das Mittelmeer im April, Glyzinen und was den Reichen alles Beneidenswertes geboten wurde, vor ihrem physischen Auge dagegen den widerwärtigen rußigen Regen, der ununterbrochen auf die dahinhastenden Schirme und die aufspritzenden Autobusse fiel, ob dies nicht vielleicht die Notzeit war, auf die sich vorzubereiten Mellersh – Mellersh war Mr. Wilkins – sie immerzu ermuntert hatte, und ob nicht, einem solchen Klima zu entfliehen und es sich in einem kleinen mittelalterlichen Castello behaglich zu machen, womöglich das war, was die Vorsehung von Anfang an bezüglich ihres Ersparten für sie im Sinn gehabt hatte. Natürlich nur mit einem Teil des Ersparten; vielleicht einem ganz geringen. Vielleicht war ja das Castello, wo es doch aus dem Mittelalter stammte, bereits ziemlich schadhaft, und schadhaft hieße preiswert. Sie hätte gar nichts gegen ein paar Schäden hier und ein paar Schäden da, für schon vorhandene Schäden mußte man ja nicht zahlen; im Gegenteil – indem sie den Preis, den man eigentlich hätte zahlen müssen, verringerten, zahlten sie sich geradezu aus für einen. Aber wie unsinnig, an so was überhaupt zu denken...

Sie wandte sich vom Fenster ab mit derselben verdrossenen und resignierten Geste wie schon beim Weglegen der *Times*, ging durchs Zimmer Richtung Tür, um Regenmantel und Schirm zu holen und sich in einen der überfüllten Busse zu quetschen und auf dem Nachhauseweg bei Shoolbred's auszusteigen und Schollen für Mellershs Abendessen zu kaufen – Mellersh war heikel mit Fisch, ausgenommen Lachs –, als sie Mrs. Arbuthnot erblickte, eine Frau, die sie vom Sehen her kannte und die ebenfalls in Hampstead wohnte und dem Club angehörte; sie saß am Tisch in der Mitte des Zimmers, wo die Zeitungen und Illustrierten bereitlagen, und war ihrerseits vertieft in die erste Seite der *Times*.

Mrs. Wilkins hatte noch nie mit Mrs. Arbuthnot gesprochen, die einem der zahlreichen Kirchenzirkel angehörte und die Armen analysierte, klassifizierte, aufteilte und registrierte; wohingegen sie und Mellersh, wenn sie denn ausgingen, die Gesellschaften mit impressionistischen Malern besuchten, von denen es in Hampstead eine Menge gab. Mellersh hatte eine Schwester, die einen davon geheiratet hatte und weit draußen im Heideland wohnte, und aufgrund dieser Verwandtschaft wurde Mrs. Wilkins in einen Kreis gezogen, der ihrem Naturell überhaupt nicht entsprach, und sie hatte gelernt, sich vor Bildern zu fürchten. Sie sollte etwas Gescheites über die Bilder äußern, und ihr fiel partout nichts ein. Sie murmelte dann immer »herrlich« und spürte deutlich, daß das nicht ausreichte. Doch niemand stieß sich daran. Niemand hörte ihr zu. Niemand nahm Notiz von Mrs. Wilkins. Sie war die Sorte

Mensch, die auf Gesellschaften übersehen wird. Ihre durch Sparsamkeit ramponierte Kleidung machte sie praktisch unsichtbar; ihr Gesicht war nicht fesselnd; ihre Konversation kam nur zögernd; sie war schüchtern. Und wenn Kleidung und Gesicht und Konversation unbedeutend sind, dachte Mrs. Wilkins, die ihre Unzulänglichkeiten klar erkannte, was bleibt dann auf Gesellschaften noch von einem?

Auch war sie immer mit Wilkins zusammen, jenem glattrasierten, gutaussehenden Mann, der einer Gesellschaft allein durch sein Erscheinen Glanz verlieh. Wilkins war angesehen. Es war bekannt, daß seine Seniorpartner eine Menge von ihm hielten. Der Kreis seiner Schwester bewunderte ihn. Er fällte verständige Urteile über Kunst und Künstler. Er war energisch; er war besonnen; er sagte nie ein Wort zuviel, andererseits sagte er auch nie ein Wort zuwenig. Er erweckte den Eindruck, als fertige er Abschriften von allem an, was er sagte; und er war so offenkundig verläßlich, daß es oft passierte, daß Leute, die ihn auf diesen Gesellschaften kennenlernten, unzufrieden mit ihren eigenen Anwälten wurden und nach einer Zeit innerer Unruhe sich von ihnen lösten und zu Wilkins gingen.

So war Mrs. Wilkins natürlich in den Schatten gestellt. »Sie sollte doch«, sagte seine Schwester, die selbst etwas Richterliches, Kategorisches und Bestimmendes an sich hatte, »besser zu Hause bleiben.« Aber Wilkins konnte seine Frau nicht zu Hause lassen. Er war Familienanwalt, und alle Berufskollegen haben Frauen und zeigen sie vor. Mit der seinen ging er werktags auf Gesellschaften, mit der seinen ging er sonntags zum Gottesdienst. Da er noch ziemlich jung war – er war neununddreißig – und begierig nach alten Damen, von denen er bisher in seiner Kanzlei noch nicht genügend akquiriert hatte, konnte er es sich nicht leisten, die Kirche auszulassen, und hier hatte Mrs. Wilkins – wenn auch nie im Gespräch – die Bekanntschaft von Mrs. Arbuthnot gemacht.

Sie sah, wie sie die Kinder der Armen in die Bankreihen

lotste. Immer trat sie an der Spitze der Prozession herein, die von der Sonntagsschule kam, genau fünf Minuten vor dem Chor, und verstaute ihre Jungen und Mädchen ordentlich auf die zugewiesenen Plätze und ließ sie zum Vorgebet auf die schmächtigen Knie sinken und genau dann wieder aufstehen, wenn sich zur aufbrausenden Orgel die Sakristeitür öffnete und der Chor und die Geistlichen erschienen, der Litaneien und Gebote voll, die sie sogleich deklamieren würden. Sie hatte einen traurigen Gesichtsausdruck, war aber offensichtlich tüchtig. Diese Verbindung verwunderte Mrs. Wilkins immer wieder, denn Mellersh pflegte ihr an Tagen, wo sie bloß Scholle erwischt hatte, zu sagen, daß man bei Tüchtigkeit nicht niedergeschlagen sein konnte und daß man, wenn man seine Arbeit gut machte, automatisch nur so strahlte und sprühte.

An Mrs. Arbuthnot war nichts Strahlendes und Sprühendes, wenn es auch am Automatischen in ihrem Umgang mit den Kindern der Sonntagsschule nicht fehlte; aber als sich Mrs. Wilkins vom Fenster abwandte und Mrs. Arbuthnot am Tisch erblickte, war ihr nichts Automatisches anzusehen, unverwandt schaute sie auf die erste Seite der *Times*, wobei sie die Zeitung ganz still hielt und die Augen nicht bewegte. Sie starrte bloß vor sich hin; und ihr Gesicht war wie immer das Gesicht einer geduldigen und enttäuschten Madonna.

Noch während sie ihrer plötzlichen Regung nachgab, verwunderte sich Mrs. Wilkins, die Schüchterne und Zögernde, daß sie, statt wie vorgesehen weiter Richtung Garderobe zu gehen und von dort zu Shoolbred's, um Fisch für Mellersh aufzutreiben, am Tisch stehenblieb und sich direkt Mrs. Arbuthnot gegenüber hinsetzte, mit der sie noch nie im Leben ein Wort gesprochen hatte.

Es war einer jener langen, schmalen Refektoriumstische, so daß sie sich ziemlich nah gegenübersaßen.

Mrs. Arbuthnot schaute jedoch nicht hoch. Sie starrte weiter mit Augen, die zu träumen schienen, auf eine bestimmte Stelle in der *Times*.

Mrs. Wilkins beobachtete sie eine ganze Weile, versuchte Mut zu fassen, um sie anzusprechen. Sie wollte fragen, ob sie das Inserat gesehen habe. Sie wußte nicht, warum sie das fragen wollte, aber sie wollte es. Wie dumm, daß sie nicht die Worte fand, sie anzusprechen. Sie sah so freundlich aus. Sie sah so unglücklich aus. Warum konnten sich zwei unglückliche Seelen nicht auf ihrem Weg durch diese fade Sache, Leben genannt, mit einem kleinen ungezwungenen Gespräch stärken, einem richtigen Gespräch über das, was sie fühlten, was sie gern hätten, was sie sich immer noch erhofften? Sie mußte annehmen, daß auch Mrs. Arbuthnot dasselbe Inserat studierte. Ihr Blick ruhte genau auf dem betreffenden Teil der Zeitung. Malte auch sie sich aus, wie es sein würde – Farbe, Duft, Licht, sanftes Geplätscher des Meeres zwischen erwärmten Klippen? Farbe, Duft, Licht, Meer; statt Shaftesbury Avenue, pfützenspritzender Busse, Fischabteilung bei Shoolbred's, U-Bahn nach Hampstead und Abendessen, und morgen dasselbe und übermorgen dasselbe und alle Zeit dasselbe . . .

Plötzlich ertappte sich Mrs. Wilkins, wie sie sich über den Tisch lehnte. »Lesen Sie das gerade über das mittelalterliche Castello und die Glyzinen?« hörte sie sich fragen.

Natürlich war Mrs. Arbuthnot überrascht; aber sie war längst nicht so überrascht wie Mrs. Wilkins über ihre eigene Frage.

Mrs. Arbuthnot hatte ihres Wissens diese trübe, magere und lasche Person, die ihr gegenübersaß, nie zuvor gesehen, mit ihrem kleinen sommersprossigen Gesicht und den großen grauen Augen, die unter dem zusammengedetschten Naßwetterhut fast verschwanden, und sie blickte sie einen Augenblick lang schweigend an. Tatsächlich las sie das von dem mittelalterlichen Castello und den Glyzinen, vielmehr hatte sie es vor zehn Minuten getan und sich seitdem in Träumereien verloren – von Licht, Farbe, Duft, sanftem Geplätscher des Meeres zwischen erwärmten Klippen ...

»Warum fragen Sie mich das?« sagte sie mit ihrer ernsten Stimme, denn die Schulung der Armen und ihre Schulung durch sie hatten sie ernst und geduldig werden lassen.

Mrs. Wilkins errötete und sah völlig verschüchtert und verängstigt aus. »Ach, bloß weil ich es auch gelesen habe und mir dachte, vielleicht – ich hab mir gedacht, daß irgendwie –«, stotterte sie.

Worauf Mrs. Arbuthnot, die ständig Leute in irgendwelche Listen und Gruppen verzeichnete, mit nachdenklichem Blick auf Mrs. Wilkins überlegte, in welche Rubrik – angenommen, man müßte sie einordnen – sie wohl am ehesten hineinpaßte.

»Und ich kenne Sie vom Sehen«, fuhr Mrs. Wilkins fort, die wie alle Schüchternen, wenn sie erst einmal angefangen haben, voranpreschte und immer weiter redete, erschreckt vom bloßen Klang dessen, was sie zuletzt gesagt hatte. »Jeden Sonntag, ich sehe Sie jeden Sonntag in der Kirche ...«

»In der Kirche?« echote Mrs. Arbuthnot.

»Und das da muß wundervoll sein – das Inserat da mit den Glyzinen – und ...«

Mrs. Wilkins, die mindestens dreißig war, brach ab und zappelte auf dem Sessel herum wie ein linkisches, verlegenes Schulmädchen.

»So *wundervoll* muß das sein«, platzte es aus ihr heraus, »und – ein *so trübseliger* Tag ist das heute ...«

Danach schaute sie Mrs. Arbuthnot mit einem Kettenhundblick an.

›Dieses arme Geschöpf‹, dachte Mrs. Arbuthnot, deren Leben aus Helfen und Trösten bestand, ›braucht Rat.‹

Und folglich schickte sie sich an, ihn in aller Geduld zu geben.

»Wenn Sie mich in der Kirche sehen«, sagte sie freundlich

und aufmerksam, »wohnen Sie vermutlich auch in Hampstead?«

»Oh, ja«, sagte Mrs. Wilkins. Und sie wiederholte, wobei ihr Kopf auf dem langen dünnen Hals sich leicht senkte, als beuge die Erinnerung an Hampstead sie: »Oh, ja.«

»Wo?« fragte Mrs. Arbuthnot, die, wenn Rat gebraucht wurde, natürlich erst einmal daranging, die Fakten zu sammeln.

Aber Mrs. Wilkins legte ihre Hand sacht und liebkosend auf den Teil der *Times*, wo das Inserat stand, als wären allein die gedruckten Worte schon kostbar, und sagte nur: »Vielleicht erscheint einem *dies* darum so wundervoll.«

»Nein – ich glaube, *das* ist an und für sich wundervoll«, sagte Mrs. Arbuthnot, die Fakten vergessend, mit leichtem Seufzer.

»Dann *haben* Sie es also gelesen?«

»Ja«, sagte Mrs. Arbuthnot, während ihre Augen wieder verträumt blickten.

»Wäre es nicht wundervoll?« murmelte Mrs. Wilkins.

»Wundervoll«, sagte Mrs. Arbuthnot. Ihre Miene, die sich erhellt hatte, zeigte erneut Geduld. »Ganz wundervoll«, sagte sie. »Aber es ist sinnlos, seine Zeit mit derlei Gedanken zu verschwenden.«

»Ah, ganz und gar nicht«, war Mrs. Wilkins' schnelle und überraschende Entgegnung; überraschend, weil sie so völlig anders war als das übrige an ihr – das nichtssagende Kostüm, der zerknautschte Hut, die widerspenstige Haarsträhne, die sich gelöst hatte. »Allein das Drübernachdenken ist schon etwas wert – was für ein Unterschied zu Hampstead –, und manchmal glaube ich – ja, wirklich –, wenn man nur hartnäkkig genug über Dinge nachdenkt, kriegt man sie.«

Mrs. Arbuthnot beobachtete sie geduldig. In welche Kategorie würde sie, angenommen, sie müßte das tun, die dort einordnen?

»Vielleicht«, sagte sie und lehnte sich ein wenig vor, »sagen

Sie mir Ihren Namen. Wenn wir uns befreunden wollen« – sie lächelte ihr ernstes Lächeln – »was hoffentlich der Fall ist, sollten wir besser am Anfang beginnen.«

»Oh, ja, wie nett von Ihnen. Ich bin Mrs. Wilkins«, sagte Mrs. Wilkins. »Ich erwarte nicht«, fügte sie errötend hinzu, da Mrs. Arbuthnot schwieg, »daß Ihnen das irgend etwas sagt. Manchmal scheint ..., scheint es mir auch nichts zu sagen. Aber« – sie blickte wie hilfesuchend um sich – »ich *bin* Mrs. Wilkins.«

Sie konnte ihren Namen nicht leiden. Es war ein unbedeutender, gewöhnlicher Name mit einem lachhaften Dreh am Ende, dachte sie, wie der sich aufringelnde Schwanz bei einem Mops. Aber da war er nun mal. Es ließ sich nichts machen. Wilkins hieß sie, und Wilkins würde sie weiterhin heißen; selbst wenn ihr Mann sie dazu ermunterte, sich bei allen Gelegenheiten als Mrs. Mellersh-Wilkins vorzustellen, tat sie das nur, wenn er in Hörweite war, denn ihrer Auffassung nach verschlimmerte Mellersh Wilkins noch, indem es das Wilkins betonte, wie *Chatsworth*, am Türpfosten eines einfachen Cottage angebracht, nur das Cottage betont.

Als er das erste Mal vorschlug, sie solle doch Mellersh vorne dranhängen, hatte sie aus besagtem Grund protestiert, und nach einer Pause – Mellersh war viel zu besonnen, um ad hoc zu reagieren, sondern erst nach einer Pause, in der er vermutlich im Geiste eine genaue Kopie seiner nächsten Replik anfertigte – sagte er sehr ungehalten: »Ich bin doch kein Cottage«, und blickte sie an wie jemand, der hofft, vielleicht zum hundertsten Mal hofft, daß er keinen Dummkopf geheiratet hat.

Natürlich sei er kein Cottage, versicherte ihm Mrs. Wilkins, nie habe sie das angenommen; nicht im Traum habe sie daran gedacht, sagen zu wollen ..., sie habe nur gemeint ...

Je mehr sie erklärte, desto banger hoffte Mellersh, und dieses Bangen war ihm mittlerweile vertraut, da er seit zwei Jahren verheiratet war, daß er nicht versehentlich ein Dummchen geheiratet haben mochte; und sie hatten einen anhaltenden Streit – wenn man als anhaltenden Streit bezeichnen kann, was von der einen Seite mit würdevollem Schweigen geführt wird und von der anderen mit ernstem Sichrechtfertigen –, ob Mrs. Wilkins die Absicht gehabt habe, anzudeuten oder nicht, daß Mr. Wilkins ein Cottage sei.

›Ich glaube‹, hatte sie gedacht, als der Streit endlich vorbei war – er dauerte recht lange –, ›daß *jeder* über x-*Beliebiges* streiten würde, wenn er zwei volle Jahre mit jemand anderem zusammen war und nicht einen einzigen Tag getrennt. Was wir beide brauchen, ist Urlaub.‹

»Mein Mann«, sagte Mrs. Wilkins weiter zu Mrs. Arbuthnot, im Bemühen, ein wenig Licht auf sich zu werfen, »ist Anwalt. Er ...« Sie suchte nach etwas Erhellendem, was sie über Mellersh sagen könnte, und fand: »Er ist sehr gutaussehend.«

»Nun«, sagte Mrs. Arbuthnot freundlich, »das muß Ihnen doch sehr gefallen.«

»Wieso?« fragte Mrs. Wilkins.

»Weil«, sagte Mrs. Arbuthnot, ein wenig verblüfft, denn ständiger Umgang mit den Armen hatte sie daran gewöhnt, daß ihre Äußerungen widerspruchslos akzeptiert wurden, »weil Schönheit, gutes Aussehen, eine Gabe ist wie jede andere, und wenn richtig damit umgegangen wird ...«

Sie verlor sich in Schweigen. Mrs. Wilkins' große graue Augen waren auf sie geheftet, und es kam Mrs. Arbuthnot auf einmal vor, als verfestige sich bei ihr die Angewohnheit, immer etwas erklären zu müssen, und zwar so, wie Kindermädchen das tun, denn sie hatte ja stets Zuhörer, die nicht anders konnten, als ihr zuzustimmen, die sich gehütet hätten, sie zu unterbrechen, auch wenn sie es wollten, die unwissend waren, die ihr kurz und gut auf Gedeih und Verderb ausgeliefert waren.

Aber Mrs. Wilkins hörte nicht zu; denn gerade in diesem Augenblick, so absurd das schien, schoß ihr ein Bild durch den

Kopf, und da saßen zwei Gestalten zusammen unter einer Glyzine, die sich um die Zweige eines ihr unbekannten Baumes hochrankte, und sie selbst war die eine und Mrs. Arbuthnot die andere – sie sah sie beide – konnte sie sehen. Und hinter ihnen, im strahlenden Sonnenschein, ragten alte graue Gemäuer – das mittelalterliche Castello – sie sah es – sie waren dort ...

Und darum starrte sie Mrs. Arbuthnot an und hörte keines ihrer Worte. Und Mrs. Arbuthnot starrte ihrerseits Mrs. Wilkins an, gebannt vom Ausdruck auf ihrem Gesicht, das die Erregung über das, was sie sah, widerspiegelte, und darunter leuchtete und bebte es wie Wasser im Sonnenlicht, wenn es von einem Windstoß gekräuselt wird. Wäre Mrs. Wilkins in diesem Augenblick auf einer Gesellschaft gewesen, die Blicke hätten mit Interesse auf ihr geruht.

So starrten sie einander an; Mrs. Arbuthnot überrascht, forschend, Mrs. Wilkins mit den Augen desjenigen, der eine Offenbarung hat. Aber natürlich. *So* ließe sich das machen. Aus eigener Kraft konnte sie es sich nicht leisten und brächte es auch nicht zuwege, selbst wenn sie es sich leisten könnte, allein dort hinzureisen; aber sie und Mrs. Arbuthnot gemeinsam ...

Sie lehnte sich über den Tisch. »Warum sollten wir es nicht hinkriegen?« flüsterte sie.

Mrs. Arbuthnot riß die Augen noch weiter auf. »Es hinkriegen?« wiederholte sie.

»Ja«, sagte Mrs. Wilkins so leise, als hätte sie Angst, belauscht zu werden. »Nicht bloß hier herumhocken und ›wie wundervoll‹ hauchen und dann heim nach Hampstead, ohne einen Finger gerührt zu haben – wie üblich nach Hause gehen, sich ums Essen kümmern, um den Fisch, wie wir das nun schon Jahr für Jahr tun und noch viele Jahre mehr. Faktisch«, sagte Mrs. Wilkins und errötete bis in die Haarwurzeln, denn der Klang der eigenen Worte und das, was da aus ihr heraussprudelte, erschreckten sie, und dennoch konnte sie nicht aufhören, »ist kein Ende in Sicht. Es *gibt* kein Ende. Darum sollte es

Unterbrechungen geben – im Interesse aller. Es wäre geradezu selbstlos, wenn wir wegführen und eine Zeitlang glücklich wären, weil wir dann um so freundlicher zurückkämen. Verstehen Sie, nach einem Weilchen braucht jeder Urlaub.«

»Aber – wie meinen Sie das, es hinkriegen?« fragte Mrs. Arbuthnot.

»Es uns nehmen«, sagte Mrs. Wilkins.

»Es uns nehmen?«

»Es pachten. Es mieten. Es haben.«

»Sie meinen etwa – Sie und ich?«

»Ja. Zwischen uns beiden. Teilen. Dann würde es nur die Hälfte kosten, und Sie sehen so aus, als wollten Sie es genausosehr wie ich – als brauchten Sie Ruhe, als brauchten Sie, daß Ihnen etwas Erfreuliches passiert.«

»Aber wir kennen uns gar nicht.«

»Stellen Sie sich nur mal vor, wie gut wir uns kennen würden, wenn wir zusammen einen Monat fortführen! Und ich hab was für Notzeiten gespart, und ich vermute, Sie auch, und das hier *sind* elendige Zeiten, schauen Sie doch nur raus aus dem Fenster.«

›Sie ist verstört‹, dachte Mrs. Arbuthnot; dennoch war sie seltsam erregt.

»Stellen Sie sich vor, einen ganzen Monat wegkommen, von allem weg, in den Himmel ...«

›Sie sollte so was nicht sagen‹, dachte Mrs. Arbuthnot. ›Unser Vikar ...‹ Dennoch war sie seltsam erregt. Ja, das würde wundervoll sein, Ruhe zu haben, eine Unterbrechung.

Die Gewohnheit machte, daß sie sich schon bald wieder in der Hand hatte; und die Jahre des Umgangs mit den Armen brachten sie dazu, in jenem unüberhörbaren, wenn auch wohlwollenden Überlegenheitstonfall zu erklären: »Aber schließlich, Sie wissen ja, der Himmel ist nicht anderswo. Er ist hier und jetzt. So heißt es.«

Sie wurde sehr ernsthaft, wie immer, wenn sie geduldig versuchte, den Armen beizustehen und sie zu erleuchten. »Der Himmel ist in uns«, sagte sie mit ihrer leisen, sanften Stimme. »So heißt es von allerhöchster Stelle. Und Sie kennen die Zeilen über die verwandten Punkte, nicht wahr . . . «

»Natürlich kenne ich *die*«, unterbrach Mrs. Wilkins ungeduldig.

»Die verwandten Punkte, Himmel und Heim«, fuhr Mrs. Arbuthnot fort, daran gewöhnt, ihre Sätze zu Ende zu bringen. »Der Himmel ist in unserem Heim.«

»Ist er *nicht*«, sagte Mrs. Wilkins, wieder überraschend.

Mrs. Arbuthnot war bestürzt. Dann sagte sie sanft: »Oh doch. Er ist da, wenn wir es wollen, wenn wir ihn schaffen.«

»Ich will es ja, und ich schaffe ihn auch, und er ist nicht da«, sagte Mrs. Wilkins.

Darauf sagte Mrs. Arbuthnot nichts, denn auch sie hatte gelegentlich ihre Zweifel hinsichtlich des Heims. Sie saß da und blickte beunruhigt auf Mrs. Wilkins, wobei der Drang stärker wurde, sie endlich einzuordnen. Wenn sie nur Mrs. Wilkins einordnen könnte, sie sicher in der richtigen Rubrik unterbrächte, dann, so ihre Überzeugung, fände sie auch ihr Gleichgewicht wieder, das sich merkwürdigerweise nur zu der einen Seite hin zu neigen schien. Auch sie hatte nämlich seit Jahren keinen Urlaub gemacht, und das Inserat hatte sie, als sie es bemerkte, zum Träumen verleitet, außerdem war Mrs. Wilkins' Erregung ansteckend, und sie hatte das Gefühl, als sie ihrem heftigen, merkwürdigen Schwärmen lauschte und ihr strahlendes Gesicht betrachtete, aus dem Schlaf gerissen zu werden.

Es war nicht zu übersehen, daß Mrs. Wilkins verstört war, aber mit Verstörten hatte Mrs. Arbuthnot schon zu tun gehabt – faktisch hatte sie ständig mit ihnen zu tun –, und sie wirkten sich nicht im geringsten auf ihre eigene Charakterfestigkeit aus; wohingegen diese hier sie irgendwie unsicher machte, als wenn das Fortgehen, das Nur-weit-Weg von ihren Kompaßstrichen *Gott, Mann, Heim* und *Pflicht* (sie hatte nicht das Gefühl, als habe Mrs. Wilkins den Wunsch, daß auch Mr. Wilkins mitkomme), und bloß um einmal glücklich zu sein – als wenn das gut und wünschenswert wäre. Was es natürlich nicht war; was es ganz gewiß nicht war. Sie hatte ebenfalls einen Notgroschen peu à peu auf dem Sparkonto der Post angesammelt, aber die Vorstellung, daß sie sich jemals derart vergessen und Geld abheben und für sich selbst ausgeben würde, war einfach absurd. Unmöglich, daß sie je so etwas tun würde, oder? Unmöglich, daß sie je ihre Armen vergessen, so gänzlich Elend und Krankheit vergessen würde, oder? Zweifellos wäre eine Reise nach Italien einfach wunderbar, aber es gab viele wunderbare Dinge, die man gern tun würde; und wozu war einem schließlich Charakterstärke verliehen, wenn nicht dazu, diese Dinge eben nicht zu tun?

Unveränderlich wie die Kompaßstriche waren für Mrs. Arbuthnot die vier wichtigen Fakten des Lebens: *Gott, Mann, Heim, Pflicht.* Vor Jahren hatte sie sich auf diesen Fakten zum Schlafen gelegt, nach einer Zeit großen Schmerzes, wobei ihr Haupt auf ihnen ruhte wie auf einem Kissen; und sie hatte eine Heidenangst davor, aus einem so einfachen und sorglosen Zustand aufgeweckt zu werden. Darum suchte sie eifrig nach einer Rubrik, in die sie Mrs. Wilkins stecken und damit auch ihren eigenen Geist erleuchten und beruhigen konnte; und sie saß da und blickte die andere nach deren letzter Bemerkung voller Unbehagen an und fühlte, wie sie selbst immer verstörter wurde, sich ansteckte und entschied, sie *pro tem,* vorläufig, wie der Vikar auf den Versammlungen sagte, in die Rubrik *Überspanntheit* einzutragen. Man konnte sie natürlich auch direkt in die Kategorie *Hysterie* tun, oft nur die Vorstufe zum *Irrsinn*, aber Mrs. Arbuthnot hatte gelernt, Personen nicht so rasch in ihre endgültige Kategorie zu stecken, nachdem sie mehr als einmal bestürzt entdecken mußte, daß sie einen Fehler gemacht hatte; und wie schwierig es gewesen war, den Betroffenen da wieder herauszuholen, und wie die furchtbarsten Gewissenbisse sie gequält hatten.

Ja. Überspanntheit. Wahrscheinlich kannte sie keine regelmäßige Arbeit für andere, dachte Mrs. Arbuthnot; Arbeit, die von einem selbst ablenkte. Offenbar war sie steuerlos: umhergetrieben von Böen, Aufwallungen. Überspanntheit war fast mit Sicherheit ihre Kategorie oder würde es bald schon sein, wenn niemand ihr half. Arme *Kleine*, dachte Mrs. Arbuthnot, die nicht nur ihre Fassung, sondern auch ihr Mitgefühl wiederfand und wegen des Tisches nicht in der Lage war, die Länge von Mrs. Wilkins' Beinen zu sehen. Alles, was sie sah, waren ihr schmales, lebhaftes, scheues Gesicht und ihre mageren Schultern und der Ausdruck kindlicher Sehnsucht in ihren Augen nach etwas, von dem sie wußte, es würde sie glücklich machen. Nein; solche Dinge machten einen nicht glücklich, solche vergänglichen Dinge. Mrs. Arbuthnot hatte in ihrem langen Zusammensein mit Frederick gelernt – Frederick war ihr Mann, und sie hatte ihn mit zwanzig geheiratet und war nun dreiunddreißig –, wo allein die wahren Freuden zu finden sind. Sie fanden sich, das wußte sie jetzt, nur im alltäglichen Leben, Stunden um Stunden, die man anderen widmete; sie fanden sich nur – hatte sie nicht dort immer wieder ihre Anfechtungen und Entmutigungen abgeladen und war getröstet worden? – zu Füßen Gottes.

Frederick war der Typ von Ehemann, dessen Frau es beizeiten zu Gottes Füßen hindrängt. Von ihm hin zu Gottes Füßen war es ein kleiner, wenn auch schmerzlicher Schritt gewesen. Im nachhinein kam ihr der Schritt klein vor, tatsächlich hatte sie aber das ganze erste Ehejahr dazu gebraucht, und jeder Zentimeter Weg war ein Kampf gewesen, und jeder Zentimeter davon, so war es ihr damals erschienen, war getränkt mit ihrem Herzblut. Das war nun alles vorbei. Sie hatte seit langem Frieden gefunden. Und Frederick, einst ihr heißgeliebter Bräutigam, ihr angebeteter junger Ehemann, war an die zweite Stelle direkt hinter Gott auf der Liste ihrer Pflichten und Verzichte gerückt. Da schwebte er, an zweitwichtigster Stelle, etwas Lebloses, bis zum Weißbluten ausgepreßt durch ihre Gebete. Jahrelang konnte sie nur glücklich sein, wenn sie das Glück vergaß. Sie wollte, daß es so bliebe. Sie wollte alles ausklammern, was sie an schöne Dinge erinnerte, was sie wieder dazu bringen konnte, Sehnsucht zu haben, Wünsche . . .

»Ich wäre gerne mit Ihnen befreundet«, sagte sie mit Nachdruck. »Besuchen Sie mich doch, oder erlauben Sie mir, daß ich Sie gelegentlich besuche? Immer, wenn Ihnen nach Reden zumute ist. Ich gebe Ihnen meine Adresse«, sie kramte in ihrer Handtasche, »dann vergessen Sie's nicht.« Und sie fand eine Visitenkarte und streckte sie ihr hin.

Mrs. Wilkins ignorierte das Kärtchen.

»Es ist sonderbar«, sagte Mrs. Wilkins, als hätte sie die andere nicht gehört, »aber ich *sehe* uns beide – Sie und mich – in diesem April in einem mittelalterlichen Castello.«

Mrs. Arbuthnot spürte ihr altes Unbehagen. »Wirklich?« sagte sie und bemühte sich, unter dem träumerischen Blick der glänzenden grauen Augen ihre Gelassenheit zu bewahren. »Wirklich?«

»Sehen Sie niemals die Dinge blitzartig aufleuchten, bevor sie geschehen?« fragte Mrs. Wilkins.

»Nie«, kam es von Mrs. Arbuthnot.

Sie versuchte zu lächeln; sie versuchte es mit dem verständnisvollen, abgeklärt toleranten Lächeln, mit dem sie den notwendigerweise parteiischen und unzulänglichen Ansichten der Armen zuzuhören pflegte. Ohne Erfolg. Das Lächeln erstarb.

»Natürlich«, sagte sie mit leiser Stimme, fast als befürchte sie, der Vikar und die Sparkasse lauschten, »würde es wunderschön sein – wunderschön . . .«

»Selbst wenn es verkehrt wäre«, sagte Mrs. Wilkins, »wäre es ja nur für einen Monat.«

»Das . . .«, begann Mrs. Arbuthnot, der das Verwerfliche eines solchen Standpunktes klar war; aber Mrs. Wilkins unterbrach sie, bevor sie zu Ende reden konnte.

»Wie dem auch sei«, sagte Mrs. Wilkins, »ich bin überzeugt, daß es verkehrt ist, für allzu lange Zeit immer nur gut zu sein, bis man selbst ganz elend wird. Und daß Sie schon viele Jahre lang gut sind, erkenne ich daran, daß Sie so unglücklich aussehen« – Mrs. Arbuthnot öffnete den Mund, um zu protestieren – »und ich – ich habe nichts als Pflichten erfüllt, Dinge für andere getan, seit meiner Kindheit, und ich glaube nicht, daß irgend jemand mich deswegen ein bißchen – ein bißchen – mehr – mehr liebt – und ich sehne mich danach – oh, wie sehne ich mich – nach etwas anderem – etwas anderem . . .«

Würde sie gleich weinen? Mrs. Arbuthnot spürte heftiges Unbehagen und Mitleid. Sie hoffte, sie würde nicht weinen. Nicht hier. Nicht in diesem unfreundlichen Zimmer, wo Fremde ein und aus gingen.

Aber nachdem Mrs. Wilkins an einem Taschentuch gezerrt und gezupft hatte, das nicht aus ihrer Kostümtasche wollte, gelang es ihr doch schließlich, und sie schneuzte sich die Nase, und dann, ein paarmal rasch mit den Augen blinzelnd, blickte sie Mrs. Arbuthnot mit Nachsicht heischender Miene demütig und erschrocken an und lächelte.

»Werden Sie mir glauben«, flüsterte sie und versuchte das Beben der Lippen zu unterdrücken, »daß ich noch nie in meinem Leben so zu jemandem gesprochen habe? Ich kann mir nicht erklären, ich begreif's einfach nicht, was da über mich gekommen ist.«

»Es ist das Inserat«, sagte Mrs. Arbuthnot mit würdevollem Kopfnicken.

»Ja«, bestätigte Mrs. Wilkins und wischte sich verstohlen über die Augen, »und wir beide sind so . . .« – sie schniefte noch einmal leicht ins Taschentuch – »unglücklich.«

Zweites Kapitel

Natürlich war sie nicht unglücklich – wie sollte sie unglücklich sein, fragte sich Mrs. Arbuthnot, wo Gott sich doch ihrer annahm? – , aber sie beließ es für den Augenblick dabei, da sie überzeugt war, daß hier ein Mitmensch dringend ihrer Hilfe bedurfte; und diesmal waren es weder Stiefel, Decken noch bessere sanitäre Einrichtungen, sondern etwas weit Delikateres: Verständnis und die richtigen Worte.

Die richtigen Worte, erkannte sie bald, nachdem sie es mit verschiedensten Worten über ein Leben-für-die-anderen versucht hatte, über das Beten und den Frieden, der sich einstellt, wenn man sich vorbehaltlos in Gottes Hand begibt – Mrs. Wilkins setzte all diesen Worten andere entgegen, konfuse zwar, aber es war für den Augenblick zumindest, bis man mehr Zeit hatte, schwierig, sie zu widerlegen –, die richtigen Worte waren der Vorschlag, daß es nichts schadete, auf dieses Inserat zu antworten. Ganz unverbindlich. Bloß eine Anfrage. Und was Mrs. Arbuthnot an diesem Vorschlag beunruhigte, war, daß sie ihn nicht allein deshalb machte, weil sie Mrs. Wilkins damit aufmuntern wollte, sondern weil sie selbst eine seltsame Sehnsucht nach diesem mittelalterlichen Castello verspürte.

Das war wirklich beunruhigend. Sie, die es gewohnt war, anzuordnen, zu lenken, Ratschläge zu erteilen, anderen beizustehen – Frederick ausgenommen; seit langem hatte sie gelernt, Frederick Gott direkt zu überlassen –, wurde durch so ein Inserat, durch so eine konfuse Fremde, selbst verlockt, beeinflußt und aus dem Gleichgewicht gebracht. Das war schon recht beunruhigend. Sie konnte sich ihre jähe Sehnsucht nach etwas, was schließlich nur ein Sichgehenlassen war, nicht erklären, wo sie doch jahrelang nie den Wunsch dazu verspürt hatte.

»Es schadet nichts, einfach mal zu *fragen*«, sagte sie mit leiser Stimme, als lauschten Vikar, Sparkasse und all ihre wartenden, abhängigen Armen voll Mißbilligung.

»Womit wir aber zu nichts *verpflichtet* sind«, sagte Mrs. Wilkins ebenfalls mit leiser, wenn auch zittriger Stimme.

Sie standen gleichzeitig auf – Mrs. Arbuthnot war verblüfft, wie hochgewachsen Mrs. Wilkins war – und gingen zu einem Schreibtisch, und Mrs. Arbuthnot schrieb an Z, Postfach 1000, *The Times*, erkundigte sich nach Einzelheiten. Sie bat um alle Einzelheiten, doch die einzige von Interesse für sie war die Miete. Beide fanden, daß Mrs. Arbuthnot den Brief schreiben und das Geschäftliche erledigen sollte. Nicht nur, weil sie sich aufs Organisieren verstand und praktisch veranlagt war, sondern auch, weil sie älter und mit Sicherheit ruhiger war; und sie selbst hatte keinen Zweifel daran, daß sie auch erfahrener war. Und Mrs. Wilkins hatte ebenfalls keinen Zweifel daran; schon die Art, wie Mrs. Arbuthnot ihr Haar scheitelte, deutete auf eine große Ruhe hin, die nur aus Erfahrung kommen konnte.

Wenn sie denn erfahrener, älter und ruhiger war, so hatte Mrs. Arbuthnot nichtsdestoweniger den Eindruck, daß ihre neue Freundin die treibende Kraft war. Eine konfuse zwar, aber die treibende Kraft. Sie schien, abgesehen von ihrer Hilfsbedürftigkeit, einen irgendwie verwirrenden Charakter zu haben. Sie hatte etwas merkwürdig Ansteckendes. Sie verleitete einen. Und die Art, wie ihr unsteter Geist voreilig Schlüsse zog – falsche natürlich, zum Beispiel, daß sie, Mrs. Arbuthnot, unglücklich war –, brachte einen durcheinander.

Ganz gleich, was für eine sie war und wie unstet sie auch sein mochte, Mrs. Arbuthnot ertappte sich dabei, daß sie ihre Erregung und Sehnsucht teilte; und nachdem der Brief in den Briefkasten der Hall eingeworfen war und somit nicht mehr zurückzuholen war, hatten sie und Mrs. Wilkins Schuldgefühle.

»Das beweist nur«, sagte Mrs. Wilkins im Flüsterton, als sie sich vom Briefkasten wegdrehten, »wie untadlig gut wir unser ganzes Leben gewesen sind. Beim allerersten Mal, wo wir etwas tun, was unsere Männer nicht wissen, fühlen wir uns schuldig.«

»Leider kann ich von mir nicht sagen, daß ich untadlig gut gewesen bin«, protestierte Mrs. Arbuthnot sanft und fühlte sich ein wenig unbehaglich bei diesem neuen Beispiel von richtigem, wenn auch voreiligem Schlüsseziehen, denn sie hatte kein Wort über ihr Schuldgefühl verloren.

»Oh, da bin ich mir ganz sicher – ich *sehe* es direkt, Ihr Gutsein –, und darum sind Sie unglücklich.«

›Sie sollte so was nicht sagen‹, dachte Mrs. Arbuthnot. ›Ich muß ihr dabei helfen, sich das abzugewöhnen.‹

Laut und ernst sagte sie: »Ich weiß nicht, warum Sie darauf bestehen, daß ich unglücklich bin. Wenn Sie mich besser kennen, werden Sie schon feststellen, daß ich glücklich bin. Und gewiß meinen Sie nicht ernsthaft, daß Gutsein, wenn man denn dahingelangt, einen unglücklich macht.«

»Doch, das meine ich«, sagte Mrs. Wilkins. »Unsere Art Gutsein, ja. Wir sind gut und sind unglücklich. Es gibt traurige Arten von Gutsein und glückliche – in dem mittelalterlichen Castello zum Beispiel wird es die glückliche Art sein.«

»Das heißt, sofern wir dorthin fahren«, sagte Mrs. Arbuthnot zurückhaltend. Sie fühlte die Notwendigkeit, Mrs. Wilkins im Zaum zu halten. »Schließlich haben wir nur geschrieben, um uns zu erkundigen. Jedem steht das frei. Ich halte es für wahrscheinlich, daß wir die Bedingungen unannehmbar finden, und selbst wenn nicht, haben wir womöglich morgen keine Lust mehr, dorthin zu fahren.«

»Ich *sehe* uns dort«, lautete Mrs. Wilkins' Antwort.

All das raubte einem die Ruhe. Mrs. Arbuthnot, die bald darauf durch triefende Straßen zu einer Versammlung patschte, wo sie sprechen sollte, war ganz ungewöhnlich erregt. Sie hatte sich, hoffte sie, gegenüber Mrs. Wilkins betont ruhig gezeigt, praktisch und nüchtern und dabei ihre eigene Aufgeregtheit verborgen. Aber sie war wirklich ungewöhnlich bewegt, fühlte sich glücklich, gleichzeitig schuldig und hatte Angst, und sie durchlebte all die Empfindungen, auch wenn ihr das selbst nicht bewußt war, einer Frau, die von einem intimen Stelldichein mit ihrem Geliebten kommt. Sie sah auch tatsächlich so aus, als sie verspätet auf das Rednerpodest trat; sie, die allzeit Offene, wirkte heimlichtuerisch, als ihr Blick auf die stumpf starrenden Gesichter fiel, die abwarteten, wie sie es anstellen würde, sie zu überreden, doch etwas zur Milderung der dringendsten Bedürfnisse der Armen von Hampstead zu spenden, wo ein jeder überzeugt war, er selber könne eine Spende gebrauchen. Sie sah aus, als verheimliche sie etwas Schändliches, aber Wundervolles. Jedenfalls war ihre sonstige direkte Freimütigkeit verschwunden und an ihre Stelle eine verhaltene, ängstliche Zufriedenheit getreten, die ein weltlicheres Publikum spontan zu der Überzeugung geführt hätte, daß vor kurzem eine Liebesbegegnung vermutlich leidenschaftlicher Natur stattgefunden hatte.

Schönheit, Schönheit, Schönheit . . ., die Worte klangen ihr in den Ohren, während sie auf dem Podest stand und zu den spärlich Versammelten über Beklagenswertes sprach. Sie war nie in Italien gewesen. Sollte dafür ihr Notgroschen vielleicht ausgegeben werden? Auch wenn sie nicht mit der Art und Weise einverstanden war, in der Mrs. Wilkins die Idee der Prädestination auf ihre nahe Zukunft bezog, so als hätte sie keine Wahl, als wäre es sinnlos, sich dagegen zu sträuben oder auch nur darüber nachzudenken, es beeinflußte sie dennoch. Mrs. Wilkins' Augen waren die einer Seherin gewesen. Mrs. Arbuthnot wußte, daß es solche Menschen gab; und wenn Mrs. Wilkins sie tatsächlich in dem mittelalterlichen Castello gesehen hatte, war es höchst wahrscheinlich, daß ein Sichauflehnen Zeitverschwendung wäre. Und doch, ihren Notgroschen für simples Sichgehenlassen auszugeben . . . Die Herkunft dieses Notgroschens war unredlich, aber sie hatte zumindest geglaubt, daß sein Zweck ehrenwert sein werde. Sollte sie ihn seiner eigentlichen Bestimmung entziehen, die ihn allein zu rechtfertigen schien, und ihn dafür verwenden, sich selbst eine Freude zu machen?

Mrs. Arbuthnot redete und redete, so geübt war sie in dieser Vortragsform, daß sie alles hätte im Schlaf aufsagen können, und am Ende der Versammlung, ihre Augen glänzten von den heimlichen Visionen, bemerkte sie kaum, daß nicht einer auch nur irgendwie berührt war, geschweige denn bereit zu spenden.

Aber der Vikar bemerkte es. Der Vikar war enttäuscht. Gewöhnlich hatte seine gute Freundin und Helferin Mrs. Arbuthnot weit mehr Erfolg als diesmal. Und was noch ungewöhnlicher war, stellte er fest, es schien ihr nichts auszumachen.

»Ich kann mir nicht vorstellen«, sagte er beim Abschied in gereiztem Ton zu ihr, denn er war sowohl über die Zuhörer verärgert als auch über sie, »wozu die Leute überhaupt kommen. *Nichts* scheint sie zu berühren.«

»Vielleicht brauchen sie Urlaub«, schlug Mrs. Arbuthnot vor; eine unbefriedigende, eine merkwürdige Antwort, fand der Vikar.

»Im Februar?« rief er sarkastisch hinter ihr her.

»O nein – nicht vor April«, gab Mrs. Arbuthnot über die Schulter zurück.

›Sehr seltsam‹, dachte der Vikar. ›Wirklich, sehr seltsam.‹ Und er ging nach Hause und war vielleicht nicht ganz christlich zu seiner Frau.

In der Nacht bat Mrs. Arbuthnot in ihren Gebeten um göttlichen Beistand. Sie hatte das Empfinden, sie müsse offen und direkt darum bitten, daß jemand anderes das mittelalterliche Castello bereits gemietet habe, womit die Sache erledigt wäre, aber es fehlte ihr der Mut. Angenommen, ihr Gebet würde erhört? Nein; sie konnte nicht darum bitten; konnte es nicht riskieren. Und schließlich – fast wies sie ihren Gott darauf hin –, wenn sie ihren jetzigen Notgroschen für den Urlaub ausgab, konnte sie doch bald schon einen neuen beisammenhaben.

Frederick drängte ihr das Geld geradezu auf; und es würde nur bedeuten, daß, solange sie den zweiten Notgroschen ansammelte, ihre karitativen Spenden für die Gemeinde eine Zeitlang geringer ausfielen. Folglich konnte es auch der nächste Notgroschen sein, dessen natürliche Verderbtheit durch die Verwendung, der er schließlich zugeführt würde, Sühnung fände.

Denn Mrs. Arbuthnot, die kein eigenes Geld besaß, war gezwungen, von den Einnahmen aus Fredericks Tätigkeit zu leben, und ihr Notgroschen war die Frucht, postum gereift, aus längst vergangener Sünde. Die Art und Weise, wie Frederick seinen Lebensunterhalt verdiente, war eines der ewigen Kümmernisse ihres Daseins. Er schrieb mit Regelmäßigkeit jedes Jahr enorm populäre Memoiren königlicher Mätressen. Es gab in der Geschichte zahlreiche Könige, die sich Mätressen gehalten hatten, und es gab noch weit mehr Mätressen, die Könige gehabt hatten; und so konnte er in jedem Jahr seines Ehelebens einen Band Memoiren veröffentlichen, dennoch harrten weitere Mengen dieser Damen darauf, daß man sich ihrer annahm. Mrs. Arbuthnot war hilflos. Ob sie es wollte oder nicht, sie war gezwungen, von den Einnahmen zu leben. Er hatte ihr einmal, nach dem Erfolg seiner Dubarry-Memoiren, ein schreckliches Sofa geschenkt mit ausladenden Polstern und einem weichen, empfänglichen Schoß, und es kam ihr nichtswürdig vor, daß hier, in ihrem eigenen Heim, diese Reinkarnation einer toten, eingefleischten Sünderin aus Frankreich prunkte.

Da sie von Natur aus gut und überzeugt war, daß Moral die Grundlage des Glücks ist, war der Umstand, daß sie und Frederick ihren Lebensunterhalt aus Schuldhaftem bezogen, wie sehr dies auch durch die Jahrhunderte gesühnt sein mochte, einer der heimlichen Gründe für ihre Traurigkeit. Je mehr die Memoiren-Dame sich vergessen hatte, desto eifriger wurde sein Buch über sie gelesen und desto großzügiger war er zu seiner Frau; und alles, was er ihr gab, wurde, nachdem sie ein klein bißchen ihren Notgroschen bedacht hatte, den Armen gespendet, denn sie hoffte und glaubte, daß die Menschen eines Tages nichts mehr von Verruchtheit lesen wollten und Frederick dann ihre Unterstützung brauchte. Die Gemeinde gedieh aufgrund des unmoralischen Verhaltens der Damen Dubarry, Montespan, Pompadour, Ninon de l'Enclos und auch der gebildeten Maintenon, um nur einige beliebige zu nennen. Die Armen waren der Filter, den das Geld passierte, um, wie Mrs. Arbuthnot hoffte, gereinigt herauszukommen. Sie konnte nicht mehr tun. Sie hatte sich in der Vergangenheit bemüht, die Situation zu durchdenken und zu erkennen, welchen Kurs genau sie einschlagen sollte, hatte es aber, wie schon bei Frederick, als zu schwierig empfunden und dabei belassen, so wie sie Frederick Gott direkt überlassen hatte. Nichts von diesem Geld wurde für die Wohnung oder etwa ihre Kleidung ausgegeben; die blieben, das große weiche Sofa ausgenommen, schmucklos. So profitierten die Armen. Selbst die Robustheit ihrer Stiefel verdankten sie der Sünde. Aber wie schwer war es gewesen! Mrs. Arbuthnot, die nach Beistand suchte, betete bis zur Erschöpfung. Sollte sie sich vielleicht weigern, das Geld anzurühren, es meiden, wie sie die Sünden gemieden hätte, die ihm vorausgingen? Doch was war dann mit den Stiefeln für die Gemeinde? Sie fragte den Vikar nach seiner Meinung, und aus all seinen Worten, delikat, ausweichend und vorsichtig, kam schließlich heraus, daß er für die Stiefel war.

Zumindest hatte sie Frederick zu Beginn seiner schrecklichen Karriere überredet – erst nach der Heirat hatte er sich dazu entschlossen; als sie ihn heiratete, war er ein untadeliger Beamter in der Bibliothek des British Museum gewesen –, die Memoiren unter einem Pseudonym zu veröffentlichen, damit sie nicht öffentlich gebrandmarkt werde. In Hampstead las man die Bücher mit Gusto und hatte nicht die leiseste Ahnung, daß der Verfasser in ihrer Mitte lebte. Frederick war in Hampstead fast unbekannt, selbst vom Sehen. Er ließ sich nie bei Veranstaltungen blicken. Was immer er in seiner Freizeit tat, tat er in London, aber er sprach nie davon, was er machte oder wen er traf; urteilte man danach, wie selten er seiner Frau gegenüber Freunde erwähnte, konnte man meinen, er habe keinen einzigen. Nur der Vikar wußte, woher das Geld für die Gemeinde stammte, und er betrachtete es, sagte er zu Mrs. Arbuthnot, als Ehrensache, es nicht zu erwähnen.

Und zumindest ihr kleines Haus wurde nicht von den liederlichen Dämchen heimgesucht, denn Frederick arbeitete nicht zu Hause. Er hatte zwei Zimmer in der Nähe des British Museum, das Schauplatz seiner Ausgrabungen war, und dorthin trieb es ihn jeden Morgen, und er kehrte spät zurück, lange nachdem seine Frau zu Bett gegangen war. Manchmal kam er überhaupt nicht heim. Manchmal sah sie ihn mehrere Tage hintereinander nicht. Dann erschien er auf einmal beim Frühstück, er hatte sich mit seinem Hausschlüssel die Nacht zuvor eingelassen, sehr aufgeräumt, gutmütig und großzügig und vergnügt, wenn sie ihm erlaubte, ihr etwas zu schenken – ein wohlgenährter Mann, in Einklang mit der Welt; jovial, sinnlich, zufrieden. Und sie war immer freundlich und bestrebt, daß sein Kaffee auch so war, wie er ihn mochte.

Er schien ausgesprochen glücklich zu sein. Das Leben, dachte sie oft, wie sehr man es auch tabellarisierte, blieb doch ein Geheimnis. Es gab immer Personen, die sich einer Klassifizierung entzogen. Frederick gehörte dazu. Er schien nicht die entfernteste Ähnlichkeit mit dem Frederick von einst zu haben. Er schien nicht das geringste Bedürfnis mehr nach den Dingen zu verspüren, die er früher als wichtig und schön angesehen hatte: Liebe, ein Heim, völliger Gleichklang der Gedanken, völliges Aufgehen in den Interessen des anderen. Nach jenen frühen schmerzlichen Versuchen, ihn zu dem Punkt zurückzuholen, von wo aus sie Hand in Hand glanzvoll aufgebrochen waren, jenen Versuchen, in denen sie tief verletzt wurde und in denen der Frederick, den sie glaubte geheiratet zu haben, sich bis zur Unkenntlichkeit entstellt zeigte, hängte sie ihn schließlich neben ihrem Bett auf als Hauptgegenstand ihrer Gebete und überließ ihn, bis auf diese, ganz und gar Gott. Sie hatte Frederick zu sehr geliebt, um jetzt etwas anderes tun zu können, als für ihn zu beten. Er ahnte nicht, daß er nie aus dem Haus ging, ohne daß ihre Segenswünsche ihn begleiteten und um das einst geliebte Haupt schwebten, dem fernen Widerhall einer vergangenen Liebe gleich. Sie wagte nicht, sich daran zu erinnern, wie er früher gewesen war, wie er ihr in jener wunderbaren ersten Zeit ihres Verliebtseins, ihrer Ehe, erschienen war. Ihr Kind war gestorben; sie hatte nichts und niemanden für sich allein, an den sie ihre Zeit und Liebe verschwenden konnte. Die Armen wurden ihre Kinder und Gott Gegenstand ihrer Liebe. Was konnte glücklicher sein als solch ein Leben, fragte sie sich manchmal; aber ihr Gesichtsausdruck und besonders ihre Augen blieben traurig.

›Vielleicht, wenn wir alt sind . . ., vielleicht, wenn wir beide ziemlich alt sind . . .‹, dachte sie zuweilen wehmütig.

Drittes Kapitel

Der Eigentümer des mittelalterlichen Castellos war Engländer, ein gewisser Mr. Briggs, der zur Zeit in London war und ihnen schrieb, daß es Betten genug für acht Personen gebe, die der Dienstboten nicht mitgerechnet, drei Wohnzimmer, Zinnen, Verließe und elektrisches Licht. Die Miete betrage 60 Pfund für den Monat, die Gehälter für die Dienstboten gingen extra, und er verlange Referenzen: er verlange Garantien, daß die zweite Hälfte seiner Miete gezahlt werde, die erste sei im voraus fällig, und er verlange Referenzen von einem Anwalt, Arzt oder Geistlichen. Er war überaus höflich in seinem Brief und versicherte, daß sein Wunsch nach Referenzen üblich sei und als reine Formalität betrachtet werden sollte.

Mrs. Arbuthnot und Mrs. Wilkins hatten nicht an Referenzen gedacht und sich nicht träumen lassen, daß die Miete derart hoch sein könnte. Ihnen hatte eine Summe von drei Guineas pro Woche vorgeschwebt oder weniger, da doch das Anwesen klein und alt wäre.

Sechzig Pfund für einen einzigen Monat.

Es schwindelte ihnen.

Vor Mrs. Arbuthnots Auge tauchten Stiefel auf: endlose Reihen, all die robusten Stiefel, die sich für sechzig Pfund kaufen ließen; und außer der Miete wären da noch die Gehälter für die Dienstboten, das Essen und die Hin- und Rückfahrt. Was nun die Referenzen betraf, so schienen sie tatsächlich ein Hindernis zu sein; es war fast unmöglich, welche zu beschaffen, ohne daß ihr Vorhaben öffentlich wurde, was nicht in ihrem Sinne war.

Sie beide – selbst Mrs. Arbuthnot war dieses eine Mal vom Pfad vollständiger Offenheit abgewichen, als ihr bewußt wurde, wieviel Ärger und Kritik sie sich durch eine eher unvollständige Erklärung ersparte – sie beide hatten gemeint, es sei eine gute Idee, wenn sie, jede in ihrem Kreis, denn glücklicherweise waren ihre Kreise getrennt, verbreiteten, daß eine jede bei einer Freundin wohnen würde, die ein Haus in Italien besaß. Das wäre bis zu einem gewissen Grad wahr – Mrs. Wilkins behauptete, es entspreche ganz der Wahrheit, wohingegen Mrs. Arbuthnot meinte, nicht so ganz –, und es sei der einzige Weg, sagte Mrs. Wilkins, um Mellersh annähernd ruhig zu halten. Die Tatsache, daß sie überhaupt etwas von ihrem Geld ausgäbe, bloß um nach Italien zu reisen, würde seinen Unwillen erregen; was er erst sagen würde, wenn er wüßte, daß sie auf eigene Rechnung einen Teil eines mittelalterlichen Castellos mietete, wollte sich Mrs. Wilkins erst gar nicht vorstellen. Es würde Tage dauern, bis er alles dazu gesagt hätte; und das, obwohl es ihr eigenes Geld war und nicht ein Penny davon ihm je gehört hatte.

»Aber vermutlich«, sagte sie, »ist Ihr Mann ja genauso. Vermutlich sind sich alle Männer letzten Endes gleich.«

Mrs. Arbuthnot schwieg, denn der Grund, weshalb sie nicht wollte, daß Frederick etwas davon erfuhr, war genau entgegengesetzt: Frederick würde nur zu erfreut sein, daß sie verreiste, es würde ihm nicht das geringste ausmachen; ja, er würde eine solche Manifestation des Sichgehenlassens und der Weltlichkeit mit einer Belustigung begrüßen, die kränkend wäre, und sie mit geradezu deprimierender Gleichgültigkeit drängen, sich gut zu amüsieren und sich mit der Rückkehr nicht zu übereilen. Weit besser, dachte sie, von Mellersh vermißt als von Frederick fortgetrieben zu werden. Vermißt zu werden, gebraucht zu werden, gleich aus welchem Grund, dachte sie, ist besser als völlige Einsamkeit, wo niemand einen überhaupt vermißt oder braucht.

Darum schwieg sie und erlaubte Mrs. Wilkins, voreilig ihren Schluß zu ziehen. Aber beide hatten den Tag über das Gefühl, das einzige, was ihnen zu tun bliebe, sei nun, dem mittelalterlichen Castello abzuschwören; und als sie zu diesem bitteren Entschluß kamen, wurde ihnen erst klar, wie heftig ihr Verlangen danach gewesen war.

Dann fand Mrs. Arbuthnot, deren Geist darin geübt war, Lösungen für Probleme zu finden, eine Lösung für das Referenzenproblem; und gleichzeitig hatte Mrs. Wilkins eine Eingebung, wie man die Miete reduzieren könnte.

Mrs. Arbuthnots Plan war einfach und von durchschlagendem Erfolg. Sie brachte die ganze Mietsumme persönlich dem Eigentümer vorbei, nachdem sie das Geld von ihrer Sparkasse abgehoben hatte – und wieder sah sie heimlichtuerisch und schuldbewußt aus, als müßte der Angestellte wissen, zu welch genußsüchtigem Zweck das Geld benötigt wurde –, und mit den sechs Zehnpfundnoten in der Handtasche fuhr sie zu der Adresse beim Brompton-Oratory, wo der Eigentümer wohnte, überreichte sie ihm, wobei sie auf das Recht verzichtete, nur die Hälfte zu zahlen. Und als er sie sah, ihr gescheiteltes Haar, ihre sanften dunklen Augen und die gediegene Kleidung, und ihre ernste Stimme hörte, sagte er ihr, sie brauche sich nicht die Mühe zu machen, die Referenzen einzuholen.

»Das geht in Ordnung«, sagte er und kritzelte rasch eine Quittung für die Miete hin. »Setzen Sie sich doch. Grauslicher Tag, nicht? Sie werden sehen, das alte Castello hat reichlich Sonne, was immer es sonst nicht hat. Der Mann dabei?«

Mrs. Arbuthnot, die nur Offenheit kannte, sah bei dieser Frage beunruhigt aus und murmelte undeutlich etwas vor sich hin, woraus der Eigentümer sofort schloß, daß sie Witwe war – natürlich Kriegswitwe, denn andere Witwen waren alt; wie dumm war er gewesen, das nicht zu erraten.

»Ach, tut mir leid«, sagte er und wurde rot bis zum Ansatz seines blonden Haars. »Ich wollte nicht ... ehm, ehm, ehm ...«

Er ließ den Blick über die ausgestellte Quittung laufen. »Ja, ich glaube, das geht in Ordnung«, sagte er, stand auf und gab sie ihr. »Und jetzt«, fügte er hinzu, als er die sechs Zehnpfundnoten nahm, die sie ihm reichte, lächelnd, denn es war angenehm, Mrs. Arbuthnot anzuschauen, »bin ich reicher, und Sie sind glücklicher. Ich habe Geld, und Sie haben San Salvatore. Ich frage mich, was besser ist.«

»Ich glaube, das wissen Sie«, sagte Mrs. Arbuthnot mit ihrem süßen Lächeln.

Er lachte und öffnete die Tür für sie. Schade, daß das Gespräch vorbei war. Er hätte sie gern zum Essen eingeladen. Sie erinnerte ihn an seine Mutter, an sein Kindermädchen, an alles, was freundlich und ermutigend ist, wozu sich noch der Reiz gesellte, daß sie weder seine Mutter noch sein Kindermädchen war.

»Hoffentlich mögen Sie das alte Anwesen«, sagte er an der Tür, während er ihre Hand eine Minute lang in der seinen hielt. Schon die Berührung ihrer Hand, selbst durch den Handschuh hindurch, war beruhigend; es war die Art Hand, dachte er, die Kinder gern im Dunklen halten würden. »Im

April, wissen Sie, ist alles übersät von Blumen. Und da ist das Meer. Sie müssen Weiß tragen. Sie passen ausgezeichnet dorthin. Es gibt dort mehrere Bilder von Ihnen.«

»Bilder?«

»Madonnen, wissen Sie. Eines an der Treppe ist Ihnen frappierend ähnlich.«

Mrs. Arbuthnot lächelte, verabschiedete sich und dankte ihm. Ohne die leiseste Mühe hatte sie ihn gleich in die richtige Kategorie eingeordnet: Er war Künstler und von überschäumendem Temperament.

Sie reichte ihm die Hand und ging, und er wünschte sich, sie wäre geblieben. Nachdem sie fort war, meinte er, er hätte sie wohl doch nach den Referenzen fragen sollen, wenn auch nur, weil sie ihn wegen der Unterlassung für wenig geschäftstüchtig halten würde, aber eher hätte er auf Referenzen von einer Heiligen mit Glorienschein bestehen können als von dieser ernsten, süßen Dame.

Rose Arbuthnot.

Ihr Brief, in dem sie um das Treffen bat, lag auf dem Tisch.

Hübscher Name.

Dieses Problem war also gemeistert. Aber es blieb noch das andere: die wirklich verheerende Auswirkung der Unkosten auf den Notgroschen, das sprichwörtliche Nest-Ei, insbesondere auf das von Mrs. Wilkins, das von der Größe her, verglichen mit dem von Mrs. Arbuthnot, wie ein Kiebitzei neben einem Entenei war; und dieses Problem konnte seinerseits nun durch die Eingebung bewältigt werden, die Mrs. Wilkins zuteil geworden war, worin ihr die notwendigen Schritte zum Angehen dieses Problems offenbart wurden. Da sie San Salvatore hatten – der schöne religiöse Name faszinierte sie beide –, würden sie jetzt ihrerseits in der Seufzerspalte der *Times* inserieren und nach zwei weiteren Damen suchen mit ähnlichen Interessen und der Bereitschaft, sich ihnen anzuschließen und die Unkosten zu teilen.

Mit einem Schlag wäre damit die Beanspruchung der jeweiligen Notgroschen von der Hälfte auf ein Viertel reduziert. Mrs. Wilkins war bereit, ihren Notgroschen voll und ganz in das Abenteuer zu stecken, war sich aber im klaren, daß ihre Lage, wenn es auch nur einen Sixpence mehr als ihre neunzig Pfund kosten sollte, furchtbar wäre. Sich vorzustellen, sie müßte Mellersh gestehen: »Ich habe Schulden . . .« Es wäre schon übel, wenn Umstände sie einmal zu dem Geständnis zwingen würden: »Ich habe keinen Notgroschen mehr«, doch zumindest würde ihr in solch einem Fall das Wissen helfen, daß der Notgroschen ihr eigener gewesen war. Darum war sie nicht bereit – wenn auch bereit, ihren letzten Penny in das Abenteuer zu stecken – , nur einen einzigen Heller, der nicht nachweislich ihr gehörte, in das Abenteuer zu stecken; und sie glaubte, wenn ihr Mietanteil auf fünfzehn Pfund verringert war, hätte sie genügend Spielraum für die anderen Unkosten. Sie könnten ja auch tüchtig beim Essen sparen, zum Beispiel Oliven von den eigenen Bäumen pflücken und vielleicht Fische fangen.

Natürlich könnten sie – worauf sie einander hinwiesen – die Miete bis auf eine fast unbedeutende Summe reduzieren, wenn sie die Zahl der Beteiligten erhöhten; sie könnten sechs weitere Damen nehmen statt der zwei, da es doch acht Betten gab. Aber einmal angenommen, die acht Betten wären paarweise in den vier Zimmern verteilt: es wäre nicht eigentlich das, was sie sich wünschten, nämlich nachts mit einer Fremden eingeschlossen zu sein. Außerdem wäre es vielleicht bei dieser Menge nicht ganz so friedlich. Schließlich gingen sie nach San Salvatore, um Frieden, Ruhe und Freude zu finden, und sechs weitere Damen, besonders wenn sie sich im eigenen Schlafzimmer einnisteten, könnten ein wenig dabei stören.

Wie auch immer, im Augenblick schienen nur zwei Damen in England den Wunsch zu verspüren, sich ihnen anzuschließen, denn sie bekamen gerade zwei Antworten auf ihr Inserat.

»Tja, wir wollen auch bloß zwei«, sagte Mrs. Wilkins, die sich schnell wieder faßte, sie hatte mit einem Riesenansturm gerechnet.

»Ich finde, eine Auswahl wäre schon gut gewesen«, sagte Mrs. Arbuthnot.

»Sie meinen, wir hätten dann nicht Lady Caroline Dester nehmen müssen.«

»Das habe ich nicht gesagt«, protestierte Mrs. Arbuthnot sanft.

»Wir brauchen sie nicht«, sagte Mrs. Wilkins. »Eine einzige Person mehr würde uns viel bei der Miete helfen. Wir müssen nicht unbedingt zwei nehmen.«

»Aber warum sollten wir sie nicht nehmen? Sie scheint doch unseren Vorstellungen zu entsprechen.«

»Ja, nach ihrem Brief her schon«, sagte Mrs. Wilkins skeptisch.

Sie hatte das Gefühl, daß sie schrecklich gehemmt gegenüber Lady Caroline sein würde. So unglaublich es auch klingen mag, da doch die Mitglieder des Adels überall anzutreffen sind, Mrs. Wilkins war noch nie einem begegnet.

Sie führten ein Gespräch mit Lady Caroline und ein zweites mit der anderen Bewerberin, einer Mrs. Fisher.

Lady Caroline kam zu dem Club in der Shaftesbury Avenue und machte den Eindruck, als wäre sie ausschließlich von dem einem starken Verlangen getrieben, allen, die sie kannte, zu entfliehen. Als sie den Club sah und Mrs. Arbuthnot und Mrs. Wilkins, war sie sofort überzeugt, daß sie genau das gefunden hatte, was sie wollte. Sie würde in Italien sein, einem Land, das sie bewunderte; sie würde nicht in Hotels wohnen, Orten, die sie haßte; sie würde nicht bei Freunden übernachten, Leuten, die ihr Verdruß bereiteten; und sie würde in der Gesellschaft von Fremden sein, die niemals auch nur eine Person erwähnen würden, die sie kannte, aus dem einfachen Grund, weil sie ihr nicht begegnet waren, nicht begegnet sein konnten und auch nicht begegnen würden. Sie stellte ein paar Fragen zu der vierten Frau und war mit den Antworten zufrieden. Mrs. Fisher von der Prince-of-Wales-Terrace, Witwe. Auch sie würde keinen ihrer Freunde kennen. Lady Caroline wußte nicht einmal, wo die Prince-of-Wales-Terrace war.

»In London«, sagte Mrs. Arbuthnot.

»Ja?« sagte Mrs. Lady Caroline.

Alles war sehr beruhigend.

Mrs. Fisher konnte nicht zum Club kommen, da sie, wie sie brieflich erklärte, nicht ohne Stock gehen konnte; und so besuchten Mrs. Arbuthnot und Mrs. Wilkins sie zu Hause.

»Aber wenn sie nicht zum Club kommen kann, wie kann sie dann nach Italien reisen?« verwunderte sich Mrs. Wilkins.

»Das werden wir aus ihrem eigenen Mund hören«, sagte Mrs. Arbuthnot.

Aus Mrs. Fishers Mund hörten sie als Antwort auf ihr behutsames Forschen nur, daß das Im-Zug-Sitzen nicht Herumlaufen sei; und das wußten sie bereits. Bis auf den Stock schien sie aber eine ausgesprochen wünschenswerte Vierte zu sein: ruhig, gebildet, gesetzt. Sie war viel älter als sie oder als Lady Caroline – Lady Caroline hatte ihnen mitgeteilt, daß sie achtundzwanzig war –, doch nicht so alt, daß sie aufgehört hätte, geistig rege zu sein. Sie war zweifellos sehr ehrbar und ging immer noch ganz in Schwarz, obwohl ihr Mann, erzählte sie ihnen, vor elf Jahren gestorben war. Ihr Haus war voll mit signierten Photos von berühmten toten Viktorianern, die sie alle, wie sie sagte, als kleines Mädchen gekannt hatte. Ihr Vater war ein herausragender Kritiker gewesen, und in seinem Haus hatte sie praktisch jeden gesehen, der in der Literatur und in der Kunst eine Rolle spielte. Carlyle hatte sie grollend angeblickt; Matthew Arnold hatte sie auf sein Knie gesetzt; Tennyson hatte sie mit sonorer Stimme wegen der Länge ihres Zopfes aufgezogen. Sie zeigte ihnen animiert die Photos, die überall an den Wänden hingen, und wies mit ihrem Stock auf die Signaturen hin; allerdings gab sie ihnen keine Auskunft hinsichtlich ihres Mannes und erbat sich auch keine hinsichtlich der Männer ihrer Besucherinnen, was eine große Erleichterung war. Sie schien freilich anzunehmen, daß auch sie verwitwet waren, denn auf ihre Frage, wer die vierte Dame sein werde, und die erhaltene Antwort, es sei eine gewisse Lady Caroline Dester, sagte sie nur: »Ist sie auch verwitwet?« Und als sie ihr erklärten, daß nicht, da sie unverheiratet sei, bemerkte sie mit freundlicher Zerstreutheit: »Alles zu seiner Zeit.«

Aber gerade die Zerstreutheit von Mrs. Fisher – und sie schien hauptsächlich von den interessanten Persönlichkeiten in Anspruch genommen zu sein, die sie früher gekannt hatte, samt deren Erinnerungsphotos, und ein beträchtlicher Teil des Gesprächs wurde durch das Heraufbeschwören von Episoden mit Carlyle, Meredith, Matthew Arnold, Tennyson und vielen anderen ausgefüllt –, gerade ihre Zerstreutheit war eine Empfehlung. Sie bitte nur darum, sagte sie, daß man sie ruhig in der Sonne sitzen und in Erinnerungen schwelgen lasse. Mehr konnten sich Mrs. Arbuthnot und Mrs. Wilkins von ihren Mitmietern nicht wünschen. Ihre Idee der vollkommenen Mitmieterin war jemand, der ruhig in der Sonne saß und in Erinnerungen schwelgte, sich aber Samstag abends aufraffte, um den Mietanteil zu zahlen. Mrs. Fisher sagte auch, daß sie Blumen liebe, und einmal, als sie ein Wochenende mit ihrem Vater in Box Hill verbrachte . . .

»Wer hat in Box Hill gewohnt?« unterbrach Mrs. Wilkins, die gebannt Mrs. Fishers Erinnerungen lauschte und sehr aufgeregt war, jemanden zu treffen, der tatsächlich mit all den wahrhaft und wahrlich und unbestritten Großen vertraut war –, sie tatsächlich gesehen, reden gehört und berührt hatte.

Mrs. Fisher warf ihr über den Brillenrand hinweg einen etwas überraschten Blick zu. Mrs. Wilkins, in ihrem Eifer, rasch auf den Kern von Mrs. Fishers Erinnerungen zu stoßen, und besorgt, daß Mrs. Arbuthnot sie jeden Augenblick wegführen würde und sie nicht einmal die Hälfte gehört hätte, hatte bereits mehrmals mit Fragen unterbrochen, die Mrs. Fisher ignorant vorkamen.

»Meredith natürlich«, sagte Mrs. Fisher kurz angebunden. »Ich erinnere mich besonders an ein Wochenende«, fuhr sie fort. »Mein Vater nahm mich oft mit, aber ich werde mich immer besonders an dieses Wochenende erinnern ...«

»Haben Sie Keats gekannt?« unterbrach Mrs. Wilkins sie begierig.

Mrs. Fisher sagte nach einer Pause mit säuerlicher Zurückhaltung, sie habe weder Keats noch Shakespeare kennengelernt.

»Aber natürlich ..., wie töricht von mir!« rief Mrs. Wilkins tief errötend aus. »Es ist, weil ...«, sie wußte nicht weiter, »weil die Unsterblichen irgendwie noch zu leben scheinen, nicht wahr, so als wären sie hier und träten gleich ins Zimmer, und man vergißt, daß sie tot sind. Man weiß eigentlich nur zu gut, daß sie nicht tot sind – nicht annähernd so tot wie Sie und ich in diesem Augenblick«, versicherte sie Mrs. Fisher, die sie über den Brillenrand hinweg beobachtete.

»Kürzlich kam mir vor, als *sähe* ich Keats«, fuhr Mrs. Wilkins verworren fort, angetrieben von Mrs. Fishers Blick über den Brillenrand. »In Hampstead, er überquerte die Straße vor dem Haus, Sie wissen doch, das Haus, in dem er gewohnt hat ...«

Mrs. Arbuthnot sagte, sie müßten nun gehen.

Mrs. Fisher tat nichts, um sie daran zu hindern.

»Ich habe *wirklich* gemeint, ich sähe ihn«, beteuerte Mrs. Wilkins, wobei sie zuerst bei der einen und dann bei der anderen um Vertrauen heischte, während ihr Gesicht von Röte übergossen war; und da sie wegen Mrs. Fishers Brille und den sie über den Rand unverwandt anblickenden Augen nicht aufhören konnte: »Ich glaube, ich habe ihn *wahrhaft* gesehen, er trug einen ...«

Sogar Mrs. Arbuthnot blickte sie jetzt an, und mit ihrer sanftesten Stimme sagte sie, daß sie zu spät zum Essen kommen würden.

An dieser Stelle bat Mrs. Fisher um Referenzen. Sie hatte nicht den Wunsch, vier Wochen lang mit jemandem zusammengesperrt zu sein, der irgendwelche Dinge sah. Zwar gab es in San Salvatore drei Wohnzimmer, dazu einen Garten und die Zinnen, so daß Möglichkeiten bestünden, sich von Mrs. Wilkins zurückzuziehen; aber es wäre Mrs. Fisher unangenehm, wenn es zum Beispiel Mrs. Wilkins einfiele zu behaupten, sie sähe Mr. Fisher. Mr. Fisher war tot; und das sollte auch so bleiben. Sie wollte nicht hören, daß er im Garten umherspaziere. Die einzige Referenz, die sie wirklich interessierte, denn sie war viel zu alt und ihr Platz in der Welt zu fest eingenommen, als daß dubiose Geschäftspartner ihr etwas ausmachen konnten, war die betreffs der Gesundheit von Mrs. Wilkins. War alles in Ordnung mit ihrer Gesundheit? War sie eine normale, vernünftige Durchschnittsfrau? Mrs. Fisher glaubte, daß eine einzige Adresse ihr genügen würde, um herauszufinden, was sie brauchte. Darum bat sie um Referenzen, und ihre Besucherinnen schienen so verblüfft zu sein – Mrs. Wilkins war auf der Stelle ernüchtert –, daß sie hinzufügte: »Es ist üblich.«

Mrs. Wilkins fand als erste die Sprache wieder. »Aber«, sagte sie, »sollten wir nicht diejenigen sein, die Sie darum bitten?«

Und das erschien auch Mrs. Arbuthnot die richtige Einstellung. Sie waren es doch, die Mrs. Fisher in ihre Gesellschaft aufnahmen und nicht umgekehrt, oder?

Als Reaktion darauf ging Mrs. Fisher, auf ihren Stock gestützt, zum Schreibtisch und schrieb mit fester Hand drei Namen hin und reichte sie Mrs. Wilkins, und die Namen waren so respektabel, mehr noch, so bedeutend, fast schon erlaucht, daß sie zu lesen eigentlich ausreichte. Der Präsident der Königlichen Akademie, der Erzbischof von Canterbury und der Vorsitzende der Bank von England: wer würde es wagen, solche Persönlichkeiten beim Meditieren mit Erkundigungen darüber zu stören, ob ihre gute Bekannte auch das sei, was sie sein sollte?

»Sie kennen mich seit meiner Kindheit«, sagte Mrs. Fisher; die ganze Welt kannte anscheinend Mrs. Fisher seit Kindheitstagen.

»Ich glaube nicht, daß Referenzen überhaupt das richtige sind zwischen – zwischen normalen, anständigen Frauen«, brach es aus Mrs. Wilkins heraus, die in dem Gefühl, in die Enge getrieben zu sein, mutig wurde; sie wußte nur zu genau, daß die einzige Referenz, die sie angeben könnte, ohne in Schwierigkeiten zu geraten, Shoolbred's war, und sie traute der nicht so recht, da sie ausschließlich auf Mellershs Fisch beruhte. »Wir sind keine Geschäftsleute. Wir müssen einander nicht mißtrauen . . .«

Und Mrs. Arbuthnot sagte mit einer Würde, die dennoch liebenswürdig war: »Ich fürchte, Referenzen brächten eine Atmosphäre in unser Ferienvorhaben, die nicht dem entspräche, was wir uns wünschen, und ich glaube nicht, daß wir Ihre Referenzen in Anspruch nehmen oder Ihnen unsererseits welche geben werden. Ich vermute deshalb, daß Sie sich uns nicht anschließen möchten.«

Und sie streckte die Hand zum Abschied aus.

Mrs. Fisher, den Blick nunmehr auf Mrs. Arbuthnot gerichtet, die selbst Angestellten der U-Bahn Vertrauen und Sympathie einflößte, kam darauf zu der Überzeugung, daß es eine Dummheit wäre, sich die Chance, unter diesen günstigen Bedingungen in Italien zu sein, entgehen zu lassen und daß sie und diese gelassene Frau wohl gemeinsam in der Lage sein würden, die andere zu zügeln, wenn sie einen ihrer Anfälle bekam. So sagte sie, als sie die ausgestreckte Hand von Mrs. Arbuthnot ergriff: »Nun gut. Ich verzichte auf Referenzen.«

Sie verzichtete auf Referenzen.

Während die beiden zum Bahnhof auf der Kensington High Street gingen, kamen sie nicht umhin, diese Ausdrucksweise ziemlich arrogant zu finden. Sogar Mrs. Arbuthnot, die immer großmütig im Entschuldigen von Fehlern war, dachte, Mrs. Fisher hätte andere Worte gebrauchen können; und als Mrs. Wilkins den Bahnhof erreichte und der Weg und das Gerangel mit den Schirmen der anderen auf dem vollen Bürgersteig ihr Blut erhitzt hatten, schlug sie tatsächlich vor, auf Mrs. Fisher zu verzichten.

»Wenn denn ein Verzicht sein muß, sollten wir diejenigen sein, die es tun«, sagte sie heftig.

Aber Mrs. Arbuthnot blieb wie üblich standfest gegenüber Mrs. Wilkins; und bald schon verkündete Mrs. Wilkins, nachdem sie sich im Zug beruhigt hatte, daß Mrs. Fisher den Platz in San Salvatore einnehmen würde, der ihr zukam. »Ich *sehe*, wie sie dort ihren Platz einnimmt«, sagte sie mit glänzenden Augen.

Worauf Mrs. Arbuthnot, die ruhig mit gefalteten Händen dasaß, sich im Geiste überlegte, wie sie am besten Mrs. Wilkins helfen konnte, nicht gar soviel zu sehen; oder zumindest, wenn sie denn sehen mußte, dies stillschweigend zu tun.

Viertes Kapitel

Es war vereinbart worden, daß Mrs. Arbuthnot und Mrs. Wilkins, die zusammen reisten, am 31. März abends in San Salvatore ankommen sollten – der Eigentümer, der ihnen erklärt hatte, wie man dorthin gelangte, verstand ihre Unlust, ihren Aufenthalt im Castello am ersten April zu beginnen –, und Lady Caroline und Mrs. Fisher, die einander noch nicht kannten und somit keinerlei Verpflichtung hatten, sich gegenseitig auf der Reise zu langweilen, denn erst gegen Ende hin würden sie durch das Verfahren des Siebens herausfinden, wer sie waren, sollten am Morgen des zweiten April eintreffen. Auf diese Weise würde alles sorgsam vorbereitet sein für die beiden, die trotz gleichen Mietanteils einen Gästestatus zu haben schienen.

Gegen Märzende ereigneten sich unliebsame Vorfälle, als Mrs. Wilkins, mit heftigem Herzklopfen und einem Gesicht, auf dem sich Schuld, Schrecken und Entschlossenheit mischten, ihrem Mann mitteilte, daß sie nach Italien eingeladen worden sei, und als er sich weigerte, das zu glauben. Natürlich weigerte er sich, das zu glauben. Niemand hatte je zuvor seine Frau nach Italien eingeladen. Es gab keinen Präzedenzfall. Er verlangte Beweise. Der einzige Beweis war Mrs. Arbuthnot, und Mrs. Wilkins hatte sie präsentiert; aber nach wieviel Bitten und Betteln, wieviel Überredungskunst! Denn Mrs. Arbuthnot hatte nicht geahnt, daß sie Mr. Wilkins ins Auge blicken und ihm Dinge sagen müßte, die nicht der Wahrheit entsprachen, und es machte ihr bewußt, was sie schon seit einiger Zeit vermutet hatte, daß sie sich mehr und mehr von Gott entfernte.

Eigentlich war der ganze März voll von unangenehmen, bangen Augenblicken. Ein beklemmender Monat. Mrs. Arbuthnots Gewissen, das durch jahrelanges Verwöhntsein übersensibel geworden war, konnte das, was sie tat, nicht mit dem eigenen hohen Anspruch, was recht war, in Einklang bringen. Es ließ ihr keine Ruhe. Es pochte beim Beten. Es unterbrach ihr Flehen um göttlichen Beistand durch so beunruhigende Fragen wie: »Bist du nicht eine Heuchlerin? Meinst du das ernsthaft? Wärst du nicht, sei mal ehrlich, enttäuscht, wenn dieses Gebet erhört würde?«

Das anhaltend naßkalte Wetter stand auch auf seiten des Gewissens, indem es weit mehr Krankheiten als sonst bei den Armen hervorrief. Sie hatten Bronchitis; sie hatten Fieber; die Sorgen kannten kein Ende. Und da wollte sie wegfahren und kostbares Geld dafür ausgeben, einzig und allein, um glücklich zu sein. Eine einzelne Frau. Eine einzelne Frau, die glücklich war, und diese mitleiderregenden Mengen ...

Sie konnte dem Vikar nicht ins Gesicht sehen. Er wußte nicht, niemand wußte es, was sie vorhatte, und von Anfang an konnte sie niemandem ins Gesicht sehen. Sie unterließ es, Reden zu halten und um Geld zu bitten. Wie konnte sie sich denn hinstellen und andere um Geld angehen, wo sie selbst soviel für ihr eigenes egoistisches Vergnügen ausgeben würde? Auch half es nichts und beruhigte sie keineswegs, daß Frederick, als sie in ihrem Wunsch zu kompensieren, was sie vergeuden würde, tatsächlich zu ihm gesagt hatte, sie wäre dankbar, wenn er ihr etwas Geld geben könnte, ihr gleich einen Scheck über 100 Pfund aushändigte. Er stellte keine Fragen. Sie war purpurrot. Er schaute sie einen Moment lang an und schaute dann weg. Für Frederick war es eine Wohltat, daß sie Geld annahm. Sie spendete alles sofort der Organisation, für die sie arbeitete, und war mehr denn je von Zweifeln geplagt.

Mrs. Wilkins dagegen hatte keine Zweifel. Sie war sich ganz sicher, daß es nur legitim war, Ferien zu machen, und völlig richtig und angemessen, das hart Ersparte dafür auszugeben, glücklich zu sein.

»Denken Sie daran, wieviel freundlicher wir sein werden, wenn wir zurückkommen«, sagte sie zu Mrs. Arbuthnot, um diese bleiche Dame aufzumuntern.

Nein, Mrs. Wilkins hatte zwar keine Zweifel, aber Ängste; und der März war auch für sie ein unruhiger Monat, wie da jeden Tag der ahnungslose Mr. Wilkins zum Essen heimkam und seinen Fisch aß in der Stille vermeintlicher Sicherheit.

Die Dinge laufen aber manchmal auch so unpassend. Wirklich erstaunlich, wie unpassend sie laufen. Mrs. Wilkins, die sich während des ganzen Monats viel Mühe gab, Mellersh nur seine Lieblingsspeisen vorzusetzen, sorgsam einkaufte und mit ungewöhnlichem Eifer kochte, hatte so großen Erfolg, daß Mellersh angetan war; entschieden angetan; ja so angetan, daß er anfing zu glauben, er habe vielleicht doch die richtige Frau geheiratet und nicht, wie oftmals vermutet, die falsche. Die Folge war, daß am dritten Sonntag des Monats – Mrs. Wilkins hatte sich zaghaft entschlossen, daß sie am vierten Sonntag, denn es gab in jenem März fünf, und am fünften sollten sie und Mrs. Arbuthnot losfahren, mit Mellersh über ihre Einladung sprechen würde –, am dritten Sonntag also, nach einem vorzüglich gekochten Mittagessen, nachdem der Yorkshire-Pudding in seinem Mund zerschmolzen war und die Aprikosentörtchen so exzellent mundeten, daß er alle aufgegessen hatte, rauchte Mellersh am prasselnden Kaminfeuer seine Zigarre, während Hagelböen ans Fenster schlugen, und sagte: »Ich habe vor, dich Ostern mit nach Italien zu nehmen.« Und er machte eine Pause für ihre Verblüffung und dankbare Begeisterung.

Doch nichts tat sich. Das Schweigen im Zimmer, ausgenommen die gegen die Fensterscheiben prallenden Hagelkörner und das fröhliche Knistern des Feuers, war vollkommen. Mrs. Wilkins brachte kein Wort heraus. Sie war sprachlos. Sie hatte den nächsten Sonntag ins Auge gefaßt, um ihm die Neuigkeit mitzuteilen, und hatte sich noch nicht die Worte zurechtgelegt, mit denen sie es ihm eröffnen wollte.

Mr. Wilkins, der seit der Vorkriegszeit nicht mehr im Ausland gewesen war und mit wachsendem Widerwillen bemerkte, wie eine Woche Regen und Wind auf die andere folgte, die dem Wetter eigene hartnäckige Widerwärtigkeit, spürte allmählich das Verlangen, England an Ostern den Rücken zu kehren. Er war sehr erfolgreich in seinem Beruf. Er konnte sich eine Reise leisten. Die Schweiz taugte nichts im April. Ostern in Italien, das klang irgendwie vertraut. Er führe also nach Italien; und da es Kommentare hervorrufen würde, wenn er seine Frau nicht mitnahm, mußte er sie wohl mitnehmen – außerdem würde sie nützlich sein; eine zweite Person war immer nützlich in einem Land, dessen Sprache man nicht konnte, um Dinge festzuhalten und beim Gepäck zu warten.

Er hatte mit einem Ausbruch von Dankbarkeit und freudiger Erregung gerechnet. Ihr Ausbleiben war unglaublich. Wahrscheinlich hatte sie es einfach nicht gehört, folgerte er. Vielleicht war sie gerade in so einem läppischen Tagtraum. Es war bedauerlich, wie kindisch sie noch war.

Er wandte den Kopf, ihre Sessel standen vor dem Kamin, und schaute sie an. Sie blickte starr ins Feuer, und zweifellos hatte das Feuer ihr Gesicht so gerötet.

»Ich habe vor«, wiederholte er, wobei er seine klare, kultivierte Stimme erhob und mit Schärfe sprach, denn Unaufmerksamkeit in solch einem Augenblick war beklagenswert, »dich Ostern mit nach Italien zu nehmen. Hast du mich nicht gehört?«

Ja, sie habe ihn gehört und sich über den merkwürdigen Zufall gewundert – wirklich ganz, ganz merkwürdig – sie habe ihm gerade eben sagen wollen, wie – wie man sie eingeladen habe – eine Freundin habe sie eingeladen – auch an Ostern – Ostern sei doch im April, nicht? – ihre Freundin habe ein – habe ein Haus dort.

Mrs. Wilkins, von Angst, Schuld und Bestürzung gejagt, hatte womöglich noch zusammenhangsloser als sonst gesprochen.

Es war ein furchtbarer Nachmittag. Mellersh war äußerst ungehalten, fiel doch sein Geschenk, das er im Sinn gehabt hatte, an ihn zurück wie der Fluch auf den Fluchenden, und er unterzog sie mit größter Strenge einem Kreuzverhör. Er forderte, sie solle die Einladung abschlagen. Er forderte, sie, die schändlicherweise eine Einladung angenommen hatte, ohne ihn zu befragen, möge schriftlich ihre Zustimmung widerrufen. Als er sich, unvermutet und ungehörig bei ihr, einem Fels von Hartnäckigkeit gegenüber sah, weigerte er sich zu glauben, daß sie überhaupt nach Italien eingeladen worden war. Er weigerte sich, an diese Mrs. Arbuthnot zu glauben, von der er bis zu diesem Zeitpunkt nie etwas gehört hatte; und erst, als das sanfte

Wesen überredet wurde – mit soviel Mühe und ihrerseits so starkem Verlangen, das Ganze eher aufzugeben, als Mr. Wilkins die Unwahrheit zu sagen – und eigens die Aussagen seiner Frau bestätigte, mochte er ihnen Glauben schenken. Er konnte nicht umhin, Mrs. Arbuthnot zu glauben. Sie rief in ihm genau dieselbe Wirkung hervor wie in den U-Bahn-Angestellten. Sie brauchte praktisch nichts zu sagen. Aber das spielte für ihr Gewissen keine Rolle, da es Bescheid wußte und sie nicht vergessen ließ, daß sie Mr. Wilkins einen unvollständigen Eindruck vermittelt hatte. »Siehst du denn«, fragte das Gewissen, »einen wirklichen Unterschied zwischen einem unvollständigen Eindruck und einer Lüge, die vollständig ist? Gott sieht keinen Unterschied.«

Der restliche März war ein wirrer böser Traum. Mrs. Arbuthnot und Mrs. Wilkins waren beide niedergeschlagen; wie sehr sie sich auch wehrten dagegen, beide fühlten sich höchst schuldig; und als sie am Morgen des 30. März endlich aufbrachen, herrschte keine Heiterkeit wegen der Abreise, keine Ferienstimmung.

»Wir sind zu gut gewesen – *viel* zu gut«, murmelte Mrs. Wilkins wiederholt, während sie auf dem Bahnsteig der Victoria-Station hin und her gingen, da sie eine Stunde zu früh dort waren, »und darum haben wir das Gefühl, als täten wir etwas Unrechtes. Wir sind total eingeschüchtert – wir sind keine wahren Menschen mehr. Wahre Menschen sind niemals so gut, wie wir es gewesen sind. Ach«, sie preßte ihre zarten Hände zusammen, »*sich vorzustellen*, wir könnten jetzt so glücklich sein, hier auf diesem Bahnhof, von dem wir realiter bald abfahren, und sind es nicht, und es wird uns verdorben, aus dem einfachen Grund, weil wir *sie* verdorben haben! Was haben wir denn gemacht – was haben wir denn gemacht, möchte ich gern wissen«, fragte sie Mrs. Arbuthnot aufgebracht, »außer daß wir einmal allein wegreisen und uns ein wenig von *ihnen* erholen wollen?«

Mrs. Arbuthnot, die geduldig neben ihr herging, erkundigte sich nicht, wen sie mit *ihnen* meinte, weil sie es wußte. Mrs. Wilkins meinte ihre Männer, wobei sie hartnäckig annahm, daß Frederick ebenso ungehalten wie Mellersh über die Abreise seiner Frau war, wohingegen Frederick nicht einmal wußte, daß seine Frau fort war.

Mrs. Arbuthnot, die sich immer über ihn ausschwieg, hatte Mrs. Wilkins nichts davon gesagt. Frederick ging ihr so nahe, daß sie nicht über ihn reden konnte. Er legte gerade eine Sonderschicht ein, um ein weiteres jener grauenhaften Bücher zu Ende zu bringen, und war die letzten Wochen ununterbrochen weg gewesen, und er war auch nicht da, als sie aufbrach. Warum sollte sie es ihm im voraus sagen? Da sie überzeugt war – und sie fühlte sich elend dabei –, daß er keine Einwände haben würde, gleichgültig, was sie tat, schrieb sie ihm nur eine Notiz und legte sie ihm auf den Tisch in der Diele parat, damit er sie sah, wann immer ihm beliebte, nach Hause zu kommen. Sie sagte ihm, daß sie einen ganzen Monat Ferien machen werde, da sie Erholung brauche und schon lange keine gehabt habe, und daß Gladys, das tüchtige Hausmädchen, Anweisung habe, sich um sein Wohlergehen zu kümmern. Sie verriet nicht, wohin sie fuhr; es gab keinen Grund, weshalb sie das tun sollte; es würde ihn nicht interessieren, es wäre ihm gleich.

Der Tag war ein Graus, stürmisch und naß; die Überfahrt gräßlich, und sie wurden seekrank. Aber nachdem sie seekrank gewesen waren, kam ihnen die Ankunft in Calais, ohne daß ihnen übel war, wie das Glück vor, und hier war es, daß die Herrlichkeit dessen, was sie da unternahmen, zum ersten Mal ihre betäubten Geister zu erwärmen begann. Mrs. Wilkins spürte die Wirkung als erste, und von ihr breitete sie sich wie eine rosa Flamme auf ihre bleiche Begleiterin aus. In Calais, wo sie mit Seezunge wieder zu Kräften kamen, Mrs. Wilkins wollte unbedingt Seezunge essen, die Mellersh gerade nicht kriegte, hier in Calais war Mellersh schon ein wenig zusammengeschrumpft und schien nicht mehr gar so wichtig. Keiner der französischen Gepäckträger kannte ihn; nicht einer der Beamten in Calais kümmerte sich einen Deut um Mellersh. In Paris blieb keine Zeit, an ihn zu denken, da ihr Zug verspätet war und sie auf der Gare de Lyon nur um Haaresbreite den Zug nach Turin erwischten; und als sie am Nachmittag des folgenden Tages in Italien einfuhren, waren England, Frederick, Mellersh, der Vikar, die Armen, Hampstead, der Club, Shoolbred's, jeder und alles, all die schwärende Trostlosigkeit, verblaßt zu einem undeutlichen Traum.

Fünftes Kapitel

Es war bewölkt in Italien, was sie überraschte. Sie hatten mit dem schönsten Sonnenschein gerechnet. Aber das machte nichts: es war Italien, und schon die Wolken sahen üppig aus. Keine der beiden Damen war je dort gewesen. Sie blickten mit verzückter Miene aus den Fenstern. Die Stunden flogen dahin, solange es hell war, und danach hielt sie die Aufgeregtheit munter, immer näher und näher zu kommen, ganz nah zu sein und schließlich anzukommen. In Genua hatte es angefangen zu regnen – Genua: wenn man sich das vorstellte, man war tatsächlich in Genua, sah das Stationsschild mit dem Namen, wie irgendeinen x-beliebigen Namen! –, in Nervi goß es, und als sie endlich gegen Mitternacht, denn der Zug war wieder verspätet, Mezzago erreichten, strömte es nur so vom Himmel. Aber es war Italien. In Italien konnte nichts schlimm sein. Selbst der Regen war dort anders: ein schnurgerader Regen, der, wie es sich gehörte, von oben auf die Schirme fiel; nicht dieses ungebärdig daherwehende englische Zeugs, das einen überall erwischte. Und er würde ganz bestimmt aufhören; und wenn das geschah, gäbe es den Anblick der rosenbestreuten Erde.

Mr. Briggs, der Eigentümer von San Salvatore, hatte gesagt: »Sie steigen in Mezzago aus und lassen sich dann kutschieren.« Aber er hatte etwas vergessen, was ihm wohlvertraut sein mußte, nämlich daß die Züge in Italien manchmal verspätet sind, und so hatte er sich vorgestellt, seine Mieterinnen träfen um acht in Mezzago ein und fänden eine Reihe Droschken vor, aus denen sie wählen konnten.

Der Zug kam mit vier Stunden Verspätung an, und als Mrs. Arbuthnot und Mrs. Wilkins die leiterähnlich hohen Trittstufen ihres Eisenbahnabteils hinunterkletterten in die schwarze Regenflut hinaus, wobei ihre Rocksäume große Lachen rußigen Nasses wegfegten, da sie die Hände voll mit Gepäck hatten, hätten sie nichts Fahrbares entdeckt, wäre da nicht die Umsicht Domenicos gewesen, des Gärtners von San Salvatore. Die normalen Droschken waren längst alle heimgefahren. Domenico, der dies voraussah, hatte die Droschke seiner Tante geschickt, die von ihrem Sohn, seinem Cousin, gefahren wurde; die Tante samt Droschke wohnte in Castagneto, dem Dorf, das hingeduckt zu Füßen von San Salvatore lag, und darum würde es die Droschke, wie spät der Zug auch käme, nicht wagen, ohne die Fracht heimzukehren, die sie abholen sollte.

Domenicos Cousin hieß Beppo, und unmittelbar aus dem Dunkel tauchte er bei Mrs. Arbuthnot und Mrs. Wilkins auf, die unschlüssig dastanden, ratlos, was sie nach der Abfahrt des Zuges machen sollten, denn sie konnten keinen Gepäckträger entdecken und hatten den Eindruck, nicht so sehr auf einem Bahnsteig zu stehen als vielmehr auf dem Bahnkörper selbst.

Beppo, der nach ihnen Ausschau gehalten hatte, tauchte mit einem Satz aus dem Dunkel auf und redete wortgewaltig in Italienisch auf sie ein. Beppo war ein sehr anständiger junger Mann, doch sah er nicht danach aus, vor allem nicht im Dunklen, und er hatte die Krempe seines triefend nassen Huts schief über ein Auge gezogen. Ihnen gefiel nicht die Art, wie er sich ihrer Koffer bemächtigte. Ihrer Meinung nach konnte das kein Gepäckträger sein. Bald schon aber erkannten sie in seinem Wortschwall den Namen San Salvatore, worauf sie ihm diesen ständig wiederholten, da es das einzige Italienisch war, das sie konnten, während sie hinter ihm hereilten, um ihr Gepäck nicht aus den Augen zu verlieren, und über Gleise und durch Pfützen dorthin stolperten, wo auf einer Straße eine kleine, hohe Droschke stand.

Ihr Verdeck war zurückgelegt, und das Pferd schien in Gedanken versunken. Sie kletterten in die Droschke, und im selben Augenblick, wo sie drinnen waren – für Mrs. Wilkins traf das nicht ganz zu –, wachte das Pferd mit einem Ruck aus seiner Träumerei auf und begann sogleich heimwärts zu traben; ohne Beppo; ohne das Gepäck.

Beppo stürzte hinter ihm her, durchdrang mit seinen Rufen die Nacht und erwischte rechtzeitig noch die herunterhängenden Zügel. Er erklärte stolz und, wie er meinte, in aller Deutlichkeit, das tue das Pferd immer, es sei ein edles Tier, voller Gerste und voller Lebenskraft und gehegt und gepflegt von ihm, Beppo, als wär es sein eigener Sohn, und die Damen brauchten keine Angst zu haben, er habe nämlich bemerkt, daß sie sich aneinanderklammerten; doch wie deutlich, laut und wortstark er auch sprach, sie blickten ihn nur schreckensbleich an.

Dennoch redete er weiter, während er die Koffer um sie herum verstaute, überzeugt davon, daß sie ihn früher oder später verstehen *mußten*, besonders, da er sich bemühte, sehr laut zu sprechen und alles, was er sagte, mit den einfachsten erklärenden Gesten zu veranschaulichen, aber beide blickten ihn nur groß an. Die Gesichter der Reisenden waren, wie er mitfühlend bemerkte, weiß und müde, und beide hatten große müde Augen. Schöne Damen, dachte er, und ihre Augen, die ihn über die Koffer hinweg ansahen und jede seiner Bewegungen beobachteten – es gab keine großen Koffer, nur eine Anzahl von kleineren Gepäckstücken –, waren wie die Augen der Muttergottes. Das einzige, was die Damen selbst nach dem Losfahren sagten und in regelmäßigen Abständen wiederholten, wobei sie ihn auf dem Kutschbock leicht antippten, um seine Aufmerksamkeit zu erlangen, war: »San Salvatore?«

Und jedesmal antwortete er lautstark und in ermunterndem Ton: »*Si*, *si*, San Salvatore.«

»Wir *wissen* natürlich nicht, ob er uns dorthin bringt«, sagte Mrs. Arbuthnot schließlich mit leiser Stimme, nachdem sie, wie es ihnen schien, bereits eine ganze Weile gefahren waren und die Pflastersteine der in Schlaf gehüllten Stadt verlassen hatten und sich auf einer kurvigen Straße befanden mit einer, wie sie erspähen konnten, niedrigen Mauer zu ihrer Linken, wohinter eine große schwarze Leere war und das Rauschen des Meeres. Zu ihrer Rechten drängte sich etwas dicht heran, steil aufragend und finster: Felsen, flüsterten sie einander zu; riesige Felsen.

»Nein, *wissen* tun wir das nicht«, stimmte ihr Mrs. Wilkins zu, wobei ihr ein leichter Schauder den Rücken hinunterlief.

Sie fühlten sich sehr unbehaglich. Es war so spät. Es war so dunkel. Die Straße so einsam. Angenommen, ein Rad ginge ab. Angenommen, sie begegneten Faschisten oder dem Gegenteil von Faschisten. Wie bedauerten sie es jetzt, daß sie nicht in Genua übernachtet hatten und erst am nächsten Morgen bei Tageslicht losgefahren waren.

»Aber das wäre der erste April gewesen«, sagte Mrs. Wilkins mit leiser Stimme.

»Der ist jetzt auch«, flüsterte Mrs. Arbuthnot

»Stimmt«, murmelte Mrs. Wilkins.

Sie verstummten.

Beppo drehte sich auf seinem Kutschbock um – eine beunruhigende Angewohnheit, die sie schon bemerkt hatten, denn sein Pferd durfte doch gewiß nicht aus den Augen gelassen werden – und richtete wieder das Wort an sie, überzeugt, daß er sich größter Klarheit befleißigte, kein *Patois* gebrauchte und alles mit überdeutlichen Gesten erklärte.

Wie sehr wünschten sie sich, ihre Mütter hätten sie als Kinder Italienisch lernen lassen. Könnten sie jetzt doch nur sagen: »Bitte bleiben Sie so sitzen, daß Sie das Pferd im Auge behalten.« Sie wußten nicht einmal, was Pferd auf italienisch heißt. Solche Unkenntnis war schmählich.

In ihrer Angst – denn die Straße wand sich um mächtig aufragende Felsen, und linker Hand gab es bloß die niedrige Mauer, um sie vor dem Sturz ins Meer zu bewahren, falls etwas passieren sollte – begannen auch sie zu gestikulieren, fuchtelten mit den Händen in Beppos Richtung, nach vorn. Sie wollten, daß er sich wieder zum Pferd umdrehte; mehr nicht. Er glaubte, sie wünschten, daß er schneller kutschierte; und so folgten zehn Schreckensminuten, in denen er ihnen, zumindest glaubte er das, eine Freude bereitete. Er war stolz auf sein Pferd, es konnte sehr rasch laufen. Er erhob sich von seinem Sitz, die Peitsche knallte, das Pferd jagte dahin, die Felsen sprangen auf sie zu, die kleine Droschke schaukelte, die Gepäckstücke rappelten, Mrs. Arbuthnot und Mrs. Wilkins klammerten sich aneinander. Auf diese Weise ging es weiter, schaukelnd, rüttelnd, klappernd, sich klammernd, bis zu einer Stelle kurz vor Castagneto, wo die Straße anstieg und das Pferd, das jeden Meter Weges kannte, plötzlich am Fuße dieser Anhöhe stehenblieb, wobei alles, was sich in der Droschke befand, wild durcheinandergeschüttelt wurde, und dann ganz gemächlich weiter trottete.

Beppo drehte sich um, ihre Bewunderung entgegenzunehmen, lachend, voller Stolz auf sein Pferd.

Von den schönen Damen ihrerseits kam kein Lachen. Ihre Augen, auf ihn gerichtet, wirkten größer denn je, und ihre Gesichter sahen gegen das Schwarz der Nacht milchig aus.

Immerhin gäbe es, wenn sie oben auf der Anhöhe wären,

Häuser. Die Felsen verschwanden, und Häuser tauchten auf; die niedrige Mauer verschwand, weitere Häuser; das Meer wich zurück, und sein Rauschen hörte auf, und die Einsamkeit der Straße war zu Ende. Nirgendwo Licht und natürlich niemand, der sie vorbeifahren sah; und dennoch stand Beppo, als die ersten Häuser vorbei waren, und nachdem er über seine Schulter geblickt und den Damen »Castagneto« zugerufen hatte, erneut auf, knallte mit der Peitsche und ließ sein Pferd von neuem vorwärtsstürmen.

›Wir werden gleich da sein‹, sagte sich Mrs. Arbuthnot und klammerte sich fest.

›Wir werden bald ankommen‹, sagte sich Mrs. Wilkins und klammerte sich fest. Laut sagten sie nichts, denn bei diesem Peitschengeknall und Radgeklapper und all den anfeuernden Schnalzlauten, die Beppo zum Pferd hin machte, hätte man ohnehin nichts verstehen können.

Eifrig strengten sie die Augen an, um irgendwelche Anzeichen von San Salvatore zu erkennen.

Sie hatten geglaubt und gehofft, daß in angemessener Distanz vom Dorf ein mittelalterlicher Torbogen vor ihnen aufragen würde, durch den hindurch sie in einen Garten hineinführen, um vor einer offenen, einladenden Tür anzuhalten, aus der Licht herausflutete, und das Personal, das laut Inserat dortgeblieben war, sie erwartete.

Statt dessen blieb die Droschke plötzlich stehen.

Beim Hinausspähen konnten sie sehen, daß sie sich immer noch auf der Dorfstraße befanden, mit dunklen kleinen Häusern zu beiden Seiten; und Beppo, der dem Pferd die Zügel über den Hals warf, als sei er diesmal ganz zuversichtlich, es werde sich nicht von der Stelle rühren, stieg vom Kutscherbock. Im selben Augenblick erschienen gleichsam aus dem Nichts herausspringend ein Mann und einige halbwüchsige Jungen zu beiden Seiten der Droschke und begannen die Gepäckstücke herauszuhieven.

»Nein, nein, San Salvatore, San Salvatore«, rief Mrs. Wilkins aus und versuchte dabei, möglichst viel Gepäck festzuhalten.

»*Si, si*, San Salvatore, San Salvatore«, schrien alle, während sie am Gepäck zogen.

»Das hier *kann* nicht San Salvatore sein«, sagte Mrs. Wilkins und wandte sich an Mrs. Arbuthnot, die reglos dasaß und zuschaute, wie das Gepäck ihr entwendet wurde, mit derselben Geduld, die sie kleineren Übeln gegenüber zeigte. Sie wußte, sie konnte nichts tun, sollten diese Männer üble Gesellen sein, darauf aus, ihr Gepäck zu kriegen.

»Macht mir auch nicht den Eindruck«, räumte sie ein und konnte sich einen Moment lang nicht der Verwunderung enthalten über die Wege des Herrn. Waren sie wirklich hierher gebracht worden, sie und die arme Mrs. Wilkins, nach all der Anstrengung, das Ganze in die Wege zu leiten, nach all den Schwierigkeiten und Sorgen, den gewundenen Pfaden von Lug und Trug, nur um . . . ?

Sie gebot ihren Gedanken Einhalt und sagte voll Sanftmut zu Mrs. Wilkins, während die zerlumpten Jungen mit dem Gepäck in der Nacht verschwanden und der Mann mit der Laterne Beppo half, ihr die Reisedecke zu entziehen, sie beide seien in Gottes Hand; und als Mrs. Wilkins das hörte, hatte sie zum ersten Mal Angst.

Es blieb ihnen nichts anderes übrig, als auszusteigen. Zwecklos, weiter in der Droschke sitzenzubleiben und immer nur San Salvatore zu rufen. Jedesmal, wenn sie das taten, und ihre Stimmen wurden von Mal zu Mal schwächer, antworteten Beppo und der andere Mann bloß mit lautem Geschrei. Hätten sie doch nur als Kinder Italienisch gelernt. Hätten sie doch nur sagen können: »Fahren Sie uns doch bitte bis vor die Tür.« Aber sie wußten nicht einmal, was Tür auf italienisch heißt. Solche Unkenntnis war nicht nur schmählich, sie war, wie sie jetzt sahen, geradezu gefährlich. Zwecklos, jetzt darüber zu lamentieren. Zwecklos auch, hinauszuzögern, was ihnen gleich bevorstand, indem sie weiter in der Droschke sitzenblieben. Und so stiegen sie aus.

Die beiden Männer öffneten Schirme für sie und überreichten sie ihnen. Das gab ihnen ein wenig Mut, denn sie konnten nicht glauben, daß diese Männer, sollten es üble Gesellen sein, sich damit abgeben würden, Schirme für sie zu öffnen. Dann machte ihnen der Mann heftig brabbelnd mit der Laterne Zeichen, ihm zu folgen, und Beppo blieb, wie sie sahen, zurück. Sollten sie ihm etwas zahlen? Nein, entschieden sie, wo sie sowieso gleich beraubt, vielleicht sogar ermordet würden. Bestimmt zahlte man in einer solchen Situation nichts. Außerdem hatte er sie schließlich nicht nach San Salvatore gebracht. Offensichtlich waren sie woanders gelandet. Auch äußerte er nicht das geringste Verlangen, bezahlt zu werden; er ließ sie, ohne irgendwelchen Protest, in die Nacht entschwinden. Dies war, so mußten sie glauben, ein böses Omen. Er wollte nichts haben, weil er gleich reichlich belohnt würde.

Sie kamen zu einigen Stufen. Die Straße endete abrupt bei einer Kirche und Stufen, die hinunterführten. Der Mann senkte die Laterne für sie, damit sie die Stufen sahen.

»San Salvatore?« fragte Mrs. Wilkins erneut, ganz zaghaft, bevor sie sich an die Stufen wagte. Zwecklos natürlich, das jetzt zu erwähnen, aber sie konnte Treppen nicht wortlos hinuntersteigen. Kein mittelalterliches Castello, dessen war sie sich sicher, war je am Fuße einer Treppe erbaut worden.

Wieder ertönte echogleich der Ruf: »*Si, si*, San Salvatore.«

Sie stiegen vorsichtig hinunter, die Röcke hebend, als brauchten sie die noch für eine andere Gelegenheit und hätten nicht aller Wahrscheinlichkeit nach ein für allemal mit Flitter und Tand abgeschlossen.

Die Stufen endeten an einem steil abfallenden Weg mit flachen Steinplatten in der Mitte. Sie rutschten und glitschten viel auf diesen nassen Platten, und der Mann mit der Laterne hielt sie, laut brabbelnd, fest. Die Art, wie er sie festhielt, war höflich.

»Vielleicht«, sagte Mrs. Wilkins mit leiser Stimme zu Mrs. Arbuthnot, »ist doch alles in Ordnung.«

»Wir sind in Gottes Hand«, sagte Mrs. Arbuthnot wieder; und wieder spürte Mrs. Wilkins Angst.

Sie kamen zum Ende des Hangs, und das Licht der Laterne zuckte über einen offenen Platz, der an drei Seiten von Häusern umgeben war. Die vierte Seite war das Meer, das in trägem Hin und Her die Kiesel umspülte.

»San Salvatore«, sagte der Mann und wies mit seiner Laterne auf eine schwarze Masse hin, die sich an die Bucht drängte.

Sie strengten die Augen an. Sie sahen die schwarze Masse und ganz oben ein Licht.

»San Salvatore?« wiederholten beide ungläubig, denn wo war das Gepäck, und warum hatte man sie gezwungen, aus der Droschke zu steigen?

»*Si*, *si*, San Salvatore.«

Sie gingen eine Art Kai entlang, unmittelbar am Wasser. Hier gab es nicht einmal eine niedrige Mauer – nichts, was den Mann mit der Laterne daran hindern konnte, sie ins Meer zu stoßen, falls er das vorhatte. Was er aber nicht tat. Vielleicht ist ja doch alles in Ordnung, deutete Mrs. Wilkins, als sie das merkte, gegenüber Mrs. Arbuthnot an, die diesmal selbst zu glauben begann, daß es möglich sei, und nichts mehr von Gottes Hand sagte.

Das zuckende Licht der Laterne tanzte vor ihnen her, reflektiert vom nassen Pflaster des Kais. Weiter draußen zur Linken, im Dunkel und offensichtlich am Ende einer Mole, blinkte ein rotes Licht. Sie kamen zu einem Torbogen mit schön geschmiedetem Eisengitter. Der Mann mit der Laterne stieß das Tor auf. Diesmal stiegen sie Stufen hinauf statt hinab, und oben angelangt, trafen sie auf einen Pfad, der sich zwischen Blumen hinaufschlängelte. Sie konnten die Blumen nicht sehen, aber es war offenkundig, daß es hier voll von ihnen war.

Da wurde es Mrs. Wilkins klar, daß womöglich der Grund, weshalb die Droschke sie nicht bis vor die Tür gefahren hatte, der war: es gab keine Straße, nur den Fußweg. Das würde auch das Verschwinden des Gepäcks erklären. Zuversicht regte sich in ihr, daß ihr Gepäck auf sie warten würde, wenn sie oben ankamen. San Salvatore schien sich auf einer Hügelkuppe zu befinden, so wie es sich für ein mittelalterliches Castello ziemte. Bei einer Wegbiegung erblickten sie über sich, viel näher jetzt und leuchtender, das Licht, das sie vom Kai aus bemerkt hatten. Sie erzählte Mrs. Arbuthnot von ihrer Vermutung, und Mrs. Arbuthnot meinte zustimmend, höchstwahrscheinlich liege sie da richtig.

Noch einmal, diesmal aber in optimistischem Ton, fragte Mrs. Wilkins, wobei sie nach oben zu der schwarzen Silhouette zeigte, die sich gegen den kaum weniger schwarzen Himmel abhob: »San Salvatore?« Und noch einmal, nun aber beruhigend, ermunternd, ertönte die Bestätigung: »*Si, si*, San Salvatore.«

Sie gingen über eine kleine Brücke, die anscheinend über eine Schlucht führte, und danach folgte ein flaches Stück mit hohem Gras an den Seiten und weiteren Blumen. Sie spürten, wie die nassen Gräser ihre Strümpfe streiften, und die unsichtbaren Blumen waren überall. Dann wieder im Zickzack einen Weg zwischen Bäumen hinauf, begleitet vom Duft der Blumen, die sie nicht sehen konnten. Der warme Regen entlockte ihnen ihre ganze Süße. Höher und höher stiegen sie in dieser süßen Dunkelheit, und das rote Licht auf der Mole unter ihnen blieb immer weiter zurück.

Der Weg zog sich in Windungen bis zur anderen Seite dessen, was eine kleine Halbinsel zu sein schien; die Mole und das rote Licht verschwanden; jenseits der Leere zu ihrer Linken sah man ferne Lichter.

»*Mezzago*«, sagte der Mann und wies mit seiner Laterne zu den Lichtern.

»*Si, si*«, antworteten sie, denn inzwischen hatten sie *si, si* gelernt. Worauf der Mann ihnen in einer wahren Flut von galanten Worten, so kam es ihnen vor, zu ihrem herrlichen Italienisch gratulierte; denn dies hier war Domenico, der umsichtige und so tüchtige Gärtner von San Salvatore, die unentbehrliche Stütze des Haushalts, der erfindungsreiche, der begabte, der redegewandte, der höfliche, der intelligente Domenico. Nur wußten sie das noch nicht; und er sah im Dunkeln, gelegentlich auch im Hellen, mit seinen scharfgeschnittenen, dunklen Gesichtszügen und seinen katzengleichen Bewegungen wahrlich wie ein übler Geselle aus.

Sie gingen noch ein Stück flachen Weges, wobei zu ihrer Rechten ein schwarzes Gebilde wie eine hohe Mauer über ihnen aufragte, und dann führte der Weg unter Spalieren wieder aufwärts; und herunterhängende Zweige mit etwas Duftendem daran schnappten nach ihnen und schüttelten Regentropfen auf sie, und der Schein der Laterne tanzte über Lilien, und dann folgte eine Flucht alter Stufen, ausgetreten in Jahrhunderten, und ein weiteres eisernes Tor, und dann waren sie drinnen, wenngleich sie noch eine steinerne Wendeltreppe hochsteigen mußten, mit alten Mauern zu beiden Seiten, wie die Mauern eines Verlieses, und einem gewölbten Dach.

Oben war eine schmiedeeiserne Pforte, und durch sie flutete elektrisches Licht.

»*Ecco*«, sagte Domenico, der geschmeidig im Eilschritt die letzten Stufen vor ihnen nahm und die Pforte aufstieß.

Und damit waren sie angekommen; und es war San Salvatore; und ihr Gepäck erwartete sie, und sie waren nicht ermordet worden.

Ernst schauten sie einander in die bleichen Gesichter, die blinzelnden Augen.

Es war ein großer, ein wundervoller Augenblick. Hier waren

sie, endlich, in ihrem mittelalterlichen Castello. Ihre Füße berührten seine Steine.

Mrs. Wilkins legte den Arm um Mrs. Arbuthnots Hals und küßte sie.

»Das erste, was in diesem Haus geschieht«, sagte sie sanft und feierlich, »soll ein Kuß sein.«

»Liebe Lotty«, sagte Mrs. Arbuthnot.

»Liebe Rose«, sagte Mrs. Wilkins mit freudestrahlenden Augen.

Domenico war entzückt. Er mochte den Anblick schöner Damen, die sich küßten. Er hielt ihnen schwungvoll eine Willkommensrede, und sie standen Arm in Arm da, einander stützend, denn sie waren sehr müde und blinzelten ihn lächelnd an, ohne ein Wort zu verstehen.

Sechstes Kapitel

Als Mrs. Wilkins am nächsten Morgen aufwachte, blieb sie einige Minuten lang im Bett liegen, bevor sie aufstand und die Fensterläden öffnete. Was würde sie von ihrem Fenster aus sehen? Eine strahlende Welt oder eine verregnete Welt? Aber schön würde sie sein, wie immer sie auch aussehen mochte.

Sie fand sich in einem kleinen Schlafzimmer mit weißgetünchten Wänden, einem Steinboden und einigen wenigen alten Möbeln. Die Betten – es gab zwei – waren aus Eisen, schwarz emailliert und bemalt mit bunten Blumensträußchen. Sie blieb liegen, um den großen Augenblick, wenn sie ans Fenster ging, hinauszuzögern, so wie man das Öffnen eines lieben Briefes und seine Freude daran hinauszögert. Sie hatte keine Ahnung, wieviel Uhr es war; sie hatte vergessen, sie aufzuziehen, seit sie zuletzt, Jahrhunderte war das her, in Hampstead schlafen gegangen war. Man hörte keinen Laut im Haus, und so vermutete sie, es müsse noch früh sein, dennoch hatte sie das

Gefühl, als hätte sie ewig geschlafen – so ausgeruht, so rundum zufrieden war sie. Sie lag da, die Arme um den Kopf verschränkt, und dachte, wie glücklich sie war, und ihre Lippen waren in seligem Lächeln hochgezogen. Allein im Bett zu sein: welch Wonnezustand. Sie war seit fünf Jahren nicht einmal ohne Mellersh im Bett gewesen; ah, diese kühle Geräumigkeit; die Bewegungsfreiheit; das Gefühl der Sorglosigkeit, der Keckheit, wenn man an den Decken zog, weil man es wollte, oder sich die Kissen zurechtstupste, um es noch behaglicher zu haben! Es war, als entdecke man eine Freude völlig neu.

Mrs. Wilkins sehnte sich zwar danach, aufzustehen und die Läden zu öffnen, aber sie fühlte sich dort, wo sie war, einfach pudelwohl. Sie seufzte vor Behagen und blieb weiter liegen, schaute um sich, registrierte alles in ihrem Zimmer, ihrem eigenen kleinen Zimmer, ihrem ureigenen Zimmer, in dem sie sich ganz nach Gusto während dieses einen glücklichen Monats einrichten konnte, ihr Zimmer, das sie sich von ihrem Ersparten erworben hatte, die Frucht ihrer geheimen Entbehrungen, ihr Zimmer, dessen Tür sie abschließen konnte, wenn sie es wollte, und wo niemand das Recht hatte hereinzukommen. Es war ein so seltsames kleines Zimmer, ganz anders als alle, die sie kannte, und so angenehm. Es war wie eine Zelle. Die beiden Betten ausgenommen, beschwor es eine glückliche Askese. ›Und der Name des Gemachs‹, zitierte sie in Gedanken, lächelnd das Zimmer betrachtend, ›war Friede.‹

Ja, das war schon herrlich, dazuliegen und zu denken, wie glücklich sie war, aber draußen vor den Läden war es noch herrlicher. Sie sprang auf, zog sich die Pantoffeln an, denn es gab nichts auf dem Steinboden als einen kleinen Vorleger, lief zum Fenster und stieß die Läden auf.

»Oh!« rief Mrs. Wilkins aus.

All der strahlende Glanz Italiens im April lag ausgebreitet ihr zu Füßen. Die Sonne ergoß sich über sie. Das Meer schlummerte darin, fast unbewegt. Jenseits der Bucht ruhten auch die lieblichen Berge, reich an Farbnuancen, im Licht; und unterhalb ihres Fensters, am Fuße des blumenübersäten Grashügels, aus dem sich die Mauer des Castellos erhob, stand eine große Zypresse, die wie ein großes schwarzes Schwert durch die zarten Blau-, Violett- und Rosatöne der Berge und des Meeres schnitt.

Sie staunte. Solche Schönheit; und sie war da, um sie zu sehen. Solche Schönheit; und sie am Leben, um sie zu fühlen. Ihr Gesicht war in Licht gebadet. Köstliche Düfte stiegen zu ihrem Fenster hoch und umschmeichelten sie. Eine leichte Brise bewegte sanft ihr Haar. Weit draußen in der Bucht trieb eine Schar von Fischerbooten, fast ohne Bewegung, wie ein Schwarm weißer Vögel, auf dem ruhigen Meer. Wie schön, wie schön! Nicht zuvor gestorben zu sein . . ., das sehen zu dürfen, zu atmen, zu fühlen . . . Sie starrte mit offenem Mund. Glücklich? Welch dürftiges, gewöhnliches Alltagswort. Aber was konnte man denn sagen, wie ließe es sich beschreiben? Es war, als müßte sie zerspringen, als wäre sie zu klein, um soviel Freude in sich zu halten, als wäre sie von Licht durchdrungen. Und wie erstaunlich das war, diese reine Seligkeit zu fühlen, wo sie doch überhaupt nichts Selbstloses tat oder im Sinn hatte, vielmehr nur das tun würde, was sie wollte. Nach Meinung aller, die sie im Leben kennengelernt hatte, müßte sie zumindest Gewissensbisse haben. Nicht die Spur davon. Irgendwie stimmte da etwas nicht. Seltsam, daß sie zu Hause so gut gewesen war, so furchtbar gut, und bloß Qual empfunden hatte. Gewissensbisse jeder Art waren dort ihr Los gewesen; Schmerzen, Kränkungen, Entmutigungen, während sie die ganze Zeit unermüdlich selbstlos war. Jetzt hatte sie all ihr Gutsein abgelegt und in die Ecke geworfen wie einen Haufen durchnäßter Wäsche, und sie fühlte nur Freude. Sie hatte sich des Gutseins entledigt und genoß ihre Nacktheit. Sie war entblößt und frohlockte. Und dort, fern in der trüben Muffigkeit von Hampstead, erboste sich Mellersh.

Sie versuchte, sich Mellersh vorzustellen, versuchte, ihn beim

Frühstück zu sehen und wie er verbittert an sie dachte; und sieh da, Mellersh selbst begann zu schimmern, wurde rosig, dann blaßviolett, dann zu einem hinreißenden Blau, verlor die Konturen, irisierte. Tatsächlich entschwand Mellersh, nachdem er noch einen Augenblick lang gezuckt hatte, im Licht.

›*Na so was*‹, dachte Mrs. Wilkins und starrte gleichsam hinter ihm her. Wie ungewöhnlich das war, sich Mellersh nicht vorstellen zu können; sie, die jeden Zug an ihm, jeden Gesichtsausdruck auswendig kannte. Es gelang ihr einfach nicht, ihn zu sehen, wie er war. Sie konnte ihn nur verklärt sehen, in Einklang mit allem. Die bekannten Worte der öffentlichen Danksagung kamen ihr spontan in den Sinn, und sie ertappte sich dabei, wie sie Gott pries, sie erschaffen und beschützt zu haben, ihn pries für alle Wohltaten dieses Lebens, vor allem aber für seine unschätzbare Liebe; und das geschah mit lauter Stimme; in einer plötzlichen Anwandlung von Dankbarkeit. Mellersh dieweil zog in diesem Augenblick verärgert seine Stiefel an, bevor er in die triefenden Straßen hinausging, und dachte Bitterböses von ihr.

Sie begann sich anzuziehen, wobei sie sich zu Ehren des Frühsommertages für leichte weiße Sachen entschloß, packte ihr Gepäck aus und brachte ihr schnuckeliges Zimmer in Ordnung. Sie ging mit schnellen, entschiedenen Schritten umher, ihr langer dünner Körper war gestreckt, ihr kleines Gesicht, das zu Hause vor lauter Anstrengung und Angst so zerknittert aussah, glättete sich. Alles, was sie vor diesem Morgen gewesen war und getan hatte, alles, was sie gefühlt und ihr Kummer gemacht hatte, war verschwunden. Mit jeder ihrer Sorgen verhielt es sich wie mit Mellershs Bild, sie löste sich in Farbe und Licht auf. Und sie bemerkte Dinge, die sie seit Jahren nicht bemerkt hatte – als sie ihr Haar vor dem Spiegel frisierte, nahm sie es bewußt wahr und dachte: ›Das ist aber hübsch.‹ Jahrelang hatte sie vergessen, daß sie so etwas wie Haar hatte, sie flocht es am Abend und löste es am Morgen mit derselben Eile und

Gleichgültigkeit, mit der sie ihre Schuhe schnürte und aufschnürte. Jetzt auf einmal sah sie das Haar, und sie wickelte sich vor dem Spiegel einige Strähnen um die Finger und war froh, daß es so hübsch war. Mellersh konnte es auch nicht gesehen haben, denn er hatte nie ein Wort darüber verloren. Wenn sie aber wieder zu Hause wäre, würde sie ihn darauf aufmerksam machen. »Mellersh«, würde sie sagen, »guck dir mein Haar an. Gefällt es dir nicht, daß du eine Frau mit honiggoldenen Locken hast?«

Sie lachte. Sie hatte noch nie dergleichen zu Mellersh gesagt, und die Vorstellung amüsierte sie. Aber warum hatte sie es nicht getan? Nun ja – sie hatte immer Angst vor ihm gehabt. Komisch, vor irgend jemandem Angst zu haben; und besonders vorm eigenen Mann, den man doch auch in seinen schlichteren Momenten sah, wie beim Schlafen, wo er nicht, wie es sich gehörte, durch die Nase atmete.

Als sie fertig war, öffnete sie die Tür, um hinüberzugehen und zu sehen, ob Rose wach war, die am Abend zuvor von einem schläfrigen Mädchen in einer Zelle ihr gegenüber untergebracht worden war. Sie würde ihr guten Morgen wünschen und dann zur Zypresse hinunterlaufen und dort bleiben, bis das Frühstück fertig war, und nach dem Frühstück würde sie nicht ein einziges Mal aus dem Fenster schauen, bis sie Rose geholfen hatte, alles für Lady Caroline und Mrs. Fisher vorzubereiten. Es gab so viel zu tun an diesem Tag: sich häuslich niederzulassen, die Zimmer in Ordnung zu bringen; sie durfte Rose das nicht allein überlassen. Für die beiden Neuankömmlinge würden sie alles so heimelig machen, die von Blumen leuchtenden Zellen würden ihnen einen entzückenden Anblick bieten. Sie erinnerte sich, daß sie sich gewünscht hatte, Lady Caroline möge nicht herkommen; wie abstrus, jemanden aus dem Paradies ausschließen zu wollen, nur aus der Befürchtung, man wäre dann gehemmt! Als ob das was ausmachte, und als ob sie nicht so oder so befangen wäre. Außerdem, was für ein Grund. Zumindest konnte sie sich in dieser Angelegenheit nicht vorwerfen, gutherzig gewesen zu sein. Und sie erinnerte sich, sie wollte auch Mrs. Fisher nicht dabeihaben, weil sie ihr arrogant vorgekommen war. Wie seltsam war sie doch. Wie seltsam, sich über solch geringfügige Dinge Sorgen zu machen und ihnen somit Wichtigkeit beizumessen.

Die Schlafzimmer und zwei der Aufenthaltsräume in San Salvatore lagen im obersten Stockwerk und gingen auf eine weitläufige Halle mit einem großen Glasfenster an der Nordseite. San Salvatore besaß viele kleine Gärten an den verschiedensten Stellen und auf verschiedenen Ebenen. Das Gärtchen, auf das dieses Fenster hinunterblickte, befand sich auf der höchsten Stelle des Festungswalls und konnte nur durch die entsprechende Halle auf dem Stockwerk darunter betreten werden. Als Mrs. Wilkins aus ihrem Zimmer kam, war das Fenster weit offen, und in der Sonne hinten stand ein Judasbaum in voller Blüte. Kein Mensch in der Nähe, kein Geräusch von Stimmen oder Schritten. Kübel mit Callas thronten auf dem Steinboden, und auf einem Tisch flammte ein Riesenstrauß wilder Kapuzinerkresse. Geräumig, blumenreich, still, mit dem großen Fenster am Ende, das sich zum Garten hin öffnete, und dem Judasbaum aberwitzig schön im Sonnenschein, schien das alles Mrs. Wilkins, die festgehalten wurde auf ihrem Weg zu Mrs. Arbuthnot, zu gut, um wahr zu sein. Würde sie wirklich einen ganzen Monat darin leben dürfen? Bis zu diesem Zeitpunkt hatte sie das Schöne, wie es sich ihr rein zufällig bot, portiönchenweise ergattern müssen – ein gänseblümchenübersätes Fleckchen auf einem Feld in Hampstead an einem herrlichen Tag, einen Streifen Sonnenuntergang zwischen zwei Schornsteinkappen. Sie war nie an wirklich vollkommen schönen Orten gewesen. Nicht einmal in einem ehrwürdig alten Haus, und so etwas wie Blumenfülle in ihrer Wohnung war unerschwinglich für sie. Manchmal hatte sie sich im Frühling sechs Tulpen bei Shoolbred's gekauft, da es ihr unmöglich war, ihnen zu widerstehen, und war sich bewußt, daß Mellersh, falls er erführe, wieviel sie gekostet hatten, dies unentschuldbar fände; aber sie waren bald verwelkt, und danach gab es keine mehr. Was den Judasbaum betraf, hatte sie keine Ahnung, was das eigentlich war, und sie betrachtete ihn, wie er sich da draußen gegen den Himmel abhob, mit der verzückten Miene einer, die eine himmlische Vision hat.

Mrs. Arbuthnot, die aus ihrem Zimmer kam, traf sie so an, mitten in der Halle stehend, den Blick starr.

›Was glaubt sie denn nun zu sehen?‹ dachte Mrs. Arbuthnot.

»Wir *sind* in Gottes Hand«, sagte Mrs. Wilkins, sich ihr zuwendend, im Brustton der Überzeugung.

»Oh!« sagte Mrs. Arbuthnot rasch, während sich ihre eben noch lächelnde Miene verfinsterte. »Wieso, was ist passiert?«

Mrs. Arbuthnot war nämlich mit einem wunderbaren Gefühl der Sorglosigkeit, der Erleichterung aufgewacht und wollte nun nicht entdecken, daß ihr Bedürfnis nach Geborgenheit doch nicht gestillt werden konnte. Sie hatte nicht einmal von Frederick geträumt. Zum ersten Mal seit Jahren war ihr der nächtliche Traum erspart geblieben, daß er bei ihr war und sie offen und ehrlich miteinander sprachen, und dann das traurige Erwachen. Sie hatte wie ein Säugling geschlafen und war zuversichtlich aufgewacht; das einzige, was sie in ihrem Morgengebet sagen wollte, hatte sie festgestellt, war ›danke‹. So war es beunruhigend zu hören, daß sie doch in Gottes Hand war.

»Es ist hoffentlich nichts passiert?« fragte sie besorgt.

Mrs. Wilkins schaute sie einen Augenblick lang an und lachte. »Wie seltsam«, sagte sie und küßte sie.

»Was ist seltsam?« wollte Mrs. Arbuthnot wissen, und ihr Gesicht hellte sich auf, weil Mrs. Wilkins lachte.

»Wir. Dies hier. Alles. Es ist so wundervoll. Es ist so seltsam und so herrlich, daß wir mittendrin sind. Ich glaube, wenn wir dereinst in den Himmel kommen – über den wir soviel reden –, werden wir ihn keinen Deut schöner finden.«

Mrs. Arbuthnots Gesichtszüge entspannten sich wieder bis hin zu einem sorglosen Lächeln. »Ist es nicht göttlich?« sagte sie.

»Warst du je, je in deinem Leben so glücklich?« fragte Mrs. Wilkins und packte sie am Arm.

»Nein«, sagte Mrs. Arbuthnot. Und sie war es auch nicht gewesen; niemals; nicht einmal in der ersten Liebeszeit mit Frederick. Denn immer war in jenem anderen Glück der Schmerz nahe gewesen, bereit, sie mit Zweifeln zu quälen, sie sogar mit dem Übermaß ihrer Liebe zu quälen; wohingegen dies hier das einfache Glück des völligen Einklangs mit ihrer Umgebung war, das Glück, das nichts verlangt, das sich darauf beschränkt, nur zu empfangen, zu atmen, zu sein.

»Schauen wir uns den Baum aus der Nähe an«, sagte Mrs. Wilkins. »Ich kann's nicht glauben, daß es nur ein Baum ist.«

Und Arm in Arm gingen sie durch die Halle, und ihre Männer hätten sie nicht wiedererkannt, ihre Gesichter waren so jung in ihrem Eifer, und zusammen standen sie am offenen Fenster, und als ihre Augen, nachdem sie sich an dem wunderbaren purpurnen Ding gesättigt hatten, weiter zwischen den Schönheiten des Gartens umherschweiften, sahen sie auf der niedrigen Mauer am östlichen Rand sitzend, über die Bucht blickend, die Füße in den Lilien wippend, Lady Caroline.

Sie waren erstaunt. Und vor lauter Erstaunen sagten sie nichts, sondern standen ganz still, Arm in Arm, und starrten von oben auf sie hinunter.

Auch sie hatte ein weißes Kleid an, und ihr Kopf war unbedeckt. Sie hatten sich an jenem Tag in London, als ihr Hut fast bis zur Nase reichte und ihre Pelze bis über die Ohren, keine Vorstellung gemacht, wie hübsch sie war. Sie hatten einfach geglaubt, sie sei halt anders als die Frauen im Club, und das hatten die selbst auch gedacht, ebenso die Kellnerinnen, die sie von der Seite her immer wieder beäugten, wenn sie die Ecke passierten, wo sie plaudernd dasaß; aber sie hatten keine Vorstellung gehabt, daß sie so hübsch war. Außerordentlich hübsch. Alles an ihr war, was es war, im Superlativ. Ihr blondes Haar war sehr blond, ihre lieblichen grauen Augen waren sehr lieblich und sehr grau, ihre dunklen Wimpern sehr dunkel, ihre weiße Haut sehr weiß, ihr roter Mund sehr rot. Sie war ungewöhnlich schlank – ganz mädchenhaft, auch wenn es da nicht an den kleinen Rundungen unter ihrem leichten Kleid fehlte, wo kleine Rundungen sein sollten. Sie blickte sinnend über die Bucht und hob sich klar gegen den Hintergrund des Blaus ab. Sie saß direkt in der Sonne. Ihre Füße baumelten zwischen den Blättern und Blüten der Lilien, als mache es nichts aus, wenn diese geknickt oder zerdrückt würden.

»Der Kopf muß ihr doch brummen«, flüsterte Mrs. Arbuthnot schließlich, »wie sie da in der Sonne sitzt.«

»Einen Hut müßte sie tragen«, flüsterte Mrs. Wilkins.

»Sie zerdrückt die Lilien.«

»Aber das sind genauso ihre Lilien wie unsere.«

»Nur ein Viertel.«

Lady Caroline wandte den Kopf. Sie schaute einen Augenblick hoch zu ihnen, überrascht, daß sie soviel jünger aussahen als damals im Club und weit weniger reizlos. Ja, sie waren eigentlich sogar reizvoll, wenn eine in falscher Aufmachung je wirklich reizvoll sein konnte. Noch bevor sie ihnen winkend zulächelte und guten Morgen wünschte, hatte ihr Blick, in Windeseile über die beiden gleitend, jeden Zentimeter an ihnen wahrgenommen. Es gab nichts an ihrer Kleidung, wie sie sofort bemerkte, was für sie von Interesse hätte sein können. Das dachte sie nicht bewußt, sie stand nämlich schönen Kleidern und der Sklaverei, die sie einem auferlegen, sehr ablehnend gegenüber, ihrer Erfahrung nach bekamen sie in dem Augenblick, wo man sie hatte, Gewalt über einen und ließen einem keine Ruhe, bis sie überall gezeigt worden waren und jeder sie gesehen hatte. Man führte nicht die Kleider auf den Gesellschaften vor; nein, sie waren es, die einen vorführten. Es war ein großer Irrtum zu glauben, daß eine Frau, eine ausgesprochen gut angezogene Frau, ihre Kleidung abnutzte; vielmehr war es die Kleidung, die eine Frau abnutzte – indem sie sie zu jeder Tages- und Nachtzeit hierhin und dorthin schleppte. Kein Wunder, daß die Männer länger jung blieben. Eine neue Hose allein konnte die nicht in Aufregung versetzen. Sie konnte sich nicht vorstellen, daß eine Männerhose, selbst die schickste, sich je so benahm, sich dermaßen ins Zeug legte. Ihre Bilder waren konfus, aber sie dachte, was ihr so in den Sinn kam, und gebrauchte die Bilder, die sie nun mal mochte. Als sie von der Mauer aufstand und zum Fenster ging, war es ihr eine Beruhigung zu wissen, daß sie einen ganzen Monat mit Leuten verbringen würde, deren Kleidung, wie sie sich vage erinnerte, vor fünf Sommern aktuell gewesen war.

»Ich bin gestern morgen angekommen«, sagte sie, zu ihnen hochblickend, und lächelte. Sie war einfach bezaubernd. Sie hatte alles, selbst ein Grübchen.

»Das ist jammerschade«, sagte Mrs. Arbuthnot und lächelte zurück, »wir wollten Ihnen nämlich das schönste Zimmer aussuchen.«

»Oh, das habe ich schon getan«, sagte Lady Caroline. »Zumindest glaube ich, daß es das schönste ist. Es hat Ausblick nach zwei Seiten – ich liebe Zimmer mit zwei Ausblicken, Sie nicht? Zum Meer hin nach Westen und über diesen Judasbaum nach Norden.«

»Und wir wollten es für Sie mit Blumen schmücken«, sagte Mrs. Wilkins.

»Oh, das hat Domenico schon gemacht. Gleich, als ich ankam, habe ich ihn darum gebeten. Er ist der Gärtner. Er ist wunderbar.«

»Es ist natürlich keine schlechte Sache«, sagte Mrs. Arbuthnot ein wenig zögernd, »unabhängig zu sein und genau zu wissen, was man will.«

»Ja, das erspart einem manche Schwierigkeit«, meinte Lady Caroline zustimmend.

»Aber so unabhängig sollte man nicht sein«, sagte Mrs. Wilkins, »daß man anderen keine Möglichkeit mehr läßt, Großmut zu zeigen.«

Lady Caroline, die Mrs. Arbuthnot angeblickt hatte, blickte nun Mrs. Wilkins an. Damals in dem merkwürdigen Club hatte sie bloß einen verschwommenen Eindruck von Mrs. Wilkins bekommen, denn die andere hatte allein geredet, und ihr Eindruck war der einer so verschüchterten und unbeholfenen Person gewesen, daß es das beste schien, ihr keine Aufmerksamkeit zu schenken. Sie vermochte nicht einmal ganz normal auf Wiedersehn zu sagen, ohne dabei Qualen auszustehen, rot zu werden und ins Schwitzen zu geraten. Und darum blickte sie die Sprecherin einigermaßen verwundert an; und ihre Verwunderung wuchs noch, als Mrs. Wilkins sie offen und geradezu bewundernd anschaute und im Brustton der Überzeugung, die geäußert sein will, hinzufügte: »Mir war nicht klar, daß Sie *so* hübsch sind.«

Sie starrte Mrs. Wilkins an. Gewöhnlich sagte man ihr dies nicht so frank und frei. Obwohl sie von Komplimenten verwöhnt war – wie sollte sie es nicht sein nach geschlagenen achtundzwanzig Jahren –, verwunderte sie die Offenheit, mit der es geschah, und das von einer Frau.

»Sehr freundlich von Ihnen, daß Sie das denken«, sagte sie.

»Aber Sie *sind* wunderschön«, sagte Mrs. Wilkins. »Wirklich, ganz wunderschön.«

»Hoffentlich«, sagte Mrs. Arbuthnot in liebenswürdigem Ton, »machen Sie das Beste daraus.«

Lady Caroline starrte darauf Mrs. Arbuthnot an. »Oh, ja«, sagte sie. »Ich mache das Beste daraus. Tue ich, seit ich denken kann.«

»Weil es nämlich«, sagte Mrs. Arbuthnot lächelnd und hob warnend den Zeigefinger, »nicht ewig währt.«

Lady Caroline mußte nun befürchten, diese zwei Damen

seien exzentrisch. Wenn das stimmte, würde sie sich langweilen. Nichts langweilte sie so sehr wie Leute, die darauf bestanden, exzentrisch zu sein, sich wie Kletten an sie hängten und sie dumm herumstehen ließen. Und die eine, die Bewundererin – es würde lästig werden, wenn die ihr ständig auf den Fersen blieb, um sie anzuschauen. Sie wünschte sich von diesen Ferien ein Wegkommen von allem Bisherigen, sie wünschte sich Erholung durch völligen Kontrast. Bewundert und beharrlich verfolgt zu werden war kein Kontrast, es war das Ewiggleiche; und sich mit zwei Exzentrikerinnen zusammengesperrt zu finden oben auf einem steilen Hügel in einem mittelalterlichen Castello, das ausdrücklich zum Zweck erbaut worden war, ein leichtes Ein und Aus zu verhindern, würde, befürchtete sie, nicht besonders erholsam sein. Vielleicht sollte sie lieber weniger entgegenkommend sein. Sie waren ihr als solch ängstliche Geschöpfe erschienen, selbst die Dunkle – sie konnte sich nicht an ihre Namen erinnern –, damals im Club, daß sie es für ungefährlich gehalten hatte, betont freundlich zu sein. Nun waren sie hier bereits aus ihren Schalen geschlüpft; mit einem Mal. Und nichts von Ängstlichkeit bei ihnen festzustellen. Wenn sie denn beim allerersten Kontakt so rasch aus ihren Schalen geschlüpft waren, würden sie sich ihr, wenn nicht im Zaum gehalten, bald aufdrängen, und dann hieße es Abschied nehmen vom Traum ihrer dreißig stillen erholsamen Tage, wo sie ungestört in der Sonne lag, ihren inneren Frieden fand und nicht angequatscht, hofiert und total in Beschlag genommen wurde, sondern sich einfach von der Mattigkeit erholte, der tiefen, düsteren Mattigkeit des Zuviels.

Außerdem gab es noch Mrs. Fisher. Auch sie mußte im Zaum gehalten werden. Lady Caroline war aus zwei Gründen zwei Tage früher als abgemacht aufgebrochen: Erstens wollte sie vor den anderen ankommen, um sich das Zimmer oder die Zimmer auszusuchen, die ihr am meisten zusagten, und zweitens hielt sie es für wahrscheinlich, daß sie sonst mit Mrs.

Fisher hätte reisen müssen. Sie wollte nicht mit Mrs. Fisher reisen. Ebensowenig mit Mrs. Fisher ankommen. Sie sah überhaupt keinen Grund, warum sie auch nur einen Augenblick lang etwas mit Mrs. Fisher zu tun haben sollte.

Unglücklicherweise war aber Mrs. Fisher ebenfalls von dem Verlangen erfüllt, als erste in San Salvatore anzukommen und sich das Zimmer oder die Zimmer auszusuchen, die ihr am meisten zusagten, und sie und Lady Caroline waren schließlich doch zusammen gereist. Bereits in Calais begannen sie es zu vermuten; in Paris zu befürchten; in Modane wurde es Gewißheit; in Mezzago versuchten sie es zu verbergen, indem sie in zwei separaten Droschken nach Castagneto fuhren, wobei die Nase der einen während der Fahrt fast den Nacken der anderen berührte. Aber als der Weg plötzlich vor der Kirche und den Stufen endete, war weiteres Ausweichen unmöglich; und angesichts dieses jähen und schwierigen Finales ihrer Reise blieb ihnen nichts anderes übrig, als sich zusammenzutun.

Wegen Mrs. Fishers Stock mußte sich Lady Caroline um alles kümmern. Im Planen sei sie zwar rege, erklärte Mrs. Fisher aus ihrer Droschke, nachdem ihr die Situation klargeworden war, aber leider verhindere ihr Stock die Ausführung. Die beiden Kutscher sagten Lady Caroline, Jungen aus dem Dorf müßten das Gepäck zum Castello hinauftragen, und sie machte sich auf die Suche nach ihnen, während Mrs. Fisher wegen ihres Stockes in der Droschke wartete. Mrs. Fisher konnte Italienisch, aber nur, wie sie erläuterte, Dantes Italienisch, das Matthew Arnold mit ihr zu lesen pflegte, als sie ein kleines Mädchen war, und sie glaubte, das gehe wohl über die Köpfe der Jungen. Und darum war Lady Caroline, sie konnte sehr gut das ganz normale Italienisch, offensichtlich diejenige, die alles erledigen mußte.

»Ich bin in Ihren Händen«, sagte Mrs. Fisher, die ruhig in ihrer Droschke saß. »Bitte sehen Sie in mir nur eine alte Frau mit Stock.«

Und wenig später, als es die Stufen und das Kopfsteinpflaster zu der Piazza hinunter und den Kai entlangging, dann den Zickzackweg hoch, sah Lady Caroline sich gezwungen, so langsam mit Mrs. Fisher zu wandeln, als wäre es ihre eigene Großmutter.

»Tja, mein Stock«, bemerkte Mrs. Fisher hin und wieder selbstzufrieden.

Und als sie sich an einer Biegung des Zickzackweges, wo Plätze waren, ausruhten, und Lady Caroline, die gern weitergelaufen wäre, um schnell ganz nach oben zu gelangen, aus Menschlichkeit genötigt war, wegen des Stockes bei Mrs. Fisher zu bleiben, erzählte ihr Mrs. Fisher, wie sie einmal mit Tennyson auf einem Zickzackweg spaziert war.

»Ist sein ›Heimchen am Herd‹ nicht wunderbar?« fragte Lady Caroline geistesabwesend.

»*Der* Tennyson«, sagte Mrs. Fisher, wandte ihr den Kopf zu und beobachtete sie einen Augenblick lang über ihre Brille.

»Nicht?« sagte Lady Caroline.

»Ich spreche von Alfred«, sagte Mrs. Fisher.

»Oh«, sagte Lady Caroline.

»Und es war auch ein Weg«, fuhr Mrs. Fisher unnachsichtig fort, »seltsamerweise wie der hier. Kein Eukalyptus natürlich, ansonsten aber seltsamerweise wie der hier. Und an einer Biegung wandte er sich mir zu und sagte – ich sehe genau, wie er sich mir zuwendet und sagt . . .«

Ja, Mrs. Fisher mußte im Zaum gehalten werden. Ebenso diese beiden am Fenster. Vielleicht besser, gleich damit anzufangen.

Sie bedauerte es, daß sie ihre Mauer verlassen hatte. Sie hätte ihnen bloß zuwinken und warten sollen, bis sie zu ihr in den Garten hinuntergekommen wären.

Und so ignorierte sie Mrs. Arbuthnots Bemerkung und den erhobenen Zeigefinger und sagte betont kühl – zumindest versuchte sie, es kühl klingen zu lassen –, vermutlich gingen sie jetzt frühstücken, was sie schon getan habe; aber ihr Los war es, daß ihre Worte, wie kühl sie auch beabsichtigt waren, immer warm und liebenswürdig klangen. Sie hatte nämlich eine einnehmende und bezaubernde Stimme, was einzig und allein auf eine spezielle Formation der Kehle und des Gaumens zurückzuführen war und überhaupt nichts mit dem zu tun hatte, was sie gerade fühlte. Folglich glaubte nie jemand, er werde barsch angefahren. Es war richtig lästig. Und wenn sie einen eisigen Blick wagte, wirkte er überhaupt nicht eisig, denn ihre Augen, liebliche Augen, um es gleich zu sagen, hatten als zusätzlichen Liebreiz lange, sanfte, dunkle Wimpern. Kein eisiger Blick konnte aus Augen wie diesen dringen; er wurde aufgefangen in den sanften Wimpern, und die Angestarrten dachten nur, daß man sie mit einer schmeichelhaften und erlesenen Aufmerksamkeit betrachtete. Und war sie je schlecht gelaunt oder richtig verärgert – und wer ist das nicht manchmal in dieser Welt?–, sah sie nur so traurig aus, daß jedermann auf sie zueilte, um sie zu trösten, wenn möglich mit einem Kuß. Es war mehr als lästig, es war zum Verrücktwerden. Die Natur hatte entschieden, ihr Aussehen und ihre Stimme sollten engelhaft sein. Sie konnte nie unliebsam oder grob sein, ohne völlig mißverstanden zu werden.

»Ich habe auf meinem Zimmer gefrühstückt«, sagte sie und tat ihr möglichstes, um schroff zu klingen. »Vielleicht sehe ich Sie später.«

Sie nickte ihnen zu und ging zurück zu ihrem Platz auf der Mauer, wo die Lilien sich so angenehm kühl um ihre Füße schmiegten.

Siebentes Kapitel

Mrs. Wilkins' und Mrs. Arbuthnots Blicke folgten ihr bewundernd. Sie hatten die Zurückweisung überhaupt nicht wahrgenommen. Natürlich war es eine Enttäuschung zu entdecken, daß sie ihnen zuvorgekommen war und sie beide nicht das Glück hatten, das Zimmer für sie vorzubereiten, ihr Gesicht zu beobachten, wenn sie dann alles zum ersten Mal sähe, aber es gab ja noch Mrs. Fisher. Sie würden sich auf Mrs. Fisher konzentrieren und statt dessen ihr Gesicht beobachten; nur hätten sie, wie jeder andere auch, lieber Lady Carolines beobachtet.

Vielleicht wäre es besser, Lady Caroline hatte ja das Frühstück erwähnt, wenn sie sich nun dorthin begäben, es mußte an diesem Tag noch zuviel erledigt werden, als daß sie weitere Zeit damit verbringen konnten, die Landschaft zu bestaunen: zum Beispiel das Personal befragen, das Haus gründlich anschauen und schließlich das für Mrs. Fisher vorgesehene Zimmer mit Blumen empfangsbereit machen.

Sie winkten Lady Caroline fröhlich zu, die ganz von dem absorbiert zu sein schien, was sie sah, und keine Notiz von ihnen nahm, und als sie sich abwandten, bemerkten sie, daß das Hausmädchen von gestern nacht in Leinenschuhen mit geflochtener Sohle leise hinter sie getreten war.

Es war Francesca, das ältere Hausmädchen, die, wie der Eigentümer gesagt hatte, schon Jahre bei ihm arbeitete und deren Anwesenheit Inventarlisten überflüssig machte; und nachdem sie ihnen guten Morgen gewünscht und die Hoffnung ausgedrückt hatte, sie möchten gut geschlafen haben, teilte sie ihnen mit, das Frühstück stehe bereit im Speisesaal auf dem unteren Stock, und wenn sie ihr folgen würden, bringe sie die Damen dorthin.

Sie verstanden kein Wort von den vielen, mit denen Francesca diese einfache Information geschickt einhüllte, aber sie folgten ihr, denn das zumindest war klar, daß sie ihr folgen sollten, und nachdem sie die Treppe hinuntergestiegen und die weite Halle durchquert hatten, die genau der oberen entsprach, nur hatte sie eine Glastür am Ende statt des Fensters zum Garten, wurden sie in den Speisesaal geleitet; und dort thronte am Kopfende des Tisches Mrs. Fisher und frühstückte.

Diesmal blieben sie nicht stumm. Selbst Mrs. Arbuthnot brach in einen wenn auch nur einsilbigen Ausruf aus: »Oh!«

Mrs. Wilkins' Ausruf war ergiebiger: »Na so was, das ist ja, als würde man brotlos!«

»Wie geht's Ihnen?« sagte Mrs. Fisher. »Ich kann wegen meines Stocks nicht aufstehen.« Und sie streckte ihnen die Hand über den Tisch entgegen.

Sie kamen näher und schüttelten sie.

»Wir hatten keine Ahnung, daß Sie hier sind«, sagte Mrs. Arbuthnot.

»Ja«, sagte Mrs. Fisher und nahm ihr Frühstück wieder auf. »Ja. Da bin ich«, und köpfte mit Gelassenheit ihr Ei.

»Das ist eine große Enttäuschung«, sagte Mrs. Wilkins. »Wir hatten vorgehabt, Sie *groß* willkommen zu heißen.«

Das war diejenige, erinnerte sich Mrs. Fisher und blickte sie kurz an, die beim Besuch in der Prince-of-Wales-Terrace gesagt hatte, sie habe Keats gesehen. Bei der mußte sie vorsichtig sein, sie von Anfang an zügeln.

Und darum ignorierte sie Mrs. Wilkins und sagte mit betont gravitätischer Miene, das Gesicht über ihr Ei gebeugt: »Ja. Ich bin gestern mit Lady Caroline angekommen.«

»Das ist direkt gemein«, sagte Mrs. Wilkins, als hätte man sie nicht eben ignoriert. »Jetzt bleibt niemand mehr übrig, für den man was vorbereiten kann. Ich fühl mich ausgetrickst. Ich fühl mich so, als hätte man mir das Brot aus dem Mund gerissen, als ich es gerade herzhaft kauen wollte.«

»Wo wollen Sie sitzen?« fragte Mrs. Fisher Mrs. Arbuthnot, betont sie; der Vergleich mit dem Brot schien ihr recht unerquicklich zu sein.

»Oh, danke...«, sagte Mrs. Arbuthnot und setzte sich ziemlich abrupt neben sie.

Es gab nur zwei Plätze, auf die sie sich setzen konnte, die Plätze an den Seiten von Mrs. Fisher, die gedeckt waren. So setzte sie sich auf den einen Platz, und Mrs. Wilkins setzte sich ihr gegenüber auf den anderen.

Mrs. Fisher saß am Kopfende. Um sie herum waren Kaffee und Tee plaziert. Natürlich hatten sie alle den gleichen Anteil an San Salvatore, aber sie selbst und Lotty waren es doch gewesen, überlegte Mrs. Arbuthnot sanftmütig, die es entdeckt und sich die Mühe gemacht hatten, es zu kriegen, und die sich entschieden hatten, Mrs. Fisher mitmachen zu lassen. Ohne sie beide, mußte sie denken, wäre Mrs. Fisher nicht hier. Moralisch gesehen war Mrs. Fisher ein Gast. Es gab keine Gastgeberin in dieser Runde, aber angenommen, es gäbe eine, dann wäre das nicht Mrs. Fisher, dann wäre das nicht Lady Caroline, sondern sie selbst oder Lotty. Mrs. Arbuthnot empfand das ganz unwillkürlich, als sie sich hinsetzte und Mrs. Fisher die Hand, die Ruskin gedrückt hatte, unentschieden über dem Kännchen vor ihr hielt und sich erkundigte: »Tee oder Kaffee?« Dieses Empfinden verstärkte sich noch in ihr, da Mrs. Fisher einen kleinen Tischgong schlug, als wären ihr dieser Gong und dieser Tisch seit ihrer Kindheit vertraut, und beim Erscheinen Francescas in der Sprache Dantes bat, noch Milch zu bringen. Mrs. Fisher hatte eine merkwürdige Art, dachte Mrs. Arbuthnot, das Kommando zu übernehmen; und wäre sie selbst nicht so glücklich gewesen, hätte es ihr vielleicht etwas ausgemacht.

Auch Mrs. Wilkins bemerkte das, aber ihrem schweifenden Geist fiel dazu nur der Kuckuck ein. Sie hätte unweigerlich vom Kuckuck gesprochen, unzusammenhängend, hemmungslos und kläglich, wenn sie sich in dem nervösen und verschüchterten Zustand befunden hätte, in dem Mrs. Fisher sie zuletzt gesehen hatte. Aber das Glücksgefühl hatte die Schüchternheit verdrängt – sie war gelassen; sie hatte ihre Konversation im Griff; sie mußte nicht entsetzt hören, wie sie selbst Dinge sagte, die sie am Anfang der Rede überhaupt nicht hatte sagen wollen; sie fühlte sich rundum wohl und war ganz ungezwungen. Die Enttäuschung, auch die Willkommensvorbereitungen für Mrs. Fisher streichen zu müssen, war sofort verflogen, denn es war unmöglich, im Paradies dauerhaft enttäuscht zu sein. Sie hatte auch nichts dagegen, wenn die sich als Gastgeberin aufspielte. Was machte das schon? Im Paradies kümmerte man sich um so was nicht. Sie und Mrs. Arbuthnot setzten sich darum bereitwilliger rechts und links neben Mrs. Fisher hin, als sie es sonst getan hätten, und die Sonne strömte durch die beiden Fenster hinein, deren Blick nach Osten über die Bucht ging, und ergoß sich in den Saal, und die Tür zum Garten hinaus stand offen, und der Garten war voll von wunderschönen Dingen, besonders Freesien.

Der zarte und köstliche Wohlgeruch der Freesien drang durch die Tür und schwebte um Mrs. Wilkins' hingerissene Nüstern. In London waren Freesien unerschwinglich für sie. Gelegentlich ging sie in einen Blumenladen und fragte, was sie kosteten, einfach um eine Ausrede zu haben, einen Strauß Freesien hochzuheben und ihren Duft einzuziehen, wobei sie nur zu genau wußte, drei Stück kriegte man für den saftigen Preis von einem Schilling. Hier prangten sie en masse, sprossen an allen Ecken und Enden, legten Teppiche auf die Rosenbeete. Sich vorzustellen, daß man ganze Armvoll Freesien pflücken konnte, wenn man wollte, und der herrliche Sonnenschein, der ins Zimmer flutete, und ein Sommerkleid zu tragen, wo gerade erst der erste April war!

»Es ist Ihnen doch klar, daß wir im Paradies sind, nicht?« strahlte sie Mrs. Fisher an mit der Vertraulichkeit eines Mitengels.

›Sie sind beträchtlich jünger, als ich vermutet habe‹, dachte Mrs. Fisher, ›und nicht annähernd so gewöhnlich.‹ Und sie sinnierte einen Augenblick lang darüber – Mrs. Wilkins' Überschwang nahm sie geflissentlich nicht zur Kenntnis –, wie beide sich spontan und erregt an jenem Tag in der Prince-of-

Wales-Terrace geweigert hatten, Referenzen in Betracht zu ziehen, sei es, sie einzuholen oder zu geben.

Selbstverständlich konnte nichts sie aus der Ruhe bringen; nichts, was irgend jemand tat. Ihre Stellung war dafür zu unerschütterlich fest. Hinter ihr standen massiv in einer imposanten Reihe jene drei bedeutsamen Namen, die sie offeriert hatte, und es waren nicht die einzigen, an die sie sich um Rat und Unterstützung wenden konnte. Selbst wenn diese drei jungen Damen – sie hatte keinerlei Grund zu glauben, daß jene draußen in dem Garten wirklich Lady Caroline Dester war, man hatte ihr das nur so gesagt –, selbst wenn diese jungen Damen sich alle als das herausstellen sollten, was Browning – wie gut erinnerte sie sich an seine amüsante und reizende Art, Dinge auszudrücken – Nachtschwärmer zu nennen pflegte, was könnte ihr das denn wohl ausmachen? Mochten sie doch nachts schwärmen, wenn sie Lust darauf hatten. Man war nicht umsonst fünfundsechzig. Wie auch immer, das Ganze dauerte nur vier Wochen, danach würde sie nichts mehr von ihnen sehen. Und in der Zwischenzeit fanden sich genügend Plätze, wo sie friedlich, abseits von ihnen, sitzen und sich erinnern konnte. Da gab es auch ihren eigenen Salon, ein reizendes Zimmer mit Bildern und honiggelben Möbeln, mit Fenstern zum Meer hin, Richtung Genua, und einer Tür, die zu den Zinnen führte. Das Castello hatte zwei sogenannte Salotti, und sie hatte dem hübschen Geschöpf Lady Caroline erklärt – zweifelsohne ein hübsches Geschöpf, was immer sie sonst war; Tennyson hätte sich gefreut, sie für eine Atempause auf die Downs zu entführen –, denn diese Dame hatte auch die Neigung erkennen lassen, den honiggelben Salotto in Besitz zu nehmen, daß sie wegen ihres Stocks ein kleines Refugium ganz für sich selbst brauche.

»Niemand möchte alle naslang eine alte Frau umherhumpeln sehen«, hatte sie gesagt. »Ich werde es zufrieden sein, wenn ich den Großteil meiner Zeit allein hier drin verbringe oder mich draußen auf diese wie dafür geschaffenen Zinnen setze.«

Und sie hatte auch ein sehr schönes Schlafzimmer mit zwei Ausblicken: einen auf die Bucht mit der Morgensonne – sie mochte die Morgensonne – und den anderen auf den Garten. Es gab in dem Castello nur zwei Schlafzimmer dieses Typs, wie sie und Lady Caroline entdeckt hatten, und sie waren bei weitem die luftigsten. In jedem standen zwei Betten, und sie und Lady Caroline hatten die Zusatzbetten gleich hinausbringen und in zwei der anderen Zimmer stellen lassen. Auf diese Weise ergab sich mehr Platz und Komfort. Lady Caroline hatte ihres zu einem Schlaf- und Wohnzimmer umgewandelt, mit dem Sofa aus dem größeren Salotto, dem Schreibtisch und dem bequemsten Sessel, sie selbst mußte das aber nicht machen, da sie ihren eigenen Sitzplatz hatte, ausgestattet mit allem Notwendigen. Lady Caroline hatte zuerst daran gedacht, den größeren Salotto ganz für sich allein zu nehmen, denn der Speisesaal auf dem unteren Stock könnte durchaus von den zwei anderen zwischen den Mahlzeiten zum Verweilen gebraucht werden, es war ein sehr angenehmer Raum mit komfortablen Sesseln, aber ihr hatte die Form des größeren Salotto nicht behagt – ein Rundzimmer im Turm mit tief eingelassenen Fenstern in den massiven Mauern und einer gewölbten Kreuzrippendecke, die wie ein aufgespannter Schirm aussah, und wohl auch ein wenig dunkel. Zweifellos hatte Lady Caroline begehrliche Blicke auf das honigfarbene Zimmer geworfen, und wenn sie, Mrs. Fisher, weniger bestimmt gewesen wäre, hätte sie sich dort etabliert. Was absurd gewesen wäre.

»Hoffentlich«, sagte Mrs. Arbuthnot im lächelnden Versuch, Mrs. Fisher beizubringen, noch weniger denn als Gast könne sie als Gastgeberin auftreten, »ist Ihr Zimmer gemütlich.«

»Sehr«, sagte Mrs. Fisher. »Möchten Sie noch Kaffee?«

»Nein, danke. Möchten Sie?«

»Nein, danke. In meinem Schlafzimmer standen zwei Betten, die es unnötig vollgestopft haben, und ich habe eines herausschaffen lassen. Das hat es viel annehmlicher gemacht.«

»Ach, darum habe ich zwei Betten in meinem Zimmer!« rief Mrs. Wilkins aus, wie erleuchtet; das zweite Bett in ihrer Zelle war ihr vom ersten Augenblick an, da sie es gesehen hatte, unnatürlich und unpassend vorgekommen.

»Ich habe keinerlei Anweisungen gegeben«, sagte Mrs. Fisher zu Mrs. Arbuthnot gewandt. »Ich habe Francesca bloß gebeten, es zu entfernen.«

»Auch ich habe zwei in meinem Zimmer«, sagte Mrs. Arbuthnot.

»Das zweite bei Ihnen muß das von Lady Caroline sein. Sie hat ihres ebenfalls wegräumen lassen«, sagte Mrs. Fisher. »Es ist irgendwie albern, mehr Betten als Bewohner in einem Zimmer zu haben.«

»Aber *wir* haben auch keine Männer hier«, entgegnete Mrs. Wilkins, »und ich sehe den Nutzen von zusätzlichen Betten im Schlafzimmer, wenn die Ehemänner nicht da sind, um sich hineinzulegen, nicht ein. Können wir sie nicht auch wegtun?«

»Betten«, sagte Mrs. Fisher in frostigem Ton, »können nicht von einem Zimmer zum anderen geräumt werden. Irgendwo müssen sie bleiben.«

Mrs. Wilkins' Bemerkungen erschienen Mrs. Fisher ständig fehl am Platz. Jedesmal, wenn sie den Mund öffnete, sagte sie etwas, was besser ungesagt bliebe. Loses Gerede über Ehemänner war in Mrs. Fishers Kreis nicht gerade ermutigt worden. In den Achtzehnachtzigern, als sie ihre Hauptblütezeit hatte, wurden Ehemänner ernst genommen als die einzig wahren Hindernisse für die Sünde. Betten, wenn sie denn erwähnt werden mußten, ging man mit Vorsicht an; und schickliche Zurückhaltung verhinderte es, daß sie und die Ehemänner in einem Atemzug genannt wurden.

Sie wandte sich deutlicher denn je an Mrs. Arbuthnot.

»Lassen Sie mich Ihnen noch ein wenig Kaffee einschenken«, sagte sie.

»Nein, danke. Aber möchten Sie nicht noch ein wenig Kaffee haben?«

»Um Himmels willen. Ich trinke nie mehr als zwei Tassen zum Frühstück. Möchten Sie eine Orange?«

»Nein, danke. Möchten Sie eine?«

»Nein, ich esse kein Obst zum Frühstück. Es ist eine amerikanische Sitte, und ich bin aus dem Alter, um dergleichen Moden aufzugreifen. Haben Sie alles, was Sie wollen?«

»Gewiß doch. Und haben *Sie* alles?«

Mrs. Fisher machte eine Pause, bevor sie antwortete. War das womöglich eine Angewohnheit, dieser Tick, eine einfache Frage mit derselben Frage zu beantworten? Wenn ja, dann mußte das im Zaum gehalten werden, denn niemand konnte sich vier Wochen lang wirklich wohl fühlen, wenn da jemand eine Angewohnheit hatte.

Sie warf einen prüfenden Blick auf Mrs. Arbuthnot, und ihr gescheiteltes Haar und ihre freundliche Miene beruhigten sie. Nein; es war Zufall, keine Angewohnheit, was jene Echos hervorgerufen hatte. Eher hätte sie sich eine Taube mit lästigen Angewohnheiten vorstellen können als Mrs. Arbuthnot. Sie betrachtend, dachte sie, was für eine ausgezeichnete Frau sie für den armen Carlyle hätte abgeben können. Wieviel besser als jene grauslich intelligente Jane. Sie würde ihn beruhigt haben.

»Sollen wir gehen?« schlug sie vor.

»Lassen Sie mich Ihnen beim Aufstehen helfen«, sagte Mrs. Arbuthnot, ganz Rücksicht.

»Oh, danke – ich komme bestens zurecht. Nur manchmal behindert mich mein Stock . . .«

Mrs. Fisher stand mit Leichtigkeit auf; Mrs. Arbuthnot hatte sich umsonst in ihrer Nähe aufgehalten.

»*Ich* werde mir eine dieser Prachtorangen nehmen«, sagte

Mrs. Wilkins, blieb sitzen und griff nach einer schwarzen Schale, in der Orangen angehäuft waren. »Rose, wie kannst du denen widerstehen. Schau doch nur, nimm die hier . . . Dieses Prachtstück . . .« Und sie hielt ihr eine große Orange entgegen.

»Nein, ich werde mich um meine Pflichten kümmern«, sagte Mrs. Arbuthnot und ging zur Tür. »Ich bitte um Vergebung, daß ich Sie allein lasse«, fügte sie höflich zu Mrs. Fisher gewandt hinzu.

Mrs. Fisher ging auch zur Tür; richtig behend; beinah schnell; ihr Stock behinderte sie überhaupt nicht. Sie hatte nicht die Absicht, mit Mrs. Wilkins allein gelassen zu werden.

»Wann hätten Sie gern das Mittagessen?« fragte Mrs. Arbuthnot sie in dem Versuch, ihre Position, wenn nicht gerade als Gastgeberin, dann zumindest als Nichtgast, zu behaupten.

»Mittagessen«, sagte Mrs. Fisher, »ist um halb eins.«

»Das Mittagessen wird also um halb eins für Sie bereit sein«, sagte Mrs. Arbuthnot. »Ich gebe der Köchin Bescheid. Das wird recht mühevoll werden«, fuhr sie lächelnd fort, »aber ich habe ein kleines Wörterbuch mitgebracht . . .«

»Die Köchin«, sagte Mrs. Fisher, »weiß Bescheid.«

»Ach ja?« sagte Mrs. Arbuthnot.

»Lady Caroline hat ihr schon Bescheid gegeben«, sagte Mrs. Fisher.

»Ach ja?« wiederholte Mrs. Arbuthnot.

»Ja. Lady Caroline spricht das Italienisch, das Köchinnen verstehen. Ich bin wegen meines Stockes daran gehindert, in die Küche zu gehen. Und selbst wenn ich es könnte, so befürchte ich, würde man mich nicht verstehen.«

»Aber . . .«, begann Mrs. Arbuthnot.

»Aber das ist *einfach* herrlich«, beendete Mrs. Wilkins vom Tisch aus den Satz für sie, entzückt von diesen unerwarteten Vereinfachungen in ihrem und Roses Leben. »Wir haben wirklich rein gar nichts hier zu tun, keine von uns beiden, außer glücklich zu sein. Sie würden es nicht glauben«, sagte sie, drehte den Kopf zu Mrs. Fisher und redete sie direkt an, Orangestückchen in beiden Händen, »wie furchtbar gut Rose und ich die Jahre hindurch immerzu gewesen sind und wie sehr wir jetzt Erholung brauchen.«

Und Mrs. Fisher ging, ohne sie einer Antwort zu würdigen, aus dem Raum und sagte sich: ›Sie muß, sie wird im Zaum gehalten werden.‹

Achtes Kapitel

Als bald darauf Mrs. Wilkins und Mrs. Arbuthnot, aller Pflichten ledig, herausspaziert kamen und die ausgetretenen Stufen hinunter und durch die Pergola bis in den unteren Garten gingen, sagte Mrs. Wilkins zu Mrs. Arbuthnot, die nachdenklicher Stimmung schien: »Ist dir nicht klar: wenn jemand anderes die Anordnungen erteilt, sind wir frei?«

Mrs. Arbuthnot sagte, das sei ihr durchaus klar, dennoch komme es ihr absurd vor, daß alles ihnen aus den Händen genommen worden sei.

»Ich hab's gern, wenn die Dinge mir aus den Händen genommen werden«, befand Mrs. Wilkins.

»Aber wir haben San Salvatore entdeckt«, sagte Mrs. Arbuthnot, »und ich finde es schon ziemlich absurd, daß Mrs. Fisher sich aufführt, als gehörte das Castello einzig und allein ihr.«

»Ziemlich absurd ist es«, sagte Mrs. Wilkins mit großer Gelassenheit, »wenn man sich daran stößt. Ich sehe überhaupt keinen Sinn darin, das Kommando um den Preis der eigenen Freiheit führen zu wollen.«

Mrs. Arbuthnot sagte aus zweierlei Gründen nichts darauf. Erstens war sie beeindruckt von der zunehmenden und so bemerkenswerten Ruhe der bisher konfusen, zappeligen Lotty; und zweitens war das, was sie gerade anschaute, wunderschön.

Zu beiden Seiten der Steintreppe war das Immergrün voll aufgeblüht, und sie konnte jetzt erkennen, was in der vorigen Nacht nach ihr gegriffen und naß duftend über ihr Gesicht gefahren war. Es waren die Glyzinen. GLYZINEN UND SONNENSCHEIN ..., sie erinnerte sich an das Inserat. Hier gab es tatsächlich beides im Übermaß. Die Glyzinen überschlugen sich in exzessiver Lebenslust, Blütenüppigkeit; und da, wo die Pergola aufhörte, strahlte die Sonne auf scharlachrote Geranien, wahre Büsche, auf Unmengen von Kapuzinerkresse und leuchtende Ringelblumen, die zu brennen schienen, auf rote und rosafarbene Löwenmäulchen, und jede Pflanze übertraf die andere an Leuchtkraft der Farbe. Hinter diesen flammenden Gebilden fiel das Gelände terrassenförmig zum Meer hin ab, jede Terrasse war ein kleiner Obstgarten, wo zwischen Olivenbäumen Wein an Spalieren rankte und Feigen-, Pfirsich- und Kirschbäume gediehen. Die Pfirsich- und Kirschbäume standen in Blüte, zauberhafte Schauer von Weiß und Dunkelrosa zwischen der zittrigen Zartheit des Olivenlaubs; die Feigenblätter waren gerade groß genug, um nach Feigen zu riechen, die Weinträubchen waren noch Winzlinge. Und unter diesen Bäumen wuchsen Grüppchen von blauen und purpurnen Schwertlilien, Büsche von Lavendel und Kakteen, grau und spitz, und das Gras war übersät mit Löwenzahn und Gänseblümchen, und ganz unten am Ende ruhte das Meer. Man hatte den Eindruck, jemand habe mit Farbe herumgekleckst; alle möglichen Farben dick aufgetragen oder in wahren Kaskaden sich verlaufen lassen – das Immergrün sah genau so aus, als sei es zu beiden Seiten der Stufen heruntergeströmt –, und Blumen, die in England nur in Rabatten wuchsen, stolze Blumen, gern für sich bleibend, wie die großen blauen Schwertlilien und der Lavendel, wurden hier bedrängt von kleinen leuchtend ordinären Dingern wie dem Löwenzahn und den Gänseblümchen und den weißen Dolden der wilden Zwiebel, und schienen bloß noch üppiger sprießen zu wollen.

Sie standen da und bestaunten schweigend diese Fülle von Liebreiz, dieses glückliche Durcheinander. Nein, es spielte keine Rolle, was Mrs. Fisher machte; nicht hier; nicht angesichts solcher Schönheit. Mrs. Arbuthnots Unruhe schwand dahin. In dieser wohligen Wärme und bei diesem Anblick, der ihr wie eine Manifestation vorkam, eine völlig neue Seite Gottes, wie konnte man da unruhig sein? Wenn nur Frederick bei ihr wäre, um das auch zu sehen, zu sehen, wie er das am Anfang ihrer jungen Liebe getan hatte, in den Tagen, als er sah, was sie sah, und das liebte, was sie liebte . . .

Sie seufzte.

»Im Paradies seufzt man nicht«, sagte Mrs. Wilkins. »Das gehört sich nicht.«

»Ich dachte gerade daran, wie man sich sehnt, dies hier mit denen zu teilen, die man liebt«, sagte Mrs. Arbuthnot.

»Im Paradies sehnt man sich nicht, es ist unangebracht«, sagte Mrs. Wilkins. »Eigentlich wird erwartet, daß man wunschlos ist. Und es *ist* doch das Paradies, Rose, oder? Schau nur, wie alles sich zusammenfügt – Löwenzahn und Schwertlilien, Alltägliches und Höheres, ich und Mrs. Fisher –, alles ist willkommen, alles vermengt sich irgendwie, und alles ist sichtlich glücklich und freut sich des Lebens.«

»Mrs. Fisher scheint nicht gerade glücklich zu sein – jedenfalls nicht sichtlich«, warf Mrs. Arbuthnot lächelnd ein.

»Du wirst schon sehen, das fängt bald an.«

Mrs. Arbuthnot meinte darauf, sie glaube nicht, daß Leute nach einem bestimmten Alter mit irgend etwas anfingen.

Mrs. Wilkins hingegen betonte, sie sei überzeugt, daß niemand, gleichgültig, wie alt und verhärtet, sich der Wirkung vollkommener Schönheit entziehen könne. Schon in wenigen Tagen, vielleicht auch nur Stunden, könnten sie sehen, wie Mrs. Fisher in Überschwang ausbrechen würde. »Ich bin überzeugt«, sagte Mrs. Wilkins, »daß wir uns im Paradies befinden, und wenn das auch Mrs. Fisher bewußt geworden ist, muß sie sich anders verhalten. Du wirst schon sehen. Dann wird sie nicht mehr verknöchert herumstaksen, sondern weich und schmiegsam sein, und wir – also mich würde das überhaupt nicht überraschen – könnten sie richtig gern haben.«

Die Vorstellung, Mrs. Fisher würde in irgend etwas ausbrechen, sie, die besonders zugeknöpft schien und sich einigelte, brachte Mrs. Arbuthnot zum Lachen. Sie vergab Lotty ihr loses Gerede über das Paradies, denn an einem solchen Ort, an einem solchen Morgen, lag Vergebung in der Luft. Außerdem gab es eine gute Entschuldigung!

Und Lady Caroline, immer noch auf der Mauer sitzend, wo die Damen sie vorm Frühstücken allein gelassen hatten, beugte sich vor, als sie Lachen hörte, und äugte hinunter und sah die beiden auf dem Weg unter sich stehen und dachte, was für ein Glück, daß sie da unten lachten und nicht zu ihr hinaufgekommen waren und in ihrer Nähe lachten. Sie hatte etwas gegen Späße, zu jeder Zeit, aber morgens waren sie ihr direkt verhaßt; vor allem in ihrer Nähe; vor allem, wenn sie ihr ins Ohr drangen. Sie hoffte, die exzentrischen Damen brachen gerade zu einem Spaziergang auf und kamen nicht etwa von einem zurück. Immer heftiger lachten sie. Was gab es denn da zu lachen?

Sie schaute mit einem schrecklich ernsten Gesicht auf ihre Köpfe hinunter, denn der Gedanke, einen ganzen Monat unter Lachern verbringen zu müssen, war bedenklich, und als ob die Beobachteten ihren Blick fühlten, wandten sie sich plötzlich um und schauten nach oben.

Die furchtbare Herzlichkeit dieser Frauen . . .

Sie wich vor ihrem Lächeln und Winken zurück, konnte aber nicht aus ihrer Sicht entschwinden, ohne in die Lilien zu fallen. Kein Lächeln oder Zurückwinken ihrerseits, den Blick auf die ferneren Berge gerichtet, behielt sie die beiden sorgsam im Auge, bis die, müde vom Winken, den Weg weitergingen, um die Ecke bogen und verschwanden.

Diesmal hatten sie beide bemerkt, daß sie zumindest auf eine gewisse Teilnahmslosigkeit gestoßen waren.

»Wenn wir nicht im Paradies wären«, sagte Mrs. Wilkins gelassen, »müßte ich sagen, man hat uns soeben die kalte Schulter gezeigt, aber da dort natürlich niemand so etwas tut, kann das nicht der Fall gewesen sein.«

»Vielleicht ist sie unglücklich«, sagte Mrs. Arbuthnot.

»Wie auch immer, hier wird sie darüber hinwegkommen«, sagte Mrs. Wilkins überzeugt.

»Wir müssen versuchen, ihr zu helfen«, sagte Mrs. Arbuthnot.

»Oh, im Paradies hilft aber keiner dem anderen. Das ist vorbei. Man versucht nicht, etwas zu sein oder etwas zu tun. Man *ist* einfach.«

Nun, Mrs. Arbuthnot wollte sich nicht näher auf das einlassen, nicht hier, nicht heute. Der Vikar, das war ihr klar, hätte Lottys Rede als leichtfertig, wenn nicht sogar als profan bezeichnet. Wie alt er ihr hier vorkam; ein alter, alter Vikar.

Sie verließen den Weg und stiegen die Terrassen mit den Olivenbäumen hinunter, immer weiter hinunter, bis am Fuße des Hangs das warme schläfrige Meer sanft zwischen den Klippen wogte. Dort wuchs, ganz nah am Wasser, eine Pinie, und sie setzten sich in ihren Schatten, und nur einige wenige Meter entfernt lag ein Fischerboot fast bewegungslos und grünbäuchig auf dem Wasser. Die Wellen machten kleine gurgelnde Laute zu ihren Füßen. Sie kniffen die Augen zusammen, um in das helle Licht jenseits des Schattens ihres Baumes sehen zu können. Der warme Duft der Piniennadeln und der wilden Thymiankissen, die die Spalten zwischen den Klippen polsterten, und der Geruch von reinem Honig, der gelegentlich aus einem Büschel besonnter Lilien hinter ihnen aufstieg, streiften ihre Gesichter. Bald schon zog sich Mrs. Wilkins Schuhe und Strümpfe aus und ließ ihre Füße ins Wasser hängen. Nachdem Mrs. Arbuthnot ihr einen Moment lang zugeschaut hatte, tat sie desgleichen. Das Glück der beiden war damit vollkommen. Ihre Männer würden sie nicht wiedererkannt haben. Sie hörten auf zu reden. Sie unterließen es, das Paradies zu erwähnen. Sie waren nur noch empfangende Schalen.

Währenddessen begutachtete Lady Caroline, auf ihrer Mauer sitzend, ihre Position. Das Gartchen auf dem obersten Teil der Wallanlage war herrlich, doch aufgrund seiner Lage nicht ganz sicher und anfällig für Störungen. Jederzeit könnten die anderen auftauchen und es besuchen wollen, denn Halle wie Speisesaal hatten Türen, die direkt dorthin führten. Vielleicht könnte sie es arrangieren, daß es einzig und allein ihr gehörte. Mrs. Fisher hatte die Zinnen, die wunderschön mit ihren Blumen waren, und den Wachturm für sich allein, zudem hatte sie sich des angenehmsten Raums im Castello bemächtigt. Es gab viele Plätze, wohin sich die Exzentrikerinnen verziehen konnten; sie hatte mindestens zwei andere kleine Gärten gesehen, und der Hügel selbst, auf dem das Castello stand, war ein Garten mit Spazierwegen und Sitzgelegenheiten. Warum sollte nicht dieser eine Ort ausschließlich ihr vorbehalten sein? Er gefiel ihr; gefiel ihr am besten von allen. Er hatte den Judasbaum und eine Föhre, die Freesien und die Lilien, er hatte eine Tamariske, die gerade rosarot aufblühte, hatte das bequeme Mäuerchen zum Draufsitzen, hatte von seinen drei Seiten aus die erstaunlichsten Ausblicke: zum Osten hin die Bucht und die Berge, zum Norden das Dorf über dem ruhigen, klar grünen Wasser des kleinen Hafens und die mit weißen Häusern gesprenkelten Hügel samt den Orangenhainen, und zum Westen hin erstreckte sich die schmale Landzunge, die San Salvatore mit dem Festland verband, und dann das offene Meer und die Küstenlinie hinter Genua, die sich hinzog ins matte Blau Frankreichs. Ja, sie würde sagen, sie wolle diesen Platz für sich allein haben. Es wäre doch nur vernünftig, wenn jede von ihnen ihren speziellen Aufenthaltsplatz hatte, um für sich zu sein. Für ihr Wohlbefinden war es nun einmal wichtig, daß sie für sich sein konnte, daß man sie in Ruhe ließ und nicht mit ihr redete. Den anderen müßte das auch recht sein. Warum zusammenglucken? Das gab's genug in England, bei der Verwandten- und Freundesschar – oh, je, diese Menge! –, die einem ständig zusetzte. Nachdem man ihnen erfolgreich für vier Wochen entkommen war, warum sollte man da weiterhin zusammenglucken, zudem mit Leuten, die keinerlei Anrecht auf einen hatten?

Sie steckte sich eine Zigarette an. Sie begann sich in Sicherheit zu wiegen. Die beiden hatten sich auf einen Spaziergang begeben. Nichts von Mrs. Fisher zu sehen. Wie angenehm das war.

Jemand trat aus der Glastür heraus, als sie gerade, sich sicher wähnend, tief Atem holte. Das war doch wohl nicht Mrs. Fisher, die bei ihr sitzen wollte? Mrs. Fisher hatte ihre Zinnen. Auf denen sollte sie bleiben, wo sie sich die schon angeeignet hatte. Lästig, wenn sie nicht dabei bliebe und bei ihrem Salotto, sondern sich auch noch in diesem Gärtchen hier zu etablieren gedachte.

Nein; es war nicht Mrs. Fisher; es war die Köchin.

Sie runzelte die Stirn. Mußte sie denn immerzu die Mahlzeiten anordnen? Das könnte doch jetzt zweifellos eine der beiden eifrigen Winkerinnen übernehmen.

Die Köchin, die in wachsender Erregung in der Küche gewartet hatte und sehen mußte, wie die Uhr der Mittagessenszeit immer näher rückte, während sie immer noch nicht wußte, woraus das Essen bestehen sollte, war schließlich zu Mrs. Fisher gegangen, die sie sofort weggescheucht hatte. Sie war dann im Haus herumgewandert auf der Suche nach einer Herrin, irgendeiner, die ihr sagen würde, was sie kochen sollte, hatte aber keine gefunden; und war schließlich, von Francesca dirigiert, die immer wußte, wo jedermann sich aufhielt, zu Lady Caroline herausgekommen.

Domenico hatte diese Köchin besorgt. Es war Costanza, die Schwester eines seiner Cousins, der ein Lokal unten auf der

Piazza führte. Sie half ihrem Bruder beim Kochen, wenn sie keine andere Anstellung hatte, und kannte jedes dieser opulenten, geheimnisvollen italienischen Gerichte, wie es die Arbeiter von Castagneto, die sich mittags im Lokal drängten, so gern aßen und auch die Bewohner von Mezzago, wenn sie sonntags herüberkamen. Sie war eine dürre Jungfer von fünfzig, grauhaarig, behende, redselig, und hielt Lady Caroline für die schönste Dame, die sie je gesehen hatte; dasselbe dachte Domenico; dasselbe der Junge Giuseppe, der Domenico half und der, nebenbei gesagt, sein Neffe war; dasselbe dachte auch das Mädchen Angela, die Francesca half und, nebenbei gesagt, Domenicos Nichte war; dasselbe dachte Francesca. Domenico und Francesca als die einzigen, die die beiden zuletzt angekommenen Damen gesehen hatten, hielten auch sie für schön, aber verglichen mit dieser jungen blonden Dame waren sie wie Kerzen neben dem elektrischen Licht, das kürzlich im Castello installiert worden war, und wie die Badewannen aus Zinn im Schlafzimmer neben dem wundervollen neuen Bad, das ihr Herr sich bei seinem letzten Besuch hatte einbauen lassen.

Lady Caroline blickte die Köchin finster an. Der finstere Blick wurde wie üblich transformiert zu einem Blick, wie es schien, schönen klaren Ernstes, und Costanza hob die Arme und rief die Heiligen als Zeugen an, daß hier vor ihr das Ebenbild der Muttergottes sei.

Lady Caroline fragte sie brummig, was sie wolle, und Costanza neigte den Kopf zur Seite vor Entzücken über die reine Musik ihrer Stimme. Sie sagte, nachdem sie einen Augenblick lang gewartet hatte, für den Fall, daß noch mehr Musik erklänge, sie wollte ja keinen Ton verpassen, sie warte auf Anordnungen; sie sei schon bei der Mutter der Signorina gewesen, aber vergeblich.

»Sie ist nicht meine Mutter«, wies Lady Caroline verärgert diese Aussage zurück; und ihre Verärgerung klang wie das melodische Wimmern eines Waisenkindes.

Costanza erging sich in Mitleid. Auch sie habe, erklärte sie, keine Mutter mehr . . .

Lady Caroline unterbrach sie mit der knappen Mitteilung, ihre Mutter sei wohlauf und in London.

Costanza pries Gott und die Heiligen, daß die junge Dame noch nicht erfahren mußte, was es bedeutet, mutterlos zu sein. Früh genug hole einen das Unglück ein; sicherlich habe die junge Dame schon einen Mann.

»Nein«, sagte Lady Caroline eisig. Mehr noch als Scherze am Morgen haßte sie den Gedanken an Ehemänner. Und alle Welt versuchte ständig, ihr einen aufzudrängen – ihre Verwandten, ihre Freunde, die Abendzeitungen. Schließlich konnte sie nur einen heiraten, aber so wie alle Welt redete, besonders diejenigen, die sich als Ehemänner anboten, müßte sie mindestens ein Dutzend heiraten.

Ihr sanftes, klägliches ›Nein‹ ließ Costanza, die direkt neben ihr stand, vor Mitgefühl zerfließen.

»Arme Kleine«, sagte Costanza derart bewegt, daß sie ihr sogar aufmunternd die Schulter tätschelte, »nicht die Hoffnung verlieren. Noch ist es Zeit.«

»Zum Mittagessen«, sagte Lady Caroline, noch verdutzt, daß man sie getätschelt hatte, sie, die sich so bemüht hatte, hierhin zu fahren, weit weg vom Schuß, wo sie einigermaßen sicher sein konnte, daß neben anderen Betrüblichkeiten Gott sei Dank auch das Tätscheln fehlen würde, »nehmen wir . . .«

Costanza wurde gleich geschäftsmäßig und machte Vorschläge, und ihre Vorschläge waren alle bewundernswert und alle kostspielig.

Lady Caroline wußte nicht, daß sie kostspielig waren, und stimmte ihnen sofort zu. Sie hörten sich verlockend an. Alle möglichen Sorten von frischem Gemüse und Früchten kamen darin vor, reichlich Butter und Sahnemengen, dazu eine unglaubliche Anzahl von Eiern. Am Ende sagte Costanza begeistert, als Reverenz an dieses bereitwillige Zustimmen, daß von den vielen Damen und Herren, für die sie hier zeitweilig gearbeitet hatte, sie bei weitem die englischen Herrschaften vorziehe. Mehr noch als vorziehen – sie weckten in ihr Verehrung. Denn sie verstanden sich aufs Bestellen; sie knauserten nicht; sie unterließen es, die Armen auszusaugen.

Daraus schloß Lady Caroline, daß sie verschwenderisch gewesen war, und strich prompt die Sahne.

Costanza machte ein langes Gesicht, denn sie hatte einen Cousin, der eine Kuh besaß, und die Sahne sollte von ihnen kommen.

»Und vielleicht sollten wir auf die Hühner verzichten«, sagte Lady Caroline.

Costanza machte ein noch längeres Gesicht, denn ihr Bruder vom Lokal hielt sich im Hinterhof Hühner, und davon waren viele schlachtreif.

»Bestellen Sie auch keine Erdbeeren, bis ich die anderen Damen befragt habe«, sagte Lady Caroline, sich daran erinnernd, daß es gerade erst Anfang April war und daß womöglich Leute, die in Hampstead wohnten, arm waren; höchstwahrscheinlich, warum sonst wohnten sie in Hampstead? »Nicht ich bin die Herrin hier.«

»Die alte Dame?« fragte Costanza mit ganz langem Gesicht.

»Nein«, sagte Lady Caroline.

»Welche der beiden anderen Damen denn?«

»Keine«, antwortete Lady Caroline.

Daraufhin kehrte Costanzas Lächeln zurück, denn die junge Dame hielt sie offenbar zum besten, machte ihre Scherze. Sie sagte ihr das mit italienischer Verve und freute sich kindlich.

»Ich scherze nie«, sagte Lady Caroline lakonisch. »Es ist wohl besser, wenn Sie jetzt gehen, das Mittagessen wird sonst garantiert nicht um halb eins fertig sein.«

Und diese brüsken Worte hörten sich so süß an, daß Costanza das Gefühl hatte, als erhielte sie freundliche Komplimente, und sie vergaß ihre Enttäuschung über die Sahne und die Hühner und entfernte sich lächelnd und voller Dankbarkeit.

›Dies‹, dachte Lady Caroline, ›kann nicht so weiterlaufen. Ich bin nicht hierhergekommen, um den Haushalt zu führen, und werd's auch nicht tun.‹

Sie rief Costanza zurück. Costanza kam angerannt. Sie war verzaubert vom Klang ihres Namens in dieser Stimme.

»Ich habe das Mittagessen für heute angeordnet«, sagte Lady Caroline mit dem Gesichtsausdruck eines ernsten Engels, den sie hatte, wenn sie sich über etwas ärgerte, »und habe auch das Abendessen angeordnet, doch von nun an wenden Sie sich für Anordnungen an eine der anderen Damen. Ich gebe keine mehr.«

Die Vorstellung, sie sollte weiterhin Anordnungen geben, war zu absurd. Zu Hause gab sie nie Anordnungen. Dort fiel es niemandem im Traum ein, sie um irgend etwas zu bitten. Daß eine so langweilige Tätigkeit ihr hier aufgehalst wurde, einfach weil sie zufällig Italienisch sprechen konnte, war lächerlich. Sollten doch die Exzentrikerinnen Anordnungen geben, wenn Mrs. Fisher sich weigerte. Mrs. Fisher war im Grunde die Person, die für dergleichen geschaffen war. Sie hatte die Miene einer tüchtigen Haushälterin. Ihre Kleidung war haushälterisch, und das ließ sich auch von ihrer Frisur sagen.

Nachdem sie diese ultimative Aufforderung mit Barschheit gestellt hatte, die aber einen sanften Ton annahm, und mit einer gebieterischen Geste des Entlassens begleitete, die das Huldvolle und Leutselige einer Segnung hatte, war es ärgerlich zu sehen, daß Costanza nur stehenblieb, den Kopf zur Seite geneigt, und sie in offensichtlichem Entzücken anblickte.

»Oh, *go* away!« rief Lady Caroline plötzlich aufgebracht aus.

Am Morgen war eine Fliege in ihrem Schlafzimmer aufgetaucht, die sich an sie geheftet hatte wie Costanza; eine einzige nur, aber derart lästig vom ersten Tageslicht an, daß es genausogut Tausende hätten sein können. Die Fliege war entschlossen, sich auf ihrem Gesicht niederzulassen, und sie war entschlossen, daß nicht. Die Ausdauer dieses Biests war unheimlich. Es weckte sie auf und wollte sie partout nicht wieder schlafen lassen. Sie schlug nach ihm, und es entwischte ihr mühelos leicht und mit fast sichtbarer Sanftheit, und sie hatte nur sich selbst getroffen. Die Fliege kam sogleich zurück und ließ sich mit lautem Gesumm auf ihrer Wange nieder. Wieder klatschte sie danach und traf nur sich selbst, während die Fliege sich anmutig davonmachte. Sie geriet in Wut und setzte sich im Bett auf, darauf lauernd, die Fliege mit einem einzigen Klatsch zu erledigen. Immer weiter schlug sie nach ihr, mit wachsender Wut und aller Kraft, als wäre die Fliege ein wirklicher Feind, der methodisch versuchte, sie in Rage zu bringen; und die Fliege wich ihren Schlägen elegant aus, war nicht einmal verärgert, um schon im nächsten Augenblick wieder da zu sein. Jedesmal gelang es ihr, auf ihrem Gesicht zu landen, und es machte ihr nichts aus, wie oft sie verscheucht wurde. Darum hatte sie sich schließlich angezogen und war so früh auf den Beinen. Francesca war bereits angewiesen worden, ein Netz über ihr Bett zu spannen, denn sie hatte nicht vor, sich ein zweites Mal so belästigen zu lassen. Die Menschen waren genau wie die Fliegen. Sie wünschte sich, es gäbe Netze, um auch sie abzuhalten. Sie schlug nach ihnen mit Worten und finsteren Blicken, und wie die Fliege entschlüpften sie ihren Schlägen und blieben unversehrt. Schlimmer als die Fliege waren sie, da sie nicht einmal zu bemerken schienen, daß sie versucht hatte, sie zu treffen. Die Fliege verschwand wenigstens für einen Moment. Bei menschlichen Wesen war die einzige Art, sie loszuwerden, selbst wegzugehen. Genau das hatte sie in diesem April erschöpft getan; und nachdem sie nun hier war und Näheres über das Leben in San Salvatore mitgekriegt hatte, schien es, als würde man auch hier nicht allein gelassen.

Von London aus hatte es noch so ausgesehen, als gäbe es dort nichts Näheres herauszufinden. San Salvatore schien ein leerer Raum zu sein, himmlisch. Doch nach nur vierundzwanzig Stunden entdeckte sie, daß es keineswegs leer war und daß sie rastlos wie eh und je in Abwehrstellung gehen mußte. Man hatte sich schon beharrlich an sie geheftet. Mrs. Fisher praktisch den ganzen vorherigen Tag, und an diesem Morgen hatte man sie nicht in Frieden gelassen, nicht einmal zehn Minuten war sie ungestört allein geblieben.

Costanza mußte schließlich gehen, sie war die Köchin, aber kaum war sie verschwunden, tauchte auch schon Domenico auf. Er wollte gießen und Pflanzen hochbinden. Das war ganz natürlich, da er der Gärtner war, aber er goß und band alles hoch, was in ihrer unmittelbaren Nähe war; er kreiste sie mehr und mehr ein; goß bis zum Exzeß; band Pflanzen hoch, die stetig und kerzengerade wuchsen. Immerhin war's ein Mann und darum nicht gar so verdrießlich, und sein Guten-Morgen-Lächeln wurde mit einem Lächeln belohnt; daraufhin vergaß Domenico seine Familie, seine Frau, seine Mutter, seine erwachsenen Kinder, all seine Pflichten und wollte nur die Füße der jungen Dame küssen.

Leider ging das nicht, aber er konnte, während er arbeitete, reden, was er auch tat; ausgiebig; wobei er ununterbrochen alle möglichen Informationen ausbreitete und das, was er sagte, mit so lebhaften Gesten veranschaulichte, daß er die Gießkanne abstellen mußte und damit das Ende des Gießens hinauszögerte.

Lady Caroline ertrug es eine Zeitlang, aber bald schon wurde es ihr unerträglich, und da er nicht von selbst gehen würde und sie ihn nicht auffordern konnte, er war ja bei seiner pflichtgemäßen Arbeit, war es erneut an ihr, davonzugehen.

Sie verließ die Mauer und begab sich zur anderen Seite des Gärtchens, wo in einem Holzschuppen einige bequeme niedrige Korbsessel standen. Alles, was sie wollte, war, einen davon zu holen und mit dem Rücken zu Domenico hinzustellen, die

Vorderseite dem Meer zu, Genua zugewandt. Ein bescheidener Wunsch. Man hätte meinen können, das ließe sich ohne weiteres bewerkstelligen. Doch er, der jede ihrer Bewegungen verfolgte, schoß, als er sah, wohin sie strebte, hinter ihr her, griff sich einen Korbsessel und fragte sie, wohin damit.

Würde sie denn nie diesem Diensteifer, es ihr bequem machen zu wollen, dieser Fragerei, wohin man ihre Sachen tun solle, diesem ewigen Sichbedankenmüssen entgehen? Sie war kurz angebunden mit Domenico, woraus er sofort schloß, sie habe Kopfschmerzen von der Sonne, und losrannte, ihr einen Sonnenschirm, ein Kissen und einen Schemel herbeizauberte, er war geschickt und wunderbar, der geborene Gentleman.

Resigniert schloß sie die Augen. Unmöglich, nicht freundlich zu Domenico zu sein. Sie konnte nicht aufstehen und hineingehen, wie sie es getan hätte, wenn es sich um jemand anderes gehandelt hätte. Domenico war intelligent und sehr tüchtig. Sie hatte sofort herausgefunden, daß in Wirklichkeit er das Haus führte, er in Wirklichkeit alles tat. Und seine Manieren waren einfach betörend, ein Charmeur, kein Zweifel. Es war bloß so, daß sie sich danach sehnte, allein gelassen zu werden. Sie hatte das Gefühl, wenn man sie nur diesen einen Monat in Ruhe lassen könnte, nur diesen Monat, käme sie vielleicht doch noch mit sich ins klare.

Sie hielt die Augen geschlossen, vielleicht würde er dann glauben, sie wollte schlafen, und sich entfernen.

Bei diesem Anblick schmolz die romantische italienische Seele Domenicos dahin, denn die geschlossenen Augen machten ihr Gesicht besonders reizvoll. Er blieb wie angewurzelt stehen, hingerissen, und sie dachte, er habe sich davongestohlen, und öffnete die Augen wieder.

Nein; da stand er und starrte sie an. Auch er. Sie konnte dem Angestarrtwerden nicht entrinnen.

»Ich habe Kopfschmerzen«, sagte sie, die Augen erneut schließend.

»Das kommt von der Sonne«, sagte Domenico, »und von dem Auf-der-Mauer-Sitzen ohne Hut.«

»Ich möchte schlafen.«

›*Si, signorina*‹, sagte er mitfühlend und ging leise davon.

Sie öffnete die Augen mit einem Seufzer der Erleichterung. Das sachte Schließen der Glastüre verriet ihr, daß er nicht nur endgültig weg war, sondern daß er sie in den Garten ausgesperrt hatte, damit sie ungestört bliebe. Jetzt würde sie vielleicht bis zum Mittagessen allein bleiben können.

Sehr merkwürdig, und niemand auf der Welt hätte überraschter sein können als sie selbst, aber sie wollte nachdenken. Das war noch nie vorgekommen. Alles, was sich ohne allzuviel Umstände tun ließ, hatte sie entweder tun wollen oder irgendwann in ihrem Leben auch getan, aber noch nie zuvor hatte sie nachdenken wollen. Sie war nach San Salvatore mit der alleinigen Absicht gekommen, vier Wochen lang wie eine Scheintote in der Sonne zu liegen, an einem Ort, wo weder Eltern noch Freunde waren, eingehüllt in Vergessensein, nur zum Essen aufzustehen, und sie war erst ein paar Stunden da gewesen, als sich dieser seltsame neue Wunsch ihrer bemächtigte.

Die Sterne am vorherigen Abend waren herrlich gewesen, und sie war nach dem Essen in den oberen Garten hinausgegangen und hatte Mrs. Fisher mit ihren Nüssen und ihrem Glas Wein allein gelassen, und dort auf dem Mäuerchen sitzend, wo die Lilien ihre geisterhaften Köpfe zusammensteckten, hatte sie hinaus in den Abgrund der Nacht geschaut, und plötzlich war es ihr vorgekommen, als wäre ihr Leben viel Lärm um nichts gewesen.

Das hatte sie zutiefst überrascht. Sie wußte, Sterne und Dunkelheit können tatsächlich ungewöhnliche Empfindungen erregen, da sie das schon bei anderen erlebt hatte, aber niemals doch bei sich selbst. Viel Lärm um nichts. Ob sie etwa krank war, hatte sie sich gefragt. Schon seit langem war sie sich bewußt gewesen, daß ihr Leben ein Lärmen war, aber es schien doch da um etwas zu gehen; ein Riesenlärm war es, so daß sie das Gefühl bekam, sie müsse sich eine Zeitlang außer Hörweite begeben, ansonsten würde sie völlig taub werden, und das womöglich für immer. Angenommen aber, es war bloß viel Lärm um nichts?

Nie zuvor hatte sie sich solch eine Frage gestellt. Sie fühlte sich mit einem Mal einsam. Sie wollte allein sein, aber nicht einsam. Das war etwas anderes; das war etwas, das einem zusetzte und furchtbar weh tat im Innern. Davor hatte man am meisten Angst. Deswegen ging man auf so viele Gesellschaften; und in letzter Zeit waren ihr sogar manchmal die Gesellschaften nicht als vollkommen sicherer Schutz erschienen. War es möglich, daß Einsamkeit nichts mit den Verhältnissen zu tun hatte, sondern nur mit der Art und Weise, wie man sich ihnen stellte? Vielleicht ist es besser, hatte sie gedacht, ich gehe schlafen. Sie mußte krank sein.

Sie ging zu Bett; und am Morgen, nachdem sie der Fliege entkommen war und gefrühstückt hatte und hinaus in ihren Garten gezogen war, überfiel sie wieder dasselbe Gefühl, und zwar bei hellem Tageslicht. Von neuem hatte sie diesen üblen Verdacht, ihr Leben sei bis jetzt nicht nur laut gewesen, sondern auch leer. Wenn dem so wäre und wenn ihre ersten achtundzwanzig Jahre – die besten – sich bloß in nichtigem Lärm verflüchtigt hatten, müßte sie wohl einen Augenblick haltmachen und sich umschauen; innehalten, wie es in ermüdenden Romanen hieß, und sich bedenken. Sie hatte nicht viele Folgen von achtundzwanzig Jahren vor sich. In der nächsten würde sie dieser Mrs. Fisher sehr ähnlich werden. Zwei weitere . . . Sie wandte die Augen ab.

Ihre Mutter wäre besorgt gewesen, wenn sie von alldem gewußt hätte. Ihre Mutter vergötterte sie. Ihr Vater wäre ebenfalls besorgt, denn auch er vergötterte sie. Alle Welt vergötterte sie. Und als sie, wohlklingend, aber hartnäckig, darauf bestanden hatte, nach Italien zu fahren, um sich dort einen vollen Monat ganz zu vergraben, mit komischen Leuten, auf die sie durch ein Inserat gestoßen war, und sich weigerte, selbst ihr Mädchen mitzunehmen, war die einzige Erklärung, die sich ihre Freunde ausdenken konnten, die arme Krümel – so ihr Spitzname – müsse sich übernommen haben und sei ein bißchen übernervös.

Ihre Mutter war bekümmert über ihre Abreise. Eine seltsame Sache, das Ganze hatte etwas Enttäuschendes an sich. Sie unterstützte daher die allgemeine Vorstellung von einem drohenden Nervenzusammenbruch. Wenn sie ihre vergötterte Krümel hätte sehen können, liebreizender als jede andere Tochter anzusehen, Gegenstand ihres größten Stolzes, Ursache ihrer höchsten Hoffnungen, wie sie dasaß und auf das mittäglich dösende Mittelmeer starrte und sich Gedanken über die mögliche Folge ihrer nächsten achtundzwanzig Jahre machte, würde sie sich elend gefühlt haben. Allein wegzureisen war schlimm; zu grübeln war schlimmer. Nichts Gutes konnte aus dem Grübeln einer schönen jungen Frau kommen. Komplikationen ja, reichlich, aber nichts Gutes. Das Grübeln der Schönen mußte zwangsläufig in Unschlüssigkeit, in Widerstreben, in Unglücklichsein rundum enden. Und hier, wenn sie sie hätte sehen können, saß ihre Krümel und grübelte so angestrengt. Und was für Sachen. Altbekannte Sachen, über die keiner zu grübeln begann, bevor er nicht mindestens vierzig war.

Neuntes Kapitel

Der eine der beiden Salotti, den sich Mrs. Fisher als den ihren erkoren hatte, war ein Raum voll Charme und Charakter. Sie überblickte ihn mit Befriedigung, als sie nach dem Frühstück dort eintrat, und freute sich, daß er ihr zustand. Er hatte einen gekachelten Fußboden, Wände in der Farbe blassen Honigs, amberfarbene Intarsienmöbel und Bücher in matten Tönen, viele mit elfenbeinweißen oder zitronengelben Einbänden. Es gab ein großes Fenster, das über das Meer Richtung Genua schaute, und eine Glastür, durch die man – an dem reizvoll merkwürdigen Wachturm vorbei, der innen ein Raum mit Sesseln und einem Schreibtisch war – bis zu den Zinnen gelangen konnte, die an der Rückseite des Turms mit einer Marmorbank abschlossen, von wo man die westliche Bucht sehen konnte und deren Spitze, hinter der der Golf von La Spezia begann. Diese südliche Aussicht zwischen den beiden Streifen Meer zeigte einen anderen Hügel, höher als San Salvatore, den letzten der kleinen Halbinsel, mit den netten Türmchen eines kleineren und unbewohnten Castellos obendrauf, das die untergehende Sonne noch bestrahlte, wenn alles sonst schon im Schatten versunken war. Ja, sie war hier sehr angenehm etabliert; und einige Behälter – Mrs. Fisher schaute sich deren Beschaffenheit nicht genauer an, aber es schienen kleine Steintröge zu sein oder auch kleine Sarkophage – umringten, mit Blumen voll, die Zinnen.

Diese Zinnen wären der ideale Platz für sie gewesen, um in Zeiten, wo sie ihres Stockes kaum bedurfte, langsam hin und her zu gehen oder sich auf die Marmorbank zu setzen, nachdem sie zuvor ein Kissen draufgelegt hätte, gäbe es da nicht leider, leider eine zweite Glastür, die dorthin führte und somit ihre völlige Zurückgezogenheit zunichte machte, ihr das Gefühl verdarb, der Platz sei nur für sie geschaffen. Diese zweite Tür gehörte zu dem Rundsalotto, den sie und Lady Caroline als zu dunkel verworfen hatten. In dieses Zimmer würden sich wahrscheinlich die Hampstead-Frauen setzen, und sie hatte die Befürchtung, daß die sich nicht darauf beschränken würden, sondern durch die Glastür hinaustreten und in ihr Zinnenreich eindringen wollten. Damit wären die Zinnen ruiniert. Es bedeutete für sie höchstpersönlich den Ruin, sollten die Zinnen überrannt werden; selbst wenn sie nicht eigentlich überrannt werden sollten, waren sie doch den inquisitorischen Blicken der Personen im Innern des Zimmers ausgesetzt. Niemand konnte sich rundum wohl fühlen, wenn er beobachtet wurde und das wußte. Was sie sich wünschte, worauf sie sicherlich ein Anrecht hatte, war Zurückgezogenheit. Sie hatte nicht den Wunsch, sich anderen aufzudrängen; warum sollten sie es dann bei ihr tun dürfen? Und sie konnte aus ihrer Zurückgezogenheit immer noch heraustreten, falls sie es, hatte sie ihre Gefährtinnen erst einmal besser kennengelernt, lohnend fände, aber sie zweifelte daran, ob sich eine der drei so entwickeln würde, daß sie es dereinst lohnend finden könnte.

Kaum etwas war wirklich lohnend, sinnierte Mrs. Fisher, außer der Vergangenheit. Es war schon erstaunlich, einfach bemerkenswert, diese Überlegenheit der Vergangenheit über die Gegenwart. Ihre Freunde in London, gediegene Personen ihres Alters, kannten dieselbe Vergangenheit, die sie kannte, konnten mit ihr darüber sprechen, sie, wie sie es auch tat, mit der umtriebigen Gegenwart vergleichen und beim Gedenken an die großen Persönlichkeiten einen Moment lang die oberflächlichen und geistig unproduktiven jungen Leute vergessen, die trotz des Krieges noch immer so zahlreich die Welt zu bevölkern schienen. Sie war von diesen Freunden nicht weggegangen, diesen zur Konversation fähigen reifen Freunden, um ihre Zeit in Italien mit drei Personen einer anderen Generation und unzulänglicher Erfahrung zu verschwatzen; sie war lediglich weggegangen, um den Heimtücken des Londoner Aprils zu entfliehen. Was sie den beiden Besucherinnen in der Prince-of-Wales-Terrace gesagt hatte, war die Wahrheit: alles, was sie in San Salvatore tun wollte, war, ungestört in der Sonne zu sitzen und in Erinnerungen zu schwelgen. Sie wußten das, sie hatte es ihnen gesagt. Es war deutlich ausgedrückt und auch verstanden worden. Darum hatte sie das Recht, von ihnen zu erwarten, daß sie drinnen im Rundsalotto blieben und nicht als Störenfriede auf ihren Zinnen herumstolzierten.

Aber hielten sie sich daran? Der Zweifel verdarb ihr den Vormittag. Erst als das Mittagessen näher rückte, sah sie einen Weg, um ganz sicherzugehen. Sie klingelte nach Francesca, bat sie in ihrem langsamen, majestätisch klingenden Italienisch, die Fensterläden der Glastür im Rundsalotto zu schließen, und dann – ihr ins Zimmer folgend, das so noch dunkler geworden war, aber auch, wie Mrs. Fisher gegenüber der redseligen Francesca bemerkte, aufgrund eben dieser Dunkelheit angenehm kühl bleiben würde, und schließlich gebe es die zahlreichen Fensterschlitze zum Lichteinlassen, und es wäre nicht ihr Problem, wenn die Damen kein Licht einließen – ordnete sie an, die Vitrine mit den Kuriosa gegenüber der Tür nun unmittelbar vor sie hin zu plazieren.

Das würde vom Herausspazieren abhalten.

Darauf klingelte sie nach Domenico und veranlaßte, daß er einen der Blumen-Sarkophage von draußen vor die Außentür rückte.

Das würde vom Hineinspazieren abhalten.

»Niemand«, sagte Domenico zögernd, »kann jetzt die Tür benutzen.«

»Niemand«, sagte Mrs. Fisher fest, »wird den Wunsch haben.«

Sie zog sich dann in ihr Wohnzimmer zurück, und von einem Sessel aus, den sie sich so hingestellt hatte, daß sie direkt auf die nun uneingeschränkt ihr gehörenden Zinnen schauen konnte, betrachtete sie diese mit stiller Freude.

Das Leben hier, überlegte sie ruhig, war viel billiger als in einem Hotel und, wenn sie sich die anderen vom Hals halten konnte, unbeschreiblich angenehmer. Sie zahlte für ihre Zimmer – ungemein ansprechende Zimmer, jetzt, da sie sich in ihnen eingerichtet hatte – drei Pfund die Woche, was etwa acht Schilling pro Tag waren, Zinnen, Wachturm, alles komplett. Wo sonst im Ausland konnte sie so gut leben für so wenig Geld, und so viele Bäder nehmen, wie sie wollte, für acht Schilling pro Tag? Natürlich wußte sie noch nicht, wieviel sie das Essen kostete, aber sie würde auf Sparsamkeit pochen, obschon sie ebenfalls darauf pochen würde, daß diese Sparsamkeit sich mit Qualität paarte. Beides war durchaus vereinbar, wenn der Proviantmeister sich Mühe gab. Der Lohn für das Personal war, wie sie in Erfahrung gebracht hatte, bescheiden, was auf den vorteilhaften Wechselkurs zurückging, so daß nur das Essen ihr Sorgen bereitete. Entdeckte sie Zeichen von Extravaganz, würde sie den Vorschlag machen, jede von ihnen sollte pro Woche eine angemessene Summe an Lady Caroline geben, damit die Rechnungen beglichen würden, was davon übrigbliebe, müßte zurückgegeben werden, und sollte die Summe überstiegen werden, hätte der Proviantmeister den Schaden zu tragen.

Mrs. Fisher war wohlhabend, und ihr Begehren ging nach all den Bequemlichkeiten, die ihrem Alter gemäß sind, aber sie mochte keine Ausgaben. So wohlhabend war sie, daß sie bei Belieben in einer reichen Gegend Londons hätte wohnen und sich im Rolls-Royce hätte herumkutschieren lassen können. Doch nichts dergleichen. Sich um ein Haus in reicher Umgebung und einen Rolls-Royce kümmern hätte größerer Umtriebigkeit bedurft, als zu wahrer Bequemlichkeit paßte. Sorgen waren mit solchem Besitz verbunden, alle möglichen Sorgen, die Rechnungen zuoberst. Im matten Dunkel der Prince-of-Wales-Terrace konnte sie unauffällig wohlfeile, dennoch wirkliche Bequemlichkeit genießen, ohne daß sich räuberische Bedienstete oder Almoseneintreiber an sie heranmachten, und am Ende der Straße gab es einen Taxistand. Ihre jährlichen Auslagen waren gering. Das Haus war geerbt. Der Tod hatte es für sie ausgestattet. Sie ging im Speisezimmer auf dem türkischen Teppich ihres Vaters; regelte ihren Tag nach der exzellenten schwarzen Marmoruhr auf dem Kaminsims, die sie seit ihrer Kindheit kannte; die Wände waren völlig bedeckt von den Photos ihrer illustren verstorbenen Freunde, die diese ihr oder ihrem Vater gewidmet hatten, mit ihren Handschriften quer über den unteren Teil ihrer Körper, und die Fenster, von den ewig gleichen kastanienbraunen Vorhängen ihres ganzen Lebens eingerahmt, waren zudem mit den nämlichen Aquarien ausgestattet, denen sie ihre ersten Lektionen in Meereskunde verdankte und in denen noch immer die Goldfische ihrer Jugend bedächtig schwammen.

Waren es dieselben Goldfische? Sie wußte es nicht. Vielleicht überlebten sie, wie Karpfen, jedermann. Andererseits hatten sie sich womöglich hin und wieder im Lauf der Jahre hinter die Tiefseepflanzen, die auf dem Boden für sie wuchsen, verzogen und sich regeneriert. Waren es oder waren es nicht dieselben Goldfische, hatte sie sich manchmal gefragt, wenn sie die Dahinschwimmenden zwischen den Gängen ihrer einsamen Mahlzeiten betrachtet hatte, wie an dem Tag, als Carlyle – wie gut erinnerte sie sich daran – wütend bei einem hitzig werdenden Disput mit ihrem Vater ans Aquarium herangetreten war, derb mit der Faust ans Glas geklopft und die Fische mit dem Ausruf in die Flucht geschlagen hatte: »Och, ihr tauben Tüfel! Och, ihr glöcklichen tauben Tüfel! Ihr könnt nichts von dem dußligen, plärrenden, tattrigen, albernen Narrenzeugs hören, das euer Meister redet, nicht wahr?« Oder etwas in der Art.

Lieber, hochherziger Carlyle. Welch natürliche Ergießungen; welch echte Frische; welch wahrhafte Erhabenheit. Ruppig, wenn man will – ja, sicher manchmal ruppig und etwas beunruhigend innerhalb der Wände des Wohnzimmers, aber großartig. Wer könnte heute neben ihm bestehen? Wer könnte im selben Atemzug mit ihm genannt werden? Ihr Vater hatte damals, niemand besaß mehr *Flair* als er, geäußert: »Thomas ist unsterblich.« Und hier war diese Generation, diese Generation von Bedeutungslosen, die ihre schwache Stimme voll Zweifel erhob oder, schlimmer noch, sich überhaupt nicht die Mühe machte, sie zu erheben, die – es war unglaublich, man hatte es ihr aber so berichtet – ihn nicht einmal las. Mrs. Fisher las ihn auch nicht, doch das war etwas anderes. Sie hatte ihn gelesen; bestimmt hatte sie ihn gelesen. Selbstverständlich hatte sie das. Da war Teufelsdröckh – sie erinnerte sich sehr gut an einen Schneider namens Teufelsdröckh. Wie war es Carlyle ähnlich, ihn so zu nennen! Ja, sie mußte ihn gelesen haben, auch wenn ihr natürlich Einzelheiten nicht einfallen wollten.

Der Gong erklang. In Erinnerungen verloren, hatte Mrs. Fisher die Zeit vergessen und eilte nun in ihr Schlafzimmer, um sich die Hände zu waschen und das Haar zu ordnen. Sie wollte nicht zu spät kommen und ein schlechtes Beispiel geben und womöglich ihren Platz am Kopfende des Tisches besetzt finden. Man konnte sich nicht auf die Manieren der jüngeren Generation verlassen; besonders nicht auf die von jener Mrs. Wilkins.

Sie war jedoch die erste im Speisesaal. Francesca mit weißer Schürze stand mit einer Riesenschüssel dampfend glänzender Makkaroni bereit, aber niemand war da, um sie zu essen.

Mrs. Fisher setzte sich hin, mit strengem Blick. Lax, lax.

»Servieren Sie«, befahl sie Francesca, die bereit schien, auf die anderen zu warten.

Francesca servierte ihr. Von der Gesellschaft mochte sie Mrs. Fisher am wenigsten, eigentlich überhaupt nicht. Sie war die einzige der vier Damen, die noch nicht gelächelt hatte. Zugegeben, sie war alt, zugegeben, sie war nicht schön, zugegeben, sie hatte demnach keinen Grund zum Lächeln, aber freundliche Damen lächelten, mit oder ohne Grund. Sie lächelten, nicht weil sie glücklich waren, sondern weil sie glücklich machen wollten. Diese Dame hier konnte darum, folgerte Francesca, nur unfreundlich sein; und so reichte sie ihr die Makkaroni, ohne ihre Gefühle verheimlichen zu können, mit mürrischer Miene.

Sie waren sehr gut zubereitet, aber Mrs. Fisher hatte nie etwas für Makkaroni übrig gehabt; besonders nicht für diese lange, fast spaghettiartige Sorte. Sie fand es schwierig, sie zu essen – schlüpfrig waren sie, schlängelten sich von der Gabel weg und ließen die Esserin, wie sie meinte, unwürdig aussehen, wenn die nämlich glaubte, sie hätte die Makkaroni ganz im Mund, hingen immer noch Enden heraus. Jedesmal, wenn sie Nudeln aß, wurde sie an Mr. Fisher erinnert. Er hatte sich während des Verheiratetseins ähnlich wie die Makkaroni verhalten. Er war entschlüpft, hatte sich weggeschlängelt, hatte sie einem Gefühl der Unwürde ausgesetzt, und als sie ihn schließlich sicher verwahrt zu haben meinte, gab es ständig sozusagen Reste von ihm, die immer noch heraushingen.

Francesca beobachtete vom Büfett her verdrießlich, was Mrs. Fisher mit den Makkaroni anstellte, und ihr Verdruß verstärkte sich noch, als sie sah, wie sie schließlich zum Messer griff und die Nudeln kleinhieb.

Mrs. Fisher wußte wirklich nicht, wie sie sonst mit den Dingern fertig werden sollte. Sie war sich bewußt, daß Messer in diesem Zusammenhang unschicklich waren, aber die Geduld ging einem schließlich flöten. Makkaroni durften in London nie auf ihrem Tisch erscheinen. Abgesehen von der Mühe, die sie einem beim Essen verursachten, mochte sie die nicht einmal, und sie würde Lady Caroline auffordern, sie nicht wieder zu bestellen. Jahre des Übens, überlegte Mrs. Fisher, die weiterhin die Nudeln zerstückelte, Jahre des Aufenthalts in Italien würden nötig sein, um das Gewußt-Wie zu erlernen. Browning kam wunderbar mit den Makkaroni zurecht. Sie erinnerte sich, wie sie ihn einmal, als er zum Mittagessen mit ihrem Vater bei ihnen zu Hause eingeladen war und eingedenk seiner Beziehung zu Italien ein Makkaronigericht aufgetischt bekam, beobachtet hatte. Faszinierend, wie es bei ihm klappte. Kein Herumflutschen der Makkaroni auf dem Teller, kein Abgleiten von der Gabel, kein späteres Hervorlugen ihrer Enden – nur ein entschiedenes Eingraben, ein zupackendes Hochhebeln und Hineinschieben, ein Stoßen, ein Schlucken, et voilà, noch ein Dichter gesättigt!

»Soll ich die junge Dame holen gehen?« fragte Francesca,

die es nicht länger mitansehen konnte, wie ihre guten Makkaroni mit dem Messer zerschnitten wurden.

Mrs. Fisher fand nur mühsam aus ihrem Erinnerungssinnieren heraus. »Sie weiß, Mittagessen ist um halb eins«, sagte sie. »Alle wissen das.«

»Sie ist vielleicht eingeschlafen«, sagte Francesca. »Die anderen Damen sind weiter weg, aber sie ist ganz in der Nähe.«

»Schlagen Sie den Gong noch einmal«, sagte Mrs. Fisher.

Was für Manieren, dachte sie; was sind das bloß für Manieren. Hier war kein Hotel, gegenseitige Rücksichtnahme war geboten. Sie mußte schon sagen, sie wunderte sich über Mrs. Arbuthnot, die ihr nicht als unpünktliche Person vorgekommen war. Auch über Lady Caroline – sie war ihr so liebenswürdig und höflich erschienen, was immer sie sonst war. Von der anderen konnte sie natürlich nichts dergleichen erwarten.

Francesca ergriff den Gong und nahm ihn mit in den Garten hinaus, dort schlug sie ihn und trat dicht an Lady Caroline heran, die, immer noch in ihren niedrigen Sessel hingegossen, wartete, bis sie aufhörte, und ihr dann den Kopf zuwandte und sich in den süßesten Tönen ergoß, die wie Musik erklangen, in Wirklichkeit aber eine Schmähung waren.

Francesca faßte den Wortfluß nicht als Schmähung auf; wie sollte sie auch, wenn er so melodiös herauskam? Und mit strahlend lächelndem Gesicht, sie konnte nur lächeln, wenn sie diese junge Dame anschaute, sagte sie ihr, daß die Makkaroni kalt würden.

»Wenn ich nicht zu den Mahlzeiten komme, dann ist es, weil ich nicht kommen will«, sagte Krümel ungehalten, »und in Zukunft werden Sie mich in Ruhe lassen.«

»Sind Sie *krank?*« fragte Francesca mitfühlend, ohne mit dem Lächeln aufhören zu können. Niemals, niemals hatte sie so herrliches Haar gesehen. Wie echter Flachs; wie das Haar von Kleinkindern aus dem Norden. Auf solch einem zarten

Haupt konnte nur Segen ruhen, auf solch einem zarten Haupt könnte der Nimbus der höchsten Heiligen schön erstrahlen.

Krümel schloß die Augen und weigerte sich zu antworten. Das war unüberlegt von ihr, denn die Wirkung war, daß Francesca nun besorgt davoneilte, um Mrs. Fisher mitzuteilen, Lady Caroline sei unpäßlich. Und Mrs. Fisher, die, wie sie erklärte, wegen ihres Stocks daran gehindert wurde, selbst zu Lady Caroline hinauszugehen, schickte statt dessen die beiden anderen, die gerade erhitzt und atemlos und voller Entschuldigungen eingetreten waren, während sie selbst zum nächsten Gang überging, einem ausgezeichneten Omelette, das an beiden Enden delikat mit jungen grünen Erbsen aufplatzte.

»Servieren Sie«, wies sie Francesca an, die wiederum Bereitschaft zeigte, auf die anderen zu warten.

›Oh, warum *lassen* sie mich nicht in Ruhe – warum bloß können sie mich nicht in Ruhe lassen?‹ fragte Krümel sich, als sie weiteres Knirschen auf den Kieselsteinchen hörte, die es dort statt Gras gab, so daß sie immer wußte, wenn jemand nahte.

Sie hielt die Augen diesmal fest geschlossen. Warum sollte sie zum Mittagessen gehen, wenn sie keine Lust darauf hatte? Das hier war kein Privathaus; sie war in keinerlei Weise an die Pflichten gebunden, die man gegenüber einer lästigen Gastgeberin hat. Denn praktisch war San Salvatore ein Hotel, und man sollte es ihr überlassen, ob sie essen oder nicht essen wollte, genauso, als wäre sie in einem richtigen Hotel.

Aber die unglückliche Krümel konnte nicht einfach still dasitzen mit geschlossenen Augen, ohne daß sie im Betrachter den Wunsch weckte, sie zu streicheln und zu hätscheln, was sie nur allzu gut kannte. Selbst die Köchin hatte sie getätschelt. Und nun legte sich eine sanfte Hand – wie vertraut waren ihr sanfte Hände und wie graute es ihr vor ihnen – auf ihre Stirn.

»Ich fürchte, es geht Ihnen nicht gut«, sagte eine Stimme, die nicht Mrs. Fishers Stimme war und darum einer der exzentrischen Damen gehören mußte.

»Ich habe Kopfschmerzen«, murmelte Krümel. Vielleicht käme sie so am besten durch; vielleicht war es der kürzeste Weg, zu etwas Ruhe zu gelangen.

»Das tut mir aber leid«, säuselte Mrs. Arbuthnot, denn es war ihre sanfte Hand.

›Und mir erst‹, sagte sich Krümel, ›die ich geglaubt habe, wenn ich hierherkomme, entginge ich den Müttern.‹

»Meinen Sie nicht, Tee würde Ihnen guttun?« erkundigte sich Mrs. Arbuthnot liebevoll.

Tee? Die Vorstellung war Krümel zuwider. In dieser Hitze mitten am Tag Tee zu trinken . . .

»Nein«, murmelte sie.

»Vermutlich ist es das beste für sie, wenn man sie in Frieden läßt«, sagte eine zweite Stimme.

Wie vernünftig, dachte Krümel und hob die Wimpern eines Auges hoch genug, um hervorlugend festzustellen, wer da sprach.

Es war die sommersprossige Exzentrikerin. Die dunkle also war die mit der Hand. Die Sommersprossige stieg in ihrer Achtung.

»Aber mir ist es unerträglich zu wissen, daß Sie Kopfschmerzen haben und nichts dagegen getan wird«, sagte Mrs. Arbuthnot. »Würde eine Tasse starken schwarzen Kaffees . . .«

Krümel sagte nichts mehr. Sie wartete, bewegungslos und stumm, bis Mrs. Arbuthnot ihre Hand wegnähme. Schließlich konnte sie nicht den ganzen Tag dort stehenbleiben, und wenn sie wegginge, müßte sie notgedrungen ihre Hand mitnehmen.

»Ich glaube ernsthaft«, sagte die Sommersprossige, »daß sie nichts als Ruhe will.«

Und vielleicht zog die Sommersprossige die andere mit der Hand am Ärmel, denn Krümels Stirn war mit einem Mal frei, und nach einer Minute Schweigen, in der sie zweifellos betrachtet wurde – sie wurde ständig betrachtet –, begannen wieder Schritte auf dem Kies zu knirschen, wurden leiser und waren fort.

»Lady Caroline hat Kopfschmerzen«, sagte Mrs. Arbuthnot, als sie den Speisesaal wieder betrat und sich auf ihren Platz neben Mrs. Fisher setzte. »Ich kann sie nicht dazu bringen, auch nur ein Schlückchen Tee zu trinken oder schwarzen Kaffee. Wissen Sie, was Aspirin auf italienisch heißt?«

»Das angemessene Mittel gegen Kopfschmerzen«, sagte Mrs. Fisher mit Bestimmtheit, »ist Rizinusöl.«

»Aber sie hat keine Kopfschmerzen«, sagte Mrs. Wilkins.

»Carlyle«, sagte Mrs. Fisher, die ihr Omelette verspeist und nun Muße hatte zu reden, während sie auf den nächsten Gang wartete, »litt in einer Zeit seines Lebens furchtbar unter Kopfschmerzen und nahm ständig Rizinusöl dagegen. Er nahm es, würde ich sagen, fast bis zum Exzeß, und er nannte es, ich erinnere mich, auf seine interessante Art, das Sorgenöl. Mein Vater sagte dazu, es habe eine Zeitlang seine ganze Einstellung zum Leben beeinflußt, seine ganze Philosophie. Aber das war, weil er zuviel genommen hat. Was Lady Caroline braucht, ist eine Dosis, und nur eine. Es ist ein Fehler, wenn man ständig Rizinusöl nimmt.«

»Kennen Sie das italienische Wort dafür?« fragte Mrs. Arbuthnot.

»Ah, tut mir leid, nein. Allerdings, sie wird's wissen. Fragen Sie sie doch.«

»Aber sie hat keine Kopfschmerzen«, wiederholte Mrs. Wilkins, die nun mit den Makkaroni kämpfte. »Sie möchte nur in Ruhe gelassen werden.«

Beide blickten sie an. Das Wort ›Schaufel‹ ging Mrs. Fisher angesichts von Mrs. Wilkins' Bewegungen durch den Kopf.

»Und warum sagt sie dann, sie habe welche?« fragte Mrs. Arbuthnot.

»Weil sie sich bemüht, höflich zu sein. Bald braucht sie sich nicht mehr zu bemühen, und zwar, wenn der Geist des Ortes in ihr drin ist –, sie wird es dann von selbst sein. Ohne Bemühen. Auf ganz natürliche Weise.«

»Lotty, wissen Sie«, erklärte Mrs. Arbuthnot lächelnd Mrs. Fisher, die mit starrer Geduldsmiene auf ihren nächsten Gang wartete, der sich verzögert hatte, weil Mrs. Wilkins sich immer noch mit den Makkaroni abplagte, die weniger denn je die Mühe lohnten, jetzt, wo sie kalt waren; »Lotty, wissen Sie, hat eine Theorie über diesen Ort ...«

Aber Mrs. Fisher wollte nichts von Mrs. Wilkins' Theorie hören.

»Ich verstehe partout nicht«, unterbrach sie und blickte Mrs. Wilkins streng an, »wieso Sie annehmen, Lady Caroline sage nicht die Wahrheit.«

»Ich nehme es nicht an – ich weiß es«, sagte Mrs. Wilkins.

»Und bitte sehr, wie wollen Sie das wissen?« fragte Mrs. Fisher eisig, denn Mrs. Wilkins nahm sich tatsächlich nochmals von den Makkaroni, die ihr beflissen und unnötigerweise ein zweites Mal von Francesca angeboten wurden.

»Als ich vorhin draußen war, habe ich in sie hinein gesehen.«

Nun, Mrs. Fisher wollte dazu nichts sagen; sie hatte nicht vor, auf derart Törichtes zu reagieren. Statt dessen schlug sie laut auf den kleinen Tischgong an ihrer Seite, obwohl Francesca am Büfett stand, und sagte, denn sie war nicht gewillt, länger auf ihren nächsten Gang warten: »Servieren Sie.«

Und Francesca – es mußte wohl Absicht sein – bot ihr erneut die Makkaroni an.

Zehntes Kapitel

Es gab keinen anderen Weg in den oberen Garten von San Salvatore als durch die beiden Glastüren: des Speisesaals und der Halle, die sich direkt nebeneinander befanden. Jemand im Garten, der unerkannt hätte entkommen wollen, konnte das nicht, denn die Person, der er entkommen wollte, würde unausweichlich seinen Weg kreuzen. Es war ein kleiner, länglicher Garten, und sich zu verbergen war unmöglich. Die Bäume, der Judasbaum, die Tamariske, die Pinie, wuchsen nah an der niedrigen Brustwehr. Die Rosenbüsche boten keine wirkliche Deckung; tat die Person, die unentdeckt bleiben wollte, einen Schritt weg von ihnen nach links oder rechts, stand sie den Blicken freigegeben. Nur in der nordwestlichen Ecke gab es einen kleinen Platz, der aus der großen Mauer heraussprang, eine Art Auswuchs, ein Auslug, in längst vergangenen Zeiten des Mißtrauens sicherlich zum Ausspähen genutzt, wo man wirklich ungesehen dasitzen konnte, denn zwischen ihm und dem Castello wuchs ein dichter Strauch Seidelbast.

Nachdem Krümel sich vergewissert hatte, daß niemand zuschaute, stand sie auf und trug ihren Sessel zu diesem Platz, stahl sich auf Zehenspitzen davon wie eine, die Sündhaftes im Sinn hat. Ein zweiter Ausguck befand sich an der Nordostecke der Mauer, aber der war exponiert, wenngleich die Aussicht von dort fast noch schöner war, man konnte nämlich die Bucht sehen und die lieblichen Berge hinter Mezzago. Keine Sträucher wuchsen in der Nähe, und Schatten gab's auch nicht. Im Nordwestausguck würde sie also sitzen, und sie nistete sich dort ein, kuschelte den Kopf in ihr Kissen, die Füße bequem auf die Brustwehr gestellt, von wo aus sie den Dörflern auf der Piazza unten wie zwei weiße Tauben vorkamen, und dachte nun, jetzt sei sie einfach sicher.

Mrs. Fisher fand sie dort, vom Geruch der Zigarette geführt. Krümel, die Unvorsichtige, hatte das nicht bedacht. Mrs. Fisher rauchte selbst nicht, um so ausgeprägter konnte sie Zigarettenrauch erschnuppern. Der kräftige Geruch stieg ihr gleich in die Nase, als sie nach dem Mittagessen aus dem Speisesaal in den Garten hinausging, um dort ihren Kaffee zu trinken. Sie hatte Francesca gebeten, ihr den Kaffee draußen im Schatten des Castellos vor der Glastür zu servieren, und als Mrs. Wilkins sah, daß dort ein Tischchen hingestellt wurde, und sie daran erinnerte, aufdringlich und taktlos nach Mrs. Fishers Meinung, Lady Caroline wolle unbedingt allein sein, erwiderte sie angemessen, der Garten sei doch für alle da.

Folglich spazierte sie dort hinein und merkte sofort, daß Lady Caroline rauchte. Sie konstatierte, ›diese modernen jungen Frauen‹, und schritt weiter, um sie ausfindig zu machen; ihr Stock war jetzt, da das Mittagessen vorüber, nicht länger ein Hinderungsgrund für dies oder jenes wie geschehen, als ihr Essen noch nicht, Browning hatte es so ausgedrückt – es war doch Browning? Ja, sie erinnerte sich, wie es sie damals belustigt hatte – sicher unter Dach und Fach war.

Niemand belustigte sie heutzutage mehr, sann Mrs. Fisher und hielt schnurstracks auf den Seidelbast zu; die Welt war sehr fad geworden, und der Sinn für Humor war ihr völlig abhanden gekommen. Wahrscheinlich hatten sie auch ihre Scherze, diese Leute – sie wußte es definitiv, denn *Punch* existierte immer noch; aber wie anders, und was für Scherze. Thackeray hätte auf seine unnachahmliche Weise diese Generation in der Luft zerrissen. Wie sehr diese Generation der tonischen Eigenschaften jener strengen Feder bedurfte, war ihr natürlich nicht einmal bewußt. Sie schätzte ihn ja nicht mehr besonders hoch – zumindest hatte man sie dahingehend informiert. Nun, sie konnte dieser Generation nicht Augen geben, um zu sehen, und Ohren, um zu hören, und ein Herz, um zu verstehen, aber sie konnte und wollte ihr, die in der Gestalt Lady Carolines repräsentiert und zusammengefaßt war, eine gute Dosis echter Medizin verabreichen.

»Ich höre, es geht Ihnen nicht gut«, sagte sie, in der engen Öffnung des Ausgucks stehend, und sah mit dem unerbittlichen Gesicht desjenigen, der entschieden Gutes tun will, auf die reglose und anscheinend schlafende Lady Caroline hinab.

Mrs. Fisher hatte eine tiefe Stimme, ähnlich wie die eines

Mannes, denn sie war von jener eigentümlichen Männlichkeit eingeholt, die manchmal die Frauen während der letzten Lebenswindungen begleitet.

Krümel tat, als schliefe sie, aber wenn dem so gewesen wäre, würde die Zigarette nicht zwischen ihren Fingern stecken, sondern läge auf dem Boden.

Das vergaß sie. Mrs. Fisher nicht, und nachdem sie in den Auslug eingetreten war, setzte sie sich auf einen schmalen Steinplatz, der aus der Mauer herausragte. Ein Weilchen könnte sie darauf sitzen; ein Weilchen, bis die Kühle hochzusteigen begann.

Sie betrachtete die Gestalt vor ihr. Ein hübsches Geschöpf, ohne Zweifel, und eins, das in Farringford ein Erfolg gewesen wäre. Seltsam, wie leicht selbst die bedeutendsten Männer vom Äußeren berührt, ja verführt wurden. Sie hatte mit eigenen Augen gesehen, wie Tennyson sich von aller Welt abwandte – ungelogen den Rücken all den vielen eminenten Persönlichkeiten kehrte, die sich zu seinen Ehren um ihn geschart hatten – und sich absentierte zum Fenster mit einer jungen, völlig unbekannten Person – rein zufällig von jemandem angeschleppt –, deren einziges Verdienst – wenn's ein Verdienst sein sollte, was einem durch Schicksal verliehen wird – Schönheit war. Schönheit! Alles vorbei, ehe man sich versieht. Eine Angelegenheit, könnte man fast sagen, von Minuten. Doch solange sie existierte, schien sie mit Männern nach Belieben umspringen zu können. Selbst Ehemänner waren nicht gefeit. Es hatte Vorfälle im Leben von Mr. Fisher gegeben . . .

»Vermutlich hat die Reise Sie aufgeregt«, sagte sie mit ihrer tiefen Stimme. »Was Sie brauchen, ist eine gute Dosis einer einfachen, elementaren Medizin. Ich werde Domenico fragen, ob es im Dorf so etwas wie Rizinusöl gibt.«

Krümel machte die Augen auf und sah Mrs. Fisher direkt vor sich.

»Ah«, sagte Mrs. Fisher, »ich wußte, daß Sie nicht schlafen.

Täten sie es, würden Sie Ihre Zigarette auf den Boden fallen gelassen haben.«

Krümel warf die Zigarette über die Brustwehr.

»Verschwendung«, sagte Mrs. Fisher. »Ich mag das Rauchen nicht bei Frauen, noch weniger mag ich aber Verschwendung.«

›Was *kann* man bloß mit solchen Leuten tun?‹ fragte sich Krümel, die Augen fest auf Mrs. Fisher gerichtet mit einem, wie sie meinte, ungehaltenen Blick, der aber Mrs. Fisher nur Fügsamkeit auszudrücken schien, die einfach bezaubernd war.

»Sie werden also meinem Rat folgen«, sagte Mrs. Fisher gerührt, »und nehmen Sie nicht auf die leichte Schulter, was schnell sich zu einer Krankheit ausweiten kann. Wir sind bekanntlich in Italien, und man muß vorsichtig sein. Sie sollten als erstes ins Bett gehen.«

»Ich gehe nie ins Bett«, fauchte Krümel; und es klang so anrührend, so verloren wie jener Satz, den vor vielen Jahren eine Schauspielerin deklamiert hatte in der Rolle des Armen Jo in der Bühnenfassung von *Bleak House*. ›Bin immer unterwegs‹, sagte der Arme Jo in diesem Stück, ständig auf der Flucht vor der Polizei; und Mrs. Fisher, damals ein junges Mädchen, hatte den Kopf auf die rote Samtbrüstung der Vorderreihe im ersten Rang gelegt und laut geschluchzt.

Wundervoll, Lady Carolines Stimme. In den zehn Jahren, seit Krümel in die Gesellschaft eingeführt worden war, hatte diese Stimme ihr alle Triumphe verschafft, die Intelligenz und Geist haben können, denn sie machte, was immer sie auch sagte, bemerkenswert. Mit einer derartigen Formation der Kehle hätte sie eigentlich Sängerin werden müssen, aber Krümel blieb stumm in jeder Art von Musik, ausgenommen dieser Musik der sprechenden Stimme; und welche Faszination, welch Zauber lagen darin. Derart waren der Liebreiz ihres Gesichts und die Schönheit ihres Teints, daß es keinen Mann gab, in dessen Augen nicht bei ihrem Anblick lebhaftes Interesse aufgeflammt wäre; hörte er dann noch ihre Stimme, brannte die Flamme des Interesses stetig und hell. Bei jedem Mann war es dasselbe, gebildet oder ungebildet, alt, jung, selber attraktiv oder nicht, Männer aus ihrer eigenen Welt und Busfahrer, Generäle und einfache Soldaten – der Krieg war für sie eine verwirrende Zeit gewesen –, Bischöfe ebenso wie Küster – ihre Konfirmation war von überraschenden Vorfällen begleitet gewesen –, gesunde und kranke, wohlhabende und mittellose, geistreiche und dumme; und es machte keinen Unterschied, was sie waren oder wie lang und sicher verheiratet: bei ihrem Anblick flammte im Auge jedes Mannes dieses Interesse auf, und wenn er sie sprechen hörte, ging die Flamme nicht aus.

Krümel hatte genug von diesem Blick. Nur Schwierigkeiten ergaben sich daraus. Anfangs hatte sie sich darüber gefreut. Sie hatte Erregung gefühlt, Triumph. Daß sie offensichtlich weder das Falsche tun noch sagen konnte, man ihr applaudierte, ihr zuhörte, sie verhätschelte und bewunderte, wo immer sie auftauchte, und sie zu Hause auch nichts anderes erfuhr als nachsichtigste Zuneigung, gepaart mit Stolz auf sie, war natürlich äußerst angenehm. Und machte es so leicht außerdem. Keine Vorbereitung nötig, keine harte Arbeit, nichts zu erlernen. Sie brauchte sich nicht abzumühen. Sie mußte nur auftreten und recht bald etwas von sich geben.

Aber allmählich sammelte sie ihre Erfahrungen. Sie mußte sich schließlich doch Mühe machen, sich anstrengen, denn sie fand mit Erstaunen und Zorn heraus, daß sie sich schützen mußte. Dieser Blick, dieser aufflammende Blick, bedeutete, man wollte sie in Besitz nehmen. Einige der Enthusiasmierten waren bescheidener als andere, besonders, wenn sie jung waren, aber sie alle wollten, je nach Geschick und Können, Besitz von ihr nehmen; und sie, die so unbeschwert in die Welt eingetreten war, in den Wolken schwebend und voller Vertrauen in jedermann, dessen Haar grau war, begann mißtrauisch zu werden, dann Abneigung gegenüber der Welt zu verspüren, sich zurückzuziehen und bald schon ungehalten zu werden. Manchmal kam es ihr vor, als gehöre sie sich nicht mehr, sei überhaupt nicht sie selbst, sondern werde als Allgemeingut betrachtet, eine Art Jedermanns-Schönheit. Wirklich, diese Männer ... Und sie sah sich in geheimnisvolle, wirre Streitereien verwickelt, in denen sie unverständlicherweise Haß auf sich zog. Wirklich, diese Frauen ... Und als der Krieg ausbrach und sie und alle anderen mitriß, machte dieser Blick sie fertig. Wirklich, diese Generäle ...

Der Krieg machte Krümel fertig. Er tötete *den* Mann, bei dem sie sich geborgen fühlte, den sie geheiratet hätte, und erfüllte sie mit Abscheu vor der Liebe. Seitdem war sie verbittert. Sie zappelte so heftig in der süßen Klebe des Lebens wie eine Wespe, die im Honig erstickt. Genauso verzweifelt versuchte sie ihre Flügel zu befreien. Sie hatte kein Vergnügen daran, andere Frauen auszustechen; sie wollte deren lästige Männer nicht. Was konnte man mit Männern anfangen, wenn man sie erobert hatte? Alle sprachen über nichts anderes als Liebeskram, und wie läppisch und langweilig das nach einer Weile wurde. Es war so, als kriegte ein gesunder Mensch mit normalem Appetit nichts als Zuckerzeugs zu essen. Liebe, Liebe ..., das Wort schon weckte in ihr den Wunsch, jemanden zu ohrfeigen. ›Warum sollte ich Sie lieben? Warum sollte ich?‹ fragte sie manchmal erstaunt denjenigen, der sich gerade anschickte – immer schickte sich jemand an –, ihr einen Heiratsantrag zu machen. Aber sie bekam nie eine richtige Antwort darauf, nur neue Ungereimtheiten.

Tiefer Lebensüberdruß bemächtigte sich der unglücklichen Krümel. Ihr Inneres wurde grau vor Enttäuschung, wohingegen ihr anmutiges und bezauberndes Äußere auch weiter die Welt verschönerte. Was hielt die Zukunft für sie bereit? Nach solch einer Vorbereitung würde sie die nicht in den Griff kriegen können. Sie taugte zu nichts; hatte all die Zeit damit vergeudet, schön zu sein. Bald wäre es damit vorbei, und was dann? Krümel hatte keine Ahnung, die Vorstellung allein schon erschreckte sie. So überdrüssig sie es war, immer und überall aufzufallen, zumindest hatte sie sich daran gewöhnt, sie hatte nie etwas anderes gekannt; und nicht mehr aufzufallen, dahinzuwelken, schlaff und trüb zu werden, würde wahrscheinlich sehr weh tun. Und hätte das einmal angefangen, würde es Jahr um Jahr sich dahinziehen! Sich vorzustellen, daß der größte Teil des Lebens auf der falschen Seite ist. Sich vorzustellen, alt zu sein, und das zwei- oder dreimal so lang, wie jung zu sein. Einfach dumm. Alles war dumm. Es gab nichts, was sie tun wollte. Es gab tausend Dinge, die sie nicht tun wollte. Nichtbeachtung, Vergessenheit, Unsichtbarkeit, wenn möglich Unbewußtheit: diese Negationen waren alles, was sie sich im Augenblick wünschte; und hier, selbst hier gönnte man ihr nicht eine Minute lang Ruhe, und diese Schreckschraube tat nun so scheinheilig, als hielte sie sie für krank, bloß weil sie Macht ausüben, sie nötigen wollte, ins Bett zu gehen, und zu zwingen – grauslig –, Rizinusöl zu schlucken.

»Ich bin sicher«, sagte Mrs. Fisher, die spürte, wie die Kühle des Steines durchkam, und wußte, daß sie nicht viel länger dasitzen konnte, »Sie werden das Vernünftige tun. Ihre Mutter würde es wünschen – haben Sie eine Mutter?«

Ein leichtes Erstaunen trat in Krümels Augen. Haben Sie eine Mutter? Wenn es je eine Mutter gab, dann war es Krümels Mutter. Es war ihr nicht in den Sinn gekommen, daß Leute existieren könnten, die nie von ihrer Mutter gehört hatten. Sie war eine der bedeutendsten Marquisen – und es gab, niemand wußte das besser als Krümel, sone und solche Marquisen –, und sie hatte hohe Positionen am Hofe innegehabt. Auch ihr Vater war zu seiner Zeit sehr berühmt gewesen. Seine Zeit war ein bißchen vorbei, der Arme, weil er im Krieg ein paar große Fehler gemacht hatte, und außerdem war er jetzt alt; dennoch blieb er eine eminent bekannte Persönlichkeit. Wie beruhigend, wie ungemein beruhigend, jemanden zu treffen, der nie etwas von ihrer Sippschaft gehört hatte oder zumindest sie noch nicht in Beziehung zu ihr gesetzt hatte.

Mrs. Fisher fing an, ihr zu gefallen. Vielleicht wußten auch die exzentrischen Damen nichts von ihr. Als sie ihnen das erste Mal schrieb und mit ihrem Namen unterzeichnete, diesem großen Namen derer von Dester, der sich durch die englische Geschichte wie ein blutiger Faden zog, da seine Träger unentwegt im Kampfe töteten, hatte sie es als selbstverständlich erachtet, daß sie wußten, wer sie war; und bei dem Treffen in der Shaftesbury Avenue war sie sich dessen ganz sicher gewesen, denn sie hatten nicht, wie andernfalls bestimmt, nach Referenzen gefragt.

Krümel belebte sich. Wenn niemand in San Salvatore je von ihr gehört hatte, wenn sie für einen ganzen Monat die alte Haut abstreifen und alles, was mit ihr zu tun hatte, abschütteln konnte, wenn sie wirklich das Gehätschel und Getätschel und das Tamtam um sie herum vergessen durfte, ja, dann könnte sie womöglich doch noch etwas aus sich machen. Sie könnte wirklich nachdenken; wirklich ihre Gedanken ordnen; wirklich zu einem Schluß kommen.

»Was ich hier tun will«, sagte sie fast lebhaft, so groß war nämlich ihre Freude, daß Mrs. Fisher nichts über sie wußte, sie hatte sich dabei vorgebeugt, die Hände um die Knie geschlungen, und blickte zu Mrs. Fisher auf, deren Platz höher als der ihre war, »ist, zu einem Schluß zu kommen. Das ist alles. Das ist doch nicht zuviel verlangt, oder? Nur das.«

Sie starrte Mrs. Fisher an und dachte, fast jeder Schluß wäre recht; wichtig war, daß sie etwas zu fassen kriegte, etwas festhalten konnte und aufhörte, sich treiben zu lassen.

Mrs. Fishers kleine Augen musterten sie. »Ich meine doch«, sagte sie, »eine junge Frau wie Sie will Mann und Kinder haben.«

»Das ist gerade eines der Dinge, über die ich mir Gedanken machen werde«, sagte Krümel liebenswürdig. »Aber mir kommt das nicht wie ein Schluß vor.«

»In der Zwischenzeit«, sagte Mrs. Fisher aufstehend, denn die Kühle des Steines hatte sie erreicht, »würde ich mir, wenn ich Sie wäre, nicht den Kopf mit Sinnieren und Schlußfolgerungen plagen. Der Kopf einer Frau ist nicht zum Denken gemacht, das versichere ich Ihnen. Ich würde ins Bett gehen, um wieder wohl zu werden.«

»Ich fühle mich wohl«, sagte Krümel.

»Warum haben Sie dann mitteilen lassen, Sie seien krank?«

»Habe ich nicht.«

»Dann habe ich mir die Mühe, hier herauszukommen, umsonst gemacht.«

»Aber wäre es Ihnen lieber gewesen, herauszukommen und mich krank vorzufinden?« erkundigte sich Krümel lächelnd.

Selbst Mrs. Fisher konnte dem Lächeln nicht widerstehen.

»Sie sind schon ein hübsches Geschöpf«, sagte sie versöhnlich. »Es ist ein Jammer, daß Sie nicht vor fünfzig Jahren geboren sind. Meine Freunde hätten Sie gern angeschaut.«

»Ich bin froh, daß das nicht der Fall ist«, sagte Krümel. »Ich mag es nicht, angeschaut zu werden.«

»Absurd«, sagte Mrs. Fisher und blickte wieder finster drein. »Dafür sind sie doch geschaffen, junge Frauen wie Sie. Für was denn sonst, möchte ich wissen? Und ich versichere Ihnen, wenn meine Freunde Sie angeschaut hätten, wären Sie von einigen sehr bedeutenden Personen angeschaut worden.«

»Ich mag keine sehr bedeutenden Personen«, sagte Krümel stirnrunzelnd. Es hatte da erst vor kurzem einen Zwischenfall gegeben – wirklich, diese Potentaten ...

»Was *ich* nicht mag«, sagte Mrs. Fisher, so frostig wie der Stein, von dem sie sich erhoben hatte, »ist diese Pose der modernen jungen Frau. Sie kommt mir in ihrer Dummheit direkt mitleiderregend vor, ja, mitleiderregend.«

Und sie spazierte davon, wobei ihr Stock auf dem Kies knirschte.

›Gut so‹, sagte Krümel sich und ließ sich in ihre bequeme

Position zurückfallen, den Kopf im Kissen und die Füße auf der Brustwehr; wenn nur die Leute weggingen, machte es ihr nicht das geringste aus, weshalb sie gingen.

»Findest du nicht, daß unser Herzenskrümel ein wenig, ein klein wenig sonderbar wird?« hatte ihre Mutter ihren Vater kurz vor dieser neuerlichen Sonderbarkeit, dieser Flucht nach San Salvatore, gefragt, da sie unangenehm berührt war von den seltsamen Dingen, die Krümel sagte, und von ihrer Angewohnheit, sich, wann immer es ging, fortzustehlen und alle Welt zu meiden, ausgenommen – eigentlich ein Kennzeichen des Alters – ganz junge Männer, fast noch Knaben.

»Eh? Was? Sonderbar? Nun, laß sie doch sonderbar sein, wenn's ihr gefällt. Eine Frau mit ihrem Aussehen kann verdammt alles sein, was sie will«, war die Antwort des vernarrten Vaters.

»Ich laß sie ja«, sagte ihre Mutter fügsam; und wenn sie sie nicht ließe, was würde das schon ändern?

Mrs. Fisher bereute es, daß sie sich um Lady Caroline gekümmert hatte. Sie durchquerte die Halle bis zu ihrem privaten Salotto, und ihr Stock berührte den Steinboden mit Nachdruck, was ihren Gefühlen entsprach. Reinste Dummheit, diese Posen. Sie hatte nichts für sie übrig. Unfähig, einfach nur zu sein oder etwas aus ihrem Leben zu machen, versuchten die Jungen der gegenwärtigen Generation sich den Ruf der Gescheitheit zuzulegen, indem sie all das, was offenkundig bedeutsam und offenkundig gut war, herabsetzten, und all das priesen, was anders war, wenn auch offenkundig schlecht. Affen, dachte Mrs. Fisher aufgebracht. Affen. Affen. Und in ihrem Wohnzimmer fand sie weitere Affen vor oder was ihr zumindest in ihrem augenblicklichen Gemütszustand als Affen erschienen, denn da war Mrs. Arbuthnot und trank seelenruhig Kaffee, während am Schreibtisch, der ihr schon geheiligt war, Mrs. Wilkins saß und ihre Feder benutzte, ihre eigene Feder, die sie speziell für ihre Hand von der Prince-of-Wales-

Terrace mitgebracht hatte; da am Schreibtisch; in ihrem Zimmer; mit ihrer Feder.

»Ist das nicht ein herrlicher Ort?« fragte Mrs. Arbuthnot mit Lebhaftigkeit. »Wir haben ihn eben entdeckt.«

»Ich schreibe gerade an Mellersh«, sagte Mrs. Wilkins ebenso lebhaft und wandte ihr den Kopf zu; als wenn es ihr, dachte Mrs. Fisher, nicht völlig schnuppe sei, wem sie schrieb, oder gar wüßte, wer diese Person namens Mellersh war. »Er möchte bestimmt hören«, sagte Mrs. Wilkins mit dem Optimismus, den ihr die Umgebung einflößte, »daß ich sicher hier angekommen bin.«

Elftes Kapitel

Die süßen Düfte, allgegenwärtig in San Salvatore, reichten schon aus, um Harmonie zu schaffen. Von den Blumen auf den Zinnen kamen sie in den Salotto geweht und begegneten den Düften der Blumen im Rauminnern, und beinah, dachte Mrs. Wilkins, konnte man sehen, wie sie sich mit heiligem Kusse begrüßten. Wer konnte inmitten solcher Sanftheit zornig sein? Wer konnte auf alte Londoner Weise habsüchtig, egoistisch und spröde sein bei dieser freigebigen Schönheit?

Und doch schien Mrs. Fisher alle drei Eigenschaften zu verkörpern.

Es gab soviel Schönheit, mehr als genug für jede von ihnen, daß es sinnlos war, etwas Separates für sich beanspruchen zu wollen.

Und doch versuchte Mrs. Fisher das und hatte sich ein Stück für ihren ausschließlichen Gebrauch abgetrennt.

Nun, sie würde das bald hinter sich bringen; Mrs. Wilkins war überzeugt, nach ein paar Tagen in der außergewöhnlichen Atmosphäre von Frieden an diesem Ort würde sie das unweigerlich hinter sich bringen.

Offensichtlich hatte sie aber noch nicht einmal den ersten Schritt dazu getan. Sie stand da und blickte sie und Rose mit einem Ausdruck an, der Wut verriet. Wut, man stelle sich das vor. Das waren die dummen alten Gefühle des nervenaufreibenden London, dachte Mrs. Wilkins, deren Augen den Raum voller Küsse sahen und auch, wie eine jede darin geküßt wurde, Mrs. Fisher so ausgiebig wie sie selbst und Rose.

»Es gefällt Ihnen nicht, daß wir hier sind«, sagte Mrs. Wilkins aufstehend und steuerte nach ihrer Art direkt auf die Wahrheit zu, »warum?«

»Ich hätte gedacht«, sagte Mrs. Fisher und lehnte sich auf ihren Stock, »Sie könnten sehen, das hier ist mein Zimmer.«

»Sie meinen wegen der Photos«, sagte Mrs. Wilkins.

Mrs. Arbuthnot, die überrascht und leicht errötet war, stand ebenfalls auf.

»Und dem Briefpapier«, sagte Mrs. Fisher. »Briefpapier mit meiner Adresse in London. Diese Feder ...«

Sie zeigte mit dem Finger darauf. Die Feder befand sich immer noch in Mrs. Wilkins' Hand.

»Gehört Ihnen. Das tut mir leid«, sagte Mrs. Wilkins und legte sie auf den Tisch. Und lächelnd fügte sie hinzu, die Feder habe gerade sehr freundliche Dinge geschrieben.

»Aber warum«, fragte Mrs. Arbuthnot, die sich dabei ertappte, daß sie sich nicht so einfach mit Mrs. Fishers Arrangement einverstanden erklären konnte, ohne wenigstens leisen Widerstand zu äußern, »sollten wir nicht hier drin sein? So ein Salotto ist doch zum Sitzen da.«

»Es gibt einen anderen«, sagte Mrs. Fisher. »Sie und Ihre Freundin können nicht gleichzeitig in zweien sitzen, und wenn ich nicht den Wunsch habe, Sie in dem Ihrem zu stören, kann ich nicht einsehen, warum Sie mich in meinem stören wollen.«

»Aber warum ...«, begann Mrs. Arbuthnot wieder.

»Es ist ganz natürlich«, unterbrach Mrs. Wilkins, denn Roses Gesichtsausdruck war störrisch; und indem sie sich Mrs.

Fisher zuwandte, sagte sie, obwohl es angenehm sei, Dinge mit Freunden zu teilen, könne sie durchaus verstehen, daß Mrs. Fisher, da sie sich noch im Banne der Prince-of-Wales-Terrace-Einstellung zum Leben befinde, dies noch nicht wolle, aber nach einer Weile würde sie sich davon lösen und sich anders fühlen. »Bald schon werden Sie *wollen*, daß wir Dinge teilen«, beteuerte Mrs. Wilkins. »Ja, vielleicht werden Sie so weit kommen, *mich* zu *bitten*, Ihre Feder zu benutzen, wenn Sie wüßten, ich habe keine.«

Mrs. Fisher war fast außer sich über diese Rede. Daß eine derart konfuse junge Frau aus Hampstead ihr sozusagen auf den Rücken klopfte in der forschen Gewißheit, sie werde bald schon Fortschritte machen, wühlte sie mehr auf als alles andere, was sie seit ihrer ersten Entdeckung, daß Mr. Fisher nicht das war, was er vorgab, erlebt hatte. Mrs. Wilkins mußte zweifellos im Zaum gehalten werden. Aber wie? Etwas seltsam Unzugängliches war an ihr. In diesem Augenblick zum Beispiel lächelte sie so freundlich und unbeschwert, als sagte sie nicht im leisesten etwas Freches. Würde sie es merken, wenn man sie im Zaum hielte? Wenn sie es nicht merkte, wenn sie zu stur wäre, um es zu spüren, was dann? Nichts, außer sie zu meiden; außer eben dem eigenen privaten Salotto.

»Ich bin eine alte Frau«, sagte Mrs. Fisher, »und ich brauche mein eigenes Zimmer. Ich kann wegen meines Stocks nicht herumlaufen. Da ich nicht herumlaufen kann, muß ich viel sitzen. Warum sollte ich nicht ruhig und ungestört dasitzen, wie ich es Ihnen in London bereits gesagt habe? Wenn Leute nun den ganzen Tag hier ein- und ausspazieren, schwatzen und die Türen offenstehen lassen, haben Sie unsere Abmachung gebrochen, die da lautete, man werde mich in Ruhe lassen.«

»Aber wir haben nicht den geringsten Wunsch . . .«, begann Mrs. Arbuthnot, der erneut von Mrs. Wilkins das Wort abgeschnitten wurde.

»Wir sind nur zu froh«, sagte Mrs. Wilkins, »daß Sie dieses

Zimmer haben, wenn es Sie glücklich macht. Wir haben nichts davon gewußt, das ist alles. Wir wären sonst nicht eingetreten – es sei denn, Sie hätten uns eingeladen. Vermutlich«, endete sie und blickte munter auf Mrs. Fisher hinab, »werden Sie das ohnehin bald tun.« Und sie griff sich ihren Brief, nahm Mrs. Arbuthnot bei der Hand und zog sie zur Tür hin.

Mrs. Arbuthnot wollte nicht gehen. Sie, die sanfteste Frau der Welt, war von dem merkwürdigen und sicherlich unchristlichen Wunsch beseelt, dazubleiben und zu kämpfen. Nicht wirklich natürlich, auch nicht mit eindeutigen, aggressiven Worten. Nein; sie wollte nur mit Mrs. Fisher vernünftig reden, und zwar ganz geduldig. Doch hatte sie das Gefühl, etwas sollte gesagt werden, und sie wollte nicht als Schulmädchen betrachtet sein, das man rausschmiß, als wäre es von dem Lehrkörper bei schlechtem Benehmen ertappt worden.

Mrs. Wilkins zog sie aber mit festem Griff zur Tür hin und dann hindurch, und wiederum staunte Rose über Lotty, über ihre Gemütsruhe, ihr angenehm ausgeglichenes Wesen – sie, die in England ein schwankendes Rohr gewesen war. Seit dem Augenblick, da sie in Italien waren, schien Lotty die Ältere zu sein. Sie war zweifellos glücklich; ja glückselig. Schützte einen das Glück so vollständig? Machte es einen so unangreifbar, so weise? Rose war selbst glücklich, aber nicht annähernd *so* glücklich. Offensichtlich nicht, denn sie wollte nicht nur mit Mrs. Fisher diskutieren, sondern wollte etwas anderes, mehr noch als diesen herrlichen Ort, etwas, das ihn vollendete; sie wollte Frederick. Zum ersten Mal in ihrem Leben war sie von vollkommener Schönheit umgeben, und ihr einziger Gedanke war, ihm diese Schönheit vorzuführen, sie mit ihm zu teilen. Sie wollte Frederick. Sie sehnte sich nach Frederick. Ah, wenn nur, wenn doch nur Frederick . . .

»Das arme Altchen«, sagte Mrs. Wilkins und schloß leise die Tür hinter Mrs. Fisher und ihrem Triumph. »Denk nur, an so einem Tag.«

»Ein sehr grobes Altchen«, sagte Mrs. Arbuthnot.

»Sie wird das schon noch hinter sich bringen. Tut mir leid, daß wir gerade ihr Zimmer gewählt haben, um uns reinzusetzen.«

»Es ist das angenehmste«, sagte Mrs. Arbuthnot. »Und es gehört ihr nicht.«

»Ach, es gibt doch die vielen anderen Plätze, und sie ist so ein armes Altchen. Gönn ihr das Zimmer. Was macht es schon aus?«

Mrs. Wilkins sagte dann, sie gehe nun ins Dorf hinunter, um herauszufinden, wo das Postamt sei, und ihren Brief an Mellersh einzustecken, ob Rose mitkommen wolle?

»Ich habe über Mellersh nachgedacht«, sagte Mrs. Wilkins, als sie hintereinander den engen Zickzackweg hinuntergingen, den sie beide in der Nacht zuvor hinaufgestiegen waren.

Sie ging als erste. Mrs. Arbuthnot folgte ihr jetzt wie selbstverständlich. In England war es umgekehrt gewesen: Lotty, ängstlich, zögernd, außer wenn es zu ihren peinlichen Ausbrüchen kam, hatte sich, wann immer sie konnte, hinter der ruhigen und vernünftigen Rose versteckt.

»Ich habe über Mellersh nachgedacht«, wiederholte Mrs. Wilkins über ihre Schulter, da Rose sie nicht gehört zu haben schien.

»So?« sagte Rose mit leisem Widerstreben in der Stimme, denn ihre Erfahrungen mit Mellersh waren nicht derart gewesen, daß sie sich gern an ihn erinnerte. Sie hatte Mellersh getäuscht; darum mochte sie ihn nicht; sie war sich nicht bewußt, daß dies der Grund für ihre Abneigung war, und meinte, daß Gott ihm nicht eben viel, wenn überhaupt, seiner Huld hatte zuteil werden lassen. Und dennoch, wie böse, solche Gefühle zu haben, tadelte sie sich selbst, und wie anmaßend. Zweifellos war Lottys Mann weit, weit näher bei Gott, als sie es selbst je sein könnte. Und dennoch mochte sie ihn nicht.

»Ich bin ein gemeiner Hund gewesen«, sagte Mrs. Wilkins.

»Ein was?« fragte Mrs. Arbuthnot, die ihren Ohren nicht traute.

»Ich meine das Weglaufen und Ihn-Zurücklassen in dieser Trübseligkeit, während ich im Paradies herumtolle. Er hatte vorgehabt, mich Ostern nach Italien mitzunehmen. Hab ich dir das erzählt?«

»Nein«, sagte Mrs. Arbuthnot; und tatsächlich hatte sie Gespräche über Ehemänner abgewimmelt. Immer wenn Lotty mit dergleichen herausgeplatzt war, hatte sie schnell das Thema gewechselt. Ein Ehemann führte zum nächsten, in der Unterhaltung wie im Leben, und sie konnte nicht, wollte nicht, von Frederick sprechen. Außer der einfachen Tatsache, daß es ihn gab, war er nicht erwähnt worden. Mellersh mußte nun mal erwähnt werden, da er Hindernisse in den Weg legte, aber sie hatte sorgfältig darauf geachtet, daß er nicht unnötigerweise ins Gespräch einfloß.

»Ja, hat er«, sagte Mrs. Wilkins. »Er hat noch nie zuvor im Leben so etwas getan, und ich war entsetzt. Stell dir vor, gerade zu dem Zeitpunkt, wo ich mir das selbst vorgenommen hatte.«

Sie blieb auf dem Weg stehen und blickte zu Rose hoch.

»Hm«, sagte Rose und versuchte an etwas anderes zu denken, über das sich sprechen ließe.

»Jetzt verstehst du, warum ich gesagt habe, ich bin ein gemeiner Hund gewesen. *Er* hatte sich vorgenommen, mit mir Urlaub in Italien zu machen, und *ich* hatte mir vorgenommen, Urlaub ohne ihn in Italien zu machen. Ich meine«, fuhr sie fort, die Augen auf Roses Gesicht geheftet, »Mellersh hat allen Grund, wütend und verletzt zu sein.«

Mrs. Arbuthnot staunte. Die Schnelligkeit, mit der Lotty, von Stunde zu Stunde, unter ihren eigenen Augen, immer selbstloser wurde, beunruhigte sie. Sie verwandelte sich erstaunlicherweise in etwas wie eine Heilige. Hier sprach sie nun mit Zuneigung von Mellersh – Mellersh, der noch heute morgen, als sie die Füße im Meer badeten, bloß ein Schillern zu sein schien, wie Lotty ihr verraten hatte, ein leichter Nebel. Das war erst am Morgen gewesen, und nach dem Mittagessen war es mit Lotty schon so weit gediehen, daß sie Mellersh wieder ausreichend fest vor sich sah, um ihm zu schreiben, und dazu noch ausführlich. Und jetzt, einige Minuten später, verkündete sie, er habe allen Grund, wütend auf sie zu sein und verletzt, und sie selbst – die Redeweise war eigentümlich, drückte aber echte Reue aus – sei ein gemeiner Hund.

Rose blickte sie voll Erstaunen an. Wenn es so weiterginge, könnte man bald einen Heiligenschein um ihr Haupt erwarten, eigentlich war er schon sichtbar, wüßte man nicht, daß es nur die Sonne war, die zwischen den Baumstämmen hindurch ihr rotblondes Haar erstrahlen ließ.

Der Wunsch, zu lieben, befreundet zu sein, ja jeden zu lieben, mit jedem befreundet zu sein, schien Lotty zu erfüllen – der Wunsch nach absolutem Gutsein. Roses eigene Erfahrung war, daß der Zustand des Gutseins nur mühsam und mit Schmerzen erreicht werden konnte. Es dauerte lange Zeit, bis man soweit war; eigentlich nie, oder wenn das Gutsein mal einen Augenblick lang aufleuchtete, dann nur für den einen Augenblick. Ungeheure Beharrlichkeit war erforderlich, sich da voranzukämpfen, und den ganzen Weg über tauchten Zweifel auf. Lotty flog nur so dahin. Ganz offensichtlich, dachte Rose, hatte sie das Ungestüme nicht abgelegt. Es hatte nur eine andere Richtung genommen. Sie war nun mit Ungestüm dabei, eine Heilige zu werden. Ließe sich das Gutsein wirklich auf so heftige Weise erlangen? Würde es nicht eine ebenso heftige Reaktion hervorrufen?

»Ich wäre mir da nicht«, sagte Rose behutsam und blickte in Lottys strahlende Augen hinein – der Weg war steil, so daß Lotty ein Stück unter ihr stand –, »ich wäre mir da nicht so sicher.«

»Aber ich bin mir sicher, und ich habe es ihm geschrieben.«

Rose starrte. »Aber heute morgen noch . . .«, begann sie.

»Alles hier drin«, unterbrach Lotty, wobei sie zufrieden auf den Umschlag tippte.

»Was . . . alles?«

»Du meinst das mit dem Inserat und daß mein Erspartes draufgeht? Oh nein, das noch nicht. Ich werde ihm aber alles sagen, wenn er kommt.«

»Wenn er kommt?« wiederholte Rose.

»Ich habe ihn eingeladen, zu uns zu kommen.«

Rose starrte sie nur weiter an.

»Das mindeste, was ich tun konnte. Außerdem, schau dir das an.« Lotty zeigte mit einer Handbewegung um sich. »Abscheulich, wenn man das nicht teilen wollte. Ich bin ein gemeiner Hund gewesen, mich ohne ihn davonzumachen, aber kein mir bekannter Hund war je so gemein, wie ich es wäre, wenn ich nicht versuchte, Mellersh zu überreden, hierher zu reisen, damit er dies ebenfalls genießt. Es ist nur anständig, daß auch er etwas von meinem Spargroschen hat. Schließlich hat er mir jahrelang Kost und Logis gegeben. Man sollte nicht knauserig sein.«

»Aber . . ., glaubst du, er wird kommen?«

»Oh, das hoffe ich *sehr*«, sagte Lotty mit größtem Ernst und fügte hinzu, »armes Lämmchen.«

Als Rose das hörte, hatte sie das Gefühl, sie müßte sich setzen. Mellersh ein armes Lämmchen? Derselbe Mellersh, der vor wenigen Stunden bloß noch geschimmert hatte? Es gab einen Rastplatz in der Biegung des Weges, Rose strebte darauf zu und setzte sich. Sie wollte Atem holen, Zeit gewinnen. Wenn sie Zeit hätte, würde sie vielleicht die davonspringende Lotty einholen und vielleicht zurückhalten können, sich in etwas einzulassen, was sie wahrscheinlich über kurz oder lang bedauern würde. Mellersh in San Salvatore? Mellersh, dem zu entfliehen Lotty sich erst vor kurzem so angestrengt hatte?

»Ich *sehe* ihn hier«, sagte Lotty wie als Antwort auf ihre Gedanken.

Rose blickte sie voll Unruhe an, denn immer, wenn Lotty mit Überzeugung in der Stimme sagte: »ich *sehe*«, traf das, was sie sah, ein. Somit mußte damit gerechnet werden, daß auch Mr. Wilkins in Kürze eintreffen würde.

»Ich wünschte mir«, sagte Rose begierig, »ich verstünde dich.«

»Versuch es nicht«, sagte Lotty lächelnd.

»Ich muß aber, weil ich dich gern habe.«

»Meine liebe Rose«, sagte Lotty, beugte sich schnell zu ihr hinunter und küßte sie.

»Du bist so rasch«, sagte Rose. »Ich kann deinen Wandlungen nicht folgen. Ich kann nicht mithalten. Dasselbe ist passiert mit Freder ...«

Sie brach ab und sah erschreckt aus.

»Die Absicht bei unserem Herreisen«, begann sie von neuem, da Lotty nichts bemerkt zu haben schien, »war doch wegzukommen, nicht? Das hat ja auch geklappt. Und jetzt, nach nur einem Tag, möchtest du genau den Leuten schreiben ...«

Sie hielt inne.

»Genau den Leuten, denen wir entkommen wollten«, beendete Lotty den Satz. »Stimmt. Das scheint lächerlich unlogisch zu sein. Aber ich bin so glücklich, mir geht's so gut, ich fühl mich schrecklich wohl. Dieser Ort ..., also, ich hab das Gefühl, ich *fließe über* vor Liebe.«

Und sie blickte zu Rose hinunter in einer Art strahlender Verwunderung.

Rose schwieg einen Augenblick. Dann sagte sie: »Und glaubst du, es wird dieselbe Wirkung auf Mr. Wilkins haben?«

Lotty lachte. »Das weiß ich nicht«, sagte sie. »Aber selbst, wenn nicht, es ist genug Liebe vorhanden, um auf fünfzig von der Sorte Mr. Wilkins, wie du ihn nennst, überzufließen. Wichtig ist doch, daß man selbst überreich an Liebe ist. Ich sehe nicht«, fuhr sie fort, »zumindest sehe ich es hier nicht, wenn auch zu Hause durchaus, daß es darauf ankommt, wer liebt, solange es einer tut. Ich habe mich daheim wie ein kleinliches Biest aufgeführt, habe immer nur gerechnet und gezählt. Ich war seltsam fixiert auf Gerechtigkeit. Als wenn es auf die Gerechtigkeit ankäme! Als ob man Gerechtigkeit klar von Rache unterscheiden könnte. Nur die Liebe hat Sinn. Zu Hause habe ich Mellersh nur geliebt, wenn er mich auch geliebt hat, wie du mir, so ich dir, ganz ausgeglichen. Kannst du dir so was vorstellen? Und da er's nicht tat, habe ich es auch nicht getan, und diese *Öde* und *Leere* im Haus! Diese *Öde* . . .«

Rose sagte nichts. Lotty verblüffte sie. San Salvatore hatte auf die sich schnell verändernde Freundin eine merkwürdige Auswirkung: mit einem Mal griff sie ungeniert zu starken Wörtern. In Hampstead hatte sie die nicht gebraucht. Biest und gemeiner Hund waren zu starke Wörter für Hampstead. Lotty hatte sich auch vom Zwang der Wörter freigemacht.

Wie sehr nun wünschte Rose es sich, wie sehr, daß auch sie ihrem Mann schreiben könnte: »Komm.«

Die *ménage* Wilkins, wie wichtigtuerisch Mellersh auch sein mochte, und er war Rose wichtigtuerisch vorgekommen, hatte eine solidere, normalere Basis als ihre eigene. Lotty konnte an Mellersh schreiben und bekäme eine Antwort. Sie konnte Frederick nicht schreiben, denn sie wußte nur zu gut, er würde nicht antworten. Allerhöchstens kritzelte er vielleicht als Antwort etwas hin und demonstrierte so, wie sehr ihn das langweilte, dankte mechanisch für ihren Brief. Aber das wäre schlimmer als überhaupt keine Antwort; denn seine Handschrift, ihr Name, von ihm auf den Briefumschlag geschrieben, zerrissen ihr das Herz. Zu heftig brachte es ihr die Briefe aus ihren gemeinsamen Anfängen in Erinnerung, seine Briefe, verzweifelt von Trennungsschmerz, schmachtend vor Liebe und Sehnsucht. Einen solchen Brief anscheinend zu bekommen, ihn zu öffnen und dann das zu finden:

Liebe Rose,

Dank für den Brief. Freut mich, daß es Dir gutgeht. Beeil Dich nicht mit der Rückkehr. Schreib, wenn Du Geld brauchst. Alles bestens hier.

Dein Frederick.

– nein, das konnte sie nicht ertragen.

»Ich glaube, ich gehe heute nicht mit dir ins Dorf runter«, sagte sie und blickte zu Lotty hoch, wobei sich ihr Blick mit einem Mal verdüsterte. »Ich glaube, ich will nachdenken.«

»Ist gut«, sagte Lotty und machte sich zügig auf den Weg nach unten. »Aber denk nicht zu lange nach«, rief sie ihr über die Schulter zu. »Schreib ihm sofort und lade ihn ein.«

»Wen einladen?« fragte Rose überrascht.

»Deinen Mann.«

Zwölftes Kapitel

Zum Abendessen, es war das erste Mal, daß alle vier zusammen am Eßtisch saßen, erschien Krümel.

Sie erschien pünktlich und in einem losen Gewand, einem jener dünnen Fetzen, die manchmal als hinreißend bezeichnet werden. Dieses hier war wirklich hinreißend. Mrs. Wilkins war völlig hingerissen und konnte den Blick nicht von der bezaubernden Person, die ihr gegenübersaß, abwenden. Das Gewand war rosa wie eine Perlmuschel und schmiegte sich so eng an Lady Caroline, als wenn auch es sie liebte.

»Was für ein schönes Kleid!« rief Mrs. Wilkins aus.

»Was – dieser alte Fummel?« sagte Krümel und blickte an sich hinunter, als wolle sie sehen, was sie sich denn übergeworfen hatte. »Den hab ich schon ewig«, worauf sie sich ihrer Suppe widmete.

»Ihnen muß doch sehr kühl darin sein«, sagte Mrs. Fisher mit zusammengekniffenen Lippen; denn es zeigte viel von Krümel: ihre ganzen Arme zum Beispiel, und selbst dort, wo der Stoff die Lady verhüllte, war er so fein, daß man sie immer noch sah.

»Wer? Ich?« sagte Krümel und blickte einen Augenblick hoch. »Ach nein.«

Und sie aß ihre Suppe weiter.

»Sie dürfen sich nicht erkälten, wissen Sie«, sagte Mrs. Arbuthnot, die das Gefühl hatte, soviel Lieblichkeit müsse um jeden Preis unversehrt bleiben. »Es kühlt nämlich rasch ab, wenn die Sonne untergeht.«

»Mir ist warm«, sagte Krümel, während sie eifrig die Suppe löffelte.

»Es sieht aus, als hätten Sie nichts darunter«, sagte Mrs. Fisher.

»Habe ich auch nicht. Zumindest kaum etwas«, sagte Krümel und war mit der Suppe fertig.

»Wie unvernünftig«, sagte Mrs. Fisher, »und unschicklich im hohen Maße.«

Worauf Krümel sie anstarrte.

Mrs. Fisher war zum Abendessen gekommen mit freundlichen Gefühlen gegenüber Lady Caroline. Sie zumindest war nicht in ihr Zimmer eingedrungen, hatte sich nicht an ihren Schreibtisch gesetzt und mit ihrer Feder geschrieben. Sie jedenfalls wußte sich zu benehmen, hatte Mrs. Fisher angenommen. Woran sie jetzt aber zweifeln mußte, denn war *das* Benehmen, auf diese Art bekleidet – nein, unbekleidet – an einer Mahlzeit teilzunehmen? Solches Benehmen war nicht nur im höchsten Grade unschicklich, es war auch äußerst rücksichtslos, denn das zarte Geschöpf würde sich mit Sicherheit erkälten und dann die ganze Gesellschaft anstecken. Mrs. Fisher hatte erhebliche Einwände gegen die Erkältungen anderer Leute. Sie waren immer das Ergebnis einer Torheit; und wurden ihr dann weitergereicht, ihr, die partout nichts getan hatte, um sie zu verdienen.

›Hat ein Spatzenhirn‹, dachte Mrs. Fisher und betrachtete streng Lady Caroline. ›Nichts als Eitelkeit im Kopf.‹

»Aber es sind doch keine Männer hier«, sagte Mrs. Wilkins, »wie kann es dann unschicklich sein? Haben Sie bemerkt«, erkundigte sie sich bei Mrs. Fisher, die sich bemühte, so zu tun, als hörte sie nicht zu, »wie schwierig es ist, in Abwesenheit von Männern unschicklich zu sein?«

Mrs. Fisher würdigte sie keiner Antwort und keines Blickes; aber Krümel blickte sie an, und zwar mit einem Verziehen des Mundes, das bei jeder anderen ein leichtes Grinsen gewesen wäre. Über die Schale mit Kapuzinerkresse hinweg gesehen war es ein lieblich aufblitzendes Lächeln mit Grübchen.

Sie hat ein sehr lebendiges Gesicht, die eine, dachte Krümel, als sie Mrs. Wilkins mit wachsendem Interesse beobachtete. Es war einem Kornfeld ähnlich, das von Licht und Schatten überzogen wird. Beide, sie und die Dunkle, bemerkte Krümel, hatten sich umgezogen, aber nur um Jumpers aus Seide anzuziehen. Derselbe Aufwand hätte genügt, sie richtig zu kleiden. Natürlich sahen sie in diesen Jumpers nach nichts aus. Bei Mrs. Fisher kam es nicht darauf an, was sie anhatte; was sie anhatte, war, Federn und Hermelin ausgenommen, schon recht. Aber die beiden anderen waren noch jung und ganz anziehend. Die *hatten* doch gute Gesichter. Wie verschieden würde das Leben für sie sein, wenn sie das Beste aus sich machen würden, statt so *gar* nichts. Andererseits – mit einem Mal langweilte sich Krümel, brach ihre Überlegungen ab und aß geistesabwesend einen Toast. Was spielte es für eine Rolle? Wenn man tatsächlich das Beste aus sich machte, sammelte man nur Leute um sich, die schließlich nichts anderes wollten, als Besitz von einem zu nehmen.

»Ich hab einen wundervollen Tag gehabt«, begann Mrs. Wilkins mit strahlenden Augen.

Krümel senkte die ihren. ›Oh je‹, dachte sie, ›sie gerät ins Schwärmen.‹

›Als ob irgend jemand daran interessiert wäre‹, dachte Mrs. Fisher und senkte ebenfalls die Augen.

Wann immer Mrs. Wilkins sprach, schlug Mrs. Fisher absichtlich die Augen nieder. Auf diese Weise demonstrierte sie ihr Mißfallen. Außerdem schien es das einzig Sichere zu sein, was sie mit ihren Augen machen konnte, denn niemand konnte sagen, was das ungebärdige Geschöpf als nächstes sagen würde. Das, was sie zum Beispiel gerade über Männer gesagt hatte – und dabei an sie gerichtet –, was wollte sie damit sagen? Besser keine Vermutungen anstellen, dachte Mrs. Fisher; und ihre Augen, wenn auch gesenkt, sahen dennoch, wie Lady Caroline die Hand nach der Flasche Chianti ausstreckte, um sich ihr Glas von neuem zu füllen.

Von neuem. Sie hatte es schon einmal getan, und der Fisch wurde erst hinausgetragen. Mrs. Fisher konnte sehen, daß das andere achtbare Mitglied der Gesellschaft, Mrs. Arbuthnot, dies gleichfalls bemerkte. Mrs. Arbuthnot war, wie sie hoffte und glaubte, achtbar und gutherzig. Sie war zwar auch in ihr Wohnzimmer eingedrungen, doch zweifellos hatte die andere sie mitgezogen, und Mrs. Fisher hatte wenig, ja praktisch nichts, gegen Mrs. Arbuthnot und beobachtete mit Anerkennung, daß sie nur Wasser trank. So sollte es sein. Und das tat auch die Sommersprossige, um ihr Gerechtigkeit widerfahren zu lassen; ganz wie es sich für ihr Alter gehörte. Sie selbst trank Wein, aber mit welcher Mäßigkeit: eine Mahlzeit, ein Glas. Und sie war fünfundsechzig, da hätte sie mit Anstand und sogar Nutzen mindestens zwei Gläser trinken können.

»Das«, sagte sie zu Lady Caroline und zeigte auf das Weinglas, wobei sie Mrs. Wilkins rigoros beim Berichten über ihren wundervollen Tag unterbrach, »ist sehr schädlich für Sie.«

Lady Caroline konnte sie jedoch nicht gehört haben, denn,

den Ellbogen auf den Tisch gestützt, trank sie schlückchenweise weiter und lauschte dem, was Mrs. Wilkins erzählte.

Und was sagte die gerade? Sie hatte jemanden eingeladen, zu kommen und dazubleiben? Einen Mann?

Mrs. Fisher wollte ihren Ohren nicht trauen. Offensichtlich war es ein Mann, denn sie sprach von der Person als einem Er.

Plötzlich und zum ersten Mal – aber es war ja auch höchst wichtig – richtete Mrs. Fisher das Wort direkt an Mrs. Wilkins. Sie war fünfundsechzig, und es war ihr ziemlich egal, mit welcher Art Frauen sie zufällig einen Monat lang zusammenhockte; wenn aber diese Frauen sich mit Männern mischen sollten, war das etwas ganz anderes. Sie jedenfalls würde sich nicht dazu hergeben, die Kastanien aus dem Feuer zu holen. Sie war nicht bis hierher gereist, um durch ihre Gegenwart das gutzuheißen, was man zu ihrer Zeit als leichtfertiges Benehmen bezeichnete. Bei dem Gespräch in London war von Männern nichts gesagt worden; wäre das geschehen, sie hätte es natürlich abgelehnt mitzukommen.

»Wie heißt er?« fragte Mrs. Fisher, brüsk dazwischenfahrend.

Mrs. Wilkins wandte sich ihr leicht überrascht zu.

»Wilkins«, sagte sie.

»Wilkins?«

»Ja.«

»Ihr Name?«

»Und seiner.«

»Ein Verwandter?«

»Nicht aus der Familie.«

»Ein Vertrauter?«

»Ein Ehemann.«

Mrs. Fisher schlug erneut die Augen nieder. Mit Mrs. Wilkins war nicht zu reden. Da war so was an dem, was sie sagte ... »Ein Ehemann.« Das deutete an, einer von vielen. Immer dieser ungehörige Unterton bei allem. Warum konnte sie nicht sagen ›mein Mann‹? Außerdem hatte Mrs. Fisher, sie wußte selbst nicht, wieso, die beiden jungen Frauen aus Hampstead für Witwen gehalten. Kriegswitwen. Daß es unterlassen worden war, die Ehemänner bei der Unterredung zu erwähnen, könnte, falls solche Personen doch existierten, nicht als natürlich gelten. Und wenn ein Ehemann kein Verwandter war, wer dann? ›Nicht aus der Familie.‹ Was für eine Art zu reden. Also, ein Ehemann war der wichtigste Verwandte. Wie gut erinnerte sie sich an Ruskin . . ., nein, nicht Ruskin, es stand in der Bibel, der Mann verlasse Vater und Mutter und hänge nur seinem Weibe an; somit war bewiesen, daß er durch die Ehe sogar mehr als blutsverwandt war. Und wenn Vater und Mutter dem Manne nichts mehr bedeuten sollten im Vergleich zu seiner Frau, wieviel weniger sollten Vater und Mutter der Frau ihr bedeuten im Vergleich zum eigenen Mann. Sie selbst hatte Vater und Mutter nicht verlassen können, um Mr. Fisher anzuhängen, da beide, als sie sich verheiratete, nicht mehr lebten, aber sie hätte sie bestimmt verlassen, wenn die Möglichkeit bestanden hätte. So was, nicht aus der Familie. Dummes Gerede.

Das Abendessen war ausgezeichnet. Opulentes folgte auf Opulentes. Costanza hatte sich hinsichtlich der Sahne und der Eier entschieden, in der ersten Woche ganz nach Belieben zu verfahren und abzuwarten, was am Ende der Woche passierte, wenn die Rechnungen bezahlt werden mußten. Ihre Erfahrung mit Engländern war, daß sie klaglos die Rechnungen hinnahmen. Sie waren zurückhaltend mit Worten. Sie glaubten bereitwillig. Außerdem, wer war die Herrin hier? Mangels einer eindeutigen Hausherrin kam Costanza der Gedanke, warum nicht sie selbst? So waltete sie beim Abendessen nach Belieben, und es war ausgezeichnet.

Die vier waren aber so von ihrer eigenen Unterhaltung in Anspruch genommen, daß sie aßen, ohne zu bemerken, wie gut es war. Selbst Mrs. Fisher, die bei Essensdingen Männergebaren an den Tag legte, achtete diesmal nicht darauf. Was sie betraf, so war die ganze hervorragende Kochkunst diesmal vergebens, was zeigte, wie aufgeregt sie sein mußte.

Sie war aufgeregt. Schuld daran war diese Mrs. Wilkins. Die Frau allein konnte jeden auf die Palme bringen. Und zweifellos wurde sie dabei von Lady Caroline ermuntert, die ihrerseits vom Chianti inspiriert war.

Mrs. Fisher war froh darüber, daß keine Männer anwesend waren, denn sicherlich hätten die sich albern gegenüber Lady Caroline benommen. Sie war genau die Sorte von junger Frau, die Männer aus dem Gleichgewicht brachte; besonders, wie Mrs. Fisher erkannte, in diesem Augenblick. Vielleicht war es der Chianti, der ihre Ausstrahlung von Moment zu Moment noch verstärkte, jedenfalls war sie unbestritten sehr anziehend; und es gab wenige Dinge, die Mrs. Fisher mehr haßte, als mit anzusehen, wie vernünftige, intelligente Männer, die zuvor ernsthaft und interessant über handfeste Sachen geredet hatten, nur noch herumalberten und einfältig lächelten – sie hatte sie tatsächlich einfältig lächeln sehen –, bloß weil da eine spatzenhirnige Schönheit das Zimmer betrat. Selbst Mr. Gladstone, dieser große weise Staatsmann, dessen Hand einmal einen unvergeßlichen Augenblick lang feierlich auf ihrem Haupt geruht hatte, würde beim Anblick von Lady Caroline mit dem Räsonieren aufgehört und sich in ein entsetzliches Getändel eingelassen haben.

»Sehen Sie«, sagte Mrs. Wilkins; ein dummer Trick war das von ihr, so viele Sätze einzuleiten; Mrs. Fisher wollte jedesmal sagen: ›Entschuldigen Sie, ich sehe nicht, ich höre‹, aber wozu die Mühe? »Sehen Sie«, sagte Mrs. Wilkins und lehnte sich über den Tisch zu Lady Caroline hin, »wir haben in London vereinbart, so war's doch, daß, wenn eine von uns Lust verspürte, sie einen Gast einladen könnte. Und das habe ich vor.«

»Ich erinnere mich nicht daran«, sagte Mrs. Fisher, den Blick auf ihrem Teller.

»Doch, das haben wir, nicht wahr, Rose?«

»Ja – ich erinnere mich«, sagte Lady Caroline. »Nur schien das so unwahrscheinlich, daß eine von uns sich dergleichen wünschen könnte. Die Idee bei allem war ja, von den Freunden wegzukommen.«

»Und von den eigenen Männern.«

Wieder dieser ungehörige Plural. Wirklich ganz und gar ungehörig, dachte Mrs. Fisher. Was für Andeutungen. Offensichtlich empfand das auch Mrs. Arbuthnot, denn sie war errötet.

»Und von zuviel Nestwärme«, sagte Lady Caroline – oder war es der Chianti, der da sprach? Bestimmt war es der Chianti.

»Und von fehlender Nestwärme«, sagte Mrs. Wilkins; welch schreckliches Licht warf sie da auf ihr häusliches Leben und ihren Charakter.

»Das wäre nicht so schlimm«, sagte Lady Caroline. »Ich könnte es dabei belassen. Es ließe einem etwas Spielraum.«

»O nein, nein! Das ist furchtbar«, rief Mrs. Wilkins aus. »Es ist so, als hätte man keine Kleider an.«

»Aber mir gefällt das«, sagte Lady Caroline.

»Also wirklich . . .«, sagte Mrs. Fisher.

»Es ist ein göttliches Gefühl, sich von Dingen zu befreien«, sagte Lady Caroline, die sich nur mit Mrs. Wilkins unterhielt und die beiden anderen nicht beachtete.

»Ah, aber nichts anzuhaben, wenn ein scharfer Wind weht, und zu wissen, daß es nie etwas zum Anziehen geben wird und man immer mehr und mehr friert, bis man schließlich vor Kälte stirbt – so war das Zusammenleben mit jemandem, der einen nicht geliebt hat.«

Diese Vertraulichkeiten, dachte Mrs. Fisher . . ., und keine Entschuldigung zur Hand für Mrs. Wilkins, die ohne etwas anderes als reines Wasser im Glas dergleichen von sich gab. Mrs. Arbuthnot, nach ihrem Gesichtsausdruck zu schließen, teilte Mrs. Fishers Mißbilligung; sie bewegte sich unruhig auf ihrem Platz.

»Aber, hat er nicht doch geliebt?« fragte Lady Caroline, genauso unverfroren indiskret wie Mrs. Wilkins.

»Mellersh? Es gab keinerlei Hinweise.«

»Herrlich«, murmelte Lady Caroline.

»Also wirklich ...«, sagte Mrs. Fisher.

»Mir ist das überhaupt nicht herrlich vorgekommen. Ich war unglücklich. Und jetzt, seitdem ich hier bin, kann ich nur staunen über mich, daß ich unglücklich war. So unglücklich. Und das wegen Mellersh.«

»Wollen Sie sagen, er war es nicht wert?«

»Also wirklich ...«, sagte Mrs. Fisher.

»Nein, tu ich nicht. Ich will sagen, mir geht's auf einmal gut.«

Lady Caroline, die langsam den Stiel ihres Weinglases zwischen den Fingern drehte, betrachtete prüfend das Gesicht ihr gegenüber mit den leuchtenden Augen.

»Und nun, wo es mir gutgeht, merke ich, ich kann nicht hier sitzen und mich allein an allem erfreuen. Ich kann nicht glücklich sein und ihn dabei ausschließen. Ich muß teilen. Ich verstehe genau, was Die selige Jungfer fühlte.«

»Was war das mit der Seligen Jungfer?« fragte Krümel.

»Also wirklich ...«, sagte Mrs. Fisher, und diesmal mit solchem Nachdruck, daß Lady Caroline sich ihr zuwandte.

»Müßte ich das wissen?« fragte sie. »Ich kenne mich nicht in der Naturgeschichte aus. Es klingt nach einem Vogel.«

»Es ist ein Gedicht«, sagte Mrs. Fisher mit besonderer Frostigkeit.

»Oh«, sagte Krümel.

»Ich werd's Ihnen leihen«, sagte Mrs. Wilkins, über deren Gesicht ein Lächeln huschte.

»Nein«, sagte Krümel.

»Und dessen Verfasser«, sagte Mrs. Fisher eisig, »auch wenn er vielleicht nicht ganz das war, was man sich erhoffte, aß häufig am Tisch meines Vaters.«

»Wie langweilig für Sie«, sagte Krümel. »Meine Mutter tut das ständig, lädt Schriftsteller ein. Ich kann Schriftsteller nicht ausstehen. Ich hätte nicht soviel gegen sie, wenn sie bloß nicht Bücher schrieben. Erzählen Sie doch weiter von Mellersh«, sagte sie und wandte sich wieder an Mrs. Wilkins.

»Also wirklich . . .«, sagte Mrs. Fisher.

»All die leeren Betten«, sagte Mrs. Wilkins.

»Welche leeren Betten?« fragte Krümel.

»Die hier im Castello. Sehen Sie, jedes Bett sollte natürlich einen Glücklichen bergen. Acht Betten, und nur vier Leute. Furchtbar, furchtbar, so habgierig zu sein und alles nur für sich behalten zu wollen. Ich hätte gern, wenn Rose auch ihren Mann hierher einlädt. Sie und Mrs. Fisher haben keinen, aber warum nicht einer Freundin eine schöne Zeit bescheren?«

Rose biß sich auf die Lippe. Sie wurde rot, dann weiß. Wenn Lotty nur den Mund hielte, dachte sie. Schön und gut, daß sie plötzlich zu einer Heiligen geworden war und alle Welt lieben wollte, aber mußte sie so taktlos sein? Rose hatte das Gefühl, als wühlte man in ihren schmerzenden Wunden herum. Wenn Lotty nur den Mund hielte . . .

Und mit womöglich noch größerer Frostigkeit als der, mit der sie Lady Carolines Unwissenheit hinsichtlich Der seligen Jungfer aufgenommen hatte, sagte Mrs. Fisher: »Es gibt nur ein leeres Schlafzimmer im Castello.«

»Nur eins?« echote Mrs. Wilkins erstaunt. »Wer ist dann in all den anderen?«

»Wir«, stellte Mrs. Fisher fest.

»Aber wir haben nicht alle Schlafzimmer belegt. Es müssen mindestens sechs da sein. Das heißt, zwei sind frei, und der Eigentümer hat uns gesagt, es gebe acht Betten, nicht wahr, Rose?«

»Es gibt sechs Schlafzimmer«, sagte Mrs. Fisher; denn sie und Lady Caroline hatten sich ja bei ihrer Ankunft im Castello gründlich umgeschaut, um herauszufinden, in welchem Teil sie es am behaglichsten hätten, und beide wußten, daß sechs Schlafzimmer vorhanden waren, von denen zwei sehr klein waren, und in einem davon schlief Francesca in Gesellschaft eines Stuhls und einer Kommode, und das zweite, ähnlich möbliert, war leer.

Mrs. Wilkins und Mrs. Arbuthnot hatten sich kaum im Castello umgesehen, da sie die meiste Zeit draußen verbracht und die Landschaft bestaunt hatten, und in ihrer Erregung und Unachtsamkeit bei den ersten Verhandlungen um San Salvatore hatte es sich bei ihnen festgesetzt, daß den acht Betten, von denen der Eigentümer sprach, acht Schlafzimmer entsprachen; was nicht der der Fall war. Es gab zwar acht Betten, aber vier davon standen in Mrs. Wilkins' und Mrs. Arbuthnots Zimmern.

»Es gibt sechs Schlafzimmer«, wiederholte Mrs. Fisher. »Wir haben vier, Francesca hat das fünfte, und das sechste steht leer.«

»Folglich«, sagte Krümel, »wie freundlich wir uns auch vorkämen, wenn wir es sein könnten, es geht nicht. Ist das nicht ein Glück?«

»Dann gibt's nur Platz für einen?« sagte Mrs. Wilkins und blickte nacheinander in die drei Gesichter.

»Ja – und Sie haben ihn«, sagte Krümel.

Das brachte Mrs. Wilkins aus der Fassung. Die Frage der Betten stellte sich ganz unverhofft. Als sie Mellersh einlud, hatte sie vorgehabt, ihn in einem der vier Gästezimmer unterzubringen, deren Existenz sie angenommen hatte. Wenn es so viele Zimmer gab und genügend Personal, bestünde kein Anlaß, warum sie beide, wie daheim in ihrem Häuschen mit den zwei Bediensteten, sich ein Zimmer teilen sollten. Liebe, selbst die allumfassende Liebe, von der sie sich erfüllt fühlte, sollte nicht auf die harte Probe gestellt werden. Viel Geduld und Selbstbescheidung waren nötig, um zu einen guten Schlaf im Ehegemach zu kommen. Sanftmut; unerschütterlicher Glaube; auch sie waren vonnöten. Sie war überzeugt, Mellersh hätte sie viel lieber und ginge nicht annähernd so ungeduldig mit ihr um, wenn sie nachts nicht zusammen eingeschlossen wären, wenn sie sich morgens mit der munteren Zuneigung von Freunden begegneten, zwischen denen nicht die geringste Verstimmung wegen eines Fensters oder Wascharrangements zu herrschen braucht oder lächerlicher, unterdrückter Groll über etwas, das dem einen als ungerecht erschienen war. Ihr Glücksgefühl und ihre Fähigkeit, jedem gegenüber freundlich zu sein, waren das Ergebnis ihrer plötzlichen neuen Freiheit und des sich daraus ergebenden Friedens. Würde dieses Gefühl der Freiheit, dieser Friede, nach einer Nacht, in der sie mit Mellersh zusammengesperrt war, noch vorhanden sein? Würde sie am Morgen noch uneingeschränkt, wie in diesem Augenblick, Zuneigung für ihn empfinden können? Schließlich war sie nicht allzulang im Paradies gewesen. Angenommen, die Zeit hatte nicht gereicht, um sie unbeirrbar in ihrer Freundlichkeit werden zu lassen? Und was für eine überbordende Freude hatte sie erst heute morgen verspürt, als sie sich beim Aufwachen allein fand und die Bettlaken nach ihrem Gusto hierhin und dorthin ziehen konnte!

Francesca mußte sie leicht anstoßen. Sie war so in Gedanken, daß sie den Pudding nicht bemerkte.

›Wenn ich‹, dachte Mrs. Wilkins und nahm sich zerstreut davon, ›mein Zimmer mit Mellersh teile, riskiere ich, daß alles, was ich jetzt für ihn empfinde, verlorengeht. Wenn ich ihn andererseits in dem einzigen Gästezimmer unterbringe, hindere ich Mrs. Fisher und Lady Caroline daran, jemandem eine Freude zu bereiten. Was sie allerdings im Augenblick auch gar nicht vorzuhaben scheinen, aber an diesem Ort hier könnte jederzeit die eine oder andere von dem Verlangen ergriffen werden, jemanden glücklich zu machen, und dann wären sie wegen Mellersh dazu nicht in der Lage.‹

»Das ist schwierig«, seufzte sie laut und runzelte die Stirn.

»Was denn?« fragte Krümel.

»Wohin mit Mellersh.«

Krümel starrte. »Reicht denn ein Zimmer nicht für ihn?« erkundigte sie sich.

»Klar doch. Aber dann wäre kein Zimmer mehr übrig – keines, wenn *Sie* vielleicht jemanden einladen wollten.«

»Das werde ich nicht«, sagte Krümel.

»Oder *Sie*«, sagte Mrs. Wilkins zu Mrs. Fisher. »Rose zählt natürlich nicht. Ich bin nämlich überzeugt, sie möchte ihr Zimmer mit ihrem Mann teilen. Das steht ihr im Gesicht geschrieben.«

»Also wirklich ...«, sagte Mrs. Fisher.

»Also wirklich was?« fragte Mrs. Wilkins und wandte sich hoffnungsvoll an sie, denn sie glaubte, der Ausdruck gehe diesmal einem hilfreichen Vorschlag voraus.

Dem war nicht so. Nichts weiter als ein Ausruf. Wie zuvor nur Frostigkeit.

Da Mrs. Fisher aber herausgefordert war, machte sie ihn doch an einem Satz fest. »Also wirklich, soll ich das etwa so verstehen«, fragte sie, »daß Sie gedenken, sich das eine Gästezimmer zum ausschließlichen Gebrauch Ihrer eigenen Familie vorzubehalten?«

»Es ist nicht meine eigene Familie«, sagte Mrs. Wilkins. »Es ist mein Mann. Sehen Sie ...«

»Ich sehe nichts.« Mrs. Fisher konnte sich diesmal nicht enthalten, sie zu unterbrechen, denn was war das für ein unerträglicher Tick. »Allerhöchstens höre ich, und das ungern.«

Aber Mrs. Wilkins, an der jede Kritik wirkungslos abprallte, so wie Mrs. Fisher das schon befürchtet hatte, wiederholte umgehend die lästige Floskel und erging sich dann in einer langatmigen und ausgesprochen unziemlichen Rede über den besten Platz, wo die Person namens Mellersh übernachten könnte.

Mellersh – Mrs. Fisher, die sich all die Thomas, John, Alfred und Robert ihrer Zeit vergegenwärtigte, dies waren zwar einfache Namen, doch hatten sie es allesamt zu Ruhm gebracht, hielt es für reine Affektiertheit, auf den Namen Mellersh getauft zu sein –, Mellersh war anscheinend Mrs. Wilkins' Mann, und somit war sein Platz klar festgelegt. Wozu dieses Gerede? Sie selbst hatte, als wenn sie sein Kommen vorausgesehen hätte, ein zweites Bett in Mrs. Wilkins' Zimmer stellen lassen. Es gab gewisse Dinge im Leben, über die man nie sprach, die man nur tat. Die meisten Angelegenheiten in Zusammenhang mit Ehemännern blieben unkommentiert; und daß sich eine ganze Essensgesellschaft in einer Erörterung darüber erging, wo einer von ihnen schlafen sollte, war eine Verletzung des Anstands. Wie und wo die Ehemänner schliefen, sollten allein ihre Frauen wissen. Manchmal blieb auch ihnen das unbekannt, und dann hatte die Ehe weniger glückliche Augenblicke; aber auch über diese Augenblicke sprach man nicht; der Anstand wurde weiterhin gewahrt. Zumindest war das so zu ihrer Zeit gewesen. Sich anhören zu müssen, ob Mr. Wilkins bei Mrs. Wilkins schlafen sollte oder nicht, und die Gründe, warum er dies sollte oder nicht, war uninteressant und unziemlich.

Es wäre ihr vielleicht gelungen, gute Sitten durchzusetzen und das Gesprächsthema zu wechseln, wenn da nicht Lady Caroline gewesen wäre. Lady Caroline animierte Mrs. Wilkins und gab sich mit genau derselben Ungeniertheit der Diskussion hin wie Mrs. Wilkins. Zweifellos animierte der Chianti sie dazu, doch was immer die Ursache, die Ungehemmtheit war nur allzu sichtbar. Und wie zu erwarten, war Lady Caroline ganz dafür, daß Mr. Wilkins das einzige Gästezimmer bekam. Sie sah es als selbstverständlich an. Jedes andere Arrangement wäre unmöglich, sagte sie; sie benutzte den Ausdruck ›barbarisch‹. Ob sie nie in der Bibel gelesen habe, war sie versucht zu fragen: *Und die beiden sollen sein ein Fleisch?* Demnach eindeutig: ein gemeinsames Zimmer. Aber Mrs. Fisher erkundigte sich nicht. Ihr war nicht daran gelegen, in Gegenwart einer Unverheirateten auf solche Textstellen auch nur anzuspielen.

Es gab aber ein Mittel, mit dem sie Mr. Wilkins auf den ihm

angemessenen Platz zwingen und die Situation retten konnte; sie könnte sagen, sie selbst habe die Absicht, eine Freundin einzuladen. Das war ihr Recht. Alle hatten das ja gesagt. Abgesehen von der Frage der Schicklichkeit, es war ungeheuerlich, daß Mrs. Wilkins das einzige Gästezimmer in Beschlag nehmen wollte, da doch in ihrem eigenen Zimmer alles Nötige für ihren Mann vorhanden war. Vielleicht sollte sie wirklich jemanden einladen; nein, nicht einladen, sondern anregen zu kommen. Zum Beispiel Kate Lumley. Kate konnte es sich durchaus leisten, zu kommen und ihren Anteil zu zahlen; sie gehörte ihrer eigenen Epoche an und kannte – beziehungsweise hatte gekannt – die meisten Leute, die sie selbst kannte und gekannt hatte. Kate war natürlich nur am Rand gewesen; sie wurde bloß zu den offiziellen Gesellschaften eingeladen, nicht zu den intimeren, und blieb dementsprechend etwas abseits. Es gab Menschen, die nie vom Rand wegkamen, und Kate war eine davon. Oft jedoch war der Umgang mit solchen Leuten auf Dauer viel angenehmer als mit den anderen, sie waren immer dankbar.

Ja; sie könnte Kate in Erwägung ziehen. Die arme Seele hatte nie geheiratet, aber schließlich konnte man nicht von jedem erwarten, daß er heiratete, und sie war finanziell in gesicherten Verhältnissen, nicht zu üppigen, aber ausreichenden, so daß Kate, wenn sie kam, ihre Ausgaben zahlen konnte und dennoch dankbar wäre. Ja; Kate war die Lösung. Wenn sie käme, würde mit einem Schlag das Paar Wilkins den Regeln unterworfen und Mrs. Wilkins daran gehindert, mehr Zimmer zu belegen, als ihr zustanden. Auch würde sich Mrs. Fisher vor Isolation bewahren; geistiger Isolation. Sie wünschte sich physische Isolation zwischen den Mahlzeiten, aber sie mochte nicht jene Isolation, die eine des Geistes ist. Solche Isolation wäre sicherlich, befürchtete Mrs. Fisher, bei diesen drei so anders denkenden jungen Frauen ihr Los. Selbst Mrs. Arbuthnot offenbarte infolge ihrer Freundschaft mit Mrs. Wilkins notgedrungen etwas geistig Befremdliches. In Kate würde sie eine

Stütze finden. Kate wäre, ohne daß sie in ihren Salotto eindrang – Kate war nämlich fügsam –, bei den Mahlzeiten anwesend, um sie zu unterstützen.

Mrs. Fisher sagte nichts für den Augenblick; aber wenig später, als sie zusammen um das Kaminfeuer im Salotto saßen – sie hatte entdeckt, in ihrem eigenen Salotto fehlte ein Kamin, und war darum gezwungen, solange die Abende kühl blieben, sie im anderen Salotto zu verbringen –, also wenig später, Francesca reichte gerade den Kaffee und Lady Caroline verpestete mit Rauchen die Luft, sagte Mrs. Wilkins, erleichtert und zufrieden aussehend: »Nun, wenn niemand das Zimmer wünscht und benutzen will, würde ich froh sein, wenn Mellersh es haben könnte.«

»Selbstverständlich kriegt er es«, sagte Lady Caroline.

Dann sprach Mrs. Fisher.

»Ich habe eine Freundin«, sagte sie mit ihrer tiefen Stimme; und jähes Schweigen senkte sich über die Runde.

»Kate Lumley«, sagte Mrs. Fisher.

Niemand sprach.

»Vielleicht«, fuhr Mrs. Fisher fort und wandte sich an Lady Caroline, »kennen Sie sie?«

Nein, Lady Caroline kannte Kate Lumley nicht; und Mrs. Fisher redete, ohne die anderen zu fragen, ob sie vielleicht die Dame kannten, denn sie war überzeugt, sie kannten niemanden, weiter: »Ich möchte sie einladen, sich mir anzuschließen.«

Völlige Stille.

Dann sagte Krümel, sich an Mrs. Wilkins wendend: »Damit ist Mellersh wohl erledigt.«

»Das erledigt die Frage von Mr. Wilkins«, sagte Mrs. Fisher, »auch wenn ich nicht verstehen kann, daß es da je eine Frage geben sollte bezüglich dessen, was sich gehört.«

»Tut mir leid, damit stecken Sie in der Patsche«, sagte Lady Caroline, wieder an Mrs. Wilkins gewandt. »Es sei denn«, fügte sie hinzu, »er kann nicht kommen.«

Aber Mrs. Wilkins war verwirrt – denn angenommen, sie war doch noch nicht ganz gefestigt im Paradies? – und konnte nur leicht beklommen sagen: »Ich *sehe* ihn hier.«

Dreizehntes Kapitel

Die ruhigen Tage – doch nur äußerlich ruhigen Tage – glitten in der Sonnenflut dahin, und das Personal, das die vier Damen beobachtete, kam zu dem Ergebnis, ihnen mangele es an Leben.

Dem Personal schien es so, als schlafe San Salvatore. Niemand ließ sich zur Teestunde blicken, und die Damen gingen auch nirgendwo zum Tee hin. Mieter aus früheren Frühlingsmonaten waren weit aktiver gewesen. Es hatte Aufregung und Unternehmungen gegeben; das Boot war benutzt worden; Ausflüge hatten stattgefunden; Beppos Droschke wurde bestellt; Bekannte von Mezzago kamen herüber, um den Tag hier zu verbringen; das Haus tönte von Stimmen; manchmal wurde sogar Champagner getrunken. Das Leben war abwechslungsreich, das Leben war interessant. Aber dies hier? Was war denn das? Die Dienstboten wurden nicht einmal gescholten. Sie wurden sich selbst überlassen. Sie gähnten.

Verwirrend war auch die völlige Abwesenheit von Männern. Wie konnten sich die Herren von soviel Schönheit fernhalten? Denn zusammengerechnet, selbst wenn man die alte Dame abzog, ergaben die drei Jüngeren ein eindrucksvolles Ganzes, genau das, wonach Männer gewöhnlich Ausschau hielten.

Auch der offensichtliche Wunsch einer jeden, viele Stunden getrennt von den anderen Damen zu verbringen, stellte die Dienstboten vor ein Rätsel. Das Ergebnis war eine tödliche Stille im Castello, Mahlzeiten ausgenommen. Man hätte es, urteilte man nach den Geräuschen von Leben, die zu hören waren, für ebenso leer halten können wie während des Winters. Die alte Dame saß in ihrem Zimmer, allein; die Dunkeläugige zog allein los, und wie Domenico ihnen erzählte, der ihr bei seinen diversen Pflichten gelegentlich begegnete, schlenderte sie, ihm unbegreiflich, zwischen den Klippen umher; die wunderschöne blonde Dame lag auf ihrer Liege im oberen Garten, allein; die weniger schöne, aber immer noch schöne rotblonde Dame stieg in die Hügel hinauf und blieb dort stundenlang, allein; und jeden Tag wanderte die strahlende Sonne um das Haus und verschwand am Abend im Meer, und absolut nichts hatte sich ereignet.

Die Dienstboten gähnten.

Und dennoch waren die vier Besucherinnen, während ihre Körper dasaßen – Mrs. Fishers – oder lagen – Lady Carolines – oder umherschlenderten – Mrs. Arbuthnots – oder einsam in die Hügel hochstiegen – Mrs. Wilkins' –, in Wirklichkeit überhaupt nicht apathisch. Ihr Geist war rege wie noch nie. Selbst nachts war ihr Geist rege, und ihre Träume waren klare, lichte, lebendige Gebilde, völlig anders als die schweren Träume von London. Es war etwas in der Atmosphäre von San Salvatore, das diese besondere Regsamkeit des Geistes hervorbrachte. Die Einheimischen freilich blieben, ungeachtet der sie umgebenden Schönheit, ungeachtet der verschwenderischen Jahreszeiten, für ungewohnte Gedanken unempfänglich. Ihr Leben lang hatten sie, Jahr um Jahr, das sich wiederholende Spektakel miterlebt, das der April in den Gärten veranstaltete, und Gewohnheit hatte es für sie unsichtbar werden lassen. Sie waren ihm gegenüber blind, sich dessen nicht bewußt, wie Domenicos Hund, der in der Sonne schlief.

Die Besucherinnen konnten dem Naturspektakel gegenüber nicht blind sein: zu auffällig war es nach dem über die Maßen nassen und trüben Londoner März. Plötzlich hierher versetzt zu sein, wo die Luft so still war, daß sie den Atem anzuhalten schien, wo das Licht so golden, daß die gewöhnlichsten Gegenstände verklärt wurden; hierher in diese wohltuende Wärme versetzt zu sein, in Düfte, die einen umschmeichelten, und das alte graue Castello als Kulisse zu haben und in der Ferne die sanften, klaren Hügel der Landschaften von Perugini war ein erstaunlicher Gegensatz. Selbst Lady Caroline, die ihr Leben lang an Schönheit gewöhnt war, die überall gewesen und alles gesehen hatte, war verblüfft. In diesem Jahr war es ein besonders wundervoller Frühling, und von allen Monaten in San Salvatore war der April, wenn das Wetter mitspielte, am besten. Der Mai brannte und dörrte aus; der März war unstet und konnte streng und kalt werden in seinem klaren Glanz; aber der April kam sanft wie ein Segen daher, und wenn der April schön war, war er so herrlich, daß man nicht umhin konnte, als sich wie verwandelt zu fühlen, angeregt und berührt.

Mrs. Wilkins, wie wir gesehen haben, reagierte unmittelbar darauf. Sie entledigte sich sozusagen sofort ihrer Kleider und tauchte ohne Zögern, mit einem Ausruf der Begeisterung, in die Herrlichkeit ein.

Mrs. Arbuthnot war angeregt und berührt, aber auf andere Weise. Sie hatte seltsame Empfindungen, die in Kürze beschrieben werden sollen.

Mrs. Fisher war, bei ihrem Alter, aus einem festeren, weniger durchlässigen Gewebe und bot mehr Widerstand; aber auch sie hatte seltsame Empfindungen, die bei passender Gelegenheit ebenfalls beschrieben werden.

Für Lady Caroline, die ausgiebig mit schönen Häusern und Klimata vertraut war, konnte das alles nicht ganz so überraschend sein, und dennoch reagierte sie beinah mit derselben Spontaneität wie Mrs. Wilkins. Der Ort beeinflußte auch sie fast augenblicklich, und sie war sich teilweise dieses Einflusses bewußt: Schon am allerersten Abend weckte er in ihr den Wunsch nachzudenken, und seltsamerweise wirkte er auf sie wie ein Gewissen. Was dieses Gewissen ihr mit einer Eindringlichkeit ins Bewußtsein zu rufen schien, die sie bestürzte – Lady

Caroline zögerte, das Wort zu gebrauchen, aber immer wieder kam es ihr in den Sinn –, war, daß sie flittrig war.

Flittrig. Sie. Merkwürdig.

Darüber mußte sie nachdenken.

Am Morgen nach dem ersten gemeinsamen Abendessen wachte sie mit einem Gefühl des Bedauerns auf, daß sie am Abend zuvor so redselig gegenüber Mrs. Wilkins gewesen war. Was hatte sie wohl dazu getrieben, fragte sie sich. Jetzt würde Mrs. Wilkins natürlich besitzergreifend werden und nicht von ihrer Seite weichen wollen; und die Vorstellung, jemand werde besitzergreifend vier Wochen lang nicht von ihrer Seite weichen, drückte Krümels Stimmung. Die derart ermutigte Mrs. Wilkins würde ihr sicher, sobald sie hinausging, im oberen Garten auflauern und sie freudig mit morgendlicher Munterkeit begrüßen. Wie verhaßt war ihr das, mit morgendlicher Munterkeit begrüßt zu werden – überhaupt, freudig begrüßt zu werden. Sie hätte Mrs. Wilkins am Abend zuvor nicht ermutigen sollen. Verhängnisvoll. Die Folgen waren ja schon schlimm, wenn sie *nicht* ermutigte, im allgemeinen schien nämlich bloßes Dasitzen und Nichtssagen sie in Mitleidenschaft zu ziehen, aber jemanden direkt zu ermutigen war selbstmörderisch. Was um Himmels willen hatte sie dazu getrieben? Jetzt müßte sie all die wertvolle und angenehme Zeit, die sie hatte, um nachzudenken, mit sich ins klare zu kommen, dazu verschwenden, Mrs. Wilkins abzuschütteln.

Nachdem sie sich angezogen hatte, schlich sie sich mit großer Vorsicht und auf Zehenspitzen balancierend, damit der Kies nicht knirschte, zu ihrem Winkel hin; aber der Garten war leer. Sie brauchte niemanden abzuschütteln. Weder Mrs. Wilkins noch sonst jemand ließen sich blicken. Sie hatte den Garten ganz für sich allein. Außer Domenico, der gleich erschien und sich in ihrer Nähe aufhielt, wobei er die Pflanzen begoß, vor allem wieder diejenigen in ihrer unmittelbaren Nachbarschaft, kam überhaupt niemand; und nachdem sie lange Zeit

Gedanken verfolgt hatte, die sich ihr anscheinend immer dann entzogen, wenn sie sie gerade erwischt hatte, und gelegentlich zwischen einzelnen Verfolgungsphasen erschöpft eingenickt war, spürte sie Hunger, schaute auf die Uhr und sah, daß es nach drei war, da wurde ihr klar, niemand hatte sich darum geschert, sie zum Mittagessen zu holen. Wenn also, mußte Krümel konstatieren, jemand abgeschüttelt worden war, dann nur sie selbst.

Hm, aber wie erfreulich, wie ungewohnt. Jetzt würde sie wirklich nachdenken können, ununterbrochen. Herrlich, vergessen zu werden.

Dennoch, sie hatte Hunger; und nach ihrer überschwenglichen Herzlichkeit vom vorherigen Abend hätte ihr Mrs. Wilkins zumindest sagen können, daß das Essen fertig war. Und Krümel war wirklich überschwenglich herzlich gewesen – so entgegenkommend, was die Vorkehrungen für Mellershs Nachtruhe betraf, hatte sie ihm nicht das Gästezimmer und alles zugesprochen? Gewöhnlich interessierten sie jede Art Vorkehrungen nicht, eigentlich nie; so daß sie zu dem Schluß kam, sie sei sich fast untreu geworden, nur um nett zu Mrs. Wilkins zu sein. Und die Folge war, Mrs. Wilkins scherte sich herzlich wenig darum, ob sie zu Mittag aß oder nicht.

Glücklicherweise machte es ihr nichts aus, eine Mahlzeit zu überspringen, auch wenn sie Hunger hatte. Das Leben war angefüllt mit Mahlzeiten. Sie nahmen enorm viel Zeit in Anspruch; und Mrs. Fisher war, so ihre Befürchtung, eine der Personen, die bei Mahlzeiten ewig lang brauchen. Zweimal hatte sie mit Mrs. Fisher zu Abend gegessen, und jedesmal war es am Ende schwierig gewesen, sie aufzuscheuchen, da sie ewig lang brauchte, um noch Unmengen von Nüssen bedächtig zu knacken und bedächtig ihr eines Glas Wein zu trinken, das anscheinend nie zur Neige ging. Wahrscheinlich wäre es geschickt, wenn sie es sich zur Gewohnheit machte, das Mittagessen auszulassen, und da es unproblematisch war, sich den Tee herausbringen zu lassen, und da sie ohnehin auf ihrem Zimmer frühstückte, müßte sie nur einmal pro Tag am Eßtisch sitzen und das Nüsseknacken ertragen.

Krümel vergrub den Kopf bequem in die Kissen, und die Füße gekreuzt auf der niedrigen Brustwehr, überließ sie sich weiterem Sinnieren. Sie sagte sich, wie sie es mit Unterbrechungen den Vormittag hindurch getan hatte: Jetzt werde ich nachdenken. Aber da sie in ihrem Leben nie etwas gründlich bedacht hatte, war das schwierig. Seltsam, wie die Aufmerksamkeit abgelenkt wurde; seltsam, wie der Geist woanders hindriftete. Als sie sich dranmachte, ihre Vergangenheit zu überprüfen, um anschließend ihre Zukunft zu betrachten, und darin nach einer Rechtfertigung für jenes deprimierende Wort ›flittrig‹ suchte, entdeckte sie schon bald, daß sie überhaupt nicht darüber nachdachte, sondern irgendwie bei Mr. Wilkins gelandet war.

Über Mr. Wilkins nachzudenken war recht einfach, wenn auch nicht angenehm. Sie sah seinem Kommen mit bösen Ahnungen entgegen. Denn es war nicht nur unverhofft und ausgesprochen lästig, daß ein Mann sich der Gruppe hinzugesellte, und zudem ein Mann von *der* Sorte, sie war überzeugt, Mr. Wilkins gehöre dazu, sie befürchtete es direkt – und ihre Befürchtung ergab sich aus steter trüber Erfahrung –, daß er vielleicht bei ihr herumlungern wollte.

Diese Möglichkeit war Mrs. Wilkins offensichtlich noch nicht in den Sinn gekommen, und es war nicht eine, auf die sie gut ihre Aufmerksamkeit lenken konnte, außer sie wollte, wie es heißt, dümmer sein, als die Polizei erlaubt. Sie hoffte dennoch, Mr. Wilkins möge eine rühmliche Ausnahme zur gräßlichen Regel bilden. Wenn das der Fall wäre, würde sie ihm so sehr verpflichtet sein, daß er ihr womöglich ganz gut gefallen könnte. Aber . . ., sie hatte böse Ahnungen. Angenommen, er lungerte um sie herum, so daß sie aus ihrem schönen oberen Garten vertrieben wurde; angenommen, das Licht in Mrs. Wilkins' lustigem und lebhaftem Gesicht verlöschte. Krümel hatte das Gefühl, geschähe letzteres, würde sie das besonders ungern haben. Noch nie hatte sie in ihrem Leben Ehefrauen getroffen, keine einzige, die begreifen konnten, daß sie deren Männer nicht im geringsten haben wollte. Oft hatte sie Ehefrauen getroffen, die die eigenen Männer auch nicht wollten, aber das verringerte nicht ihre Empörung, wenn sie glaubten, eine andere Frau wollte sie, und auch nicht ihre Überzeugung, sobald sie sahen, wie ihre Männer Krümel umringten, daß diese versuche, Männer zu ergattern. Sie zu ergattern versuchte! Allein der Gedanke, allein die Erinnerung an diese Situationen erfüllten sie mit überwältigender Langeweile, so daß sie unverzüglich wieder einschlief.

Als sie aufwachte, spekulierte sie weiter über Mr. Wilkins.

Wenn denn Mr. Wilkins keine Ausnahme war und sich auf die übliche Weise benahm, würde Mrs. Wilkins verstehen, oder verdürbe ihr das die Ferien? Sie schien fix zu sein, aber würde sie auch bei dieser Sache fix sein? Sie schien verständnisvoll zu sein und in einen hineinzuschauen, aber würde sie auch verständnisvoll sein und in einen hineinschauen, wenn es sich um Mr. Wilkins handelte?

Krümel, die Erfahrene, hatte ihre Zweifel. Sie bewegte die Füße unruhig auf der Brustwehr, rückte ein Kissen zurecht. Vielleicht wäre es besser, sie versuchte Mrs. Wilkins in den Tagen, die vor der Ankunft ihres Mannes noch blieben, ganz allgemein, betont vage und so dahinredend, ihre Haltung diesen Dingen gegenüber zu erklären. Sie könnte ihr auch ihre besondere Abneigung allen Ehemännern gegenüber erläutern und ihr Verlangen, zumindest diesen einen Monat allein gelassen zu werden.

Aber Krümel hatte auch diesbezüglich ihre Zweifel. Ein solches Gespräch bedeutete eine gewisse Vertraulichkeit, bedeutete, sich auf eine Freundschaft mit Mrs. Wilkins einzulassen; und wenn man sich darauf eingelassen hatte und der Gefahr entgegenblickte, die von einem Zuviel von Mrs. Wilkins kam, und wenn Mr. Wilkins sich als raffiniert erweisen sollte – die Leute wurden tatsächlich raffiniert, sobald sie auf etwas fixiert waren – und es ihm schließlich doch gelang, in den oberen Garten hinauszuschlüpfen, dann könnte Mrs. Wilkins leicht glauben, sie sei reingelegt worden und sie, Krümel, sei falsch. Falsch! Und das wegen Mr. Wilkins. Ehefrauen waren wirklich bemitleidenswert.

Um halb fünf hörte sie das Geräusch von Untertassen auf der anderen Seite des Seidelbasts. Wurde ihr der Tee herausgebracht?

Nein; das Geräusch kam nicht näher, es hörte in der Nähe des Castellos auf. Der Tee würde im Garten getrunken werden, in *ihrem* Garten. Krümel dachte, man hätte sie ja wenigstens fragen können, ob sie etwas dagegen hätte, gestört zu werden. Sie wußten alle, daß sie dort saß.

Vielleicht brächte jemand den Tee in ihren Winkel.

Nein; niemand brachte etwas.

Nun, sie war zu hungrig, um heute auf den Tee mit den anderen zu verzichten, aber sie würde Francesca strikte Anweisungen für die Zukunft geben.

Sie stand auf und spazierte in Richtung der Teegeräusche mit jener langsamen Anmut, die noch eine ihrer Attraktionen war. Ihr war bewußt, daß sie nicht nur sehr hungrig war, sondern auch wieder mit Mrs. Wilkins sprechen wollte. Mrs. Wilkins war nicht besitzergreifend gewesen, sie hatte sie den ganzen Tag über in Ruhe gelassen trotz des *rapprochement* des vorherigen Abends. Natürlich war sie exzentrisch und zog sich einen Jumper aus Seide zum Abendessen an, aber besitzergreifend war sie nicht gewesen. Das war schon was. Krümel ging in Vorfreude auf Mrs. Wilkins in Richtung Teetisch; und als sie ihn erblickte, sah sie dort nur Mrs. Fisher und Mrs. Arbuthnot.

Mrs. Fisher goß gerade Tee ein, und Mrs. Arbuthnot bot Mrs. Fisher Makronen an. Jedesmal, wenn Mrs. Fisher Mrs. Arbuthnot etwas anbot – eine Tasse Tee, Milch oder Zucker –, bot Mrs. Arbuthnot ihr Makronen an, drängte sie ihr geradezu mit einer sonderbaren Dienstbeflissenheit auf, fast schon mit Starrsinn. War das ein Spiel? fragte sich Krümel, setzte sich und nahm eine Makrone.

»Wo ist Mrs. Wilkins?« fragte Krümel.

Sie wußten es nicht. Zumindest Mrs. Arbuthnot wußte es auf Krümels Erkundigen hin nicht; Mrs. Fishers Gesicht wurde, als sie den Namen hörte, betont desinteressiert.

Es stellte sich heraus, daß man Mrs. Wilkins seit dem Frühstück nicht mehr gesehen hatte. Mrs. Arbuthnot meinte, sie sei wahrscheinlich auf ein Picknick gegangen. Krümel vermißte sie. Sie aß die Makronen, die besten und größten, die sie je gekostet hatte, schweigend. Tee ohne Mrs. Wilkins war trübsinnig; und Mrs. Arbuthnot hatte jene fatale Mütterlichkeit an sich, wollte einen hätscheln, es einem behaglich machen, einen zum Essen bereden – sie bereden, die schon so ungeniert, ja exzessiv futterte –, diese Mütterlichkeit, die Krümel hartnäckig durchs Leben zu verfolgen schien. Konnten die Leute einen denn nicht in Ruhe lassen? Sie war durchaus in der Lage, unaufgefordert das zu essen, worauf sie Appetit hatte. Sie versuchte Mrs. Arbuthnots Eifer zu bremsen, indem sie zu ihr barsch war. Zwecklos. Die Barschheit kam nicht zum Vorschein. Sie blieb, wie alle bösen Gefühle, die Krümel hegte, verborgen hinter dem undurchdringlichen Schleier ihres Liebreizes.

Mrs. Fisher saß wie eine Statue da und nahm keinerlei Notiz von ihnen. Sie hatte einen merkwürdigen Tag hinter sich und war etwas besorgt. Sie war völlig allein geblieben, denn keine der drei Damen war zum Mittagessen erschienen, keine hatte sich die Mühe gemacht, sie von ihrem Nichtkommen in Kenntnis zu setzen; und Mrs. Arbuthnot hatte sich, nachdem sie wie zufällig zum Tee aufgekreuzt war, seltsam benommen, bis sich Lady Caroline zu ihnen gesellt und ihre Aufmerksamkeit beansprucht hatte.

Mrs. Fisher mochte eigentlich Mrs. Arbuthnot, deren gescheiteltes Haar und sanftmütiger Gesichtsausdruck sittsam fraulich wirkten, aber sie hatte gewisse Eigenarten, die schwer zu akzeptieren waren. Ihre Eigenart, jedwedes Angebot zum Essen oder Trinken, das man ihr machte, auf der Stelle zu wiederholen, das Angebot sozusagen zurückzuerstatten, war nicht genau das, was man von ihr erwartete. »Möchten Sie noch Tee?« war doch eine Frage, auf die man mit einfachem Ja oder Nein antwortete; aber Mrs. Arbuthnot blieb bei dem Tick, den sie schon am Tag zuvor beim Frühstück gezeigt hatte, nämlich ihrem Ja oder Nein die Worte »Möchten *Sie*?« hinzuzufügen. Sie hatte das heute morgen wieder getan, und hier nun während des Tees – den beiden Mahlzeiten, bei denen Mrs. Fisher den Vorsitz führte und einschenkte. Warum tat sie das? Mrs. Fisher fand keine Erklärung.

Aber das war es nicht, was sie beunruhigte; das war bloß etwas Nebensächliches. Was sie beunruhigte, war, daß sie völlig unfähig gewesen war, sich auf irgend etwas zu konzentrieren, sie hatte nichts anderes getan, als ruhelos von ihrem Salotto zu ihren Zinnen zu gehen und wieder zurück. Ein vergeudeter Tag, und wie sehr verabscheute sie Vergeudung. Sie hatte versucht zu lesen, hatte versucht, an Kate Lumley zu schreiben; aber nein; sie las einige Worte, schrieb ein paar Zeilen, stand wieder auf und spazierte auf die Zinnen hinaus und starrte aufs Meer.

Es machte nichts aus, daß der Brief an Kate Lumley nicht geschrieben wurde. Es gab noch genug Zeit dafür. Sollten doch die anderen annehmen, ihr Kommen sei definitiv festgelegt. Um so besser. So würde Mr. Wilkins aus dem Gästezimmer ferngehalten und dort hineingesteckt, wo er hingehörte. Kate konnte warten. Sie konnte in Reserve gehalten werden. Kate in Reserve war genauso überzeugend als Argument wie Kate in Wirklichkeit, und es gab da einiges bei der Kate in Reserve, was der wirklichen Kate fehlen mochte. Zum Beispiel, wenn Mrs.

Fisher sich ruhelos zeigte, wäre es ihr lieber, daß Kate nicht in ihrer Nähe wäre und sie sähe. Etwas Unwürdiges haftete der Ruhelosigkeit an, diesem Hin-und-Hergelaufe. Hingegen machte es etwas aus, daß sie nicht einen Satz aus den Schriften eines ihrer großen toten Freunde lesen konnte; nicht einmal von Browning, der so lang in Italien gewesen war, oder von Ruskin, dessen *Steine von Venedig* sie mitgebracht hatte, um es beinah am Ort des Geschehens selbst wiederzulesen; nicht einmal einen Satz des wirklich interessanten Buches, das sie in ihrem Salotto gefunden hatte, über das Familienleben des deutschen Kaisers, dieses Bedauernswerten – geschrieben in den Neunzigern, als die Sünden gegen ihn noch nicht die eigenen Sünden überwogen, was jetzt, davon war sie fest überzeugt, der Fall war, und mit aufregenden Dingen über seine Geburt und seinen rechten Arm und *accoucheurs* gespickt war – sie mußte das Buch hinlegen, hinausgehen und aufs Meer blicken.

Lesen war sehr wichtig; das angemessene Üben und Entwikkeln des Geistes war oberste Pflicht. Wie konnte man lesen, wenn man ständig heraus und wieder herein lief? Seltsam, diese Ruhelosigkeit. Sollte sie etwa krank werden? Nein, sie fühlte sich wohl, sogar außerordentlich wohl, und sie ging mit recht schnellem Schritt ein und aus – eigentlich lief sie –, und das ohne Stock. Äußerst seltsam, daß es ihr nicht möglich sein sollte stillzusitzen, dachte sie, während sie mit finsterer Stirn über purpurne Hyazinthen hinweg auf den Golf von La Spezia blickte, der jenseits einer Landspitze glitzerte; sehr seltsam, daß sie, die sonst langsam ging, gestützt auf ihren Stock, plötzlich so rasch ausschreiten konnte.

Sie hatte das Gefühl, es wäre interessant, mit jemandem darüber zu sprechen. Nicht mit Kate, mit einer Fremden. Kate würde sie nur anblicken und eine Tasse Tee vorschlagen. Kate schlug immer eine Tasse Tee vor. Außerdem hatte Kate ein nichtssagendes Gesicht. Also diese Mrs. Wilkins, so beunruhigend sie auch war, so wenig sie den Mund halten konnte, unverschämt und anstößig war, sie würde wahrscheinlich verstehen und sagen können, was sie zu solchem Benehmen veranlaßte. Aber sie konnte nichts zu Mrs. Wilkins sagen. Sie war die letzte Person, der man seine Empfindungen eingestehen würde. Das verbot allein schon die Würde. Sich Mrs. Wilkins anvertrauen? Nie und nimmer.

Und auch Mrs. Arbuthnot hatte, während sie melancholisch die widerspenstige Lady Caroline beim Tee bemutterte, das Gefühl, sie habe einen merkwürdigen Tag hinter sich. Er war aktiv gewesen wie Mrs. Fishers Tag, aber anders als bei Mrs. Fisher nur aktiv im Geiste. Ihr Körper war ganz ruhig geblieben; ihr Geist keineswegs, er war ungewöhnlich aktiv gewesen. Während all der Jahre hatte sie darauf geachtet, keine Zeit zum Denken zu finden. Ihr genau festgelegtes Leben in der Gemeinde hatte verhindert, daß Erinnerungen und Wünsche sie bedrängten. An diesem Tag waren sie auf sie eingestürmt. Sie erschien niedergeschlagen zum Tee, und daß sie so niedergeschlagen war an einem solchen Ort, wo alles, was sie umgab, ihr Herz erfreute, verstärkte nur noch ihre Niedergeschlagenheit. Aber wie sollte sie sich denn allein daran erfreuen? Wie konnte überhaupt jemand sich freuen und genießen, wirklich genießen, wenn er allein war? Lotty vielleicht. Lotty schien das zu können. Sie war direkt nach dem Frühstück den Hügel hinuntergegangen, allein, doch offensichtlich genoß sie es, denn sie hatte Rose nicht vorgeschlagen, sie zu begleiten, und sie sang beim Gehen.

Rose hatte den Tag allein verbracht, hatte dagesessen, die Hände um die Knie geschlungen, und vor sich hingestarrt. Was sie anstarrte, waren die grauen Schwerter der Agaven und die blassen Lilien auf ihren hohen Stielen, die auf dem abgelegenen Platz wuchsen, den sie entdeckt hatte, und hinter ihnen, zwischen den grauen Blättern und den blauen Blumen, sah sie das Meer. Der Platz war ein versteckter Winkel, wo die sonnenheißen Steine mit Thymian gepolstert waren und wahrscheinlich niemand hinkäme. Er war außer Sicht- und Hörweite des Castellos, abseits des Weges, nahe am Ende eines Vorgebirges. Sie saß so still da, daß bald schon Eidechsen über ihre Füße huschten und einige kleine Vögel wie Finke, die zuerst erschreckt verschwunden waren, zurückkehrten und zwischen den Sträuchern um sie herum hin und her flitzten, als wäre sie gar nicht vorhanden. Wie schön das war. Doch was nutzte all das Schöne, wenn niemand da war, niemand, der gern mit einem zusammen war, der zu einem gehörte, zu dem man sagen konnte: »Schau nur.« Und würde man nicht hinzufügen: »Schau nur, *Liebes*«? Ja, man würde *Liebes* sagen; und dieses Kosewort, das man einfach zu jemandem sagte, der einen liebte, würde einen glücklich machen.

Sie blieb still sitzen, starrte geradewegs vor sich hin. Seltsam, daß sie an diesem Ort nicht beten wollte. Sie, die zu Hause ständig betete, schien es hier überhaupt nicht zu können. Am ersten Morgen hatte sie nach dem Aufstehen nur ein kurzes Danke zum Himmel geschickt und war sofort ans Fenster getreten, um festzustellen, wie alles aussah, hatte den Dank so unbekümmert hochgeworfen wie einen Ball und gleich vergessen. Als sie sich an diesem Morgen beschämt daran erinnerte, hatte sie sich entschlossen hingekniet; aber vielleicht war Entschlossenheit nicht gut fürs Beten, denn es war ihr nichts eingefallen, was sie sagen könnte. Und was die Nachtgebete betraf: an keinem Abend hatte sie eines gesagt. Sie hatte es schlicht vergessen. Sie war so in andere Gedanken vertieft gewesen; und kaum im Bett, war sie auch schon eingeschlafen und wirbelte durch klare, beschwingte Träume, bevor sie noch Zeit fand, sich richtig auszustrecken.

Was war in sie gefahren? Warum hatte sie den Anker des Gebets losgelassen? Es fiel ihr auch schwer, sich an ihre Armen zu erinnern, ja überhaupt sich zu erinnern, daß es solche armen Geschöpfe gab. Ferien waren natürlich gut, und jedermann sah sie als etwas Gutes an, aber sollten sie so vollständig die Realität ausblenden, sich so verheerend auf sie auswirken? Vielleicht war es heilsam, ihre Armen zu vergessen; mit um so größerem Engagement würde sie zu ihnen zurückkehren. Aber es konnte nicht heilsam sein, das Beten zu vergessen, und noch weniger heilsam, daß es ihr nichts ausmachte.

Rose machte es nichts aus. Sie wußte das. Und noch schlimmer, sie wußte, daß dieses Nichtsausmachen ihr nichts ausmachte. An diesem Ort war sie Dingen gegenüber gleichgültig, die ihr Leben ausgefüllt hatten und es ihr all die Jahre über als glücklich erscheinen ließen. Könnte sie sich doch nur an ihrer neuen herrlichen Umgebung erfreuen, das zumindest haben, um es der Gleichgültigkeit entgegenzusetzen, dem Sichgehenlassen – aber sie konnte es nicht. Sie hatte keine Arbeit, betete nicht, fühlte Leere in sich.

Lotty hatte ihr gestern den Tag verdorben, wie auch schon den Tag zuvor; Lotty mit ihrer Einladung an ihren Mann, mit ihrem Vorschlag, sie solle auch ihren einladen. Nachdem sie ihr erneut Frederick in den Kopf manövriert hatte, war Lotty verschwunden; den ganzen Nachmittag war sie allein mit ihren Gedanken gewesen. Seitdem kreisten sie bloß um Frederick. War er in Hampstead nur in den Träumen zu ihr gekommen, ließ er sie hier in den Träumen in Ruhe und begleitete sie statt dessen tagsüber. Und wieder hatte Lotty sie am Morgen, wo sie sich doch so mühte, nicht an ihn zu denken, gefragt, kurz bevor sie singend den Weg hinunter verschwand, ob sie ihm schon geschrieben und ihn eingeladen habe, und wieder beherrschte er ihr Denken, und sie konnte ihn nicht loswerden.

Wie konnte sie ihn denn einladen? Ihre Entfremdung dauerte schon so lange, viele Jahre; sie wüßte kaum, welche Worte sie verwenden sollte; außerdem würde er nicht kommen. Warum sollte er? Es lag ihm nichts daran, mit ihr zusammenzusein. Über was könnten sie sprechen? Zwischen ihnen stand die Barriere seiner Arbeit und ihrer Religion. Sie konnte nicht – wie denn auch, da sie an Lauterkeit glaubte, an die

Verantwortung für das, was eigenes Handeln bewirkte – seine Arbeit ertragen, ertragen, von ihr zu leben; und er, das wußte sie nun, hatte sich anfangs an ihrer Religion gestoßen, später hatte sie ihn nur noch angeödet. Er hatte zugelassen, daß sie sich von ihm entfernte, hatte sie aufgegeben, kümmerte sich nicht um sie, nahm ihre Religion gleichgültig als feststehende Tatsache hin. Beides, die Religion und auch sie – Roses Geist wurde im klaren Aprillicht von San Salvatore immer scharfsichtiger und erkannte plötzlich die Wahrheit –, langweilte ihn.

Als sie das erkannte, es ihr an diesem Morgen zum ersten Mal durch den Kopf schoß, gefiel ihr das natürlich nicht; es gefiel ihr so wenig, daß eine Zeitlang all die Schönheit Italiens ausgelöscht war. Was ließe sich da tun? Sie konnte nicht aufhören, an das Gute zu glauben und dem Bösen zu mißtrauen, und es mußte etwas Böses sein, gänzlich vom Ertrag der Ehebrüche zu leben, wie passé und erlaucht die auch sein mochten. Außerdem, wenn sie es täte, wenn sie ihre Vergangenheit opferte, ihre Erziehung, ihre Arbeit der letzten zehn Jahre, würde sie ihn dann weniger langweilen? Rose fühlte im Innersten, daß, wenn man einmal jemanden zutiefst gelangweilt hat, es fast unmöglich ist, aus der Langweilerrolle herauszukommen. Einmal ein Langweiler, immer ein Langweiler – jedenfalls für denjenigen, der anfänglich gelangweilt war.

Dann, spann sie den Faden fort, durch feucht werdende Augen hinaus aufs Meer blickend, war es doch besser, man hielt sich an die Religion. Das war immerhin besser – sie bemerkte kaum das Verwerfliche ihres Gedankens – als gar nichts. Aber wie sehr wollte sie sich an etwas Greifbares halten, etwas Lebendiges lieben, etwas, das man ans Herz drücken konnte, das man sehen und berühren, um das man sich kümmern konnte. Wenn ihr armes Kind nicht gestorben wäre . . ., Kinder langweilten sich nicht mit einem, sie brauchten lange, um groß zu werden und einen zu durchschauen. Und vielleicht durchschaute einen sogar der eigene Junge nie; vielleicht bliebe man für ihn, egal, wie alt und bärtig er auch würde, jemand Besonderes, jemand, der ganz anders war als alle Welt, und wenn auch nur aus dem einen Grund wertvoll, weil man nur einmal existierte.

Als sie so dasaß und mit trübem Blick aufs Meer schaute, spürte sie brennende Sehnsucht, etwas Eigenes an ihr Herz drücken zu können. Rose war schlank, und ihre Figur war genauso zurückhaltend wie ihr Charakter, und dennoch hatte sie ein merkwürdiges Gefühl – wie könnte sie das beschreiben? – von schwellendem Busen. San Salvatore bewirkte, daß sie sich ständig ihres Busens bewußt war. Sie wollte einen lieben Kopf an ihren Busen ziehen, trösten und beschützen, ihn mit sanftem Streicheln und Liebkosungen beruhigen und darauf betten. Frederick und Fredericks Kind, die zu ihr kamen, sich an sie lehnten, weil sie unglücklich waren, weil sie gekränkt waren... Sie würden Rose brauchen, wenn sie gekränkt waren; würden sich liebhaben lassen, wenn sie unglücklich waren.

Das Kind war allerdings fort, würde nie zu ihr kommen; aber vielleicht – eines Tages – Frederick, wenn er alt und müde war...

Derart waren Mrs. Arbuthnots Überlegungen und Empfindungen an jenem ersten Tag allein in San Salvatore. Sie ging zum Tee so niedergeschlagen wie seit Jahren nicht. San Salvatore hatte ihr den sorgsam hergestellten Schein von Glück zerrissen und ihr nichts dafür gegeben. Ja, es gab Sehnsüchte als Ersatz, dieses schmerzhafte Sichsehnen, dieses seltsame Gefühl von schwellendem Busen; aber das war schlimmer als nichts. Und sie, die gelernt hatte, das Gleichgewicht zu halten, die zu Hause jegliche Irritation unterdrückte, immer ein freundliches Gesicht zeigen konnte, vermochte selbst in ihrer Niedergeschlagenheit nicht zu ertragen, wie Mrs. Fisher sich anmaßte, Gastgeberin beim Nachmittagstee zu spielen.

Man hätte vermuten können, eine solche Kleinigkeit berühre sie nicht, doch das Gegenteil war der Fall. Änderte sich ihr Wesen? Sollte sie nicht nur zurückgeworfen werden auf ein lang unterdrücktes Verlangen nach Frederick, sondern auch in jemanden verwandelt werden, der über Nichtigkeiten streiten wollte? Nach dem Tee, als Mrs. Fisher und Lady Caroline wieder verschwunden waren – es war ziemlich offenkundig, daß niemand was von ihr wollte –, war sie mehr denn je niedergeschlagen, umgeworfen von der Diskrepanz zwischen der Pracht um sie herum, der Wärme, der üppigen Schönheit und Selbstgenügsamkeit der Natur, und der gähnenden Leere ihres eigenen Herzens.

Und dann kam Lotty zum Abendessen zurück, mit unendlich vielen neuen Sommersprossen, und strömte die Wärme aus, die sie den Tag über eingefangen hatte, plauderte, lachte, benahm sich taktlos, unklug, ohne jede Zurückhaltung; und Lady Caroline, die so still beim Tee gewesen war, redete wieder animiert, und Mrs. Fisher machte sich nicht mehr so bemerkbar, und Rose begann sich gerade ein wenig zu beleben, denn Lottys Stimmung war ansteckend, wie sie da so die Wonnen ihres Tages beschrieb, eines Tages, der für andere leicht nur einen sehr langen und sehr heißen Spaziergang und einige Sandwiches bedeutet haben könnte, als sie plötzlich, Roses Aufmerksamkeit auf sich lenkend, sagte: »Weg der Brief?«

Rose errötete. Diese Taktlosigkeit . . .

»Was für ein Brief?« fragte Krümel interessiert. Sie stützte beide Ellbogen auf den Tisch und hielt das Kinn in den Händen, denn das Nußknackstadium war erreicht, und es gab nichts zu tun, als in einer möglichst bequemen Stellung auszuharren, bis Mrs. Fisher zum Ende kam.

»Einladung an ihren Mann«, sagte Lotty.

Mrs. Fisher schaute auf. Noch ein Mann? Hörte das denn nie auf? Also war diese auch keine Witwe; aber ihr Mann war sicherlich ein anständiger, ehrbarer Mann, der einem anständigen, ehrbaren Beruf nachging. Sie hatte wenig Hoffnung bei

Mr. Wilkins; so wenig, daß sie es unterlassen hatte, sich zu erkundigen, was er tat.

»Ist er weg?« insistierte Lotty, als Rose nichts sagte.

»Nein«, sagte Rose.

»Oh, dann halt morgen«, meinte Lotty.

Rose wollte wieder »nein« darauf sagen. Lotty hätte das an ihrer Stelle bestimmt getan und hätte zudem ihre Gründe erklärt. Aber sie konnte sich nicht umkrempeln und jeden Beliebigen auffordern, sich das Innere anzuschauen. Wie war das möglich, daß Lotty, die so viel sah, das mit ihrem Herzen nicht sah, diesen wunden Punkt, der Frederick hieß, und wenn sie es denn sah, darüber nicht Stillschweigen bewahrte?

»Wer ist Ihr Mann?« fragte Mrs. Fisher und legte sich sorgfältig eine neue Nuß in der Zange zurecht.

»Wer sollte es denn sein«, sagte Rose rasch, sofort irritiert durch Mrs. Fisher, »wenn nicht Mr. Arbuthnot?«

»Ich meine natürlich, was ist Mr. Arbuthnot?«

Und Rose, die, als sie das hörte, bis in die Haarwurzeln errötete, sagte nach einer unmerklichen Pause: »Mein Mann.«

Natürlich brachte das Mrs. Fisher auf die Palme. Sie hätte niemals geglaubt, daß die mit der anständigen Frisur und der sanften Stimme so unverschämt sein konnte.

Vierzehntes Kapitel

In der ersten Woche verblühten die Glyzinen, und vom Judasbaum und den Pfirsichbäumen fielen die Blüten herab und breiteten auf dem Boden einen rosafarbenen Teppich aus. Dann verschwanden alle Freesien, und die Schwertlilien wurden weniger. Und während sich diese davonmachten, blühten die gefüllten Lady-Bank's-Rosen auf, und die stolzen Sommerrosen prunkten mit einem Mal an den Mauern und Spalieren. Gelbes Glück war eine von ihnen; eine wunderschöne Rose.

Und wenig später gaben die Tamariske und der Seidelbast ihr Bestes, und die Lilien erreichten ihre höchste Höhe. Gegen Ende der Woche warfen die Feigenbäume Schatten, die Pflaumenblüte zeigte sich zwischen den Olivenbäumen, die bescheidenen Weigelien erschienen in ihrem frischen rosa Aufzug, und auf den Klippen wucherten Massen von dickblättrigen, sternchenförmigen Blümchen, einige von intensivem Purpur und andere von blassem Zitronengelb.

Gegen Ende der Woche kam auch Mr. Wilkins an; genau wie seine Frau es vorhergesehen hatte. Und wie er ihrem Vorschlag gefolgt war, das hatte beinah etwas von Begierde an sich, denn er hatte als Antwort auf ihren Brief gar nicht erst einen Brief geschrieben, sondern telegrafiert.

Wenn das nicht begierig war. Es drückte, dachte Krümel, das klare Verlangen aus, sich wiederzusehen; und als sie das glückliche Gesicht seiner Frau beobachtete und sich ihres Wunsches erinnerte, Mellersh müsse auch seine Ferien genießen, sagte sie sich, er müßte schon ein besonderer Dummkopf sein, wenn er seine Zeit damit vergeudete, sich mit jemand anderem abzugeben. ›Wenn er nicht nett zu ihr ist, wird er zu den Zinnen gebracht und hinuntergestoßen.‹ Denn gegen Ende der Woche waren sie und Mrs. Wilkins für einander Caroline und Lotty geworden und Freundinnen.

Mrs. Wilkins hatte sich immer freundschaftlich verhalten, aber Krümel hatte sich dagegen gesträubt. Sie hatte sich bemüht, vorsichtig zu sein, aber wie schwierig war es, Mrs. Wilkins gegenüber vorsichtig zu sein! Sie ließ nicht die geringste Vorsicht walten, sie war derart freimütig und aufgeschlossen, daß Krümel bald selbst schon, noch bevor sie wußte, was sie tat, dieselbe Freimütigkeit zeigte. Und niemand konnte freimütiger sein als Krümel, wenn sie sich dem überließ.

Die einzige Schwierigkeit mit Lotty war, daß sie sich beinahe ständig woanders aufhielt. Unmöglich, sie zu fassen; unmöglich, sie festzuhalten, um mit ihr zu reden. Krümels Befürchtungen, sie würde besitzergreifend sein, stellten sich im nachhinein als lachhaft heraus. Sie hatte nun wirklich nichts Besitzergreifendes. Die einzigen Gelegenheiten, wo man sie sah, waren die beim Abendessen und die Zeit danach. Tagsüber war sie nicht zu sehen, kam immer erst am späten Nachmittag zurück, und umwerfend sah sie aus: ihr Haar steckte voller Moosstückchen, und ihre Sommersprossen hatten sich weiter vermehrt. Vielleicht wollte sie sich noch mal richtig austoben, bevor Mellersh ankam, tat alles, wozu sie Lust hatte, um sich später dann ganz ihm zu widmen, mit ihm fein zurechtgemacht herumzuspazieren.

Krümel beobachtete sie unwillkürlich interessiert, denn es war doch bemerkenswert, daß man derart glücklich mit so wenigem sein konnte. San Salvatore war schön und das Wetter himmlisch; aber Landschaft und Wetter hatten Krümel nie genügt, und wie konnten sie jemandem genügen, der sie schon bald wieder hinter sich lassen und zurück nach Hampstead fahren mußte, um dort zu leben? Da war auch die nahende Ankunft von Mellersh, dieses Mellersh, vor dem Lotty erst kürzlich geflüchtet war. Alles schön und gut, dieses Gefühl, daß man teilen und die entsprechende *beau geste* machen sollte, aber die *beaux gestes*, die Krümel kennengelernt hatte, hatten niemanden glücklich gemacht. Niemand mochte es eigentlich, Objekt einer solchen Geste zu sein, und es implizierte immer Anstrengung für denjenigen, der sie machte. Dennoch, sie mußte zugeben, an Lotty war nichts Angestrengtes; es war unverkennbar, alles, was sie tat und sagte, war unangestrengt, und sie war schlicht und einfach glücklich.

Und das war Mrs. Wilkins auch; denn ihre Zweifel, ob die Zeit wohl reichte, genügend Gelassenheit zu bekommen, um so gelassen auch in Mellershs Gesellschaft zu sein, wenn sie die rund um die Uhr hatte, waren bis Mitte der Woche verschwunden, und sie hatte das Gefühl, nichts könnte sie erschüttern. Sie war bereit für alles. Sie war eingepfropft, fest verwurzelt im

Paradies. Was immer auch Mellersh sagen oder tun würde, keinen Zentimeter rührte sie sich vom Paradies weg, nicht einen Augenblick ließe sie sich hinreißen und wäre mürrisch, um dann raus aus dem Paradies zu sein. Im Gegenteil, sie würde ihn hochziehen zu sich an ihre Seite, und wohlig würden sie beieinandersitzen, umflossen von Licht, und darüber lachen, wie sehr sie sich in Hampstead vor ihm geängstigt hatte und wie trickreich ihre Ängstlichkeit sie hatte werden lassen. Aber sie brauchte ihn gar nicht viel zu ziehen. Nach wenigen Tagen würde er sich dort ganz heimisch fühlen, unwillkürlich emporgetragen von den duftenden Brisen dieses lichten Äthers; und dort würde er sternengeschmückt thronen, dachte Mrs. Wilkins, in deren Bewußtsein, zwischen vielen anderen Bruchstücken, vereinzelt Bruchstücke von Poesie dahintrieben. Sie lächelte ein wenig über ihr Bild von Mellersh, diesem ehrbaren Familienanwalt mit Zylinder und schwarzem Überzieher, sternengeschmückt, aber es war ein liebevolles Lächeln, fast mit mütterlichem Stolz, wie herrlich er in solch glänzendem Aufzug aussehen würde. »Armes Lämmchen«, murmelte sie liebevoll vor sich hin. Und fügte dann hinzu: »Er muß mal richtig ausgelüftet werden.«

Das war während der ersten Hälfte der Woche. Als die zweite begann, an deren Ende Mr. Wilkins erschien, hörte sie sogar damit auf, sich selbst zu versichern, nichts könne sie mehr erschüttern, unwandelbar sei sie durchdrungen vom Geist dieses Ortes, sie dachte einfach nicht mehr daran, nahm es als gegeben hin. Vielleicht ließe es sich so ausdrücken – was sie jedenfalls tat, nicht nur gegenüber sich selbst, sondern auch gegenüber Lady Caroline –: Sie hatte ihren himmlischen Stand gefunden.

Im Gegensatz zu Mrs. Fishers Vorstellung von Schicklichkeit – und selbstverständlich im Gegensatz zu ihr; aber was konnte man anderes von Mrs. Wilkins erwarten? – holte sie ihren Mann nicht in Mezzago ab, sondern spazierte nur zu der Stelle, an der Beppos Droschke ihn und sein Gepäck auf der Straße von Castagneto absetzen würde. Mrs. Fisher paßte Mr. Wilkins' Herkommen nicht, und sie war überzeugt, daß jeder, der Mrs. Wilkins heiraten konnte, zumindest einen Hang zur Unbesonnenheit haben mußte, dennoch, ein Ehemann, wie beschaffen auch immer, sollte ordnungsgemäß abgeholt werden. Mr. Fisher war stets ordnungsgemäß abgeholt worden. Nicht ein einziges Mal in seinem Leben als verheirateter Mann mußte er am Bahnhof aufs Abgeholtwerden verzichten, ebensowenig aufs Hingebrachtwerden. Diese Regeln, diese Höflichkeiten stärkten die Ehebande und gaben einem Mann das Gefühl, sich darauf verlassen zu können, daß seine Frau immer da war. Immer dazusein war das wesentliche Geheimnis einer verheirateten Frau. Was aus Mr. Fisher geworden wäre, wenn sie es versäumt hätte, nach diesem Prinzip zu handeln, wollte sie sich nicht ausmalen. Manches war aus ihm geworden, so wie die Dinge lagen; denn das Eheleben schien, wieviel Umsicht man auch beim Abdichten walten ließ, genügend Schlupflöcher zu haben.

Aber Mrs. Wilkins machte sich keinerlei Mühe. Sie stieg nur singend den Hügel hinunter – Mrs. Fisher konnte sie hören – und las ihren Mann so beiläufig von der Straße auf, als wäre er ein Knopf. Die drei anderen lagen noch im Bett, denn es war zu früh zum Aufstehen, und hörten sie, wie sie da unter ihren Fenstern den Zickzackweg hinablief, um Mr. Wilkins zu treffen, der mit dem Morgenzug ankam, und Krümel lächelte, und Rose seufzte, und Mrs. Fisher klingelte und ordnete an, Francesca möge ihr das Frühstück aufs Zimmer bringen. Alle drei frühstückten an diesem Tag auf ihrem Zimmer, getrieben von dem allgemeinen Instinkt, erst mal in Deckung zu gehen.

Krümel frühstückte immer im Bett, aber auch sie hatte denselben Instinkt, sich zu verbergen, und während des Frühstücks machte sie Pläne, den Tag über dort zu verbringen, wo sie sich gerade befand. Vielleicht wäre es allerdings an diesem Tag nicht so dringlich wie am nächsten Tag. An diesem Tag wäre

Mellersh nach Krümels Einschätzung wohl versorgt. Er wollte bestimmt ein Bad nehmen, und ein Bad zu nehmen in San Salvatore war ein kompliziertes Unterfangen, ein richtiges Abenteuer, zumindest ein warmes Bad im Badezimmer, und es brauchte sehr viel Zeit. Es beanspruchte die Assistenz des ganzen Personals: Domenico und der Junge Giuseppe würden sich geduldig mühen, den Patentofen zum Brennen zu bringen, ihn zu drosseln, wenn er zu heftig brannte, den Blasebalg zu betätigen, wenn er auszugehen drohte, ihn wieder anzumachen, wenn er wirklich ausging; Francesca würde beflissen über dem Wasserhahn kauern, um seinen Ausfluß zu regulieren, denn wenn er zu weit aufgedreht war, würde das Wasser sofort kalt, und wenn er nicht genügend aufgedreht war, würde drinnen der Ofen explodieren und mysteriöserweise das Castello unter Wasser setzen; Costanza und Angela müßten rauf und runter rennen und Eimer mit heißem Wasser aus der Küche holen, um das, was dem Wasserhahn entströmte, noch zu vermehren.

Dieses Bad war erst vor kurzem installiert worden und war sogleich Stolz und Schrecken des Personals. Es war ein Patentmodell. Niemand verstand es ganz. Es gab lange gedruckte Instruktionen an der Wand hinsichtlich seiner korrekten Handhabung, worin der Ausdruck *è pericoloso* wiederholt auftauchte. Als Mrs. Fisher bei ihrer Ankunft sich anschickte, das Badezimmer einzuweihen, und diesen Ausdruck entdeckte, kehrte sie schnurstracks in ihr Zimmer zurück und ordnete statt dessen ein Sitzbad an; und als die anderen herausfanden, was es bedeutete, das Badezimmer zu benutzen, und wie das Personal zögerte, sie dort allein mit dem Ofen zu lassen, und wie Francesca sich ausdrücklich zu gehen weigerte und mit abgekehrtem Rükken den Wasserhahn im Auge behielt und wie die verbliebenen Dienstboten ängstlich vor der Tür warteten, bis der Badende unversehrt wieder herauskam, ließen sie sich ebenfalls ein Sitzbad auf ihr Zimmer bringen.

Mr. Wilkins war jedoch ein Mann und wollte sicherlich ein

Vollbad nehmen. Und das, so rechnete sich Krümel aus, würde ihn eine Zeitlang in Anspruch nehmen. Danach würde er auspacken und anschließend, die Nacht hatte er ja im Zug verbracht, wohl bis zum Abend schlafen. So wäre er den ganzen Tag versorgt und würde bis zum Abendessen nicht auf sie losgelassen.

Daher kam Krümel zu dem Ergebnis, an diesem Tag wäre sie ziemlich sicher im Garten, und stand wie gewöhnlich nach dem Frühstück auf, trödelte wie gewöhnlich beim Anziehen, lauschte aber mit gespitztem Ohr den Geräuschen von Mr. Wilkins' Ankunft; hörte, wie sein Gepäck in Lottys Zimmer auf der anderen Seite des Treppenabsatzes getragen wurde, vernahm seine kultivierte Stimme, mit der er sich als erstes bei Lotty erkundigte: »Geb ich diesem Burschen was?«, und mit der er unmittelbar darauf fragte: »Kann ich ein warmes Bad nehmen?«, und Lottys Stimme, die ihm munter versicherte, er brauche diesem Burschen nichts zu geben, es sei der Gärtner, und selbstverständlich könne er ein warmes Bad nehmen; und bald darauf ertönten auf dem Absatz die vertrauten Laute, die das Herbeischaffen von Brennholz und Wasser verursacht, laufende Füße, schreiende Stimmen – kurzum, all die Vorbereitungen für ein Bad.

Krümel war mit Anziehen fertig und blieb noch am Fenster stehen, wartete, bis sie hören konnte, wie Mr. Wilkins ins Badezimmer ging. Sobald er sicher dort verstaut wäre, würde sie hinaushuschen und sich in ihrem Garten niederlassen und das Forschen nach dem Sinn ihres Lebens wiederaufnehmen. Sie kam mit dem Forschen voran. Das Eindösen war schon viel seltener geworden. Und immer mehr neigte sie dazu, das Wort ›flittrig‹ als richtig für ihre Vergangenheit zu akzeptieren. Sie hatte auch die Befürchtung, mit ihrer Zukunft sehe es schlecht aus.

Da – sie konnte wieder Mr. Wilkins' kultivierte Stimme hören. Lottys Tür hatte sich geöffnet, und er trat gerade heraus und fragte, wohin es zum Badezimmer gehe.

»Da, wo du das Gedränge siehst«, antwortete Lottys Stimme; immer noch munter, wie Krümel erleichtert feststellte.

Seine Schritte tappten den Treppenabsatz entlang, und Lottys Schritte schienen die Treppe hinunterzusteigen, dann schien es eine kurze Auseinandersetzung an der Badezimmertür zu geben; nicht so sehr eine Auseinandersetzung als vielmehr lautes Protestgeschrei auf der einen Seite und nach Krümels Einschätzung wortlose Entschlossenheit, das Bad allein zu nehmen, auf der anderen.

Mr. Wilkins konnte kein Italienisch, und der Ausdruck *è pericoloso* ließ ihn völlig unbeeindruckt; wenn er ihn überhaupt gelesen hätte, aber natürlich nahm er keinerlei Notiz von dem Gedruckten an der Wand. Er wies mit Bestimmtheit die Dienstboten ab, widersetzte sich Domenico, der bis zuletzt versucht hatte, sich mit Macht durch die Tür zu drängen, und schloß sich ein, wie es sich für einen Mann ziemt, der ein Bad nimmt, wobei er, als er seine einfachen Vorbereitungen traf, um in die Wanne zu steigen, unparteiisch über das seltsame Verhaltensmuster dieser Fremden, männlich wie weiblich, nachdachte, die offensichtlich während seines Bades bei ihm bleiben wollten. In Finnland, hatte er gehört, waren die weiblichen Einheimischen nicht nur bei solchen Anlässen anwesend, da schrubbten sie dem badefreudigen Reisenden sogar den Rücken. Er hatte allerdings nicht gehört, daß dies auch auf Italien zutraf, das doch irgendwie der Zivilisation viel näher schien; vielleicht, weil man dorthin fuhr und nicht nach Finnland.

Während Mr. Wilkins unvoreingenommen diesem Gedanken nachhing und sorgsam Italiens Anspruch auf Zivilisation gegen den Finnlands abwägte, stieg er in die Badewanne und drehte den Wasserhahn zu. Instinktiv drehte er den Hahn zu. Das tat man immer so. In den rotgedruckten Instruktionen freilich gab es einen Paragraphen, der besagte, der Wasserhahn sollte ja nicht zugedreht werden, solange noch Feuer im Ofen brannte. Er sollte aufgedreht bleiben, nicht weit, aber auf, bis das Feuer ganz aus war; ansonsten, und hier tauchte wieder der Ausdruck *è pericoloso* auf, würde der Ofen in die Luft fliegen.

Mr. Wilkins stieg also in die Wanne, drehte den Hahn zu, und der Ofen explodierte genau so, wie es die Instruktionen verheißen hatten. Glücklicherweise explodierte er nur im Innern, aber er explodierte mit schrecklichem Getöse, und Mr. Wilkins sprang mit einem Satz aus der Wanne und stürzte zur Tür, und nur der Instinkt, der sich aus Jahren des Praktizierens einstellt, ließ ihn dabei nach einem Handtuch greifen.

Krümel, die auf dem Weg nach draußen schon auf dem Treppenabsatz stand, hörte die Explosion.

›Ojemine‹, schoß es ihr durch den Kopf, als ihr die Instruktionen einfielen, ›da geht er hops, unser Mr. Wilkins!‹

Und sie rannte bis zum Anfang der Treppe, um die Dienstboten zu rufen, und als sie rannte, kam Mr. Wilkins, das Handtuch an sich gepreßt, herausgestürzt, und beide rannten ineinander.

»Verdammtes Bad!« schrie Mr. Wilkins und hatte vielleicht zum ersten Mal in seinem Leben die Beherrschung verloren; er war aber auch völlig durcheinander.

Das war ein Sichbekanntmachen: Mr. Wilkins, nur unvollkommen durch sein Handtuch bedeckt, an dessen einem Ende Schultern und Kopf herausschauten und am anderen seine Beine, und Lady Caroline Dester, um deren Bekanntschaft zu machen er den ganzen Ärger mit seiner Frau heruntergeschluckt hatte und nach Italien gereist war.

Denn Lotty hatte ihm in ihrem Brief geschrieben, wer außer ihr und Mrs. Arbuthnot noch in San Salvatore weilte, und Mr. Wilkins hatte sofort erkannt, dies war eine Gelegenheit, die sich womöglich nie wieder böte. Lotty hatte nur gesagt: »Es sind noch zwei andere Frauen hier, Mrs. Fisher und Lady Caroline Dester«, aber das hatte genügt. Er wußte alles über die

Droitwiches, ihren Reichtum, ihre Verbindungen, ihren Platz in der Geschichte und ihre Macht, sollte es ihnen belieben, diese dahingehend auszuüben, einen weiteren Anwalt glücklich zu machen, indem sie ihn jenen bereits von ihnen beschäftigten Anwälten hinzufügten. Es gab Leute, die einen Anwalt für einen Zweig ihrer Geschäfte eingestellt hatten und einen zweiten für einen anderen Zweig. Die Angelegenheiten der Droitwiches mußten vielzweigig sein. Er hatte auch gehört – er betrachtete es nämlich als Teil seines Berufes, zu hören und das Gehörte in Erinnerung zu behalten –, daß die einzige Tochter schön war. Selbst wenn die Droitwiches seine Dienste nicht benötigten, ihre Tochter könnte es. Schönheit brachte einen in seltsame Situationen; ein guter Rat käme da nie ungelegen. Und sollte keiner von ihnen, weder Eltern noch Tochter, noch einer ihrer brillanten Söhne, ihn in seiner beruflichen Eigenschaft brauchen, war es doch offenkundig eine höchst wertvolle Bekanntschaft. Sie eröffnete Perspektiven und barg zahlreiche Möglichkeiten. Er könnte jahrelang weiter in Hampstead wohnen und nie wieder eine solche Chance bekommen.

Sobald er den Brief seiner Frau erhielt, telegrafierte er und packte. Das hier war eine ernste Sache. Er war nicht der Mann, der Zeit verlor, wenn es zur Sache kam; auch nicht der Mann, der eine Chance aufs Spiel setzte, indem er es versäumte, freundlich zu sein. Er begrüßte seine Frau mit ausgesuchter Freundlichkeit in dem Bewußtsein, Freundlichkeit sei unter solchen Umständen gleichbedeutend mit Weisheit. Außerdem war er tatsächlich freundlich gesonnen – sehr sogar. Wenigstens einmal half Lotty ihm wirklich. Er küßte sie, als er aus Beppos Droschke stieg, mit Herzlichkeit und bedauerte es, daß sie so früh habe aufstehen müssen; er beklagte sich nicht über den steilen Anstieg; heiter erzählte er ihr von seiner Reise, und dazu aufgefordert, bewunderte er ergeben die Aussichten. Alles, was er an diesem ersten Tag tun wollte, war bis ins einzelne in seinem Geist festgelegt: sich rasieren, ein Bad nehmen, frische Kleidung anziehen, etwas schlafen, danach folgte das Mittagessen und die Bekanntmachung mit Lady Caroline.

Während der Zugfahrt hatte er sich die Begrüßungsworte zurechtgelegt, sie mit Bedacht geprüft – ein dezenter Ausdruck seiner Freude, daß er sie kennenlernte, von der er, wie alle Welt, schon gehört hatte –, aber natürlich nur so hingeworfen, ganz leichthin; eine feine Anspielung auf ihre illustren Eltern und die Rolle, die ihre Familie in der Geschichte Englands gespielt hatte, natürlich mit dem gebotenen Takt; ein oder zwei Sätze über ihren ältesten Bruder, Lord Winchcombe, der den V. C.-Orden im letzten Krieg unter Umständen erhalten hatte, die allein schon – er könnte hinzufügen oder auch nicht – das Herz eines jeden Engländers vor Stolz höher schlagen ließe, und damit wären die ersten Schritte auf das hin getan, was sich als Wendepunkt in seiner Karriere herausstellen könnte.

Und hier war er nun . . ., nein, es war zu schrecklich, was könnte schrecklicher sein? Nur mit einem Handtuch bekleidet, wobei ihm Wasser die Beine hinunterlief, dazu dieser Ausruf. Er wußte sofort, daß diese Dame Lady Caroline war; er wußte es im selben Augenblick, da ihm dieser Ausruf entschlüpfte. Ganz selten gebrauchte Mr. Wilkins dieses Wort, und nie, nie in Anwesenheit von Damen oder eines Klienten. Was das Handtuch betraf – warum nur war er gekommen? Warum nicht in Hampstead geblieben? Es würde unmöglich sein, das alles vergessen zu machen.

Aber Mr. Wilkins hatte nicht mit Krümel gerechnet. Sie hatte tatsächlich, als sie seiner ansichtig wurde und das Erstarren seinerseits bei ihrem überraschenden Auftritt, in einer ungeheuren Anstrengung, nicht vor Lachen herauszuplatzen, zuerst das Gesicht verzogen, doch nachdem sie das Lachen unterdrückt hatte und ihr Gesicht wieder ernst war, sagte sie so gelassen, als wäre er durchaus korrekt angezogen: »Wie geht es Ihnen?«

Welch untadliger Takt. Mr. Wilkins hätte sie anbeten können. Dieses feinfühlige Darüberhinwegsehen. Alter Adel, natürlich, der sich hier zeigte.

Überwältigt von Dankbarkeit, nahm er ihre ausgestreckte Hand und sagte nun seinerseits: »Wie geht es Ihnen?«, und allein die Wiederholung dieser so beruhigend englischen Floskel schien die Situation auf wundersame Weise zu normalisieren. Er war tatsächlich sehr erleichtert, und es war so natürlich, sich die Hand zu schütteln und sich förmlich zu begrüßen, daß er seinen schmählichen Aufzug vergaß und wieder zu seinem professionell würdevollen Verhalten fand. Er vergaß zwar, wie er aussah, aber er vergaß nicht, daß dies Lady Caroline Dester war, die Dame, um derentwillen er bis nach Italien gereist war, auch vergaß er nicht, daß es ihr Gesicht war, ihr liebliches und bedeutsames Gesicht, in das er seinen schrecklichen Fluch geschleudert hatte. Er mußte sie auf der Stelle um Verzeihung bitten. Ein solches Wort gegenüber einer Dame – irgendeiner Dame, doch von allen Damen gerade dieser einen hier ...

»Ich fürchte, ich habe mich unverzeihlicher Sprache bedient«, begann Mr. Wilkins bitterernst, so ernst und steif, als wäre er angezogen.

»Mir kam es höchst passend vor«, sagte Krümel, die an die ›Verdammts‹ aus Männermund gewöhnt war.

Mr. Wilkins war unendlich erleichtert und beruhigt über diese Antwort. Sie hatte demnach keinen Anstoß genommen. Alter Adel selbstverständlich. Bloß alter Adel konnte sich eine solch großzügige, eine solch verständnisvolle Haltung leisten.

»Es ist Lady Dester, nicht wahr, mit der ich spreche?« fragte er, wobei seine Stimme noch um eine Nuance gewählter klang als gewöhnlich, denn er mußte sich bemühen, nicht zuviel von dem Vergnügen, der Erleichterung und der Freude des Begnadigten, dem die Absolution erteilt worden ist, mitschwingen zu lassen.

»Ja«, sagte Krümel; und sie konnte nichts dafür, sie mußte, ob sie wollte oder nicht, lächeln. Sie konnte nicht anders. Sie hatte nicht vorgehabt, Mr. Wilkins je anzulächeln; aber dieser Anblick – und obendrein diese Stimme von ihm, der nicht mehr an sein Handtuch zu denken schien und an seine Beine, diese weihevolle Stimme eines Geistlichen.

»Erlauben Sie, daß ich mich vorstelle«, sagte Mr. Wilkins mit der Förmlichkeit, die sich für einen Salon ziemt. »Mein Name ist Mellersh-Wilkins.«

Und instinktiv streckte er bei diesen Worten zum zweiten Mal die Hand aus.

»Das habe ich schon vermutet«, sagte Krümel und ließ sich zum zweiten Mal die Hand schütteln und konnte sich zum zweiten Mal ein Lächeln nicht verkneifen.

Er wollte gerade die erste seiner taktvollen Huldigungen, die er im Zug vorbereitet hatte, anbringen, wobei er sein Nichtbekleidetsein vergaß, er konnte sich ja nicht selbst sehen, als die Dienstboten die Treppe hochgestürmt kamen und Mrs. Fisher auf der Türschwelle ihres Salottos erschien. Denn das alles hatte sich sehr rasch abgespielt, und die Bediensteten in der fernen Küche und die auf ihren Zinnen auf und ab schreitende Mrs. Fisher hatten, als das Getöse erklang, nicht die Zeit gehabt, vor dem zweiten Händeschütteln zu erscheinen.

Als die Dienstboten das gefürchtete Getöse hörten, wußten sie sofort, was passiert war, und eilten schnurstracks ins Badezimmer, um zu versuchen, der Wasserflut Einhalt zu gebieten, wobei sie nicht weiter auf die Handtuch-Gestalt auf dem Treppenabsatz achteten, aber Mrs. Fisher wußte nicht, was das Getöse zu bedeuten hatte, und eilte aus ihrem Zimmer, um sich danach zu erkundigen, und blieb wie angewurzelt auf der Türschwelle stehen. Jeder wäre da wie angewurzelt stehengeblieben. Lady Caroline schüttelte einem Etwas die Hand, das offensichtlich, wäre es denn bekleidet, Mrs. Wilkins' Mann gewesen wäre, und beide unterhielten sich, als wären . . .

Dann bemerkte Krümel Mrs. Fisher. Sie wandte sich ihr sofort zu. »Darf ich Ihnen«, sagte sie taktvoll, »Mr. Mellersh-Wilkins vorstellen. Er ist gerade angekommen. Dies hier«, fügte sie an Mr. Wilkins gewandt hinzu, »ist Mrs. Fisher.«

Und Mr. Wilkins, der überaus zuvorkommend war, reagierte sofort auf diese konventionelle Formel. Als erstes verbeugte er sich vor der älteren Dame auf der Türschwelle, dann ging er auf sie zu, wobei seine nassen Füße auf dem Treppenabsatz Spuren hinterließen, und bei ihr angekommen, streckte er ihr höflich die Hand entgegen.

»Es ist mir ein Vergnügen«, sagte Mr. Wilkins mit seiner so sorgfältig modulierenden Stimme, »eine Freundin meiner Frau kennenzulernen.«

Krümel entschwand in den Garten.

Fünfzehntes Kapitel

Dieser Zwischenfall hatte zur Folge, daß Mrs. Fisher wie auch Lady Caroline, als sie zum Abendessen zusammenkamen, das eigentümliche Gefühl hatten, in einem geheimen Einverständnis mit Mr. Wilkins zu stehen. Er konnte für sie nicht wie jeder andere Mann sein. Er konnte nicht das sein, was er gewesen wäre, hätten sie ihn in korrektem Aufzug kennengelernt. Es war so, als wäre das Eis geschmolzen; sie hatten das Gefühl, vertraut mit ihm zu sein, gleichzeitig empfanden sie Nachsicht ihm gegenüber; fast wie Krankenschwestern, die Patienten oder Kleinkindern beim Bad assistiert haben. Sie hatten Bekanntschaft mit Mr. Wilkins' Beinen gemacht.

Nie wird man erfahren, was Mrs. Fisher ihm an jenem Vormittag im ersten Schreck gesagt hat, aber was Mr. Wilkins ihr darauf antwortete, sich durch ihre Worte seines Zustandes bewußt werdend, war so geschickt als Entschuldigung, so angemessen in der Bestürzung, daß der Vorfall damit endete: sie bedauerte ihn und war ganz und gar beschwichtigt. Schließlich war es ein Unfall, und niemand konnte etwas für Unfälle. Und als sie ihn das nächste Mal beim Abendessen sah, angezogen, elegant, untadelig das Hemd und glattgebürstet das Haar, hatte sie dieses eigentümliche Gefühl eines geheimen Einverständnisses mit ihm, hinzu gesellte sich noch so etwas wie ein fast persönlicher Stolz auf seine Erscheinung, jetzt, da er angezogen war, der sich alsbald auf subtile Weise ausweitete zu einem fast persönlichen Stolz auf alles, was er sagte.

Für Mrs. Fisher gab es keinerlei Zweifel, daß die Gesellschaft eines Mannes der einer Frau bei weitem vorzuziehen war. Mr. Wilkins' Anwesenheit und Konversation hoben doch gleich das Niveau an dieser Tafel von dem eines Bärenzwingers – ja eines Bärenzwingers – zu dem eines zivilisierten geselligen Beisammenseins. Er redete, wie Männer es eben tun, über interessante Themen, und obwohl er sehr zuvorkommend zu Lady Caroline war, zeigte er doch kein Neigung zu affektiertem Lächeln und albernem Geschwätz, wenn er sich an sie wandte. Tatsächlich war er genauso zuvorkommend zu Mrs. Fisher; und als zum ersten Mal bei Tisch die Rede auf die Politik kam, hörte er ihr mit gebührendem Ernst zu, da es sie danach drängte, sich darüber auszulassen, und schenkte ihren Auffassungen die Aufmerksamkeit, die sie verdienten. Er schien eine ebenso hohe Meinung von Lloyd George zu haben wie sie selber, und was die Literatur betraf, auch da war er beschlagen. Es ergab sich diesmal ein wirkliches Gespräch, und er mochte Nüsse. Wieso er Mrs. Wilkins geheiratet hatte, war ein Rätsel.

Lotty ihrerseits schaute mit großen Augen drein. Sie hatte damit gerechnet, daß Mellersh mindestens zwei Tage brauchen würde, bis er dieses Stadium erreichte, aber der Zauber von San Salvatore hatte sofort gewirkt. Nicht nur war er liebenswürdig beim Abendessen, sie hatte ihn immer liebenswürdig beim Abendessen mit anderen erlebt, er war auch privat den ganzen Tag über liebenswürdig gewesen; so liebenswürdig, daß er ihr, als sie sich das Haar bürstete, zu ihrem Aussehen Komplimente gemacht und sie geküßt hatte. Sie geküßt! Und es war weder ein Morgen- noch ein Gutenachtkuß.

Und da das so war, würde sie es bis zum nächsten Tag aufschieben, ihm die Wahrheit über ihren Notgroschen zu erzählen und daß Rose mitnichten seine Gastgeberin war. Ein Jammer, die Dinge zu verderben. Sie hatte vorgehabt, mit allem herauszurücken, sobald er ein wenig ausgeruht war, aber es wäre jammerschade, Mellershs vorzügliche Stimmung an diesem ersten Tag zu zerstören. Auch er sollte richtig Fuß fassen im Paradies. Hätte er erst Fuß gefaßt, würde ihm das alles nichts ausmachen.

Ihr Gesicht strahlte vor Freude über die unmittelbare Wirkung von San Salvatore. Selbst die Katastrophe im Badezimmer, über die man ihr berichtet hatte, als sie aus dem Garten zurückkam, hatte ihn nicht erschüttert. Ganz klar, alles, was er gebraucht hatte, war ein Urlaub. Und wie gefühllos war sie zu ihm gewesen, als *er* sie mit nach Italien nehmen wollte. Aber dieses Arrangement hier war, wie sich zeigte, um vieles besser, auch wenn es nicht ihr Verdienst war. Sie plauderte und lachte fröhlich, jegliche Angst vor ihm war verschwunden, und selbst als sie, beeindruckt von der Tadellosigkeit seines Aufzugs, sagte, er sehe so sauber aus, daß man ihn zum Essen auftischen könnte, und Krümel loslachte, lachte auch Mellersh. Zu Hause hätte er das übel aufgefaßt, vorausgesetzt, sie hätte zu Hause den Mut gehabt, das zu äußern.

Es war ein erfolgreicher Abend. Immer, wenn Krümel Mr. Wilkins anblickte, sah sie ihn in seinem Handtuch, triefend von Wasser, und wurde nachsichtig. Mrs. Fisher war entzückt von ihm. Rose war in Mr. Wilkins' Augen eine würdevolle Gastgeberin, ruhig und würdevoll, und er bewunderte die Art, wie sie auf ihr Recht verzichtete, der Tafel vorzusitzen, zweifellos eine feinfühlige Huldigung an Mrs. Fishers Alter. Mrs. Arbuthnot war, so meinte Mr. Wilkins, von Natur aus zurückhaltend. Sie war die zurückhaltendste der drei Damen. Er hatte sie vor dem Abendessen einen Augenblick allein im Salotto angetroffen und in angemessenen Worten zum Ausdruck gebracht, wie sehr er ihre Freundlichkeit zu würdigen wisse und ihren Wunsch, er möge sich der Gesellschaft anschließen, und sie hatte zurückhaltend reagiert. War sie schüchtern? Wahrscheinlich. Sie war errötet und hatte wie in Abwehr etwas gemurmelt, und dann waren die anderen erschienen. Während des Essens redete sie am wenigsten. Er würde sie natürlich in den nächsten Tagen besser kennenlernen, und gewiß käme dabei etwas Erfreuliches heraus.

Lady Caroline hingegen übertraf alles, was Mr. Wilkins sich erträumt hatte, und sie hatte seine vorbereiteten Anmerkungen, die er geschickt zwischen die Gänge plazierte, huldvoll aufgenommen; Mrs. Fisher war genau die alte Dame, der zu begegnen er sein Berufsleben lang erhofft hatte; und Lotty hatte nicht nur immens hinzugewonnen, sondern stand offensichtlich *au mieux* – Mr. Wilkins wußte, was sich im Französischen gehört – mit Lady Caroline. Den Tag über hatte er sich mit dem Gedanken gequält, wie er ungeachtet seines Nichtangezogenseins dagestanden und mit Lady Caroline geplaudert hatte, und hatte schließlich ein Briefchen geschrieben, in dem er sich förmlich entschuldigte und sie bat, über seine unglaubliche und unverständliche Vergeßlichkeit hinwegzusehen, worauf sie mit Bleistift auf der Rückseite eines Briefumschlags geantwortet hatte: »Machen Sie sich deshalb keine Sorgen.« Und er hatte ihrem Befehl gehorcht und es verdrängt. Und darum schwebte er jetzt in einer Wolke von Zufriedenheit. Bevor er an diesem Abend schlafen ging, zwickte er seine Frau am Ohr. Sie staunte. Diese Liebkosungen . . .

Ja, mehr noch, der nächste Morgen brachte keinen Rückfall bei Mr. Wilkins, und er blieb den ganzen Tag über in dieser Hochgestimmtheit, obwohl es doch der erste Tag der zweiten Woche war und somit Zahltag.

Daß Zahltag war, beschleunigte Lottys Geständnis, die, als

es zur Sache kam, dieses gern noch ein wenig hinausgezögert hätte. Sie hatte keine Angst, sie traute sich jetzt alles zu, aber Mellersh war in großartiger Laune – warum es riskieren, sie so rasch schon zu dämpfen? Als jedoch bald nach dem Frühstück Costanza mit einem Bündel schmuddeliger Zettelchen erschien, worauf mit Bleistift allerhand Summen gekritzelt waren – sie hatte zuerst an Mrs. Fishers Tür geklopft und war fortgeschickt worden, danach an Roses Tür und keine Antwort bekommen; da Rose fort war, fing sie Lotty ab, die Mellersh gerade im Haus herumführte, wies die Zettelchen vor und redete schnell und laut auf sie ein, wobei sie offenbar fragend mit den Schultern zuckte und die Zettelchen vorwies –, da erinnerte sich Lotty daran, daß eine Woche verstrichen war, ohne daß jemand je etwas gezahlt hatte, und der Augenblick gekommen war, Rechnungen zu begleichen.

»Möchte die gute Dame etwas?« erkundigte sich Mr. Wilkins honigsüß.

»Geld«, sagte Lotty.

»Geld?«

»Hier sind die Abrechnungen für die Haushälterin.«

»Nun, damit hast du ja nichts zu tun«, sagte Mr. Wilkins gelassen.

»Oh doch, habe ich . . .«

Und so beschleunigte sich das Geständnis.

Wundervoll, wie Mellersh es aufnahm. Man hätte meinen können, für ihn wäre die einzig vorstellbare Verwendung des Notgroschens immer schon genau das hier gewesen. Er unterwarf sie nicht, wie er es zu Hause getan hätte, einem Kreuzverhör; er nahm ergeben hin, was da herausgesprudelt kam, ihr Geflunker und Getrickse; und als sie zu Ende war und sagte: »Du hast, finde ich, alles Recht der Welt, wütend zu sein, ich hoffe aber, du bist es nicht und verzeihst mir statt dessen«, fragte er bloß: »Was kann wohltuender sein als solch ein Urlaub?«

Worauf sie den Arm durch den seinen schob, ihn drückte und säuselte: »Oh, Mellersh, du bist wirklich reizend!« Vor lauter Stolz auf ihn errötete sie.

Daß er sich so rasch an San Salvatore anpaßte, die Freundlichkeit in Person wurde, zeigte unzweifelhaft, welch wahre Affinität er zu den guten und schönen Dingen hatte. Er gehörte seiner Natur nach an diesen Ort paradiesischer Gelassenheit. Schon ungewöhnlich, wie falsch sie ihn eingeschätzt hatte, er war nämlich von Natur aus ein Kind des Lichts. Man stelle sich vor, er nahm ihr die schreckliche Flunkerei, deren sie sich zu Hause bedient hatte, nicht übel; man stelle sich vor, er ging sogar kommentarlos darüber hinweg. Wundervoll. Oder doch nicht eigentlich wundervoll, denn war er nicht im Paradies? Im Paradies nahm niemand Vergangenes übel, man machte sich gar nicht die Mühe, zu vergeben und zu vergessen, man war viel zu glücklich. Sie drückte fest seinen Arm in ihrer Dankbarkeit und Wertschätzung; und obwohl er den Arm nicht zurückzog, reagierte er nicht auf ihr Drücken. Mr. Wilkins war von seiner Art her kühl und verspürte selten das Verlangen, jemanden zu drücken.

Costanza war, als sie bemerkte, das Wilkins-Paar schenkte ihr nicht mehr genügend Aufmerksamkeit, zurück zu Mrs. Fisher gegangen, die zumindest Italienisch verstand und in den Augen des Personals zudem diejenige der Gesellschaft war, die durch Alter und Auftreten dazu bestimmt schien, die Rechnungen zu bezahlen; und während Mrs. Fisher ihrer Toilette den letzten Schliff gab, denn sie machte sich mit Hut und Schleier, Federboa und Handschuhen bereit zu ihrem ersten Spaziergang im unteren Garten – tatsächlich ihrem ersten seit ihrer Ankunft –, erklärte sie ihr, daß, wenn sie nicht das Geld bekäme, um die Rechnungen der vergangenen Woche zu bezahlen, die Läden von Castagneto sich weigern würden, für die laufende Woche Lebensmittel auf Kredit zu liefern. Ja, nicht einmal Kredit würden sie gewähren, beteuerte Costanza, die reichlich ausgegeben hatte und bestrebt war, ihren Verwandten zu zahlen, was sie ihnen schuldete, und auch herauszufinden, was ihre Herrschaften hinsichtlich der Mahlzeiten für diesen Tag planten. Bald käme die Stunde des *colazione*, und wie konnte es *colazione* geben ohne Fleisch, ohne Fisch, ohne Eier, ohne ...

Mrs. Fisher nahm ihr das Bündel Rechnungen aus der Hand und schaute auf die Endsumme; und sie war derart erstaunt über die Höhe, derart erschrocken über die Extravaganz, die daraus sprach, daß sie sich an ihren Schreibtisch setzte, um sich gründlich mit der ganzen Sache zu beschäftigen.

Costanza verbrachte eine schlimme halbe Stunde. Sie hatte nicht geglaubt, daß Engländer so hinterm Geld her sein konnten. Und dann verstand *la Vecchia*, wie sie in der Küche hieß, auch noch soviel Italienisch, und sie ging mit einer Verbissenheit, die Costanza mit Scham für sie erfüllte, denn ein solches Benehmen war das letzte, was man von großzügigen Engländern erwartete, Posten für Posten durch, verlangte Erklärungen und bestand auf ihnen, bis sie die erhielt.

Es gab keine Erklärungen, außer daß Costanza eine grandiose Woche hinter sich hatte, in der sie nach Gutdünken hatte schalten und walten können, eine Woche herrlicher uneingeschränkter Freiheit, und dies war das Ergebnis.

Da Costanza keine Erklärungen hatte, fing sie an zu weinen. Wie erbärmlich die Vorstellung, sie müsse von nun an unter mißtrauischer Aufsicht kochen; und was würden ihre Verwandten sagen, wenn sie bemerkten, die neuen Aufträge fielen geringer aus? Sie würden sagen, sie habe keinen Einfluß, würden sie verachten.

Costanza weinte, aber Mrs. Fisher blieb ungerührt. In langsamem und großartigem Italienisch, im fließenden Rhythmus der *Inferno*-Cantos teilte sie ihr mit, sie werde keine Rechnungen vor der nächsten Woche bezahlen, und in der Zwischenzeit habe das Essen genausogut wie zuvor zu sein, und das zu einem Viertel des Preises.

Costanza streckte die Hände zum Himmel.

In der darauffolgenden Woche, fuhr Mrs. Fisher ungerührt fort, werde sie, falls alles wunschgemäß abgelaufen sei, das Ganze zahlen. Ansonsten – sie machte eine Pause; denn was sie ansonsten zu tun gedachte, wußte sie selbst nicht. Aber sie machte eine Pause und setzte eine undurchdringliche Miene auf, majestätisch und drohend, und Costanza war eingeschüchtert.

Dann begab sich Mrs. Fisher, nachdem sie Costanza mit einer Geste entlassen hatte, auf die Suche nach Lady Caroline, um sich zu beschweren. Sie hatte den Eindruck gehabt, Lady Caroline gebe die Anweisungen für die Mahlzeiten und sei darum verantwortlich für die Kosten, aber jetzt schien es gar, als sei es von Anfang an der Köchin überlassen gewesen, nach eigenem Gutdünken zu verfahren, was natürlich schändlich war.

Krümel war nicht in ihrem Schlafzimmer, aber der Raum enthielt noch – Mrs. Fisher hatte nämlich die Tür in der Annahme geöffnet, die junge Dame halte sich darin auf und tue nur so, als hörte sie das Klopfen nicht – den Wohlgeruch ihrer Anwesenheit.

»Parfum«, rümpfte Mrs. Fisher die Nase, als sie die Tür wieder schloß, und wünschte sich, Carlyle hätte ein fünfminütiges offenes Gespräch mit dieser jungen Frau führen können. Und dennoch, wer weiß, vielleicht auch er . . .

Sie ging die Treppe hinunter, um im Garten nach ihr zu suchen, und traf in der Halle auf Mr. Wilkins. Er trug einen Hut und zündete sich gerade eine Zigarre an.

Wenn Mrs. Fisher auch nachsichtig gegen Mr. Wilkins gestimmt war und sich nach der morgendlichen Begegnung vom Vortag auf eigentümliche, ja mystische Weise mit ihm verbunden wähnte, konnte sie dennoch eine Zigarre im Hause nicht ertragen. Im Freien duldete sie es, aber es war nicht nötig, dem Laster im Innern des Castellos zu frönen, wenn man sich derart weitläufig im Freien ergehen konnte. Selbst Mr. Fisher, der, so würde sie sagen, eigentlich ein Mann zäher Gewohnheiten gewesen war, hatte schon bald nach der Heirat zumindest diese Gewohnheit fallengelassen.

Mr. Wilkins jedoch zog bei ihrem Anblick eilends den Hut vom Kopf und warf unwillkürlich die Zigarre fort. Er warf sie in das Wasser, das der große Krug mit Madonnenlilien wahrscheinlich enthielt, und Mrs. Fisher, der klar war, welchen Wert Männer ihren frisch angezündeten Zigarren beimessen, war sehr beeindruckt von dieser spontanen und großartigen *amende honorable*.

Aber die Zigarre erreichte nicht das Wasser. Sie verfing sich in den Lilien und rauchte munter zwischen ihnen weiter, ein seltsam und verworfen aussehendes Objekt.

»Wohin gehst du, mein hübsch ...«, begann Mr. Wilkins und trat auf Mrs. Fisher zu, brach aber noch rechtzeitig ab.

Trieb ihn etwa die morgendliche Energie dazu an, Mrs. Fisher mit den Worten eines Kinderliedes anzusprechen? Er war sich nicht einmal bewußt, daß er so etwas kannte. Höchst merkwürdig. Wie konnte das in einem solchen Augenblick in seinem so nüchternen Kopf auftauchen? Er fühlte großen Respekt vor Mrs. Fisher und wollte sie um nichts in der Welt beleidigen, indem er sie als Mädchen ansprach, hübsch oder nicht. Er wünschte sich, auf gutem Fuß mit ihr zu stehen. Sie war eine Frau von geistigen Fähigkeiten und auch, dies seine Vermutung, von Vermögen. Beim Frühstück waren sie bestens miteinander ausgekommen, und er war erstaunt über die offensichtliche Vertrautheit mit bekannten Persönlichkeiten. Viktorianern natürlich; aber nach der Anspannung dieser georgianischen Gesellschaften seines Schwagers in Hampstead Heath war es erholsam, einmal über Viktorianer zu reden. Er hatte das Gefühl, daß sie beide sich famos verstanden. Sie zeigte bereits all die Symptome, die seinem Auge verrieten, demnächst würde sie den Wunsch äußern, seine Klientin zu werden. Um nichts in der Welt würde er sie verletzen wollen. Ihm wurde etwas flau bei dem Gedanken, wie knapp er dem gerade noch entronnen war.

Sie jedoch hatte nichts bemerkt.

»Sie möchten ausgehen«, sagte er galant zu ihr, Bereitschaft signalisierend, falls seine Vermutung zuträfe, daß er sie gern begleiten würde.

»Ich will Lady Caroline finden«, sagte Mrs. Fisher und schritt auf die Glastür zu, die zum oberen Garten hinausführte.

»Ein angenehmes Vorhaben«, bemerkte Mr. Wilkins. »Darf ich Ihnen bei der Suche helfen? Erlauben Sie mir . . .«, fügte er hinzu und öffnete die Tür für sie.

»Gewöhnlich sitzt sie in dem Winkel da drüben hinter den Büschen«, sagte Mrs. Fisher. »Und ich weiß nicht, ob es sich um ein angenehmes Vorhaben handelt. Sie hat die Rechnungen ganz unerhört hoch werden lassen und verdient darum Schelte.«

»Lady Caroline?« wunderte sich Mr. Wilkins, der dieser Auffassung nicht folgen konnte. »Was hat Lady Caroline hier, wenn ich fragen darf, mit den Rechnungen zu tun?«

»Die Haushaltsführung war ihr übertragen, und da wir alle denselben Anteil zahlen, hätte es ihr Ehrensache sein sollen . . .«

»Aber . . ., eine Lady Caroline, die den Haushalt für diese Gesellschaft führt? Einer Gesellschaft, der meine Frau angehört? Meine Verehrte, Sie machen mich sprachlos. Wissen Sie nicht, daß sie die Tochter der Droitwiches ist?«

»Oh, das ist es«, sagte Mrs. Fisher und knirschte heftig auf dem Kieselweg, der zum versteckten Winkel führte.

»Das erklärt einiges. Das Durcheinander, das jener Droitwich während des Kriegs in seiner Abteilung angerichtet hat, war ein nationaler Skandal. Es war praktisch Unterschlagung öffentlicher Gelder.«

»Aber es ist unmöglich, versichere ich Ihnen, von der Tochter eines Droitwiches zu erwarten . . .«, begann Mr. Wilkins ernsthaft.

»Die Droitwiches«, unterbrach Mrs. Fisher, »tun hier nichts zur Sache. Übernommene Pflichten sollten erfüllt werden. Ich habe nicht die Absicht, mein Geld wegen irgendeinem Droitwich aus dem Fenster zu werfen.«

Eine eigensinnige alte Dame. Vielleicht doch nicht so einfach im Umgang, wie er erhofft hatte. Aber reich. Nur der Sicherheit großen Reichtums war es zuzuschreiben, daß sie die Droitwiches derart abkanzelte. Lotty war, als er sie befragt hatte, unbestimmt hinsichtlich ihrer finanziellen Verhältnisse gewesen, hatte ihr Haus als Mausoleum beschrieben, in dem Goldfische schwammen; aber jetzt war er sich sicher, daß sie mehr als begütert war. Dennoch, ihm wäre es lieber gewesen, ihr jetzt nicht Gesellschaft leisten zu müssen, denn er spürte nicht das geringste Verlangen, einem solchen Spektakel wie dem Ausschelten Lady Caroline Desters beizuwohnen.

Und wieder hatte er nicht mit Krümel gerechnet. Was immer sie empfand, als sie aufblickte und Mr. Wilkins gewahrte, der somit schon am ersten Morgen ihren Winkel entdeckte, ihr Gesicht drückte nur engelhafte Sanftheit aus. Sie nahm die Füße von der Brustwehr, als Mrs. Fisher sich darauf setzte, und lauschte mit Ernst ihren einleitenden Bemerkungen, daß sie kein Geld habe, um es für unbesonnene und zügellose Haushaltsausgaben zu verschleudern, unterbrach dann deren Redefluß, indem sie eines der Kissen hinter ihrem Kopf hervorholte und es ihr anbot.

»Setzen Sie sich hier drauf«, sagte Krümel und streckte es ihr hin. »Das ist viel bequemer.«

Mr. Wilkins sprang auf, um es ihr abzunehmen.

»Ah, vielen Dank«, sagte Mrs. Fisher, unterbrochen in ihren Vorhaltungen.

Es war schwierig, wieder in Schwung zu kommen. Mr. Wilkins schob das Kissen in eifrigem Bemühen zwischen die leicht sich erhebende Mrs. Fisher und den Stein der Brustwehr, und wieder mußte sie sich bedanken. Auch das eine Unterbrechung. Außerdem sagte Lady Caroline nichts zu ihrer Verteidigung; sie blickte sie bloß an und lauschte mit dem Gesicht eines aufmerksamen Engels.

Mr. Wilkins erschien es schwierig, eine Dester auszuschelten, die diesen Ausdruck hatte und sich in einem so vollkommenen Schweigen erging. Ihn freute es auch zu sehen, daß es Mrs. Fisher selbst allmählich schwerfiel, denn ihre Schärfe ließ nach, und sie schloß mit den lahmen Worten: »Sie hätten mir sagen sollen, Sie kümmern sich nicht darum.«

»Ich wußte nicht, daß Sie der Auffassung waren, daß ich mich darum kümmere«, sagte die liebliche Stimme.

»Ich würde jetzt gern wissen«, sagte Mrs. Fisher, »was Sie für den Rest der Zeit hier zu tun gedenken.«

»Nichts«, sagte Krümel lächelnd.

»Nichts? Wollen Sie damit sagen ...«

»Wenn Sie mir gestatten, meine Damen«, schaltete sich Mr. Wilkins in seiner verbindlichen, professionellen Weise ein, »einen Vorschlag zu machen« – sie blickten ihn beide an, und in Erinnerung an das erste Zusammentreffen wurden sie nachsichtig gestimmt –, »ich würde Ihnen raten, sich den herrlichen Urlaub nicht mit Sorgen über den Haushalt zu verderben.«

»Genau«, sagte Mrs. Fisher. »Das habe ich nicht vor.«

»Sehr vernünftig«, bestätigte Mr. Wilkins. »Warum also nicht«, fuhr er fort, »der Köchin – übrigens einer exzellenten Köchin – soundso viel pro Kopf *per diem*« – Mr. Wilkins wußte, was sich im Lateinischen gehört – »zugestehen und ihr sagen, daß sie der Summe entsprechend für die Mahlzeiten zu sorgen habe, und nicht nur einfach für die Mahlzeiten zu sorgen, sondern so gut wie bisher? Man könnte das leicht ausrechnen. Die Kosten für ein mittleres Hotel zum Beispiel könnten als Grundlage dienen, halbiert oder sogar geviertelt.«

»Und was ist mit dieser Woche, die gerade zu Ende ist?« fragte Mrs. Fisher. »Diese schrecklichen Rechnungen für die erste Woche? Was ist mit denen?«

»Sie sollen mein Geschenk an San Salvatore sein«, sagte Krümel, der die Vorstellung mißfiel, Lottys Spargroschen würde weit über das hinaus, worauf sie selbst gefaßt war, zusammenschrumpfen.

Schweigen trat ein. Der Boden war Mrs. Fisher unter den Füßen weggezogen.

»Natürlich, wenn es Ihnen gefällt, Ihr Geld zu verschwenden...«, sagte sie schließlich mißbilligend, doch ungemein erleichtert, während Mr. Wilkins sich in Gedanken verlor über die wertvollen Eigenschaften alten Adels. Diese Bereitwilligkeit zum Beispiel, sich nicht übers Geld aufzuregen, diese Großzügigkeit – sie war nicht nur das, was man an anderen bewunderte, vielleicht am meisten bewunderte, sondern sie war so außerordentlich nützlich für die höheren Berufsstände. Wenn man ihr begegnete, sollte sie durch wärmsten Empfang ermutigt werden. Mrs. Fisher war nicht warmherzig. Sie akzeptierte – woraus er schloß, daß Vermögen einherging mit Verschlossenheit –, aber sie akzeptierte widerwillig. Geschenke waren Geschenke, und seiner Meinung nach mußte man sie nicht genau unter die Lupe nehmen; und wenn Lady Caroline ihre Freude daran hatte, seiner Frau und Mrs. Fisher die Verpflegung einer Woche zu spendieren, war es an ihnen, das mit Anstand anzunehmen. Das Schenken sollte man immer fördern.

Im Namen seiner Frau drückte Mr. Wilkins dann aus, was sie bestimmt gern gesagt hätte, und nachdem er Lady Caroline gegenüber geäußert hatte – mit einem Anflug von Heiterkeit, denn Geschenke sollten auf diese Weise angenommen werden, um den Spender nicht verlegen zu machen –, daß sie in diesem Fall also von Anbeginn Gastgeberin seiner Frau gewesen sei, wandte er sich fast übermütig an Mrs. Fisher und wies darauf hin, sie und seine Frau müßten jetzt gemeinsam den üblichen

Dankesbrief für genossene Gastfreundschaft schreiben. »*Lettres de mon moulin*«, sagte Mr. Wilkins, der wußte, was sich in der Literatur gehörte. »Ich ziehe *lettre de mon Castello* dem üblichen Kost-und-Logis-Dankschreiben vor. Sagen wir einfach *lettre*.«

Krümel lächelte fein und streckte ihr Zigarettenetui aus. Mrs. Fisher konnte nicht anders, als besänftigt zu sein. Dank Mr. Wilkins würde sich ein Weg finden, um der Verschwendung Herr zu werden, und sie haßte Verschwendung fast ebensosehr wie das Zahlenmüssen; auch war ein Weg gefunden, wie sich der Haushalt führen ließ. Einen Augenblick lang hatte sie schon gedacht, wenn alle Welt versuchte, ihr in diesen so kurzen Ferien die Haushaltsführung aufzudrängen, sei es aus eigener Gleichgültigkeit (Lady Caroline) oder aus dem Unvermögen, Italienisch zu sprechen (die beiden anderen), müßte sie schließlich doch Kate Lumely kommen lassen. Kate konnte das übernehmen. Kate und sie hatten zusammen Italienisch gelernt. Allerdings durfte Kate nur unter der Bedingung kommen, daß sie den Haushalt führte.

Aber Mr. Wilkins' Methode war ja so viel vorteilhafter. Wirklich höchst souverän, dieser Mann. Keine Gesellschaft war so angenehm und nutzbringend wie die eines intelligenten, nicht zu jungen Mannes. Und als sie aufstand, da die Angelegenheit, wegen der sie gekommen, geregelt war, und sagte, sie wolle jetzt noch vor dem Mittagessen einen kleinen Spaziergang machen, blieb Mr. Wilkins nicht bei Lady Caroline, wie wohl, so ihre Befürchtung, die meisten ihr bekannten Männer, sondern er fragte sie, ob ihr seine Begleitung angenehm wäre; womit er eindeutig das Gespräch einem Gesicht vorzog. Ein vernünftiger, umgänglicher Mann. Ein kluger, belesener Mann. Ein Mann von Welt. Ein Mann. Sie war wirklich sehr froh, daß sie neulich nicht an Kate geschrieben hatte. Was wollte sie mit Kate? Sie hatte einen besseren Gesellschafter gefunden.

Aber Mr. Wilkins begleitete Mrs. Fisher nicht wegen ihrer Unterhaltung, sondern weil Lady Caroline, als Mrs. Fisher aufstand und er aufstand, weil sie aufstand, wobei er einzig und allein sie zum Abschied aus der Nische hatte geleiten wollen, die Füße wieder auf die Brustwehr gestellt, den Kopf seitlich in die Kissen gebettet und die Augen geschlossen hatte.

Die Tochter der Droitwiches wünschte zu schlafen.

Es war nicht an ihm, sie durch sein Bleiben daran zu hindern.

Sechzehntes Kapitel

Und so begann die zweite Woche, und alles war Harmonie. Die Ankunft von Mr. Wilkins hatte die herrschende Harmonie statt sie zu trüben, wie drei von der Gruppe befürchtet hatten und die vierte bloß deshalb nicht, weil sie zuversichtlich an die Wirkung San Salvatores auf ihn glaubte, nur noch vergrößert. Er fügte sich ein. Er war entschlossen zu gefallen, und es gelang ihm. Er war sehr freundlich zu seiner Frau – nicht nur in der Öffentlichkeit, wo sie es gewohnt war, sondern auch im Privaten, wo er es sicherlich nicht gewesen wäre, hätte er es nicht gewollt. Aber er wollte es. Er war ihr so verpflichtet, so zufrieden mit ihr, daß sie ihn mit Lady Caroline bekannt gemacht hatte, daß er sie von ganzem Herzen gern hatte. Auch stolz auf sie; es mußte nämlich, reflektierte er, bei weitem mehr in ihr stecken, als er vermutet hatte, warum sonst wäre Lady Caroline so vertraut mit ihr und so herzlich. Und je mehr er sie behandelte, als wäre sie wirklich liebenswert, desto mehr blühte Lotty auf und wurde wirklich liebenswert, und desto mehr wirkte dies zurück auf ihn, und er wiederum wurde wirklich liebenswert; und so drehten sie sich ständig, aber nicht in einem Circulus vitiosus, sondern wahrlich in einem Circulus virtuosus.

Ja, Mellersh liebkoste sie sogar. Nie hatte es in Mellersh

einen Hang dazu gegeben, denn er war von Natur aus kühl; doch der Einfluß San Salvatores auf ihn war, wie Lotty vermutete, so groß, daß er sie in der zweiten Woche manchmal an beiden Ohren zog, eins nach dem andern, statt bloß an einem; und Lotty, die sich über solche rasch zunehmende Zärtlichkeit wunderte, fragte sich, was er, sollte es bei dieser Geschwindigkeit bleiben, in der dritten Woche machen würde, da ihr Vorrat an Ohren erschöpft war.

Er war besonders nett, was das Waschen in dem kleinen Schlafzimmer betraf, er bemühte sich ernsthaft, nicht zuviel Platz darin zu beanspruchen. Lotty reagierte prompt und bemühte sich noch mehr, ihm nicht im Wege zu sein; und das Zimmer wurde Schauplatz vieler zärtlicher *combats de générosité*, wonach die Zufriedenheit mit dem anderen größer denn je war. Er badete nicht mehr im Badezimmer, obwohl es repariert worden war und ihm zur Verfügung stand, sondern ging in der Früh nach dem Aufwachen zum Meer hinunter und tauchte trotz der morgendlichen Kälte des Wassers schnell einmal unter, wie es sich für einen Mann ziemte, erschien dann, sich die Hände reibend, zum Frühstück und fühlte sich, wie er Mrs. Fisher anvertraute, zu allem bereit.

Nachdem Lottys Glauben an den unwiderstehlichen Einfluß der paradiesischen Stimmung von San Salvatore ganz offensichtlich gerechtfertigt war und Mr. Wilkins, den Rose als beängstigend kennengelernt und Krümel sich als eiskalt vorgestellt hatte, augenscheinlich verändert war, dachten Rose und Krümel nun, daß vielleicht doch etwas an dem war, was Lotty beteuerte, und daß San Salvatore eine läuternde Wirkung auf den Charakter hatte.

Sie neigten um so mehr dazu, als sie selbst ein Wirken in sich verspürten: beide hatten in dieser zweiten Woche das Gefühl, abgeklärter zu sein; Krümel in ihren Gedanken, von denen viele jetzt angenehm waren, ausgesprochen freundliche über ihre Eltern und ihre Verwandten, in denen die Erkenntnis durchschimmerte, welch ungewöhnliche Wohltaten sie empfangen hatte, aus den Händen des ... was? Des Schicksals? Der Vorsehung? – egal, aus wessen Händen, und wie sie, nachdem sie diese empfangen, so schlechten Gebrauch von ihnen gemacht hatte, indem sie nicht glücklich wurde; und obwohl Rose immer noch ein heftiges Sehnen im Herzen verspürte, sehnte sie sich sozusagen ›zweckdienlich‹, denn sie kam allmählich zu der Überzeugung, rein passives Sichsehnen sei völlig nutzlos, und irgendwie müsse sie ihre Sehnsucht unterdrükken oder ihr zumindest eine Chance geben – eine leise, aber dennoch eine Chance –, gestillt zu werden, indem sie an Frederick schrieb und ihn einlud zu kommen.

Wenn Mr. Wilkins geändert werden konnte, warum nicht auch Frederick? Wie wundervoll würde es sein, unglaublich wundervoll, wenn der Ort ihn beeinflußte und sie beide befähigte, einander ein wenig zu verstehen, sogar Freunde zu sein. Rose, deren Charakter sich schon lockerte, ja auflöste, dämmerte es allmählich, ihre hartnäckige Prüderie hinsichtlich seiner Bücher und ihre strikte Inanspruchnahme durch gute Werke seien töricht und womöglich sogar falsch gewesen. Er war ihr Mann, und sie hatte ihn vertrieben. Sie hatte die Liebe vertrieben, die kostbare Liebe, und das konnte nicht gut sein. Hatte Lotty nicht recht, als sie neulich sagte, das einzig Wichtige sei die Liebe? So gesehen, schien alles ohne Bedeutung, wenn es nicht auf Liebe beruhte. Aber einmal vertrieben, konnte sie je zurückkehren? Ja, vielleicht in dieser Schönheit, in dieser Atmosphäre des Glücks, die Lotty und San Salvatore um sich zu verbreiten schienen wie eine himmlische Infektion.

Sie mußte ihn aber zuerst einmal hierherlotsen, und das ließ sich nicht machen, wenn sie ihm nicht schrieb und ihm sagte, wo sie war.

Sie würde schreiben. Sie mußte schreiben; denn täte sie es, gab es zumindest die Chance seines Kommens, unterließe sie es aber, gab es offensichtlich keine. Und wäre er erst einmal hier inmitten dieser Herrlichkeit, wo alles so mildfreundlich und liebreich war, würde es leichter fallen, ihm alles zu erklären, ihn zu bitten, wenigstens den Versuch zu wagen, ihr gemeinsames Leben in Zukunft anders zu gestalten, statt dieser Leere des Nebeneinanders, der Kälte – oh, der Kälte –, der Hohlheit des Glaubens, der Freudlosigkeit guter Taten. Eine Person auf der Welt, eine einzige Person, die zu einem gehörte, nur zu einem selbst, mit der man sprach, die man umsorgte, die man liebte, für die man sich interessierte, war mehr wert als alle Podiumsreden und das Lob aller Vorsitzenden auf der Welt. Es war auch mehr wert – Rose konnte den Gedanken nicht abwehren – als all die Gebete.

Diese Gedanken entsprangen nicht dem Kopf wie bei Krümel, die frei von Sehnsüchten war, sondern dem Herzen. Sie verbargen sich im Herzen; und Rose war es weh ums Herz, und sie fühlte sich furchtbar einsam. Und wenn ihr der Mut sank, wie an den meisten Tagen, und es unmöglich schien, Frederick zu schreiben, schaute sie wieder Mr. Wilkins an und schöpfte Kraft.

Da war er, ein veränderter Mensch. Er ging jede Nacht in jenes kleine unbequeme Zimmer, dessen Enge Lottys einzige Befürchtung gewesen war, und wenn er am Morgen herauskam, und Lotty ebenso, waren beide so unbeschwert und so liebevoll zueinander wie beim Hineingehen. Und war er nicht – nach Lottys eigenem Bekunden zu Hause ein Kritikaster sondergleichen, sobald auch nur das Geringste nicht funktionierte – aus der Badezimmer-Katastrophe unversehrt an Seele hervorgegangen wie Shadrach, Meshach und AbedNego unversehrt an Leib aus dem Feuerofen? Es geschahen Zeichen und Wunder an diesem Ort. Wenn ein Wunder an Mr. Wilkins geschehen konnte, warum nicht auch an Frederick?

Sie stand rasch auf. Ja, sie würde schreiben. Sie würde ihm auf der Stelle schreiben.

Aber angenommen . . .

Sie hielt inne. Angenommen, er antwortete nicht. Antwortete überhaupt nicht.

Und sie setzte sich wieder hin, um noch ein wenig nachzudenken.

In dieser Unschlüssigkeit verbrachte Rose die meiste Zeit der zweiten Woche.

Und wie stand es mit Mrs. Fisher? Ihre Unruhe nahm in dieser zweiten Woche zu. Und zwar in einem solchen Ausmaß, daß sie genausogut ohne ihren privaten Salotto hätte sein können, denn sie schaffte es nicht mehr, ruhig zu sitzen. Nicht einmal zehn Minuten gelang ihr das. Und während die Tage der zweiten Woche verstrichen, gesellte sich zu dieser Unruhe noch das merkwürdige, sie verstörende Empfinden, als steige Lebenssaft in ihr hoch. Sie kannte das Gefühl, denn sie hatte es manchmal als Mädchen in einem besonders plötzlichen Frühling gehabt, wenn Lilien und Fliederbüsche in einer Nacht aufblühten, aber es war seltsam, es nach über fünfzig Jahren wieder zu verspüren. Sie hätte gern mit jemandem darüber gesprochen, aber sie schämte sich. Ein unsinniges Gefühl in ihrem Alter. Doch immer häufiger und mit jedem Tag stärker hatte Mrs. Fisher das lächerliche Gefühl, als würde sie bald knospen.

Mit Strenge versuchte sie dieses ungehörige Gefühl zum Schweigen zu bringen. Also wirklich, knospen. Sie hatte von dürren Stecken gehört, nur noch Stücke toten Holzes, aus denen plötzlich junge Blätter sprossen, allerdings bloß in Legenden. Sie war aber nicht in einer Legende. Sie wußte nur allzu gut, was sich ziemte. Ihre Würde verlangte, daß sie in ihrem Alter nichts mit frischen Trieben zu schaffen hatte; und dennoch, da war es, dieses Gefühl, sie könnte bald schon, in jedem Augenblick, ergrünen.

Mrs. Fisher war durcheinander. Es gab viele Dinge, die sie überhaupt nicht mochte, und eines davon war, wenn die Älteren sich einbildeten, jung zu sein, und sich dementsprechend aufführten. Natürlich bildeten sie sich das bloß ein, sie täuschten sich nur selbst; und wie kläglich waren dann die Resultate. Sie selbst war alt geworden, wie man alt werden sollte – stetig und ruhig. Keine Stockungen, kein verspätetes Nachglühen und keine vereinzelten Rückfälle. Sollte sie sich jetzt nach all diesen Jahren zu irgendeinem unpassenden Ausbruchsversuch verleiten lassen, was für eine Demütigung wäre das.

In der zweiten Woche war sie geradezu dankbar, daß Kate Lumely nicht da war. Es wäre höchst unangenehm, wenn Kate mitkriegte, wie sich in ihrem Verhalten eine Veränderung zeigte. Kate hatte sie ihr Leben lang gekannt. Sie hatte das Gefühl, sie könnte sich eher gehenlassen – hier runzelte Mrs. Fisher die Stirn über dem Buch, auf das sich zu konzentrieren ihr nicht glücken wollte, wieso tauchte überhaupt dieser Ausdruck auf? – und weniger peinlich wäre es vor Fremden als vor einer alten Freundin. Alte Freunde, sinnierte Mrs. Fisher im Glauben, sie läse noch, vergleichen einen ständig mit dem, was man früher war. Dauernd tun sie das, selbst wenn man sich entwickelt. Ein Sichentwickeln war nicht vorgesehen. Sie blicken in die Vergangenheit zurück; erwarten Unbeweglichkeit, sagen wir, nach fünfzig, bis zum Ende deiner Tage.

Das ist, dachte Mrs. Fisher, deren Augen stetig von Zeile zu Zeile bis zum Seitenende wanderten, ohne daß ein Wort in ihr Bewußtsein drang, töricht von den Freunden. Es verdammt einen zu einem frühzeitigen Tod. Man sollte sich kontinuierlich entwickeln (natürlich in Würde), egal, wie alt man ist. Sie hatte nichts dagegen, sich zu entwickeln, weiter zu reifen, denn solange man lebendig war, war man nicht tot – ganz offensichtlich; und Sichentwickeln, Sichverändern, Reifen hieße Leben. Ihr würde allerdings mißfallen, die Reife zu verlieren, wieder zu grünen. Das würde ihr äußerst mißfallen; und genau das stand ihr, so fühlte sie, bevor.

Natürlich war sie deshalb sehr beunruhigt, und nur in ständiger Bewegung konnte sie sich ablenken. Da sie immer ruheloser wurde und sich nicht mehr auf ihre Zinnen beschränken konnte, wanderte sie immer häufiger ziellos in den oberen Garten hinein und wieder hinaus – zu Krümels wachsender Verwunderung, besonders als sie bemerkte, daß Mrs. Fisher bloß einige Minuten die Aussicht betrachtete, welke Blätter von den Rosenbüschen pflückte und wieder zurückpilgerte.

Im Gespräch mit Mr. Wilkins konnte sie sich zeitweise entspannen, doch obwohl er ihr, wann immer es ging, Gesellschaft leistete, war er auch nicht ewig da, denn er verteilte seine Aufmerksamkeit umsichtig zwischen den drei Grazien, und wenn er woanders war, mußte sie sich ihren Gedanken stellen und versuchen, selbst mit ihnen fertig zu werden. Vielleicht war es das Übermaß an Licht und Farbe in San Salvatore, das jeden anderen Ort düster und grau erscheinen ließ; die Prince-of-Wales-Terrace jedenfalls schien mit einem Mal gräßlich düster und grau zu sein, wenn man dorthin zurückkehren mußte – eine dunkle, enge Straße und ihr Haus ebenso dunkel und eng, mit nichts wirklich Lebendigem oder Jungem darin. Die Goldfische konnten kaum lebendig genannt werden, höchstens halblebendig, und mit Sicherheit waren sie nicht mehr jung, und außer denen gab es nur die Hausangestellten, und das waren alte, verstaubte Dinger.

Alte, verstaubte Dinger. Mrs. Fisher hielt in ihren Gedanken inne, verblüfft über diesen seltsamen Ausdruck. Wo war der hergekommen? Wie war es möglich, daß er überhaupt auftauchte? Er hätte von Mrs. Wilkins stammen können, in seiner Leichtfertigkeit, seiner Gewöhnlichkeit. Vielleicht war's einer ihrer Ausdrücke, und sie hatte ihn bei ihr gehört und ihn unbewußt aufgeschnappt.

Wenn das der Fall war, war es bedenklich und übel. Daß dieses alberne Geschöpf sich in Mrs. Fishers Kopf einnisten sollte und dort seine Persönlichkeit behauptete – eine Persönlichkeit, die, trotz der Harmonie, die augenscheinlich zwischen ihr und ihrem intelligenten Mann herrschte, Mrs. Fishers eigener so sehr entgegengesetzt war und weit entfernt von dem, wofür sie Verständnis aufbringen konnte und die ihr lag – und sie mit ihren unerwünschten Phrasen infizierte, war äußerst beunruhigend. Niemals in ihrem Leben hatte sich eine solche Wendung in Mrs. Fishers Kopf eingeschlichen. Niemals in ihrem Leben hatte sie ihre Hausangestellten oder sonst jemanden für alte, verstaubte Dinger gehalten; es waren höchst anständige, saubere Frauen, die jeden Samstagabend das Badezimmer benutzen durften. Ältlich, gewiß, doch das war sie auch, das war ihr Haus, das waren ihre Möbel, das waren ihre Goldfische. Sie waren alle ältlich und, wie es sein sollte, beieinander. Aber es gab einen großen Unterschied zwischen dem, ältlich zu sein, und dem, ein altes verstaubtes Ding zu sein.

Ruskin hatte recht mit seinem Wort: Böse Gesellschaft verdirbt die guten Sitten. Aber war es Ruskin, der das gesagt hatte? Nach reiflichem Überlegen war sie sich nicht sicher, aber dergleichen würde er gesagt haben, wenn er es gesagt hatte, und in jedem Fall stimmte es. Allein schon Mrs. Wilkins während der Mahlzeiten reden zu hören – sie hörte geradezu angestrengt weg, dennoch war es evident, sie hatte Worte aufgenommen –, ihre Gesellschaft also, in der oftmals Gewöhnliches, Taktloses und Lästerliches zu hören war und bedauerlicherweise von Lady Caroline immer mit Lachen quittiert wurde, mußte als böse gelten und beeinträchtigte ihr eigenes Benehmen. Bald würde sie das nicht nur denken, sondern auch aussprechen. Das wäre schrecklich. Wenn ihr Ausbruch sich so gestalten sollte, nämlich sich ungehörig auszudrücken, dann, befürchtete Mrs. Fisher, würde es ihr schwerfallen, dies mit einem Mindestmaß an Gelassenheit hinzunehmen.

An diesem Punkt wünschte sich Mrs. Fisher mehr denn je, sie könnte mit jemand Verständnisvollem über ihre ungewöhnlichen Empfindungen sprechen. Es gab aber niemanden, der sie verstehen würde, außer eben Mrs. Wilkins. Ja, sie. Mrs. Fisher war überzeugt, sie würde sofort wissen, wie sie sich fühlte. Aber das war unmöglich. Erniedrigend wäre das, wie wenn man ausgerechnet die Mikrobe, die einen gerade infiziert, um Schutz gegen die Krankheit bäte.

Und so litt sie weiterhin still an ihren Gefühlen und ließ sich von ihnen zu jenen häufigen und zwecklosen Auftritten im oberen Garten treiben, die bald sogar Krümels Aufmerksamkeit erregten.

Krümel hatte das vor einiger Zeit schon bemerkt und vage Vermutungen über die Ursache davon angestellt, als Mr. Wilkins sie eines Morgens, während er die Kissen für sie zurechtrückte, fragte – er hatte es zu seinem Privileg gemacht, Lady Caroline täglich zum bequemen Sitzen zu verhelfen –, ob etwas mit Mrs. Fisher los sei.

Just in dem Augenblick stand Mrs. Fisher an der östlichen Brustwehr, hatte die Augen abgeschirmt und betrachtete prüfend die fernen weißen Häuser von Mezzago. Sie konnten sie durch die Zweige des Seidelbasts sehen.

»Ich weiß nicht«, antwortete Krümel.

»Sie ist, nehme ich an, eine Dame«, sagte Mr. Wilkins, »die nicht dazu neigt, sich bedrücken zu lassen?«

»Das denke ich auch«, sagte Krümel lächelnd.

»Wenn etwas sie bedrückt, und ihre Ruhelosigkeit scheint darauf hinzudeuten, wäre ich nur zu froh, ihr mit Rat und Tat zur Seite zu stehen.«

»Das wäre sehr freundlich von Ihnen.«

»Natürlich hat sie ihren eigenen Rechtsberater, aber der ist nicht zur Hand. Ich schon. Und einen Anwalt zur Hand haben«, sagte Mr. Wilkins, der bestrebt war, seiner Konversation, wenn er mit Lady Caroline sprach, einen leichten Ton zu verleihen, da er sich bewußt war, jungen Damen durfte man nicht schwerfällig kommen, »ist mehr wert als zwei Anwälte in..., um das Sprichwort nicht banal enden zu lassen, sagen wir darum einfach: London.«

»Sie sollten sie fragen.«

»Sie fragen, ob sie Beistand braucht? Würden Sie das raten? Wäre das nicht ein wenig – ein wenig heikel, eine solche Frage zu berühren, ob eine Dame bedrückt ist oder nicht?«

»Vielleicht sagt sie es Ihnen, wenn Sie mit ihr reden. Ich glaube, Mrs. Fisher muß sich einsam fühlen.«

»Sie sind so aufmerksam und rücksichtsvoll«, erklärte Mr. Wilkins feierlich und wünschte sich zum ersten Mal in seinem Leben, Ausländer zu sein, dann könnte er ihre Hand beim Weggehen galant küssen, so trollte er sich gehorsam von dannen, um Mrs. Fishers Einsamkeit zu mildern.

Schon erstaunlich, wie viele Varianten sich Krümel für Mr. Wilkins' Abgänge einfallen ließ. Jeden Morgen fand sie eine andere Möglichkeit, um ihn fortzuschicken, ihn, der zufrieden damit war, daß er die Kissen für sie zurechtgerückt hatte. Sie erlaubte ihm, die Kissen zurechtzurücken, denn sie hatte in den Anfangsminuten des ersten Abends gleich registriert, daß ihre Befürchtung, er werde ihr nicht von der Seite weichen und sie bewundernd angaffen, grundlos war. Das war nicht Mr. Wilkins' Art. Er war dazu, wie sie instinktiv fühlte, nicht nur nicht imstande, er hätte es, wenn doch, bei ihr nicht gewagt. Er war die Ehrerbietung in Person. Sie konnte seine sie betreffenden Schritte durch Zucken mit der Augenwimper lenken. Er wollte nichts als gehorchen. Sie war bereit gewesen, ihn zu mögen, falls er ihr nur den Gefallen täte, sie nicht zu bewundern, und sie mochte ihn. Sie vergaß nicht, wie rührend schutzlos er am ersten Morgen in seinem Handtuch gewirkt hatte, und er amüsierte sie, und er war lieb zu Lotty. Es stimmte, am meisten mochte sie ihn, wenn er nicht anwesend war, aber andererseits mochte sie ganz allgemein diejenigen am meisten, die nicht anwesend waren. Zweifelsohne war er einer dieser Männer, nach ihrer Erfahrung eine Seltenheit, die Frauen nicht als bloßes Beutestück ansahen. Das Behagen darüber – es vereinfachte nämlich die Beziehungen innerhalb der Gruppe – war riesig. Aus diesem Blickwinkel gesehen war Mr. Wilkins einfach ideal, einzigartig und unschätzbar. Immer, wenn sie an ihn dachte und dazu neigte, bei den Seiten zu verweilen, die an ihm ein wenig langweilig waren, erinnerte sie sich daran und murmelte: »Doch Gold wert.«

Tatsächlich war es Mr. Wilkins' einziges Ziel bei seinem Aufenthalt in San Salvatore, Gold wert zu sein. Um jeden Preis mußten die drei Damen, die nicht seine Frau waren, ihn mögen und ihm vertrauen. Und sobald Schwierigkeiten in ihrem Leben auftauchten – und in welchem Leben tauchten die nicht früher oder später auf? –, würden sie sich daran erinnern, wie verläßlich er war und wie mitfühlend, und sich dann an ihn um Rat wenden. Damen mit Sorgen waren genau das, was er sich wünschte. Seiner Meinung nach bedrückte im Augenblick Lady Caroline nichts, aber soviel Schönheit – denn auch er sah, was offensichtlich war – mußte Schwierigkeiten in der Vergangenheit gemacht haben und weitere nach sich ziehen, bevor es mit ihr zu Ende ging. In der Vergangenheit war er nicht zur Hand gewesen; für die Zukunft hoffte er es zu sein. Und in der Zwischenzeit hatte das Verhalten von Mrs. Fisher, der zweitwichtigsten Dame vom beruflichen Standpunkt aus betrachtet, ganz entschieden etwas Verheißungsvolles an sich. Mit großer Wahrscheinlichkeit bedrückte etwas Mrs. Fisher. Er hatte sie aufmerksam beobachtet und war sich fast sicher.

Mit der dritten Dame, Mrs. Arbuthnot, hatte er am wenigsten Fortschritte gemacht, denn sie war so zurückhaltend und still. Aber könnte nicht gerade diese Zurückhaltung, dieser Drang, den anderen aus dem Weg zu gehen und die Zeit allein zu verbringen, darauf deuten, daß auch sie Sorgen hatte? Wenn das zutraf, dann war er ihr Mann. Er würde sich ihr widmen. Er würde sich ihr anschließen und bei ihr sitzen und sie ermuntern, über sich zu sprechen. Arbuthnot, das hatte Lotty zu verstehen gegeben, war im British Museum angestellt – nichts besonders Wichtiges, aber Mr. Wilkins betrachtete es als seine Aufgabe, die unterschiedlichsten Leute zu kennen. Außerdem war Aufstieg möglich. Der aufgestiegene Arbuthnot könnte jemand werden, der die Mühe durchaus lohnte.

Was Lotty betraf, sie war bezaubernd. Sie hatte wirklich all die guten Eigenschaften, die er ihr in der Zeit seines Werbens zugeschrieben hatte, sie schienen bisher nur in der Schwebe gehalten. Seine Anfangseindrücke von ihr wurden jetzt durch die Zuneigung und sogar Bewunderung, die Lady Caroline für sie zeigte, bestätigt. Lady Caroline Dester war die letzte, davon war er überzeugt, die sich bei dergleichen täuschen ließ. Ihre Weltläufigkeit, ihr ständiger Umgang mit den Besten, mußte sie in solchen Dingen unfehlbar machen. Lotty war offensichtlich so, wie er sie vor der Ehe eingeschätzt hatte: sie war nützlich. Zweifelsohne war sie sehr nützlich gewesen, als sie ihn mit Lady Caroline und Mrs. Fisher bekannt machte. Eine kluge und anziehende Frau könnte einem Mann seines Standes von ungeheurer Hilfe sein. Warum war sie nicht eher so anziehend gewesen? Woher dieses plötzliche Aufblühen?

Mr. Wilkins begann ebenfalls zu glauben, daß es etwas Besonderes mit der Atmosphäre von San Salvatore auf sich hatte, wie Lotty es ihm gleich bei seiner Ankunft mitgeteilt hatte. San Salvatore unterstützte die Entwicklung. Es brachte die verborgenen guten Eigenschaften ans Tageslicht. Und da er zunehmend von seiner Frau angetan, sogar bezaubert war und sehr zufrieden mit dem Fortschritt, den er bei den beiden anderen Damen machte, und dazu hoffnungsvoll, was den Fortschritt bei der zurückhaltenden Dritten anging, konnte sich Mr. Wilkins nicht daran erinnern, je so angenehme Ferien erlebt zu haben. Das einzige, was sich verbessern ließe, war die Form, mit der alle ihn anredeten: Mr. Wilkins. Niemand sagte Mr. Mellersh-Wilkins. Und doch hatte er sich bei Lady Caroline – er zuckte ein wenig zusammen, da ihm die Umstände ihrer ersten Begegnung einfielen – als Mellersh-Wilkins vorgestellt.

Aber das war unbedeutend, nichts, worüber man sich Sorgen machen mußte. Er wäre töricht, sich an solch einem Ort und in solch einer Gesellschaft Sorgen wegen irgend etwas zu machen. Es bekümmerte ihn nicht einmal, was die Ferien kosteten, und er hatte sich entschlossen, nicht nur die eigenen Ausgaben zu bezahlen, sondern auch die seiner Frau, und sie sogar am Ende damit zu überraschen, daß er ihr unangetastet ihren Spargroschen überreichte; und allein das Wissen, daß er eine freudige Überraschung in petto hatte, erwärmte seine Gefühle ihr gegenüber wie nie zuvor.

Tatsächlich verblieb Mr. Wilkins, der damit begonnen hatte, sich bewußt und planmäßig von seiner besten Seite zu zeigen, unbewußt und ohne jegliche Mühe dabei.

Unterdessen tropften die schönen goldenen Tage einer nach dem anderen sanft von der zweiten Woche ab, waren ebenso schön wie die der ersten Woche, und der Duft der Bohnenfelder in Blüte auf dem Hügel hinter dem Dorf wehte jedesmal, wenn ein Lüftchen sich regte, nach San Salvatore herüber. Im Garten verschwanden in der zweiten Woche die Dichternarzissen aus dem hohen Gras am Rande des Zickzackweges, und verwilderte Gladiolen, schlank und rosig, nahmen ihren Platz ein, weiße Nelken erblühten in den Rabatten und erfüllten die Umgebung mit ihrem rauchig-süßen Duft, und ein Busch, den niemand beachtet hatte, stand auf einmal in wohlriechender Pracht und Herrlichkeit da, und es war ein purpurner Fliederbusch. Man konnte an eine derartige Konfusion von Frühling und Sommer nicht glauben, wenn man nicht in diesen Gärten lebte. Alles schien gleichzeitig herauszukommen: das Schöne, was sich in England sparsam auf sechs Monate verteilte, war auf einen Monat zusammengedrängt. Mrs. Wilkins entdeckte eines Tages sogar Primeln in einem kühlen Winkel oben in den

Hügeln; und als sie die zu den Geranien und den Heliotropen von San Salvatore hinunterbrachte, sahen sie eingeschüchtert aus.

Siebzehntes Kapitel

Am ersten Tag der dritten Woche schrieb Rose an Frederick.

Für den Fall, daß sie wieder unschlüssig werden sollte und den Brief nicht einsteckte, gab sie ihn Domenico, damit er ihn zur Post brachte; denn wenn sie jetzt nicht schrieb, bliebe überhaupt keine Zeit mehr übrig. Die Hälfte des Monats in San Salvatore war vorbei. Selbst wenn Frederick gleich nach Erhalt des Briefes aufbrechen würde, was er natürlich nicht konnte, er mußte ja packen, sich um den Paß kümmern und hatte zudem keine besondere Eile zu kommen, konnte er nicht vor fünf Tagen da sein.

Nachdem Rose es getan hatte, wünschte sie sich, sie hätte es doch unterlassen. Er würde nicht kommen. Würde sich nicht die Mühe machen, ihr zu antworten. Und wenn er schriebe, würde er bloß einen Grund vorgeben, zum Beispiel, er wäre zu beschäftigt, um fortreisen zu können; und alles, was sie mit dem Brief erreicht hatte, wäre, noch unglücklicher zu sein.

Was man nicht alles tat, wenn man faulenzte. Diese Wiedererweckung von Frederick, vielmehr der Versuch, ihn wiederzuerwecken, was war es anderes als die Folge des Nichtstuns? Sie wünschte sich, sie wäre niemals in Ferien gefahren. Was wollte sie eigentlich mit Ferien? Arbeit war ihre Rettung; Arbeit war das einzige, was einen schützte, was einen im Gleichgewicht hielt und die eigenen Werte unangetastet. Daheim in Hampstead, in Anspruch genommen und emsig, war es ihr geglückt, über Frederick hinwegzukommen, wobei sie in letzter Zeit nur noch mit leiser Melancholie an ihn dachte, wie man an jemand Geliebtes denkt, der schon lange tot ist; und jetzt hatte sie dieser angenehm-ruhige Ort, diese Untätigkeit darin, in jenen elenden Zustand zurückversetzt, aus dem sie sich vor Jahren so sorgsam befreit hatte. Wenn Frederick tatsächlich käme, würde sie ihn nur langweilen. War ihr nicht bald nach ihrer Ankunft in San Salvatore blitzartig bewußt geworden, daß es genau das war, was ihn von ihr fernhielt? Und warum sollte sie glauben, es sei jetzt nach einer solch langen Entfremdung möglich, daß sie ihn nicht langweilte, nicht wie ein stummer Trottel vor ihm stehen würde, als wären ihrem Geist die Hände gebunden? Was für eine hoffnungslose Lage, sozusagen flehen zu müsssen: »Bitte, warte ein wenig, bitte, sei nicht ungeduldig, ich glaube, bald ist es vorbei mit meinem Langweilertum.«

Tausendmal am Tag wünschte sich Rose, sie hätte Frederick in Ruhe gelassen. Lotty, die sich jeden Morgen erkundigte, ob sie den Brief abgeschickt habe, gab einen Jubellaut von sich, als die Antwort endlich ›ja‹ lautete, und umarmte sie. »Jetzt werden wir *völlig* glücklich sein!« rief die begeisterte Lotty aus.

Aber nichts schien Rose weniger sicher, und ihre Miene wurde von Minute zu Minute bedrückter.

Mr. Wilkins, der herausfinden wollte, was los war, spazierte in seinem Panamahut herum und begann sie wie zufällig zu treffen.

»Ich habe nicht gewußt«, sagte Mr. Wilkins beim ersten Mal, während er höflich den Hut zog, »daß auch Sie gerade für diesen Platz Neigung haben«, und setzte sich neben sie.

Am Nachmittag wählte sie sich einen anderen Platz aus; und kaum war sie eine halbe Stunde dort, bog Mr. Wilkins, leicht den Spazierstock schwingend, um die Ecke.

»Wir sind dazu bestimmt, einander bei unseren Streifzügen zu begegnen«, sagte Mr. Wilkins liebenswürdig und setzte sich neben sie.

Mr. Wilkins war sehr freundlich, und sie hatte ihn, wie sie

sah, in Hampstead falsch beurteilt, dieser hier war der wahre Mr. Wilkins, gereift wie eine Frucht durch die wohltätige Sonne San Salvatores, aber Rose wollte gern allein sein. Dennoch, sie war ihm dankbar, denn er bewies ihr, sie mochte zwar Frederick langweilen, aber lange nicht jeden; wäre es der Fall, hätte er sich wohl kaum bei jeder Gelegenheit zu ihr gesetzt und mit ihr geplaudert, bis es Zeit zum Hineingehen war. Zugegeben, er langweilte sie, aber das war längst nicht so furchtbar, wie wenn sie ihn gelangweilt hätte. Das allerdings hätte ihrer Eitelkeit schwer zugesetzt. Denn jetzt, wo Rose nicht mehr beten konnte, wurde sie von allen möglichen Schwächen angefallen: Eitelkeit, Empfindlichkeit, Reizbarkeit, Streitsucht – fremde, bisher unbekannte Teufel, die sie bestürmten und sich ihres reinen und leeren Herzens bemächtigten. Nie zuvor im Leben war sie eitel, reizbar oder streitsüchtig gewesen. Könnte es sein, daß San Salvatore gegensätzliche Wirkungen hervorrief und daß dieselbe Sonne, die Mr. Wilkins reifen ließ, sie bitter machte?

Am nächsten Morgen ging sie, um sicher zu sein, allein zu bleiben, Mr. Wilkins unterhielt sich nämlich noch vergnügt mit Mrs. Fisher beim Frühstück, zu den Klippen hinunter, wo sie und Lotty am ersten Tag gesessen hatten. Frederick mußte mittlerweile ihren Brief bekommen haben. Heute könnte sie, wenn er wie Mr. Wilkins wäre, ein Telegramm von ihm erhalten.

Sie versuchte, die absurde Hoffnung zu dämpfen, indem sie sich lustig darüber machte. Doch wenn Mr. Wilkins telegrafiert hatte, warum nicht auch Frederick? Der Zauber von San Salvatore verbarg sich anscheinend selbst im Briefpapier. Lotty hatte nicht im Traum daran gedacht, ein Telegramm zu bekommen, und als sie zum Mittagessen erschien, lag es da. Es wäre einfach zu wundervoll, wenn sie zur Mittagessenszeit zurückkäme und ebenfalls eins vorfinden würde . . .

Rose umklammerte ihre Knie. Wie leidenschaftlich sehnte

sie sich danach, wieder wichtig für jemanden zu sein – nicht wichtig auf Rednerbühnen, nicht wichtig als Aktivposten in einer Organisation, sondern wichtig im Privatleben, nur für eine Person, insgeheim, ohne daß sonst jemand es wußte oder bemerkte. Das war doch wohl nicht zuviel verlangt in einer Welt voller Menschen, bloß einen davon ungestört für sich zu haben, nur einen von all den Millionen. Jemand, der einen brauchte, der an einen dachte, der begierig darauf war, zu einem zu kommen ... oh, oh, wie übermächtig war dieses Verlangen, jemandem das Liebste zu sein!

Den ganzen Vormittag saß sie unter der Pinie am Meer. Niemand ließ sich in ihrer Nähe blicken. Die vielen Stunden verstrichen nur langsam; sie dehnten sich unendlich. Aber sie würde nicht vor dem Mittagessen hinaufgehen, sie würde dem Telegramm Zeit lassen ...

An diesem Tag hatte Krümel sich, angetrieben von Lottys Überredungskunst und auch eigener Überlegung, sie habe wohl lange genug herumgesessen, von ihrer Lagerstatt samt Kissen erhoben und war bis zum Abend mit Lotty und einigen Sandwiches in die Hügel hinaufgestiegen. Mr. Wilkins, der sie begleiten wollte, blieb auf Lady Carolines Rat hin bei Mrs. Fisher, um sie in ihrer Einsamkeit aufzumuntern, und obwohl er von seinen Aufmunterungsversuchen gegen elf abließ, um nach Mrs. Arbuthnot Ausschau zu halten, als wolle er auch sie ein Weilchen aufmuntern, somit sich unparteiisch zwischen diesen drei Einsamen aufteilend, kehrte er doch bald schon wieder zurück, sich die Stirn wischend, und führte das Gespräch mit Mrs. Fisher da fort, wo er aufgehört hatte, denn dieses Mal war es Mrs. Arbuthnot geglückt, sich zu verstecken. Außerdem gab es, wie er bemerkt hatte, ein Telegramm für sie. Leider, leider wußte er nicht, wo sie war.

»Sollten wir es öffnen?« fragte er Mrs. Fisher.

»Nein«, antwortete Mrs. Fisher.

»Vielleicht ist eine Antwort erforderlich.«

»Ich halte nichts vom Herumschnüffeln in anderer Leute Korrespondenz.«

»Herumschnüffeln! Aber, meine liebe Dame . . .«

Mr. Wilkins war entsetzt. Was für ein Wort. Herumschnüffeln. Er hatte den allergrößten Respekt vor Mrs. Fisher, gelegentlich fand er sie allerdings ein wenig schwierig. Sie mochte ihn, dessen war er sich sicher, und sie war auf dem Weg, das spürte er, seine Klientin zu werden, aber er hatte die Befürchtung, sie würde eine eigensinnige und heimlichtuerische Klientin sein. Gewiß heimlichtuerisch, denn obwohl er eine Woche lang geschickt und einfühlsam gewesen war, hatte sie ihm nicht den geringsten Hinweis auf das gegeben, was sie so offensichtlich bedrückte.

»Armes altes Ding«, sagte Lotty, als er sie einmal fragte, ob sie vielleicht Licht auf Mrs. Fishers Kümmernisse werfen könne. »Sie hat keine Liebe.«

»Liebe?« konnte Mr. Wilkins nur wiederholen, da er ernsthaft entrüstet war. »Aber, meine Teure – das in ihrem Alter.«

»Liebe *jeder* Art«, sagte Lotty.

Am Morgen noch hatte er seine Frau gefragt, er suchte und schätzte nämlich jetzt ihre Meinung, ob sie ihm sagen könne, was denn mit Mrs. Arbuthnot los sei, denn auch sie blieb, obwohl er sein Bestes getan hatte, sie aus der Reserve herauszulocken, weiterhin zurückhaltend.

»Sie braucht ihren Mann«, sagte Lotty.

»Ah«, sagte Mr. Wilkins, da Mrs. Arbuthnots schüchterne und sittsame Traurigkeit ihm in neuem Licht erschien. Und er fügte hinzu: »Sehr richtig.«

Und Lotty lächelte ihn an: »Ja, tut man.«

Und Mr. Wilkins, sie nun anlächelnd: »Wirklich?«

Und Lotty, wiederum ihn anlächelnd: »Natürlich.«

Und da Mr. Wilkins sehr angetan von ihr war, wenn es auch erst früh am Morgen war, eine Zeit, in der Liebkosungen noch träge daherkommen, zupfte er sie am Ohr.

Kurz vor halb eins kam Rose langsam hinaufgestiegen durch die Pergola zwischen den Kamelien hindurch, die an beiden Seiten der alten Steinstufen wuchsen. Die Bäche von Immergrün, die sich bei ihrer Ankunft über die Stufen ergossen hatten, waren verschwunden, und jetzt standen dort diese Büsche, unglaublich mit all den Röschen. Rosa, weiß, rot, gestreift – sie befühlte sie und roch nacheinander an ihnen, als wolle sie ja nicht zu schnell zu ihrer Enttäuschung kommen. Solange sie nicht den Tisch in der Halle mit eigenen Augen gesehen, völlig leer gesehen hatte, ausgenommen die Blumenschale darauf, konnte sie noch hoffen, konnte sie sich noch an der Vorstellung erfreuen, daß dort ein Telegramm auf sie wartete. Aber Kamelien duften nicht, wie Mr. Wilkins, der am Eingang stehend nach ihr Ausschau hielt und sich auch in der Hortikultur auskannte, sie erinnerte.

Sie schreckte bei seiner Stimme zusammen und blickte auf.

»Ein Telegramm ist für Sie gekommen«, sagte Mr. Wilkins.

Sie starrte ihn mit offenem Mund an.

»Ich habe überall nach Ihnen gesucht, aber vergeblich ...«

Natürlich. Sie wußte es. Die ganze Zeit über hatte sie keinen Zweifel daran gehabt. In diesem Augenblick lebte die Jugend, strahlend und leidenschaftlich, wieder in Rose auf. Sie flog die Stufen hinauf, rot wie die Kamelie, die sie gerade berührt hatte, erreichte die Halle und riß das Telegramm auf, bevor Mr. Wilkins seinen Satz zu Ende gesprochen hatte. Wenn denn wirklich die Dinge so passieren könnten ..., wenn denn, aber das nahm kein Ende ..., wenn sie und Frederick ..., wenn sie wieder ..., wenn endlich ...

»Hoffentlich keine schlechten Nachrichten?« erkundigte sich Mr. Wilkins, der ihr gefolgt war, denn sie blieb, nachdem sie das Telegramm gelesen hatte, wie angewurzelt stehen und blickte starr darauf, mit erblassendem Gesicht. Es war seltsam zu beobachten, wie ihr Gesicht allmählich alle Farbe verlor.

Sie wandte sich Mr. Wilkins mit einem Blick zu, als versuche sie sich zu erinnern, wer er war.

»O nein. Ganz im Gegenteil . . .«

Sie brachte ein Lächeln zustande. »Ich bekomme Besuch«, sagte sie und hielt ihm das Telegramm hin; und als er es genommen hatte, ging sie in Richtung Speisesaal davon und murmelte etwas von fertigem Mittagessen.

Mr. Wilkins las das Telegramm. Es war am Morgen in Mezzago aufgegeben worden und lautete:

Komme auf dem Weg nach Rom vorbei. Darf ich Ihnen heute nachmittag meine Aufwartung machen? *Thomas Briggs.*

Warum sollte dieses Telegramm die interessante Dame zum Erbleichen bringen? Denn ihre Blässe beim Lesen des Telegramms war so auffällig gewesen, daß Mr. Wilkins überzeugt war, es treffe sie ein schwerer Schlag.

»Wer ist Thomas Briggs?« fragte er, als er ihr zum Speisesaal folgte.

Sie sah ihn mit vagem Blick an. »Wer ist . . .?« wiederholte sie und ordnete ihre Gedanken.

»Thomas Briggs.«

»Ach ja. Er ist der Eigentümer. Ihm gehört das Castello. Er ist sehr nett. Er kommt heute nachmittag.«

Thomas Briggs war schon längst unterwegs. Er zuckelte gerade in einer Droschke die Straße zwischen Mezzago und Castagneto entlang und hoffte von Herzen, die dunkeläugige Dame möge verstehen, daß sein einziger Wunsch war, sie zu sehen, und nicht etwa zu prüfen, ob das Castello noch stand. Er war der Ansicht, ein Eigentümer mit Taktgefühl dränge sich seinem Mieter nicht auf. Aber . . ., er hatte seit jenem Tag soviel an sie gedacht. Rose Arbuthnot. Was für ein hübscher Name. Und was für ein hübsches Geschöpf: mild, milchweiß, mütterlich im besten Sinn; im besten Sinn hieß, daß sie nicht seine

Mutter war und es nicht hätte sein können, selbst wenn sie es versucht hätte, denn Eltern waren das einzige, das unmöglich jünger als man selbst sein konnte. Und er hielt sich zufällig in der Nähe auf. Wie absurd, nicht wenigstens kurz vorbeizuschauen, ob es ihr auch gutging. Er sehnte sich danach, sie in seinem Castello zu sehen. Er sehnte sich danach, sie mit seinem Castello als Hintergrund zu sehen, sie auf seinen Sesseln sitzen, aus seinen Kaffeetassen trinken und all seine Dinge gebrauchen zu sehen. Legte sie sich das große karmesinrote Brokatkissen im Salotto hinter ihren kleinen schwarzen Kopf? Ihr Haar und das Weiße ihrer Haut würden sich schön dagegen abheben. Hatte sie ihr Porträt an der Treppe gesehen? Er fragte sich, ob sie es mochte. Er würde es ihr erklären. Wenn sie selbst nicht malte, und sie hatte nichts gesagt, was darauf hindeutete, würde sie vielleicht nicht die Genauigkeit in der Wölbung der Augenbrauen und des Wangengrübchens bemerken . . .

Er ließ die Pferdedroschke in Castagneto warten und überquerte die Piazza, begrüßt von Kindern und Hunden, die ihn alle kannten und plötzlich aus dem Nichts auftauchten, und stieg rasch den Zickzackweg hinauf, denn er war ein tatkräftiger junger Mann, kaum über dreißig, zog an der alten Kette, die die Glocke erklingen ließ, und wartete mit Anstand ordnungsgemäß vor der offenen Tür, um eintreten zu dürfen.

Bei seinem Anblick riß Francesca alles, was nur ging, hoch: Augenbrauen, Augenlider und Hände, und versicherte ihm wortreich, daß alles bestens in Ordnung sei und sie ihre Pflicht tue.

»Aber natürlich, natürlich«, sagte Briggs, ihr das Wort abschneidend. »Daran zweifelt niemand.«

Und er bat sie, ihrer Herrin seine Visitenkarte zu bringen.

»Welcher Herrin?« fragte Francesca.

»Welcher Herrin?«

»Es gibt deren vier«, sagte Francesca, die eine Unregelmäßigkeit seitens der Mieterinnen witterte, da ihr Herr überrascht aussah; und sie war es zufrieden, das Leben war nämlich fad, und Unregelmäßigkeiten belebten es zumindest ein wenig.

»Vier?« wiederholte er überrascht. »Nun, dann bring sie der Gesellschaft«, sagte er, sich wieder fassend, denn er bemerkte ihren Gesichtsausdruck.

Im oberen Garten wurde gerade im Schatten der Pinie Kaffee getrunken. Nur Mrs. Fisher und Mr. Wilkins nahmen ihn, denn Mrs. Arbuthnot war, nachdem sie beim Mittagessen nichts zu sich genommen und geschwiegen hatte, anschließend sofort verschwunden.

Während Francesca mit seiner Karte in den Garten ging, stand ihr Herr an der Treppe und betrachtete das Bild der Madonna von einem frühen italienischen Maler unbekannten Namens, das er in Orvieto entdeckt hatte und das so sehr seiner Mieterin glich. Wirklich frappierend, diese Ähnlichkeit. Natürlich hatte seine Mieterin an jenem Tag in London einen Hut auf, aber er war sich ziemlich sicher, daß ihr Haar auch so aus der Stirne wuchs. Der Ausdruck ihrer Augen, ernst und mild, war genau derselbe. Ihm gefiel der Gedanke, daß er ihr Porträt allezeit haben würde.

Als er Schritte hörte, hob er den Blick und sah sie die Treppe herunterkommen, genauso, wie er es sich für diesen Ort vorgestellt hatte, in Weiß gekleidet.

Sie war erstaunt, ihn so bald schon zu sehen. Sie hatte geglaubt, er würde zur Teezeit auftauchen, und bis dahin wollte sie eigentlich irgendwo im Freien sitzen, um allein zu sein.

Er betrachtete sie mit lebhaftem Interesse, wie sie die Treppe herunterkam. Im nächsten Augenblick würde sie auf der gleichen Höhe mit ihrem Porträt sein.

»Wirklich, ganz ungewöhnlich«, sagte Briggs.

»Guten Tag«, sagte Rose, darauf bedacht, ihn zumindest freundlich zu begrüßen.

Sie konnte ihn nicht aus vollem Herzen willkommen heißen. Er war hier, dachte sie, wobei ihr das Telegramm in der

Seele brannte, anstelle von Frederick, tat, was sie sich von Frederick ersehnt hatte, und nahm seinen Platz ein.

»Bleiben Sie einen Augenblick stehen ...«

Sie gehorchte automatisch.

»Ja, verblüffend. Macht es Ihnen etwas aus, wenn Sie den Hut abnehmen?«

Rose nahm ihn ab, überrascht, aber gehorsam.

»Ja, das habe ich mir doch gedacht, ich wollte bloß sichergehen. Und sehen Sie, haben Sie bemerkt ...«

Er begann, seltsame rasche Bewegungen mit der Hand über das Gesicht auf dem Bild zu machen, schien etwas abzumessen, indem er den Blick zwischen Bild und ihr hin und her wandern ließ.

Roses Überraschtheit wurde Belustigung, sie mußte lächeln. »Sind Sie gekommen, um mich mit meinem Urbild zu vergleichen?« fragte sie.

»Sie sehen selbst, wie ungewöhnlich ähnlich ...«

»Ich habe nicht gewußt, daß ich so ernst aussehe.«

»Tun Sie auch nicht. Jedenfalls jetzt nicht. Vor einer Minute schon, genauso ernst. Ach ja ... Guten Tag«, endete er abrupt, als er ihre ausgestreckte Hand bemerkte. Und er lachte und schüttelte sie, wobei er – eine Eigenheit von ihm – bis in die blonden Haarwurzeln errötete.

Francesca kam zurück. »La Signora Fisher«, sagte sie, »würde sich freuen, *ihn* zu sehen.«

»Wer ist die Signora Fisher?« fragte er Rose.

»Eine der vier, die sich Ihr Castello teilen.«

»Dann gibt es vier hier?«

»Ja. Meine Freundin und ich haben festgestellt, daß wir es uns allein nicht leisten konnten.«

»Ah, hören Sie mal ...«, begann Briggs verwirrt, denn am liebsten hätte er es gehabt, wenn Rose Arbuthnot – hübscher Name – sich gar nichts hätte leisten müssen, sondern einfach als sein Gast in San Salvatore bliebe, solange es ihr gefiel.

»Mrs. Fisher nimmt gerade den Kaffee im oberen Garten«, sagte Rose. »Ich führe Sie dorthin und stelle Sie vor.«

»Ich möchte nicht. Sie haben den Hut auf, also wollten Sie spazierengehen. Darf ich mitkommen? Es würde mir Riesenspaß machen, wenn *Sie* mir alles zeigten.«

»Aber Mrs. Fisher wartet auf Sie.«

»Hält sie sich denn nicht?«

»Doch«, sagte Rose mit dem Lächeln, das ihn am ersten Tag so angezogen hatte. »Vermutlich schon bis zum Tee.«

»Sprechen Sie Italienisch?«

»Nein«, sagte Rose. »Warum?«

Daraufhin wandte er sich an Francesca und teilte ihr mit großer Schnelligkeit mit, denn das Italienische glitt ihm leicht von der Zunge, sie möge zurück zur Signora im oberen Garten gehen und ihr sagen, er habe seine gute Freundin Signora Arbuthnot getroffen und wolle mit ihr einen Spaziergang machen, er werde sich ihr später präsentieren.

»Laden Sie mich zum Tee ein?« fragte er Rose, als Francesca verschwunden war.

»Natürlich. Es ist Ihr Castello.«

»Nein. Es ist das Ihre.«

»Bis Montag nächster Woche«, lächelte sie.

»Zeigen Sie mir nun alles, was es zu bestaunen gibt«, sagte er begierig; und es war selbst Rose klar, die sich so geringschätzte, daß sie Mr. Briggs nicht langweilte.

Achtzehntes Kapitel

Sie hatten einen sehr angenehmen Spaziergang und ließen es sich nicht nehmen, an manch warmen, thymianduftenden Plätzen Rast zu machen, und wenn irgend etwas Rose hätte helfen können, über die bittere Enttäuschung vom Mittag hinwegzukommen, so war es die Gesellschaft und die Unterhaltung von Mr. Briggs. Es gelang ihm tatsächlich, sie abzulenken, und das gleiche passierte, was sich mit Lotty und ihrem Mann zugetragen hatte: Je mehr Mr. Briggs Rose für charmant hielt, desto charmanter wurde sie.

Briggs war ein Mann, der nichts zurückhalten konnte, nie Zeit verlor, wenn es sich vermeiden ließ. Sie waren noch nicht ganz bis zur Landspitze mit dem Leuchtturm vorgedrungen – Briggs hatte sie gebeten, ihm den Leuchtturm zu zeigen, der Weg dorthin war nämlich, wie er wußte, ziemlich eben und breit genug, daß zwei nebeneinanderspazieren konnten –, als er ihr gestand, welchen Eindruck sie in London auf ihn gemacht habe.

Da selbst die frömmsten und vernünftigsten Frauen gern hören, daß sie Eindruck gemacht haben, besonders wenn es nichts mit Charakter oder Verdiensten zu tun hat, freute sie sich. In ihrer Freude lächelte sie. Und lächelnd war sie noch anziehender. Farbe kam in ihre Wangen und Glanz in ihre Augen. Sie hörte sich Dinge sagen, die wirklich ganz interessant klangen, sogar amüsant. Wenn Frederick jetzt zuhörte, dachte sie, würde er vielleicht feststellen, sie war doch nicht eine solch hoffnungslose Langweilerin; denn hier war ein Mann, gutaussehend, jung und bestimmt intelligent – er schien intelligent zu sein, sie wünschte es sehr, denn dann wäre seine Huldigung ja noch bedeutender –, der offensichtlich glücklich war, den Nachmittag plaudernd mit ihr zu verbringen.

Und Mr. Briggs war wirklich interessiert. Er wollte, daß sie ihm alles erzählte, was sie seit ihrer Ankunft getan hatte. Er fragte sie, ob sie dies und das im Castello gesehen habe, was sie am liebsten möge, welches Zimmer sie bewohne, ob sie es bequem habe, ob Francesca sich benehme, ob Domenico sich um sie kümmere und ob sie nicht gern den gelben Salotto benutze, der all die Sonne kriegte und auf Genua blickte.

Rose war beschämt, wie wenig sie im Castello wahrgenommen und wie wenig sie von den Dingen, die er darin als kurios oder schön bezeichnete, überhaupt gesehen hatte. Völlig befangen in Gedanken an Frederick, hatte sie fast blind in San Salvatore gelebt; über die Hälfte der Zeit war verstrichen, und was war dabei herausgekommen? Sie hätte ebensogut in Hampstead Heath hocken und sich sehnen können. Nein, das doch nicht; bei all ihrem blödsinnigen Sehnen war sie sich immer bewußt gewesen, sie war zumindest umgeben von Schönheit; und eben diese Schönheit, dieses Verlangen, sie mit jemandem zu teilen, war es, was das Sehnen ausgelöst hatte.

Mr. Briggs jedoch war viel zu lebendig, als daß sie im Augenblick irgendwelche Aufmerksamkeit für Frederick erübrigen konnte, und als Antwort auf seine Fragen lobte sie das Personal, lobte den gelben Salotto, ohne ihm zu verraten, daß sie nur einmal darin gewesen und schmählich vertrieben worden war, und sie gestand ihm, sie verstehe wenig von Kunst und Antiquitäten, glaube aber, wenn jemand ihr genauer davon spreche, könne sie mehr davon verstehen; weiter berichtete sie, sie habe seit ihrer Ankunft jeden Tag draußen verbracht, weil es draußen einfach herrlich sei und so anders als alles, was sie je gesehen habe.

Briggs spazierte an ihrer Seite *seine* Wege entlang, die glücklicherweise für den Augenblick auch ihre Wege waren, und fühlte, wie ihn die unschuldige Wonne des Familienlebens durchströmte. Er war Waise und Einzelkind dazu, warmherzig und häuslich veranlagt. Eine Schwester hätte er inniglich geliebt und eine Mutter verwöhnt, und er begann gerade mit dem Gedanken zu spielen, sich zu verheiraten; denn obwohl er durchaus glücklich mit seinen verschiedenen Lieben gewesen war, von denen jede, im Gegensatz zu sonstiger Erfahrung, sich am Ende als treue Freundin herausstellte, liebte er Kinder und meinte, er habe jetzt wohl das Alter erreicht, um seßhaft zu werden, und er wollte nicht zu alt sein, wenn sein ältester Sohn zwanzig wäre. San Salvatore war ihm in letzter Zeit etwas verlassen vorgekommen. Er hatte den Eindruck, es hallte schon, wenn er darin umherging. Er hatte sich einsam dort gefühlt; so einsam, daß er es dieses Jahr vorgezogen hatte, einen Frühling auszulassen und das Castello zu vermieten. Es fehlte eine Frau. Es fehlte jener letzte Schliff: Wärme und Schönheit, Briggs dachte nämlich von seiner Frau immer in Begriffen von Wärme und Schönheit; sie würde natürlich schön und liebenswürdig sein. Es amüsierte ihn, wie sehr er sich bereits in diese noch im Unbestimmten existierende Frau verliebt hatte.

So rasch befreundete er sich mit dieser Dame süßen Namens, während er neben ihr zum Leuchtturm spazierte, daß er überzeugt war, binnen kurzem würde er ihr alles über sich erzählen, das, was er in der Vergangenheit getan hatte und für die Zukunft erhoffte; und bei der Vorstellung, wie flugs sich solche Vertrautheit entwickelte, mußte er lachen.

»Warum lachen Sie?« fragte sie und blickte ihn lächelnd an.

»Es ist so, als käme man nach Hause«, sagte er.

»Aber Hierherkommen *ist* für Sie ein Nachhausekommen.«

»Ich meine, *wirklich* wie Nachhausekommen. Zur eigenen . . ., zur eigenen Familie. Ich habe nie eine Familie gehabt. Ich bin Waise.«

»Ach ja?« sagte Rose mit echter Anteilnahme. »Hoffentlich sind Sie es nicht lang gewesen. Nein, ich will sagen, hoffentlich sind Sie es lange gewesen. Nein . . ., ich weiß nicht, was ich sagen will, außer daß es mir leid tut.«

Er lachte erneut. »Ach, das bin ich gewohnt. Ich habe niemanden. Keine Schwestern oder Brüder.«

»Dann sind Sie ein Einzelkind«, bemerkte sie verständig.

»Ja. Und Sie haben etwas an sich, das genau meiner Vorstellung von . . . Familie entspricht.«

Das amüsierte sie.

»So . . . anheimelnd«, sagte er, wobei er sie anblickte auf der Suche nach einem Wort.

»Sie würden das nicht denken, wenn Sie mein Haus in Hampstead Heath sähen«, sagte sie, während vor ihrem Geiste jene schmucklose Wohnung mit den harten Sitzgelegenheiten auftauchte, wo nichts außer dem verpönten und vernachlässigten Dubarry-Sofa weich war. Kein Wunder, dachte sie einen Moment lang scharfsichtig, daß Frederick die Wohnung gemieden hatte. *Seine* Familie hatte nichts Anheimelndes.

»Ich glaube, jeder Ort, an dem Sie gelebt haben, muß einfach Ihren Geist ausstrahlen«, sagte er.

»Sie wollen doch nicht behaupten, San Salvatore gleiche mir?«

»Genau das behaupte ich. Sie müssen zugeben, daß es schön ist?«

Er brachte noch ähnliches vor. Sie genoß ihren Spaziergang. Sie konnte sich seit ihrer Brautzeit an keinen so angenehmen Spaziergang erinnern.

Mit Mr. Briggs im Gefolge erschien sie zum Tee, und ihr Gesichtsausdruck war, wie Mr. Wilkins registrierte, ein ganz anderer als bisher. Schwierigkeiten hier, Schwierigkeiten dort, dachte Mr. Wilkins und rieb sich im Geiste die professionellen Hände. Er sah schon voraus, wie man ihn demnächst zu Rate zog. Einerseits gab es da Mrs. Arbuthnot, andererseits Briggs. Etwas braute sich zusammen, über kurz oder lang würden Schwierigkeiten auftauchen. Warum nur hatte Briggs' Telegramm der Dame fast einen Schlag versetzt? Wenn sie aus übergroßer Freude blaß geworden wäre, dann stünden die Schwierigkeiten noch eher als vermutet vor der Tür. Im Augenblick war sie nicht blaß; sie entsprach mehr ihrem Namen denn je. Nun, er war der Mann bei Schwierigkeiten. Er bedauerte es, selbstverständlich, daß man überhaupt in Schwierigkeiten geriet, aber wenn man sie hatte, war er der richtige Mann für sie.

Und Mr. Wilkins, durch diese Gedanken angespornt, ihm lag seine Karriere sehr am Herzen, begann mit großer Gastfreundschaft, Mr. Briggs alle Ehre zu erweisen, und zwar in seiner Eigenschaft als zeitweiliger Teilhaber am Besitz von San Salvatore und als potentieller Helfer in Schwierigkeiten. Er wies ihn auf all die Besonderheiten des Ortes hin, führte ihn zur Brustwehr und zeigte nach Mezzago, das auf der anderen Seite der Bucht lag.

Mrs. Fisher war ebenfalls huldvoll. Dieses Castello gehörte dem jungen Mann. Er war ein Mann mit Eigentum. Ihr gefiel Eigentum, und ihr gefielen Männer mit Eigentum. Auch schien es ihr ein besonderes Verdienst zu sein, in so jungen Jahren ein Mann mit Eigentum zu sein. Natürlich eine Erbschaft; und Gut zu erben war ehrbarer, als es zu erwerben, es deutete auf Vorfahren; und in einem Zeitalter, in dem die meisten anscheinend keine hatten oder keine haben wollten, gefiel ihr auch das.

So verlief der Tee ausgesprochen angenehm, jeder war leutselig und zufrieden. Briggs hielt Mrs. Fisher für eine liebe alte Dame und zögerte nicht, ihr das zu zeigen; und wieder wirkte der Zauber, und sie wurde eine liebe alte Dame. Sie entwickelte ihm gegenüber Wohlwollen, ein Wohlwollen, das fast spielerisch war und das sogar noch vor Ende des Tees in einige ihrer Bemerkungen, die sie zu ihm machte, die Worte ›mein lieber Junge‹ einfließen ließ.

Seltsame Worte in Mrs. Fishers Mund. Es war nicht auszuschließen, daß sie die je im Leben schon benutzt hatte. Rose staunte. Wie nett die Leute in Wirklichkeit waren. Wann endlich würde sie sich nicht mehr bei ihnen irren? Nie hatte sie diese Seite von Mrs. Fisher geahnt, und sie begann sich zu fragen, ob womöglich die anderen Seiten von ihr, die einzigen ihr bekannten, nicht bloß die Folge ihres eigenen aggressiven und provozierenden Benehmens waren. Wahrscheinlich. Wie garstig sie gewesen sein mußte. Sie war zerknirscht zu sehen, wie Mrs. Fisher vor ihren Augen zu wahrer Freundlichkeit aufblühte, sobald einer erschien, der charmant zu ihr war, und sie hätte vor Scham in den Boden versinken können, als Mrs. Fisher bald auch auflachte, und durch den Schreck darüber wurde ihr klar, daß dieser Laut völlig ungewohnt war. Kein einziges Mal hatten sie oder sonst jemand Mrs. Fisher lachen hören. Eine Anklage gegen die ganze Gruppe! Sie hatten alle schon gelacht, die anderen, irgendwann einmal seit ihrer Ankunft, mancher mehr, mancher weniger, nur Mrs. Fisher nicht. Es war deutlich, daß sie, da sie sich jetzt so gut unterhielt, wie zu sehen war, sich vorher nicht gut unterhalten hatte. Allen war es egal gewesen, ob sie sich gut unterhielt oder nicht, Lotty vielleicht ausgenommen. Ja, Lotty war es nicht egal gewesen, sie wollte, daß sie glücklich war; aber Lotty schien keine so gute Wirkung auf Mrs. Fisher zu haben; was nun Rose selbst betraf, sie konnte keine fünf Minuten mit ihr zusammensein, ohne den Wunsch zu verspüren, den starken Wunsch, sie zu provozieren und ihr Paroli zu bieten.

Furchtbar garstig war sie gewesen. Sie hatte sich unverzeihlich benommen. Ihre Zerknirschtheit verriet sich in einer scheuen und ehrerbietigen Besorgtheit gegenüber Mrs. Fisher, die den Beobachter Briggs dazu brachte, sie für noch engelhafter zu halten und sich einen Moment lang zu wünschen, selbst die alte Dame zu sein, um in den Genuß von Rose Arbuthnots Aufmerksamkeit zu kommen. Augenscheinlich gab es unendlich viele Dinge, die sie mit Liebreiz machen konnte. Er hätte sogar nichts dagegen, Medizin zu schlucken, richtig widerliche Medizin, wenn es Rose wäre, die sich mit der Dosis über ihn beugte.

Sie fühlte seine strahlend blauen Augen, die um so mehr strahlten, als er sonnengebräunt war, mit einem Zwinkern auf sich gerichtet und fragte ihn lächelnd, an was er gerade denke.

Aber das könne er ihr wirklich schlecht verraten, sagte er und fügte hinzu: »Demnächst einmal.«

›Schwierigkeiten, Schwierigkeiten‹, dachte Mr. Wilkins, als er das hörte, und rieb sich im Geiste die Hände. ›Nun, ich bin ihr Mann.‹

»Ich bin überzeugt«, sagte Mrs. Fisher freundlich, »Sie denken nicht etwas, was wir nicht hören dürfen.«

»Ich bin überzeugt«, sagte Briggs, »daß ich Ihnen in einer Woche alle meine Geheimnisse erzähle.«

»Sie würden sie jemandem anvertrauen, bei dem sie sicher aufgehoben sind«, sagte Mrs. Fisher wohlwollend; genau so einen Sohn hätte sie gern gehabt. »Und ich meinerseits«, fuhr sie fort, »würde Ihnen garantiert meine erzählen.«

»O nein«, sagte Mr. Wilkins und paßte sich diesem leichten Ton von *badinage* an, »da muß ich protestieren. Ernsthaft. Ich habe Priorität, ich bin der ältere Freund. Ich kenne Mrs. Fisher seit zehn Tagen, und Sie, Briggs, kennen Sie nicht einmal einen. Ich bestehe auf meinem Recht, als erster ihre Geheimnisse zu erfahren. Das heißt«, fügte er hinzu und verbeugte sich galant, »wenn sie welche hat, was ich, mit Verlaub gesagt, bezweifle.«

»Oh, nicht doch!« rief Mrs. Fisher aus, jenes Gefühl des Aufgrünens im Sinn. Daß sie überhaupt etwas ausrief, war überraschend, daß sie es aber auch noch fröhlich tat, war schon erstaunlich. Rose konnte sie nur mit Verwunderung betrachten.

»Dann werde ich Ihnen die Geheimnisse entlocken«, sagte Briggs mit gleicher Fröhlichkeit.

»Das ist gar nicht nötig«, sagte Mrs. Fisher. »Ich habe Mühe, nicht damit herauszuplatzen.«

So hätte auch Lotty reden können. Mr. Wilkins rückte sein Monokel zurecht, das er für solche Gelegenheiten bei sich trug, und warf einen prüfenden Blick auf Mrs. Fisher. Rose schaute sie an und mußte gleichfalls lächeln, da Mrs. Fisher sehr amüsiert schien, obwohl Rose nicht genau wußte, warum, und ihr Lächeln war ein klein wenig unsicher, denn eine amüsierte Mrs. Fisher war ein völlig neuer Anblick, fast etwas Erhabenes, und es galt, sich erst einmal daran zu gewöhnen.

Mrs. Fisher dachte gerade daran, wie verdutzt die anderen sein würden, wenn sie ihnen von ihrem so seltsamen und erregenden Gefühl erzählen würde, sie müsse bald in Knospen ausbrechen. Sie würden sie für eine lächerliche alte Frau halten, und genau das hätte sie selbst noch vor zwei Tagen gedacht; aber die Vorstellung vom Knospen wurde ihr langsam vertraut, sie war jetzt schon ganz *apprivoisée*, wie der gute Matthew Arnold zu sagen pflegte. Zweifellos wäre es am schönsten, wenn das Äußere den Gefühlen entsprach, aber angenommen, das ginge nicht – und man konnte nicht alles haben –, wäre es dann nicht besser, sich wenigstens teilweise jung zu fühlen, als ganz alt? Es blieb ihr noch genügend Zeit, sich wieder ganz alt zu fühlen, innerlich wie äußerlich, wenn sie zu ihrem Sarkophag in der Prince-of-Wales-Terrace heimkehrte.

Doch wahrscheinlich hätte es ohne Briggs' Ankunft weiterhin bloß insgeheim in Mrs. Fisher gegärt. Die anderen kannten sie nur von ihrer strengen Seite. Sich mit einem Mal entspannt zu geben wäre mehr gewesen, als ihre Würde zulassen konnte, vor allem den drei jungen Frauen gegenüber. Aber da erschien der unbekannte Briggs, ein Unbekannter, der sich gleich zu ihr hingezogen fühlte, wie noch nie ein junger Mann zuvor im Leben, und es war Briggs' Erscheinen, seine ehrliche und offenkundige Wertschätzung für sie – denn genau so eine Großmutter, dachte Briggs, den es nach Familienleben mit allem Drum und Dran hungerte, hätte er gern gehabt –, die Mrs. Fisher aus ihrem Schneckenhaus hervorlockte; und hier war sie endlich, wie Lotty vorausgesagt hatte: zufrieden, gutgelaunt und wohlwollend.

Als Lotty eine halbe Stunde später von ihrem Picknick zurückkam und dem Stimmengewirr im oberen Garten in der Hoffnung folgte, noch Tee zu bekommen, merkte sie sofort, was passiert war, denn Mrs. Fisher lachte gerade auf.

›Sie hat ihren Kokon zerrissen‹, dachte Lotty; und rasch wie in all ihren Bewegungen, impulsiv und ohne Sinn für das Schickliche, der ihr hätte Einhalt gebieten können, beugte sie sich über Mrs. Fishers Stuhlrücken und küßte sie.

»Du meine Güte!« rief Mrs. Fisher aus und fuhr zusammen,

denn dergleichen war ihr seit der ersten Zeit mit Mr. Fisher nicht mehr widerfahren, und auch da nur mit größter Vorsicht. Dieser Kuß gerade eben war ein richtiger Kuß, und er haftete einen Augenblick lang auf Mrs. Fishers Wange mit einer ungewohnten und angenehmen Süße.

Als sie sah, von wem er stammte, überzog sich ihr Gesicht mit einem tiefen Rot. Mrs. Wilkins hatte sie geküßt, und der Kuß war so liebevoll ... Selbst wenn sie es gewollt hätte, sie konnte in Anwesenheit von Mr. Briggs, der sie schätzte, nicht zu ihrer früheren Strenge zurückkehren und wieder mit Verweisen beginnen; aber sie wollte es auch gar nicht. War es möglich, daß Mrs. Wilkins sie leiden konnte, sie die ganze Zeit über hatte leiden können, wohingegen sie selbst sie nicht hatte leiden können? Ein ungewohnter Hauch von Wärme durchdrang den Cordon sanitaire um Mrs. Fishers Herz. Jemand Junges küßte sie, jemand Junges *wünschte* sie zu küssen ... Errötet blickte sie dieses seltsame Geschöpf an, diese Mrs. Wilkins, der offensichtlich nicht bewußt war, was sie da Außergewöhnliches getan hatte, und die gerade Mr. Briggs die Hand schüttelte, da ihr Mann sie mit ihm bekannt machte, und gleich ein freundschaftliches Gespräch mit ihm begann, als hätte sie ihn ihr Leben lang gekannt. Wahrlich, was für ein seltsames Geschöpf. Es wäre durchaus normal, daß man es bei soviel Seltsamkeit womöglich falsch beurteilt hatte ...

»Gewiß möchten Sie Tee«, sagte Briggs mit dem Eifer eines Gastgebers zu Lotty. Er fand sie entzückend, einschließlich ihrer Sommersprossen, ihrer Picknick-Aufgelöstheit und allem. Genau so eine Schwester hätte er ...

»Der ist kalt«, sagte er, als er die Teekanne berührte. »Ich werde Francesca bitten, Ihnen neuen ...«

Er brach ab und wurde rot. »Ich falle wohl aus der Rolle«, sagte er lächelnd und blickte in die Runde.

»Ganz natürlich, ganz natürlich«, beruhigte Mr. Wilkins ihn.

»Ich sage es Francesca«, erbot sich Rose und stand auf.

»Nein, nein«, sagte Briggs. »Gehen Sie nicht.« Und er legte die Hände an den Mund und rief laut:

»Francesca!«

Sie kam angerannt. Keiner Aufforderung war nach allgemeinem Erinnern so rasch Folge geleistet worden.

»Her Master's Voice«, bemerkte Mr. Wilkins; treffend, wie er fand.

»Mach frischen Tee«, ordnete Briggs auf italienisch an. »Subito ...« Und als ihm wieder seine Rolle einfiel, errötete er von neuem und bat sie alle um Entschuldigung.

»Ganz natürlich, ganz natürlich«, beruhigte Mr. Wilkins ihn.

Briggs erklärte Lotty dann, was er bereits zweimal zuvor getan hatte, einmal Rose und das zweite Mal den beiden anderen, daß er auf dem Weg nach Rom sei und gedacht habe, er könne doch in Mezzago unterbrechen und einfach so mal nachschauen, ob sie es bequem hätten, und am nächsten Tag dann seine Reise fortsetzen, wobei er in einem Hotel in Mezzago übernachten wollte.

»Aber das ist lächerlich«, sagte Lotty. »Sie müssen selbstverständlich hierbleiben. Das ist Ihr Castello. Da gibt es Kate Lumleys Zimmer«, fügte sie hinzu und wandte sich an Mrs. Fisher. »Sie hätten doch nichts dagegen, wenn Mr. Briggs es für eine Nacht benutzt?« sagte sie. »Kate Lumley ist nämlich«, sie wandte sich wieder an Briggs, »nicht *drinne*« und lachte.

Und zu ihrer großen Überraschung lachte auch Mrs. Fisher. Sie wußte, daß ihr zu jeder anderen Zeit diese Bemerkung als äußerst ungehörig vorgekommen wäre, jetzt hielt sie die nur für komisch.

Aber nicht doch, versicherte sie Briggs, Kate Lumley befinde sich nicht in besagtem Zimmer. Glücklicherweise, denn sie sei eine ungemein umfangreiche Person und das Zimmer ungemein eng. Kate Lumely könnte da zwar hineinpassen, aber mehr nicht. Wäre sie erst einmal drin, würde sie es so ausfüllen, daß sie wahrscheinlich nie wieder herauskäme. Es stehe ganz zu Mr. Briggs' Verfügung, und sie hoffe, er werde nicht so etwas Absurdes tun, wie in ein Hotel zu gehen: er, der Eigentümer dieses Anwesens.

Rose lauschte dieser Rede mit vor Staunen geweiteten Augen. Mrs. Fisher lachte viel, während sie sprach. Lotty lachte auch viel, und am Ende der Rede beugte sie sich hinunter und küßte sie wieder; küßte sie mehrmals.

»Sie sehen also, mein lieber Junge«, sagte Mrs. Fisher, »Sie müssen hierbleiben und uns allen eine große Freude machen.«

»Ja, wirklich, eine große Freude«, bekräftigte Mr. Wilkins nachdrücklich.

»Eine richtig große Freude«, wiederholte Mrs. Fisher und sah wie eine zufriedene Mutter aus.

»Bitte«, sagte Rose, als Briggs sich mit fragendem Blick an sie wandte.

»Wie freundlich von Ihnen allen«, sagte er, wobei sein Gesicht sich zu einem breiten Lächeln verzog. »Ich wäre sehr gern Gast hier. Was für ein neues Gefühl. Und mit drei solchen...«

Er brach ab und schaute umher. »Sagen Sie«, fragte er, »müßte ich nicht noch eine vierte Gastgeberin haben? Francesca sprach von vier Herrinnen.«

»Ja. Es fehlt noch Lady Caroline«, sagte Lotty.

»Sollten wir dann nicht erst einmal herausfinden, ob sie mich auch einlädt?«

»Oh, aber sie ist sicher...«, begann Lotty.

»Die Tochter der Droitwiches, Briggs«, sagte Mr. Wilkins, »läßt es gewiß nicht an der gebührenden Gastfreundschaft fehlen.«

»Die Tochter der...«, wiederholte Briggs; aber er verstummte, denn dort am Eingang war sie selbst, die Tochter der Droitwiches; vielmehr kam aus dem Dunkel des Eingangs zu ihm heraus in den Glanz des Sonnenuntergangs das, was er noch nie in seinem Leben erblickt, wohl aber erträumt hatte: sein Ideal vollkommener Schönheit.

Neunzehntes Kapitel

Und als sie dann noch sprach . . ., welche Chance gab es da für den armen Briggs? Er war verloren. Alles, was Krümel sagte, als Mr. Wilkins ihn vorstellte, war: »Guten Tag«, aber es genügte: Briggs war ein Verlorener.

Aus dem munteren, gesprächigen, glücklichen jungen Mann, der vor Leben und Freundlichkeit sprühte, wurde ein schweigsamer, ernster Gesell mit Schweißperlen an den Schläfen. Auch unbeholfen wurde er, ließ den Teelöffel fallen, als er ihr die Tasse reichte, und kam nicht mit den Makronen zurecht, so daß eine auf den Boden rollte. Er konnte den Blick nicht eine Sekunde von ihrem liebreizenden Gesicht abwenden; und als Mr. Wilkins über ihn Aufschluß gab, da Briggs selbst es nicht mehr vermochte, informierte er Lady Caroline, sie sehe in Briggs den Eigentümer von San Salvatore vor sich, der zwar auf dem Weg nach Rom sei, aber in Mezzago unterbrochen habe etc., etc., und die drei anderen Damen hätten ihn eingeladen, die Nacht in dem, was in jeder Hinsicht sein eigenes Zuhause sei, zu verbringen statt in einem Hotel, und Mr. Briggs warte nur auf das Zeichen ihrer Zustimmung für diese Einladung, sie sei ja die vierte Gastgeberin; während Mr. Wilkins seine Worte sorgsam abwägte, sich in bewundernswerter Klarheit erging und den Klang seiner eigenen kultivierten Stimme genoß und so Lady Caroline die Situation erklärte, saß Briggs da und sagte kein Wort.

Tiefe Traurigkeit überfiel Krümel. Die Anfangsymptome des Besitzergreifens waren alle vorhanden und nur zu bekannt, und sie wußte, wenn Briggs bliebe, könnte sie ihre Ruhekur womöglich als beendet ansehen.

Dann fiel ihr Kate Lumley ein. Sie klammerte sich an Kate wie an einen Strohhalm.

»Es wäre wunderbar gewesen«, sagte sie und schickte ein leichtes Lächeln zu Briggs hin (der Anstand gebot ihr zu lächeln, zumindest ein wenig, aber selbst das wenige enthüllte das Grübchen, und Briggs' Augen blickten noch unverwandter) – »bloß frage ich mich, ob Platz vorhanden ist.«

»Ja, den gibt's«, sagte Lotty. »Kate Lumleys Zimmer.«

»Ich habe gedacht«, sagte Krümel zu Mrs. Fisher, und es kam Briggs vor, als habe er bis jetzt noch nie Musik gehört, »die Ankunft Ihrer Freundin stehe unmittelbar bevor.«

»Ach nein«, sagte Mrs. Fisher; mit einer seltsamen Gelassenheit, wie Krümel dachte.

»Miss Lumley«, sagte Mr. Wilkins, »oder sollte ich«, erkundigte er sich bei Mrs. Fisher, »Mrs. sagen?«

»Niemand hat Kate je geheiratet«, sagte Mrs. Fisher selbstzufrieden.

»Gut denn. Miss Lumley kommt jedenfalls heute nicht, Lady Caroline, und Mr. Briggs muß – leider, wenn ich das sagen darf – seine Reise morgen fortsetzen, so daß sein Aufenthalt in keiner Weise Miss Lumleys etwaigen Handlungsspielraum beeinträchtigen würde.«

»Dann schließe ich mich natürlich der Einladung an«, sagte Krümel mit der, wie es Briggs erschien, anbetungswürdigsten Herzlichkeit.

Er stammelte etwas, wurde scharlachrot, und Krümel dachte: ›O Gott‹ und drehte den Kopf weg; aber das hatte allein zur Folge, daß Briggs ihr Profil kennenlernte, und wenn es etwas Anmutigeres gab als Krümel en face, dann war es ihr Profil.

Nun gut, es war ja nur dieser eine Nachmittag und der Abend. Zweifellos würde er gleich am Morgen aufbrechen. Es brauchte Stunden bis nach Rom. Schrecklich, wenn er bis zum Nachtzug herumhängen würde. Sie hatte das Gefühl, der Hauptexpreß nach Rom fuhr nachts durch. Warum war das

Weib Frau Kate Lumley denn noch nicht gekommen? Sie hatte sie völlig vergessen, aber jetzt erinnerte sie sich, daß sie eigentlich schon vor zwei Wochen eingeladen worden war. Was war aus ihr geworden? Dieser Mann, wenn man ihn erst hereinließ, würde sie in London besuchen kommen, würde an den Orten auftauchen, wo man sie antreffen konnte. Er hatte, wie ihr erfahrenes Auge sah, die Anlagen eines wahrhaft hartnäckigen Besitzergreifers.

›Wenn denn‹, dachte Mr. Wilkins, als er Briggs' Gesicht und sein jähes Schweigen beobachtete, ›irgendein Einvernehmen zwischen diesem jungen Burschen und Mrs. Arbuthnot existiert hat, entstünden jetzt Schwierigkeiten. Schwierigkeiten ganz anderer Natur, als ich befürchtet habe, in denen Arbuthnot die Hauptrolle gespielt hätte, de facto die des Scheidungsklägers, Schwierigkeiten, die wohl ebenso Hilfe und Rat benötigen, auch wenn es sich um keinen öffentlichen Skandal handelt. Briggs, getrieben von seiner Leidenschaft und ihrer Schönheit, wird um die Tochter der Droitwiches werben. Sie wird ihn, wie es nur natürlich und richtig ist, abweisen. Mrs. Arbuthnot wird, da sie sich kaltgestellt sieht, verletzt sein und dies auch zeigen. Arbuthnot wird bei seiner Ankunft seine Frau, völlig rätselhaft, in Tränen aufgelöst vorfinden. Sich nach der Ursache erkundigend, stößt er auf eisige Zurückhaltung. Weitere Schwierigkeiten lassen sich erahnen, und in mir werden sie ihren Ratgeber suchen und finden. Als Lotty meinte, Mrs. Arbuthnot sehne sich nach ihrem Mann, hat sie sich geirrt. Wonach Mrs. Arbuthnot sich sehnt, ist Briggs, und es sieht ganz so aus, als würde sie ihn nicht bekommen. Nun, ich bin ihr Mann.‹

»Wo ist Ihr Gepäck, Mr. Briggs?« fragte Mrs. Fisher, und ihre Stimme hatte etwas Mütterliches. »Sollte man es nicht holen lassen?« Die Sonne war nun fast im Meer versunken, und die süß duftende Aprilfeuchtigkeit, die unmittelbar ihrem Verschwinden folgte, drang schon in den Garten.

Briggs fuhr zusammen. »Mein Gepäck?« wiederholte er. »Ach ja. Ich muß es holen. Es ist in Mezzago. Ich schicke Domenico. Meine Droschke wartet im Dorf. Er kann darin zurückkommen. Ich gehe es ihm sagen.«

Er stand auf. Mit wem sprach er? Scheinbar zu Mrs. Fisher, doch seine Augen fixierten Krümel, die nichts sagte und niemanden anschaute.

Dann faßte er sich und stammelte: »Tut mir schrecklich leid..., ich vergesse ständig..., ich geh runter und hol es selbst.«

»Aber warum denn nicht Domenico schicken?« fragte Rose; und beim Klang ihrer sanften Stimme wandte er den Kopf.

Ah, da war seine Freundin, die Dame mit dem lieblichen Namen, aber wie hatte sie sich in diesem kurzen Intervall verändert! War es das schwindende Licht, das sie so farblos, so konturenlos, so trüb, so wie ein Geist aussehen ließ? Ein freundlicher guter Geist natürlich und immer noch mit einem hübschen Namen, dennoch nur ein Geist.

Er wandte sich von ihr wieder ab und Krümel zu und vergaß Rose Arbuthnots Existenz. Wie konnte er sich mit irgend jemandem oder irgend etwas abgeben in jenem ersten Augenblick, wo er seinem wahr gewordenen Traum unmittelbar gegenüberstand?

Briggs hatte weder angenommen noch je erhofft, daß es eine Frau geben könnte, die seinem Traum von Schönheit entspräche. Er hatte bis dahin keine Frau getroffen, die sich diesem Traum auch nur annäherte. Jede Menge hübscher Frauen, charmanter Frauen hatte er kennengelernt und gebührend gewürdigt, aber nie die Eine, die Göttliche. Immer hatte er gedacht, ›sollte ich je eine vollkommen schöne Frau sehen, würde ich sterben‹; und wenn er auch nicht starb, nachdem er die seiner Vorstellung nach vollkommen schöne Frau kennenlernte, wurde er doch nahezu unfähig, seine eigenen Angelegenheiten zu erledigen, als wäre es passiert.

Die anderen mußten alles für ihn ordnen. Durch Fragen kriegten sie heraus, daß seine Sachen im Bahnhof von Mezzago aufbewahrt wurden, und sie schickten nach Domenico, und bedrängt und bestürmt von allen, nur nicht von Krümel, die schweigend dasaß und niemanden anschaute, wurde Briggs dazu gebracht, ihm die nötigen Anweisungen zu geben, mit der Droschke zurückzufahren und sein Gepäck zu holen.

Briggs' Zusammenbruch war ein trauriges Spektakel. Jeder bemerkte es, selbst Rose.

›Ojeoje‹, dachte Mrs. Fisher, ›wie doch ein schönes Frätzchen den reizendsten Mann in einen Trottel verwandeln kann, das ist schlicht unerträglich.‹

Und als sie merkte, wie die Luft abkühlte und der Anblick des betörten Briggs sie peinigte, ging sie ins Castello, um sein Zimmer in Ordnung bringen zu lassen, und bedauerte es jetzt, den armen Jungen zum Bleiben gedrängt zu haben. Sie hatte Lady Carolines miesepetriges Gesicht einen Augenblick lang vergessen, und dies um so mehr, als keinerlei schädliche Auswirkungen auf Mr. Wilkins ersichtlich waren. Armer Junge. Auch so charmant, wenn man ihn in Ruhe ließ. Sie konnte zugegebenermaßen Lady Caroline nicht beschuldigen, ihn nicht in Ruhe gelassen zu haben, denn sie nahm keinerlei Notiz von ihm, aber das nutzte nichts. Genau wie dumme Motten umflatterten die Männer, durchaus intelligent in anderer Beziehung, die ungerührt brennende Kerze eines hübschen Gesichts. Sie hatte das mitansehen müssen; hatte das nur zu oft erlebt. Beinah legte sie, als sie an Briggs vorbeiging, in mütterlicher Anwandlung die Hand auf seinen blonden Kopf. Armer Junge.

Krümel stand, nachdem sie ihre Zigarette zu Ende geraucht hatte, auf und ging ebenfalls ins Castello. Sie sah keinen Grund, warum sie dasitzen und Mr. Briggs' Wunsch willfahren sollte, sie anzustarren. Sie wäre gern länger draußen geblieben, um in ihrem Winkel hinter dem Seidelbast zu sitzen, den Sonnenuntergang zu betrachten und zu sehen, wie nach und nach unten im Dorf die Lichter angingen, und die süße Abendfeuchte zu riechen, aber dann würde Mr. Briggs ihr bestimmt folgen.

Die alte bekannte Tyrannei hatte wieder begonnen. Ihre Ferien voller Ruhe und Freiheit waren unterbrochen, vielleicht vorbei, denn wer wußte, ob er morgen überhaupt abfahren würde? Er mochte das Castello, von Kate Lumley vertrieben, vielleicht verlassen, aber nichts könnte ihn daran hindern, Zimmer im Dorf zu mieten und jeden Tag hochzukommen. Diese Tyrannei einer Person über eine andere! Und ihre Physiognomie war leider so beschaffen, daß sie ihn nicht einmal durch finstere Blicke einschüchtern konnte, ohne mißverstanden zu werden.

Krümel, die diese Abenddämmerung in ihrem Winkel liebte, war aufgebracht über Mr. Briggs, der sie daraus verscheuchte, und sie kehrte dem Garten und ihm den Rücken und ging, ohne ein Wort zu sagen, hinein. Sobald Briggs ihre Absicht erkannte, sprang er mit einem Satz auf, entfernte hastig Stühle, die ihr nicht im Weg standen, stieß mit dem Fuß einen Schemel beiseite, der sie nicht störte, eilte zur Tür, die weit offenstand, um sie ihr aufzuhalten, ging hinter ihr hindurch und schritt an ihrer Seite durch die Halle.

Was sollte man bloß mit Mr. Briggs tun? Nun, es war seine Halle; sie konnte ihn nicht am Durchqueren hindern.

»Hoffentlich«, sagte er und konnte, während er neben ihr schritt, seinen Blick nicht von ihr nehmen, so daß er gegen mehrere Gegenstände stieß, denen er sonst ausgewichen wäre – die Kante eines Bücherregals, einen alten geschnitzten Schrank, den Tisch mit den Blumen, worauf das Wasser aus der Vase schwappte –, »fühlen Sie sich wohl hier? Wenn nicht, dann . . ., dann ziehe ich denen die Haut bei lebendigem Leib ab.«

Seine Stimme bebte. Was sollte man bloß mit Mr. Briggs tun? Sie konnte natürlich die ganze Zeit auf ihrem Zimmer bleiben, sagen, sie sei krank, und nicht zum Abendessen erscheinen; andererseits, diese Tyrannei . . .

»Ich fühle mich sehr wohl, danke«, sagte Krümel.

»Hätte ich geahnt, daß Sie kommen«, begann er.

»Ein herrliches altes Castello«, sagte Krümel und tat ihr Äußerstes, kühl und abschreckend zu klingen, doch mit wenig Hoffnung auf Erfolg.

Die Küche befand sich auf diesem Stock, und als sie an ihrer Tür, die einen Spalt offenstand, vorbeigingen, wurden sie von den Dienstboten beobachtet, deren Gedanken, durch Blicke einander mitgeteilt, sich ungefähr durch so einfache Symbole wie ›Aha‹ und ›Oho‹ wiedergeben ließen, Symbole, die ihr Erkennen des Unausweichlichen, ihr Vorhersehen des Unausweichlichen, ihr volles Verständnis und ihren Beifall signalisierten und ausdrückten.

»Gehen Sie nach oben?« fragte Briggs, als sie bei der Treppe zauderte.

»Ja.«

»In welchem Zimmer werden Sie sitzen? Im Salotto oder im kleinen gelben Zimmer?«

»In meinem Zimmer.«

Dann konnte er also nicht mit ihr nach oben gehen; alles, was er tun konnte, war zu warten, bis sie wieder herauskäme.

Wie gerne hätte er sie gefragt, welches ihr Zimmer war – es elektrisierte ihn zu hören, daß sie ein Zimmer in seinem Castello als das ihre bezeichnete –, um sie sich darin vorstellen zu können. Wie gerne hätte er erfahren, ob es durch einen glücklichen Zufall sein Zimmer war, um für alle Zeit danach von ihrem Wunder erfüllt zu sein; aber er traute sich nicht. Er würde das später von jemand anderem herausfinden; Francesca oder sonstwem.

»Dann sehe ich Sie erst zum Abendessen wieder?«

»Das Abendessen ist um acht«, lautete Krümels ausweichende Antwort, als sie nach oben ging.

Er folgte ihr mit den Blicken.

Sie kam an der Madonna vorbei, dem Porträt von Rose Arbuthnot, und die schwarzäugige Gestalt, die er für so liebreizend gehalten hatte, schien zu verblassen, zur Bedeutungslosigkeit zu verkümmern, als sie vorbeikam.

Sie erreichte die Kehre der Treppe, und die untergehende Sonne, die einen Augenblick lang durch das Westfenster auf ihr Gesicht schien, umgab es mit Glorie.

Sie verschwand, und auch die Sonne versank, und die Treppe war dunkel und leer.

Er lauschte, bis ihre Schritte verklangen, und versuchte aus dem Geräusch der sich schließenden Tür zu erraten, welches Zimmer sie betreten hatte, danach wanderte er ziellos durch die Halle zurück und tauchte wieder im oberen Garten auf.

Krümel sah ihn dort von ihrem Fenster. Sie sah Lotty und Rose, die auf der hinteren Brustwehr saßen, wo sie selbst gern gewesen wäre, und sie sah Mr. Wilkins auf Briggs einreden und ihm offensichtlich die Geschichte von dem Oleander mitten im Garten erzählen.

Briggs hörte mit einer Geduld zu, die ihr in Anbetracht dessen, daß es sein Oleander war und die Geschichte seines Vaters, recht liebenswert erschien. Sie erkannte an Mr. Wilkins' Gesten, daß er diese Geschichte erzählte. Domenico hatte sie ihr bald nach ihrer Ankunft erzählt und auch Mrs. Fisher, und die wiederum hatte sie Mr. Wilkins weitererzählt. Mrs. Fisher hielt viel von dieser Geschichte und sprach oft davon. Es ging um einen Spazierstock aus Kirschholz. Briggs' Vater hatte diesen Stock dort an der Stelle in die Erde gestoßen und zu Domenicos Vater, der damals der Gärtner war, gesagt: »Hier werden wir einen Oleander haben.« Und Briggs' Vater ließ den Stock in der Erde, damit Domenicos Vaters es nicht vergaß, und bald darauf – niemand wußte mehr, wieviel Zeit später – begann der Stock auszuschlagen, und es war ein Oleander.

Da stand nun der arme Mr. Briggs, während ihm das erzählt

wurde, und lauschte mit Engelsgeduld einer Geschichte, die er seit Kindheitstagen kennen mußte.

Wahrscheinlich dachte er an etwas anderes. Sie befürchtete es. Wie bedauerlich, wie äußerst bedauerlich, diese Entschlossenheit, die manche ergreift, sich anderer Menschen zu bemächtigen und sie völlig in Beschlag zu nehmen. Könnte man sie doch nur dazu bewegen, mehr auf eigenen Beinen zu stehen. Warum konnte Mr. Briggs nicht wie Lotty sein, die nie etwas von jemandem wollte, sondern mit sich eins war und das Mitsicheinssein der anderen respektierte? Man war sehr gern mit Lotty zusammen. Bei ihr fühlte man sich frei und doch freundschaftlich aufgenommen. Mr. Briggs sah auch ausgesprochen sympathisch aus. Sie glaubte, sie könnte ihn gern haben, wenn er sie nur nicht so unmäßig gern hätte.

Krümel war niedergeschlagen. Eingesperrt war sie hier in ihrem Schlafzimmer, das stickig von der Nachmittagssonne war, die unentwegt hineingeschienen hatte, statt draußen im kühlen Garten zu sitzen, und das alles wegen Mr. Briggs.

Unerträgliche Tyrannei, dachte sie auffahrend. Sie würde es nicht hinnehmen; sie würde trotz allem nach draußen gehen; würde hinunterlaufen, während Mr. Wilkins – dieser Mann war ungelogen ein Schatz – Mr. Briggs mit der Oleandergeschichte festhielt, und durch die Vordertür aus dem Castello gelangen und im Schatten des Zickzackweges Schutz suchen. Niemand könnte sie dort sehen; niemand würde daran denken, dort nach ihr zu suchen.

Sie griff nach einem Schal, denn sie hatte nicht vor, allzu bald zurückzukehren, vielleicht nicht mal zum Abendessen – alles Mr. Briggs' Schuld, wenn sie hungrig, ohne Abendessen bliebe –, und nach einem weiteren Blick aus dem Fenster, um sich zu vergewissern, ob es auch ja ungefährlich war, schlich sie sich nach draußen und entwischte bis zu den schützenden Bäumen am Zickzackweg, und dort setzte sie sich auf einen der Sitzplätze, die an jeder Biegung angebracht waren, um denjenigen, die außer Puste gerieten, beim Aufstieg behilflich zu sein.

Ah, das war herrlich, dachte Krümel und seufzte erleichtert auf. Wie kühl. Wie gut es duftete. Sie konnte zwischen den Kiefernstämmen das ruhige Wasser des kleinen Hafens sehen und die aufleuchtenden Lichter in den Häusern auf der anderen Seite, und um sie herum war die grüne Dämmerung gesprenkelt vom Rosa der Gladiolen im Gras und vom Weiß der zahllosen Gänseblümchen.

Ah, das war herrlich. So still. Nichts bewegte sich: nicht ein Blatt, nicht ein Halm. Das einzige Geräusch war ein Hund, der weit entfernt irgendwo in den Hügeln bellte, oder wenn sich die Tür des kleinen Lokals auf der Piazza unten öffnete und eine Salve von Stimmen herausließ, die, sobald die Tür zuklappte, gleich wieder verstummte.

Zufrieden atmete sie tief ein. Ah, dies war ...

Ihr Atemzug stockte. Was war das?

Sie beugte sich lauschend vor, ihr Körper war angespannt.

Schritte. Auf dem Zickzackweg. Briggs. Hatte sie entdeckt.

Sollte sie wegrennen?

Nein ..., die Schritte gingen hinauf, nicht nach unten. Jemand aus dem Dorf. Vielleicht Angelo mit Lebensmitteln.

Sie entspannte sich wieder. Aber es waren nicht Angelos Schritte, dieses schwungvollen jungen Mannes; es waren langsame und bedächtige Schritte, die ständig anhielten.

›Jemand, der nicht ans Steigen gewöhnt ist‹, dachte Krümel.

Es fiel ihr nicht ein, zurück ins Castello zu gehen. Sie hatte vor nichts Angst auf der Welt, außer vor der Liebe. Räuber und Mörder als solche flößten der Tochter der Droitwiches keinen Schrecken ein; sie hätte nur Angst vor ihnen, wenn sie das Räuber- und Mörderdasein aufgäben und statt dessen ihr den Hof machen würden.

Im nächsten Augenblick kamen die Schritte um die Ecke ihres Wegstückes und blieben stehen.

›Er verschnauft‹, konstatierte Krümel, ohne sich umzusehen.

Als er sich dann – vom Laut der Schritte schloß sie auf einen Mann – nicht rührte, wandte sie den Kopf und erblickte mit Erstaunen eine Person, die sie in letzter Zeit recht häufig in London gesehen hatte: den bekannten Verfasser amüsanter Memoiren, Mr. Ferdinand Arundel.

Sie starrte. Keine Art des Verfolgtwerdens konnte sie mehr überraschen, aber daß er herausgefunden hatte, wo sie war, das überraschte sie. Ihre Mutter hatte ihr hoch und heilig versprochen, es niemandem zu sagen.

»Sie?« staunte sie und fühlte sich verraten. »Hier?«

Er kam zu ihr hoch und nahm den Hut ab. Seine Stirn war vom ungewohnten Steigen mit Schweißtropfen bedeckt. Er blickte beschämt und flehentlich drein, wie ein schuldbewußter, doch treuergebener Hund.

»Sie müssen mir verzeihen«, sagte er. »Lady Droitwich hat mir verraten, wo Sie sind, und da ich zufällig auf dem Weg nach Rom vorbeikam, dachte ich, ich sollte doch in Mezzago unterbrechen und einfach mal nachschauen, wie es Ihnen so geht.«

»Aber ..., hat Ihnen meine Mutter nicht gesagt, daß ich eine Ruhekur mache?«

»Ja, hat sie. Und darum habe ich Sie nicht schon zu früherer Stunde aufgesucht. Ich habe gedacht, Sie würden wahrscheinlich den Tag über schlafen und so um diese Zeit aufstehen, um etwas zu essen zu bekommen.«

»Aber ...«

»Ich weiß. Ich habe nichts zu meiner Entschuldigung vorzubringen. Ich konnte nicht anders.«

›Das‹, dachte Krümel, ›kommt davon, daß meine Mutter so großen Wert darauf legt, Schriftsteller zum Lunch einzuladen, und daß ich scheint's soviel liebenswürdiger aussehe, als ich es in Wirklichkeit bin.‹

Sie war liebenswürdig zu Ferdinand Arundel gewesen; sie

konnte ihn leiden, vielmehr, sie hatte nichts gegen ihn. Er schien ein fröhlicher, einfacher Mensch zu sein und hatte die Augen eines lieben Hundes. Auch wenn es offensichtlich war, daß er sie bewunderte, er hatte nichts Besitzergreifendes in London an sich gehabt. Dort hatte er es dabei belassen, gutmütig-harmlos zu sein, ein unterhaltsamer Plauderer, der dazu beitrug, daß sich die Essen angenehm gestalteten. Jetzt mußte sie annehmen, auch er war ein Besitzergreifender. Man stelle sich vor, er war ihr bis hierher gefolgt, ganz schön dreist. Niemand sonst hatte es getan. Vielleicht hatte ihre Mutter ihm die Adresse gegeben, weil sie ihn als so völlig harmlos einstufte und meinte, er könne sich nützlich erweisen und sie nach Hause begleiten.

Was immer er nun war – unmöglich konnte er ihr die Probleme bereiten, wie es ein aktiver junger Mann à la Mr. Briggs vermochte. Ein verliebter Mr. Briggs würde, glaubte sie, verwegen sein, vor nichts zurückschrecken, in aller Öffentlichkeit den Kopf verlieren. Sie konnte sich Mr. Briggs vorstellen, wie er was mit Strickleitern anstellte, die ganze Nacht unter ihrem Fenster sang und dadurch tatsächlich schwierig und unangenehm wurde. Mr. Arundel hatte nicht die Figur für irgendwelche Verwegenheiten. Er hatte zu lang und zu gut gelebt. Sie war überzeugt, daß er nicht singen konnte und es auch nicht vorhatte. Er mußte mindestens vierzig sein. Wie viele gute Dinners konnte ein Mann nicht gegessen haben, bis er vierzig war? Und wenn er während dieser Zeit dagesessen und Bücher geschrieben hatte, statt sich Bewegung zu machen, dann war es nur natürlich, daß er die Figur bekam, die Mr. Arundel in der Tat hatte: eine Figur, die sich eher zum Gespräch eignete als fürs Abenteuer.

Krümel, die beim Anblick von Briggs melancholisch geworden war, wurde beim Anblick von Arundel philosophisch. Hier war er. Sie konnte ihn erst nach dem Abendessen fortschicken. Er mußte beköstigt werden.

Da das nun mal so war, sollte sie das Beste daraus machen, und das mit guter Miene, es ließe sich so oder so nicht vermeiden. Außerdem würde er vorübergehend Schutz vor Mr. Briggs bieten. Sie war zumindest mit Ferdinand Arundel bekannt und konnte von ihm Nachrichten über ihre Mutter und ihre Freunde hören, und ein solches Gespräch würde beim Essen eine Abwehrmauer zwischen ihr und den Annäherungen des anderen bilden. Und es wäre nur für eine Mahlzeit, und *sie* konnte er nicht aufessen.

So wappnete sie sich mit Freundlichkeit. »Zu essen kriege ich«, sagte sie, wobei sie seine letzte Bemerkung ignorierte, »um acht, und Sie müssen unbedingt mit hochkommen zum Dinner. Nehmen Sie Platz, erfrischen Sie sich. Und berichten Sie mir, wie es allen geht.«

»Kann ich wirklich mit Ihnen zu Abend essen? In diesem Reiseaufzug?« fragte er und wischte sich die Stirn, bevor er sich neben sie setzte.

Es war zu schön, um wahr zu sein, dachte er. Bloß eine Stunde lang sie anzuschauen, bloß ihre Stimme zu hören war Ausgleich für seine Reise und seine Ängste.

»Natürlich. Vermutlich haben Sie Ihre Droschke im Dorf gelassen und werden mit dem Nachtzug von Mezzago weiterfahren.«

»Oder in Mezzago in einem Hotel übernachten und morgen weiterfahren. Aber erzählen Sie mir«, sagte er, wobei er ihr entzückendes Profil betrachtete, »von sich selbst. London war ausgesprochen trüb und verlassen. Lady Droitwich sagte, Sie seien mit Leuten hier, die sie nicht kennt. Hoffentlich sind sie nett zu Ihnen gewesen? Sie sehen aus – hm, als habe Ihre Kur alles bewirkt, was eine Kur bewirken sollte.«

»Sie sind sehr nett«, sagte Krümel. »Ich bin über ein Inserat auf sie gestoßen.«

»Ein Inserat?«

»Ich halte es für einen guten Weg, um Freundinnen zu finden. Ich habe eine von ihnen richtig gern, wie mir das seit Jahren bei niemand anderem ergangen ist.«

»Wirklich? Wer ist es?«

»Sie werden es schon herausfinden, wenn Sie alle sehen. Erzählen Sie mir von Mutter. Wann haben Sie sie zuletzt gesehen? Wir haben ausgemacht, einander nicht zu schreiben, es sei denn, es gebe etwas Besonderes. Ich wollte einen Monat haben, der völlig ereignislos ist.«

»Und jetzt bin ich aufgetaucht und störe Sie. Ich kann Ihnen nicht sagen, wie ich mich schäme, das getan zu haben und es auch nicht unterlassen zu können.«

»Aber«, sagte Krümel rasch, denn er konnte an keinem günstigeren Tag gekommen sein, wo doch dort oben, wie sie wußte, der verliebte Briggs auf der Lauer lag und sie erwartete, »ich bin wirklich sehr, sehr froh, Sie zu sehen. Erzählen Sie mir von Mutter.«

Zwanzigstes Kapitel

Krümel wollte so viel über ihre Mutter wissen, daß Arundel bald schon zum Erfinden übergehen mußte. Er würde über alles reden, was sie wollte, wenn er nur eine Weile bei ihr bleiben und sie sehen und hören konnte, aber er wußte sehr wenig über die Droitwiches und deren Freunde; abgesehen davon, daß er sie bei jenen größeren Veranstaltungen traf, wo sich auch die Literatur repräsentiert fand, und sie bei den Luncheons und Dinners unterhielt, wußte er wirklich nur sehr wenig von ihnen. Für sie war er immer Mr. Arundel geblieben; niemand nannte ihn Ferdinand; und er kannte bloß den Tratsch, über den auch die Abendzeitungen und Clubbesucher verfügten. Er verstand sich jedoch aufs Erfinden; und sobald er mit seinem Wissen aus erster Hand zu Ende war, ging er, um ihrem Frageeifer zu genügen und sie in seiner Nähe zu halten, dazu über,

Dinge zu erfinden. Es war ganz leicht, einige der unterhaltsamen Gedanken, die ständig in seinem Kopf kreisten, anderen zuzuschreiben und vorzugeben, sie stammten von ihnen. Krümel, die jene Zuneigung für ihre Eltern besaß, die sich durch Abwesenheit erwärmt, war begierig nach Neuigkeiten und wurde immer interessierter an dem, was er ihr peu à peu mitteilte.

Zuerst war es Alltägliches. Er hatte ihre Mutter da getroffen und sie dort gesehen. Sie schaute vorzüglich aus; sagte dies und jenes. Doch bald bekamen die Dinge, die Lady Droitwich gesagt hatte, eine ungeahnte Qualität: sie wurden amüsant.

»Mutter hat *das* gesagt?« unterbrach Krümel überrascht.

Und bald begann Lady Droitwich nicht nur Amüsantes zu sagen, sie tat es auch.

»*Mutter* hat das getan?« fragte Krümel mit großen Augen.

Arundel kam richtig in Schwung bei seiner Arbeit. Er schrieb die Urheberschaft einiger seiner unterhaltsamsten Ideen aus der letzten Zeit Lady Droitwich zu und ebenso alles Charmant-komische, was sich ereignet hatte – oder sich hätte ereignen können, denn sein Erfindungsreichtum kannte kaum Grenzen.

Krümels Augen weiteten sich vor Verwunderung und liebevollem Stolz auf ihre Mutter. Na so was, wie komisch . . ., sieh mal an, Muttchen. Das liebe Herz. Hat sie das wirklich getan? Einfach bewundernswert, die Frau. Und hat sie das wirklich gesagt . . ., wie wundervoll von ihr, darauf zu kommen. Was für ein Gesicht hat Lloyd George dazu gemacht?

Sie lachte und lachte und fühlte große Sehnsucht, ihre Mutter zu umarmen, und die Zeit flog dahin, und es wurde dunkel, fast schon Nacht, und Mr. Arundel unterhielt sie immer noch, und es war Viertel vor acht, als ihr plötzlich das Abendessen einfiel.

»Ach du meine Güte!« rief sie aus und sprang auf.

»Ja. Es ist spät«, bestätigte Arundel.

»Ich beeile mich und schicke Ihnen das Mädchen. Ich muß laufen, sonst schaffe ich es nicht, pünktlich zu sein . . .«

Und schon stieg sie mit der Behendigkeit eines jungen Rehs den Weg hinauf.

Arundel folgte. Er wollte nicht zu erhitzt ankommen, darum mußte er langsam gehen. Glücklicherweise war es nicht mehr allzu weit, und Francesca kam durch die Pergola hinunter, um ihn ins Castello zu führen, und nachdem sie ihm gezeigt hatte, wo er sich waschen konnte, steckte sie ihn in den leeren Salotto, damit er sich beim prasselnden Kaminfeuer erholte.

Er plazierte sich weit weg vom Feuer in eine der tiefen Fensternischen und schaute auf die fernen Lichter von Mezzago. Die Salottotür stand offen, und das Castello verharrte in der Ruhe, die dem Abendessen vorangeht, wenn die Bewohner sich alle in ihre Zimmer eingeschlossen haben und sich umziehen. Briggs warf eine vermurkste Krawatte nach der anderen beiseite; Krümel schlüpfte hastig in ein schwarzes Kleid, mit der vagen Vorstellung, Mr. Briggs könne sie in Schwarz nicht so deutlich sehen; Mrs. Fisher befestigte den Spitzenschal, der jeden Abend ihr Tageskleid in eines für den Abend verwandelte, mit der Brosche, einem Geschenk Ruskins zu ihrer Hochzeit, die aus zwei Perlen-Lilien bestand und von einem blauen Emailleband zusammengehalten wurde, auf dem in Goldbuchstaben prunkte: *Esto perpetua*; Mr. Wilkins hockte auf der Bettkante und bürstete das Haar seiner Frau – so weit war er in dieser dritten Woche in seinem Überschwang vorangeschritten –, während sie ihrerseits auf einem Stuhl vor ihm saß und seine Manschettenknöpfe in ein gebügeltes Hemd drehte; und Rose saß, bereits angezogen, an ihrem Fenster und sann über den Tag nach.

Rose war sich durchaus bewußt, was mit Mr. Briggs vorgefallen war. Hätte sie irgendwelche Schwierigkeiten diesbezüglich gehabt, Lotty würde sie durch ihre freimütigen Kommentare, als sie zusammen nach dem Tee auf der Mauer saßen, beseitigt haben. Lotty war entzückt, daß sich noch mehr Liebe in San Salvatore anbahnte, selbst wenn es nur einseitig war, und sagte, tauche erst einmal Roses Mann auf, glaube sie nicht, jetzt, da auch Mrs. Fisher endlich aus dem Leim gegangen war – Rose protestierte gegen den Ausdruck, worauf Lotty entgegnete, er komme bei Keats vor –, daß es auf der Welt irgendeinen Ort gebe, der mehr vor Glück strotze als San Salvatore. »Dein Mann«, sagte Lotty und wippte mit dem Fuß, »könnte bald hier sein, vielleicht morgen abend, wenn er sofort aufbricht, und dann gäbe es zum Abschluß noch ein paar himmlische Tage, bevor wir alle fürs Leben gestärkt nach Hause fahren. Ich glaube nicht, daß eine von uns je wieder dieselbe sein wird, und es würde mich kein bißchen wundern, wenn Caroline nicht am Ende doch den jungen Mann Briggs gern hat. Es liegt in der Luft. Hier *muß* man einfach andere gern haben.«

Rose saß am Fenster und dachte über das alles nach. Lottys Optimismus . . ., aber er war durch Mr. Wilkins bestätigt worden; und man schaue sich Mrs. Fisher an. Wenn dieser Optimismus doch nur auch bei Frederick zuträfe! Rose, die zwischen Mittagessen und Tee aufgehört hatte, über Frederick nachzudenken, dachte jetzt zwischen Tee und Abendessen intensiver denn je an ihn.

Dieses kleine Zwischenspiel der Bewunderung war unterhaltsam, war wunderbar gewesen, aber es konnte natürlich nicht weitergehen, sobald Caroline auf der Bühne erschien. Rose kannte ihren Platz. Sie konnte wie jeder andere die außergewöhnliche, ja einzigartige Schönheit Lady Carolines sehen. Doch Bewunderung und Anerkennung erwärmten einem das Herz, gaben einem das Gefühl, sie wirklich zu verdienen, anders zu sein, strahlend. Sie schienen ungeahnte Talente ins Leben zu rufen. Sie war überzeugt, daß sie zwischen Mittagessen und Tee eine richtig amüsante Frau gewesen war und eine hübsche dazu. Sie war sich ziemlich sicher, daß sie hübsch gewesen war; sie hatte es deutlich in Briggs' Augen wie in einem

Spiegel gesehen. Für eine kurze Zeit glich sie einer erstarrten Fliege, die durch Anzünden eines Feuers in einem frostigen Zimmer zu frohem Summen erweckt worden war. Allein bei der Erinnerung summte und klang es noch in ihr. Wie vergnüglich war es gewesen, einen Verehrer zu haben, selbst für diese kurze Zeit. Nicht verwunderlich, daß man gern Verehrer hatte. Sie schienen einen auf seltsame Weise lebendig zu machen.

Obwohl es vorbei war, strahlte sie weiterhin und fühlte sich heiterer, optimistischer, als sie das seit ihrer Kindheit gewesen war, so wie es Lotty wohl ständig erging. Sie zog sich mit Sorgfalt an, wenngleich ihr klar war, Mr. Briggs würde sie nicht mehr wahrnehmen, aber es gefiel ihr, sich selbst zu bestätigen, wie hübsch sie sich machen konnte; und beinah steckte sie sich neben dem Ohr eine karmesinrote Kamelie ins Haar. Sie hielt sie dort einen Augenblick lang, was fast sündhaft verführerisch aussah, die Blüte hatte genau die Farbe ihres Mundes, aber sie nahm sie mit einem Lächeln und einem Seufzer wieder fort und tat sie an den ihr bestimmten Platz, nämlich ins Wasser. Sie durfte nicht lächerlich werden. Sie durfte die Armen nicht vergessen. Bald schon würde sie wieder zurück bei ihnen sein, und was sollte denn da eine Kamelie hinter dem Ohr? Einfach absurd.

Aber zu einem war sie fest entschlossen: Das erste, was sie bei ihrer Heimkehr tun würde, wäre, sich mit Frederick auszusprechen. Wenn er nicht nach San Salvatore käme, dann wäre es das, was sie als allererstes tun würde. Sie hätte das schon vor langer Zeit tun sollen, aber immer, wenn sie es vorgehabt hatte, fühlte sie sich durch ihre Liebe zu ihm daran gehindert und auch durch die furchtbare Angst, daß ihrem unglücklichen, sanften Herzen neue Wunden zugefügt würden. Mochte er sie auch noch soviel verletzen, jetzt würde sie sich auf jeden Fall mit ihm aussprechen. Nicht daß er sie jemals absichtlich verletzt hatte; sie wußte, das wollte er nie, sie wußte, ihm war oft überhaupt nicht bewußt, daß er es getan hatte. Für jemanden, der Bücher schrieb, schien Frederick nicht viel Vorstellungskraft zu besitzen. Wie dem auch sei, sagte sie sich, als sie vom Toilettentisch aufstand, so konnte es nicht weitergehen. Sie mußte sich mit ihm aussprechen. Dieses getrennte Leben, diese frostige Einsamkeit: sie konnte es nicht mehr ertragen. Warum sollte sie nicht auch glücklich sein? Warum in aller Welt – dieser energische Ausdruck entsprach ihrer rebellischen Stimmung – sollte sie nicht auch geliebt werden und lieben dürfen?

Sie schaute auf ihre kleine Uhr. Noch zehn Minuten bis zum Abendessen. Da sie es satt hatte, in ihrem Schlafzimmer zu sitzen, nahm sie sich vor, zu Mrs. Fishers Zinnen zu gehen, die um diese Stunde leer wären, und den Mondaufgang überm Meer zu betrachten.

Mit dieser Absicht betrat sie die verlassene obere Halle, wurde aber auf ihrem Weg durch den Schein des Feuers angezogen, der durch die offene Tür des Salottos fiel.

Wie heiter das aussah. Das Feuer veränderte den Raum. Bei Tag ein dunkler, häßlicher Raum, war er jetzt genau wie sie durch die Wärme des . . ., nein, sie würde nicht albern sein; sie würde an die Armen denken; der Gedanke an sie ernüchterte sie immer schlagartig.

Sie linste hinein. Kaminfeuer und Blumen; und vor den tiefen Fensterschlitzen hing der blaue Vorhang der Nacht. Wie hübsch. Was für ein angenehmer Ort San Salvatore war. Und dieser himmlische Flieder auf dem Tisch . . ., sie mußte ihr Gesicht in die Pracht hineinstecken . . .

Aber sie kam nicht bis zum Flieder. Sie machte einen Schritt darauf zu und blieb dann stehen, denn sie hatte die Gestalt gesehen, die aus dem Fenster in der entferntesten Ecke hinausschaute, und es war Frederick.

Alles Blut in Rose drängte zum Herzen hin und schien zu stocken.

Frederick. Gekommen.

Sie blieb reglos stehen. Er hatte sie nicht gehört. Er drehte sich nicht um. Sie starrte ihn an. Das Wunder war passiert, und er war hier.

Sie stand mit angehaltenem Atem da. Er brauchte sie also, denn er war gleich gekommen. Auch er mußte gegrübelt, sich gesehnt haben ...

Ihr Herz, das vorher noch auszusetzen schien, begann ihr nun den Atem zu nehmen, so wie es vor Freude schlug. Frederick liebte sie demnach doch; er mußte sie lieben, warum war er sonst hier? Etwas, vielleicht ihre Abwesenheit, hatte bewirkt, daß er sich ihr zuwandte, nach ihr verlangte ..., und jetzt würde die beabsichtigte Verständigung ganz ..., würde ganz ... einfach sein.

Ihre Gedanken kamen nicht vom Fleck. Ihr Geist stammelte. Sie konnte nicht denken. Sie konnte nur sehen und fühlen. Sie wußte nicht, wie es passiert war. Es war ein Wunder. Gott konnte Wunder wirken. Gott hatte dieses gewirkt. Gott konnte ..., Gott konnte ... konnte ...

Ihr Geist stammelte wieder und brach ab.

»Frederick ...«, versuchte sie zu sagen; aber kein Laut war zu hören, oder wenn er denn kam, wurde er vom prasselnden Feuer verschluckt.

Sie mußte näher heran. Sie bewegte sich langsam zu ihm hin, leise, leise.

Er rührte sich nicht. Er hatte nichts gehört.

Sie schlich sich näher und näher, und das Feuer prasselte, und er hörte nichts.

Sie blieb einen Augenblick lang stehen, konnte nicht atmen. Sie hatte Angst. Angenommen er ..., angenommen er ..., oh, aber er war gekommen, er war da.

Und weiter, dicht an ihn heran, ihr Herz klopfte so laut, daß sie dachte, er müsse es hören. Konnte er denn nicht fühlen ..., wußte er nicht ...

»Frederick«, flüsterte sie, fast außerstande zu flüstern, das rasend pochende Herz benahm ihr den Atem.

Er wirbelte auf dem Absatz herum.

»Rose!« rief er aus und starrte sie verdutzt an.

Aber sie bemerkte seinen verdutzten Blick nicht, denn ihre Arme waren um seinen Hals geschlungen, und ihre Wange drückte sich an die seine, und sie murmelte, die Lippen an seinem Ohr: »Ich wußte, daß du kommen würdest..., tief in meinem Herzen habe ich es immer, immer gewußt, daß du kommst...«

Einundzwanzigstes Kapitel

Frederick war nun nicht der Mann, der, wenn er es vermeiden konnte, jemandem weh tat; außerdem war er völlig verwirrt. Nicht nur, daß seine Frau hier auftauchte – hier, just an diesem Ort –, sondern sie schmiegte sich auch an ihn, wie sie es seit Jahren nicht getan hatte, und murmelte Liebesworte und hieß ihn willkommen. Wenn sie ihn willkommen hieß, mußte sie ihn erwartet haben. So seltsam das schien, es war das einzige in der Situation, was offensichtlich war; dieses und die Sanftheit ihrer Wange an der seinen und ihr süßer Duft, den er schon lange vergessen hatte.

Frederick war verwirrt. Aber als Mann-der-wenn-es-sich-vermeiden-ließ-nicht-jemandem-weh-tat legte er ebenfalls die Arme um sie, und nachdem er das getan, küßte er sie auch; und alsbald küßte er sie beinahe so zärtlich wie sie ihn; und alsbald küßte er sie genauso zärtlich; und dann küßte er sie weit zärtlicher, als hätte er nie damit aufgehört.

Er war verwirrt, konnte aber durchaus küssen. Dies, nämlich zu küssen, schien merkwürdig normal zu sein. Er fühlte sich dadurch wieder wie dreißig, statt vierzig, und Rose kam ihm wie die Rose von zwanzig vor, seine Rose, die er so liebgehabt hatte, bevor sie anfing, das, was er machte, gegen ihre Vorstellung von dem, was recht war, abzuwägen, und die Rechnung sprach gegen ihn, und sie war seltsam und kalt geworden, entrüstete sich mehr und mehr und, ach, so elend. In jener Zeit kam er überhaupt nicht an sie heran; sie konnte nichts verstehen. Ständig bezog sie alles auf – wie sie es nannte – Gottes Augen: in Gottes Augen konnte dies oder das nicht gut sein, war es nicht gut. Ihr trauriges Gesicht – was immer ihre Prinzipien für sie taten, glücklich machten die sie nicht –, ihr kleines trauriges Gesicht zu sehen, angestrengt im Bemühen, geduldig zu sein, war schließlich über seine Kräfte gegangen, und er hatte sich soweit wie möglich davon ferngehalten. Nie hätte sie die Tochter eines Pfarrers der Low Church sein dürfen, eines ganz vernagelten Kerls; sie war völlig ungeeignet, sich gegen eine derartige Erziehung aufzulehnen.

Was passiert war, warum sie hier war, warum sie wieder seine Rose war, entzog sich seinem Verständnis; in der Zwischenzeit und bis er etwas begriff, konnte er ja weiter küssen. Tatsächlich konnte er mit dem Küssen nicht aufhören; und er war es jetzt, der zu murmeln begann, Liebesworte in ihr Ohr unterm Haar flüsterte, das so süß duftete und ihn erregte, wie er es aus früherer Zeit in Erinnerung hatte.

Und während er sie eng an sich drückte und ihre Arme sanft um seinen Hals geschlungen waren, spürte er, wie ihn ein köstliches Gefühl beschlich von ..., zuerst wußte er nicht, was es war, diese sanft ihn durchdringende Wärme, dann aber erkannte er es als Sicherheit. Ja, Sicherheit. Nicht nötig, sich jetzt seiner Figur zu schämen und Scherze darüber zu machen, um den Scherzen anderer zuvorzukommen und zu demonstrieren, wie egal ihm das sei; nicht nötig mehr die Scham darüber, in Schweiß zu geraten, wenn man Hügel bestieg, oder sich selbst mit Bildern zu quälen, wie er wahrscheinlich auf schöne junge Frauen wirkte: so jemand mittleren Alters, grotesk in seiner Unfähigkeit, sich fern von ihnen zu halten. Rose kümmerte sich nicht um solche Dinge. Bei ihr war er geborgen. Für sie war er ihr Geliebter, wie er es einst gewesen war; und sie würde nie eine der gemeinen Veränderungen, die das Älterwerden bei ihm bewirkt hatte oder noch zunehmend bewirken würde, bemerken oder sich daran stören.

Frederick küßte darum mit immer größerer Innigkeit und Wonne seine Frau, und schon sie in den Armen zu halten ließ ihn alles andere vergessen. Wie konnte er sich da zum Beispiel an Lady Caroline erinnern und an sie denken, um nur eine der Komplikationen zu erwähnen, die mit seiner Situation verbunden waren, wo hier seine liebreizende Frau war, ihm auf wundersame Weise wiedergegeben, und die Wange an die seine gelegt, in den zärtlichsten und schwärmerischsten Worten ihm flüsternd gestand, wie sehr sie ihn liebe, wie schrecklich sie ihn vermißt habe? In einem kurzen Augenblick, denn selbst in Liebesmomenten gibt es kurze klarsichtige Augenblicke, erkannte er die ungeheure Macht der anwesenden Frau und einer realen Umarmung, verglichen mit der einer Frau, die, wie schön sie auch sein mochte, woanders ist, doch nur insoweit erinnerte er sich an Krümel; nicht mehr. Sie war wie ein Traum, der vor dem Morgenlicht entschwand.

»Wann bist du losgefahren?« wisperte Rose, den Mund an seinem Ohr. Sie konnte ihn nicht freilassen; nicht einmal zum Reden konnte sie ihn freilassen.

»Gestern morgen«, flüsterte Frederick und drückte sie fest an sich. Auch er konnte sie nicht freilassen.

»Oh . . ., also auf der Stelle«, wisperte Rose.

Das war rätselhaft, aber Frederick bestätigte nur: »Ja, auf der Stelle«, und küßte sie auf den Hals.

»Wie schnell dich mein Brief erreicht hat«, murmelte Rose, deren Augen vor lauter Glück geschlossen waren.

»Nicht wahr?« sagte Frederick, dem ebenfalls danach zumute war, die Augen zu schließen.

Da hatte es demnach einen Brief gegeben. Zweifellos würde

es bald erhellt werden, und da dies Ans-Herz-Drücken seiner Rose nach all den Jahren so seltsam und bewegend süß war, konnte er sich nicht damit abgeben, etwas zu enträtseln. Er war während dieser Jahre glücklich gewesen, denn seiner Natur lag es nicht, unglücklich zu sein; außerdem, wie viele Reize hatte ihm das Leben zu bieten, wie viele Freunde, wieviel Erfolg, wie viele Frauen, die nur allzu bereit waren, ihm dabei zu helfen, den Gedanken an die veränderte, versteinerte, bemitleidenswerte kleine Frau zu Hause auszulöschen, die nicht sein Geld ausgeben wollte, entsetzt über seine Bücher war, sich immer mehr von ihm entfernte und jedesmal, wenn er den Versuch machte, sich mit ihr auszusprechen, ihn mit geduldiger Hartnäckigkeit fragte, was er denn meine, wie das, was er schreibe und wovon er lebe, in den Augen Gottes aussehe. ›Niemand‹, hatte sie einmal gesagt, ›sollte je ein Buch schreiben, das Gott nicht gern lesen würde. Dies ist die Probe, Frederick.‹ Und er hatte hysterisch aufgelacht, einen Lachanfall gekriegt und war aus dem Haus gestürzt, weg von ihrem ernsten kleinen Gesicht – weg von ihrem jammervoll ernsten kleinen Gesicht . . .

Aber diese Rose hier war seine wiedergewonnene Jugend, der beste Teil seines Lebens, der Teil, der all die Wunschbilder und Hoffnungen in sich vereint hatte. Wie hatten sie gemeinsam geträumt, er und sie, bevor er auf die Sache mit den Memoiren verfiel; wie hatten sie Pläne geschmiedet, gelacht und sich geliebt; hatten sie eine Zeitlang in einer Art Elysium gelebt. Nach den glücklichen Tagen folgten die glücklichen Nächte, als sie eng an sein Herz geschmiegt einschlief und sie, wenn er am Morgen erwachte, immer noch an seinem Herzen lag, denn sie bewegten sich kaum in ihrem tiefen, glücklichen Schlaf. Wundervoll, daß ihm all dies wieder bei ihrer Berührung einfiel, beim Fühlen ihres Gesichtes an dem seinen, wundervoll, daß sie fähig war, ihm seine Jugend zurückzugeben.

»Mein Schatz, mein Schatz«, murmelte er, überwältigt von der Erinnerung, und schmiegte sich nun seinerseits an sie.

»Mein geliebter Mann«, atmete sie – welche Seligkeit, welche Wonne . . .

Als Briggs einige Minuten vor Schlagen des Gongs den Salotto in der Hoffnung betrat, dort vielleicht Lady Caroline zu begegnen, war er baß erstaunt. Er hatte angenommen, Rose Arbuthnot sei Witwe, und glaubte es auch jetzt noch; daher seine Verblüffung.

›Verdammich‹, dachte Briggs, klar und deutlich, denn der Schreck über das, was er da in der Fensternische sah, bestürzte ihn derart, daß er einen Augenblick lang aus seiner Selbstbeschäftigung und Verwirrtheit aufgescheucht wurde.

Mit lauter Stimme sagte er, tief errötet: »Oh, da bitte ich aber um Verzeihung« – blieb unschlüssig stehen und fragte sich, ob er nicht wieder in sein Schlafzimmer zurückgehen sollte.

Wenn er nichts gesagt hätte, hätten sie seine Anwesenheit nicht bemerkt, aber als er um Vergebung bat, drehte Rose sich um und schaute ihn an wie jemanden, an den man sich zu erinnern sucht, und auch Frederick schaute ihn an, ohne ihn zuerst wahrzunehmen.

Sie nahmen, schien es Briggs, an seiner Anwesenheit keinen Anstoß und schämten sich nicht. Er konnte nicht ihr Bruder sein; kein Bruder brächte je diesen Ausdruck im Gesicht einer Frau hervor. Es war sehr peinlich. Wenn sie sich nicht daran stießen, er schon. Es machte ihn fassungslos, zufällig mitanzusehen, wie seine Madonna sich vergaß.

»Ist dies einer deiner Bekannten?« vermochte Frederick nach einer Weile Rose zu fragen, die keinerlei Neigung zeigte, den jungen, verlegen vor ihnen stehenden Mann vorzustellen, sondern ihn weiterhin mit einem Ausdruck abstrakten strahlenden Wohlwollens anschaute.

»Das ist Mr. Briggs«, sagte Rose, als sie ihn erkannte. »Und das ist mein Mann«, fügte sie hinzu.

Während Briggs diesem die Hand schüttelte, fand er eben

noch Zeit zu denken, wie überraschend es doch sei, als immerhin Witwe einen Mann zu bekommen, noch bevor der Gong schlug, und gleich würde Lady Caroline erscheinen, womit er sein Denkvermögen verlor und lediglich ein Objekt ward, dessen Augen auf die Tür gerichtet waren.

Durch die Tür traten kurz darauf in einer, wie ihm schien, endlosen Prozession zuerst Mrs. Fisher, sehr würdevoll in ihrem abendlichen Spitzenschal und der Brosche, die, als sie ihn sah, sofort entspannt in wohlwollendes Lächeln ausbrach, um jedoch beim Anblick eines Fremden sich gleich wieder zu versteifen; dann Mr. Wilkins, soigniert, gebügelt und gestriegelt wie sonst kein Normalsterblicher; darauf, eilig noch etwas nestelnd, kam Mrs. Wilkins; und dann niemand.

Lady Caroline verspätete sich. Wo war sie? Hatte sie den Gong nicht gehört? Sollte er besser noch einmal geschlagen werden? Angenommen, sie käme überhaupt nicht zum Abendessen . . .

Briggs wurde es kalt.

»Stell mich vor«, bat Frederick bei Mrs. Fishers Eintritt Rose und berührte ihren Ellbogen.

»Mein Mann«, sagte Rose, ihn bei der Hand haltend, mit entrücktem Gesichtsausdruck.

›Dies‹, dachte Mrs. Fisher, ›muß nun der letzte Ehemann sein, es sei denn, Lady Caroline hat einen weiteren in petto.‹

Aber sie empfing ihn huldvoll, er sah nämlich genauso aus, wie es sich für einen Ehemann ziemte – überhaupt nicht wie die Personen, die im Ausland herumfahren und vorgeben, sie seien verheiratet, wo sie es gar nicht sind –, und sagte, sie nehme an, er sei gekommen, um seine Frau am Ende des Monats heim zu geleiten, und somit sei das Castello komplett. »So daß wir«, fügte sie hinzu und lächelte Briggs an, »schließlich für unser Geld wirklich etwas bekommen.«

Briggs grinste automatisch, denn er konnte gerade noch mitbekommen, daß jemand ihn neckte, aber er hatte sie weder gehört noch angesehen. Nicht nur waren seine Augen auf die Tür gerichtet, sein ganzer Körper war darauf konzentriert.

Als Mr. Wilkins seinerseits vorgestellt wurde, war er überaus freundlich und nannte Frederick ›Sir‹.

»Wohlan, Sir«, sagte Mr. Wilkins herzlich, »da sind wir, da sind wir . . .«, und nachdem er dessen Hand mit einem Einvernehmen ergriffen hatte, das nur deshalb nicht gegenseitig war, weil Arbuthnot noch nicht wußte, welcher Art die Probleme waren, die auf ihn warteten, blickte er ihm mannhaft direkt ins Auge und erlaubte seinem Blick so deutlich, wie das einem Blick möglich ist, auszudrücken, bei ihm fände man Standhaftigkeit, Integrität, Zuverlässigkeit; kurz und gut: einen Freund in der Not. Mrs. Arbuthnot war richtig erhitzt, wie Mr. Wilkins bemerkte. Er hatte sie nie zuvor so erhitzt gesehen. ›Nun, ich bin ihr Mann‹, dachte er.

Lottys Begrüßung war überschwenglich. Sie geschah mit beiden Händen. »Habe ich es dir nicht gesagt?« lachte sie Rose über die Schulter an, während Frederick ihre zwei Hände mit seinen beiden schüttelte.

»Was haben Sie ihr gesagt?« wollte Frederick wissen, um etwas zu sagen. Die Art, wie ihn alle willkommen hießen, war verwirrend. Offensichtlich hatten alle ihn erwartet, nicht nur Rose.

Die ziemlich rotblonde, aber angenehme junge Frau beantwortete seine Frage nicht, sah aber außerordentlich erfreut aus, ihn zu sehen. Warum sollte sie außerordentlich erfreut sein, ihn zu sehen?

»Was für ein herrlicher Ort das hier ist«, sagte Frederick verwirrt, sich in den ersten Kommentar flüchtend, der ihm einfiel.

»Ein Liebesbad«, sagte die Rotblonde mit Ernst; was ihn noch mehr verwirrte.

Und seine Verwirrung wurde übermäßig bei den nächsten Worten, die er von der alten Dame hörte: »Wir warten nicht.

Lady Caroline verspätet sich immer« – denn nur da, als dieser Name erklang, erinnerte er sich an Lady Caroline in ihrer ganzen Wirklichkeit, und der Gedanke an sie verwirrte ihn vollends.

Er ging wie ein Träumender in den Speisesaal. Er war zu diesem Ort gefahren, um Lady Caroline zu sehen, und hatte ihr das gesagt. Er hatte ihr in seiner Torheit sogar gestanden – es stimmte zwar, aber wie töricht von ihm –, daß er nicht anders konnte, als zu kommen. Sie wußte nicht, daß er verheiratet war. Sie glaubte, sein Name sei Arundel. Jeder in London glaubte das. Er hatte ihn benutzt und so lange als Arundel geschrieben, daß er beinah selbst glaubte, es sei seiner. In der kurzen Zeit, seit sie ihn auf dem Platz im Garten, wo er ihr das Geständnis machte, verlassen hatte, hatte er Rose wiedergefunden, sie leidenschaftlich umarmt und war umarmt worden und ... hatte Lady Caroline vergessen. Es wäre ein ungewöhnlich glücklicher Zufall, wenn Lady Carolines Zuspätsein hieße, sie sei müde oder gelangweilt und erscheine überhaupt nicht zum Abendessen. Dann könnte er ..., nein, er könnte nicht. Seine rote Gesichtsfarbe, er war nun mal ein Mann von rundlicher Konstitution und immer gerötet, verstärkte sich noch beim Gedanken an solche Feigheit. Nein, er konnte nicht nach dem Abendessen weggehen, seinen Zug erwischen und nach Rom verschwinden; es sei denn, Rose käme mit ihm. Aber auch so, was war das für ein Davonlaufen. Nein, er konnte es nicht.

Als sie den Speisesaal betraten, ging Mrs. Fisher zum Kopf der Tafel; war dies nun Mrs. Fishers Zuhause? fragte er sich. Er wußte es nicht; wußte überhaupt nichts, und Rose, die in der ersten Zeit ihres Widerstands gegen Mrs. Fisher das andere Ende für sich besetzt hatte – denn niemand konnte beim Blick auf die Tafel sagen, welches ihr oberes und welches ihr unteres Ende war –, führte Frederick zum Platz an ihrer Seite. Wenn er nur, dachte er, allein mit Rose hätte sein können; bloß noch fünf weitere Minuten allein mit Rose, damit er sie hätte fragen können . . .

Aber wahrscheinlich hätte er sie gar nichts gefragt, sondern sie nur weiter geküßt.

Er blickte um sich. Die junge Rotblonde bat den Mann, den sie Briggs nannten, sich neben Mrs. Fisher zu setzen; gehörte dieser jungen Rotblonden das Castello etwa und nicht Mrs. Fisher? Er wußte es nicht; wußte überhaupt nichts; und sie selbst setzte sich an Roses andere Seite neben den jovialen Herrn, der festgestellt hatte: »Da sind wir«, wo es doch offensichtlich war, daß sie da waren.

Direkt neben Frederick, zwischen ihm und Briggs, war ein leerer Stuhl: Lady Carolines. So wie Lady Caroline nichts von Roses Existenz in Fredericks Leben ahnte, ahnte Rose nichts von Lady Carolines Existenz in Fredericks Leben. Was würde eine jede denken? Er wußte es nicht; wußte überhaupt nichts. Doch, eines wußte er, seine Frau hatte sich mit ihm versöhnt: plötzlich, wunderbarerweise, unerklärlich, gleichsam göttlich. Darüber hinaus wußte er nichts. Er hatte das Gefühl, dieser Situation nicht gewachsen zu sein. Er war ihr richtig ausgeliefert und konnte sich nur treiben lassen.

Schweigend aß Frederick seine Suppe, und die großen ausdrucksvollen Augen der jungen Frau ihm gegenüber beobachteten ihn, konnte er spüren, immer forschender. Sie waren, das sah er, sehr intelligent und anziehend und enthielten außer Neugier viel Wohlwollen. Wahrscheinlich dachte sie, er solle reden, aber wenn sie alles wüßte, würde sie nicht so denken. Briggs redete auch nicht. Briggs wirkte beunruhigt. Was war los mit Briggs? Und auch Rose redete nicht, doch das war ganz natürlich. Sie war nie eine große Rednerin gewesen. Ihr Gesichtsausdruck war liebreizend. Wie lang würde sie den noch nach Lady Carolines Erscheinen haben? Er wußte es nicht; wußte überhaupt nichts.

Aber der joviale Herr zu Mrs. Fishers Linken redete für alle.

Dieser Bursche hätte Pfarrer werden sollen. Kanzeln wären der geeignete Ort für eine solche Stimme; sie würde ihm innerhalb von sechs Monaten ein Bistum einbringen. Er explizierte gerade Briggs, der auf seinem Platz hin und her rutschte – warum nur rutschte Briggs so hin und her? –, daß er mit demselben Zug wie Arbuthnot hergekommen sein mußte, und als der schweigsame Briggs, offensichtlich abweichender Meinung, zusammenzuckte, erbot er sich, ihm das zu beweisen, und bewies es ihm mit langen klaren Sätzen.

»Wer ist der Mann mit der Stimme?« wollte Frederick im Flüsterton von Rose wissen; und die junge Frau ihm gegenüber, deren Ohren so fein waren wie die Lauscher der Waldtiere, antwortete: »Mein Mann.«

»Dann sollten Sie nach aller Regel«, sagte Frederick, sich zusammenreißend, liebenswürdig, »nicht neben ihm sitzen.«

»Das möchte ich aber. Ich habe es gern, neben ihm zu sitzen. Bevor ich hierherkam, war das nicht der Fall.«

Frederick fiel nichts ein, was er darauf hätte sagen können, und so lächelte er nur vage.

»Daran ist der Ort schuld«, sagte sie, ihm zunickend. »Der läßt einen die Dinge verstehen. Sie machen sich keine Vorstellung, wieviel Sie verstehen, ehe Sie das hier erlebt haben.«

»Das hoffe ich ganz fest«, sagte Frederick mit wahrer Inbrunst.

Die Suppenterrine wurde weggetragen und der Fisch serviert. Briggs, der an der anderen Seite des leeren Stuhls saß, wurde immer nervöser. Was war los mit Briggs? Mochte er keinen Fisch?

Frederick fragte sich, welche nervösen Ticks Briggs wohl an den Tag legen würde, wenn der sich in seiner Situation befände. Frederick wischte sich dauernd über den Schnurrbart und vermochte nicht, von seinem Teller hochzuschauen, aber das war alles, was er von seinen Gefühlen verriet.

Obwohl er nicht aufschaute, fühlte er, daß ihn die Blicke der jungen Frau ihm gegenüber Scheinwerfern ähnlich bestrichen, und auch Roses Blicke waren, das wußte er, auf ihn gerichtet, aber sie ruhten auf ihm, ohne Fragen zu stellen, schön, segensgleich. Wie lang täten sie das noch, wenn Lady Caroline erst einmal erschienen war? Er wußte es nicht; wußte überhaupt nichts.

Er wischte zum zwanzigsten Male unnötigerweise über seinen Schnurrbart und konnte seine Hand nicht völlig ruhig halten, und die junge Frau ihm gegenüber bemerkte dies, und ihre Scheinwerferaugen bestrichen ihn beharrlich. Warum bloß? Er wußte es nicht; wußte überhaupt nichts.

Dann sprang Briggs auf. Was war los mit Briggs? Oh . . ., ja . . . So war das: sie war gekommen.

Frederick wischte über seinen Schnurrbart und stand ebenfalls auf. Jetzt war er dran. Eine absurde, eine phantastische Situation. Was auch passieren mochte, er konnte sich nur treiben lassen; sich treiben lassen und Lady Caroline wie ein Dummerjan vorkommen, der größte Dummerjan und dazu noch falsch, ein Dummerjan, der ein Fiesling war, denn sie könnte ohne weiteres denken, er hätte sie draußen im Garten verhöhnt, als er – gewiß mit zittriger Stimme, Narr und Dummerjan, der er nun mal war – sagte, er habe nicht anders gekonnt, als zu ihr zu kommen; wie er dagegen seiner Rose erscheinen mußte . . ., wenn Lady Caroline ihn ihr vorstellte . . ., ihn als ihren Freund vorstellte, den sie zum Abendessen eingeladen habe . . ., das nun wußte Gott allein.

Darum wischte er sich, als er aufstand, zum letzten Mal vor der drohenden Katastrophe über seinen Schnurrbart.

Aber er hatte nicht mit Krümel gerechnet.

Diese vollendete junge Dame mit Erfahrung in derlei Dingen glitt auf den Stuhl, den Briggs ihr bereithielt; und als Lotty sich eifrig über den Tisch zu ihr hinbeugte und, bevor noch jemand anderes den Mund öffnete, sagte: »Stell dir vor, Caroline, wie schnell Roses Mann hierhergekommen ist!«, wandte sie sich, ohne die leiseste Spur von Überraschung im Gesicht, zu ihm hin, streckte die Hand aus, lächelte wie ein junger Engel und sagte: »Und da verspäte ich mich an Ihrem allerersten Abend.«

Die Tochter der Droitwiches . . .

Zweiundzwanzigstes Kapitel

An diesem Abend herrschte Vollmond. Der Garten war ein verzauberter Ort, wo alle Blumen weiß schienen. Die Lilien, der Seidelbast, die Orangenblüten, die weißen Levkojen, die weißen Nelken, die weißen Rosen: man konnte sie so deutlich wie bei Tage sehen; die bunten Blumen aber existierten nur als Wohlgeruch.

Die drei jüngeren Frauen saßen nach dem Abendessen auf der niedrigen Mauer am Ende des oberen Gartens, Rose ein wenig abseits von den anderen, und schauten zu, wie der Riesenmond langsam über den Ort zog, wo Shelley vor genau hundert Jahren seine letzten Monate verbracht hatte. Das Meer bebte längs der Mondbahn. Die Sterne blinkten und zitterten. Die Berge bildeten verschwommene blaue Linien mit kleinen Ansammlungen von Lichtern, die aus den kleinen Ansammlungen von Häusern drangen. Im Garten standen die Pflanzen fast reglos, aufrecht, nicht vom leisesten Windhauch bewegt. Durch die Glastüre schimmerte der Speisesaal mit seiner kerzenilluminierten Tafel und den leuchtenden Blumen – an diesem Abend Kapuzinerkresse und Ringelblumen – wie eine Zauberhöhle, und die drei darum sitzenden Raucher glichen, aus der Stille, aus der kühlen Ruhe von außen betrachtet, seltsamen, zu Leben erwachten Gestalten.

Mrs. Fisher war in den Salotto mit dem Kamin gegangen. Krümel und Lotty, deren Gesichter zum Himmel hochschauten, sprachen nur wenig und dann im Flüsterton. Rose schwieg. Auch ihr Gesicht war nach oben gewandt. Sie schaute auf die

Schirmtanne, die sich, zu etwas Grandiosem verwandelt, gegen die Sterne abhob. Hin und wieder verweilten Krümels Augen auf Rose; ebenso Lottys Augen. Denn Rose sah liebreizend aus. In diesem Augenblick wäre sie zwischen anerkannten Schönheiten als liebreizend aufgefallen. Niemand hätte sie in den Schatten stellen und ihr Licht an diesem Abend löschen können; ihr Strahlen war zu offensichtlich.

Lotty neigte sich zu Krümels Ohr und flüsterte: »Liebe.«

Krümel nickte. »Ja«, sagte sie leise.

Sie mußte es zugestehen. Man brauchte Rose nur anzuschauen, um zu wissen, daß Liebe sie erfüllte.

»Nichts, was der Liebe gleicht«, flüsterte Lotty.

Krümel schwieg.

»Einfach großartig«, wisperte Lotty nach einer Pause, während sie beide Roses emporgehobenes Gesicht beobachteten, »wie man mit der eigenen Liebe vorankommt. Kannst du mir vielleicht etwas anderes auf der Welt nennen, das solche Wunder bewirkt?«

Aber Krümel fiel nichts ein; und wenn ihr denn etwas eingefallen wäre – was für eine Nacht, um sich aufs Argumentieren einzulassen. Das war eine Nacht für . . .

Sie gebot sich Einhalt. Schon wieder Liebe. Überall war sie. Man konnte ihr nicht entfliehen. Sie war an diesen Ort gefahren, um ihr zu entfliehen, und hier nun durchlief ein jeder gerade eine ihrer Phasen. Selbst Mrs. Fisher schien von einer der zahlreichen Schwungfedern des Amorflügels gestreift worden zu sein und war während des Abendessens anders gewesen, voller Besorgtheit, weil Mr. Briggs nicht aß, und ihr Gesicht war, als sie sich ihm zuwandte, sanft vor Mütterlichkeit.

Krümel schaute nach oben zu der Schirmtanne, unbewegt zwischen den Sternen. Schönheit machte einen zum Liebenden, und Liebe machte einen schön . . .

Sie zog den Schal in einer Geste der Abwehr, des Fernhaltens, enger um sich. Sie wollte nicht sentimental werden.

Schwierig, hier nicht sentimental zu werden; die herrliche Nacht drang durch alle Ritzen in einen ein und weckte, ob man es wollte oder nicht, starke Gefühle, Gefühle, deren man nicht Herr wurde, Bedeutsames von Tod, Zeit und Vergeudung; Glorreiches und Vernichtendes, Majestätisches und Trostloses, Ekstase und Schrecken zugleich und ein ungeheures, herzzerreißendes Sehnen. Sie fühlte sich klein und furchtbar einsam. Fühlte sich nackt und wehrlos. Instinktiv zog sie den Schal noch enger um sich. Mit diesem bißchen Chiffon versuchte sie sich vor den ewigen Wahrheiten zu schützen.

»Vermutlich«, flüsterte Lotty, »erscheint dir Roses Mann bloß als ein gewöhnlicher, gutmütiger Mann mittleren Alters.«

Krümel holte den Blick von den Sternen und schaute einen Moment lang Lotty an, während sie sich wieder sammelte.

»Bloß so ein reichlich rotgesichtiger, reichlich rundlicher Mann«, flüsterte Lotty weiter.

Krümel senkte den Kopf.

»Ist er nicht«, sagte Lotty leise. »Rose sieht durch das alles hindurch. Ist nur die Garnierung. Sie sieht das, was *wir* nicht sehen können, weil sie ihn liebt.«

Immer Liebe.

Krümel stand auf, und fest in ihren Schal gehüllt, entfernte sie sich zu ihrem Winkel vom Tag und setzte sich dort allein auf die Mauer und schaute hinaus auf das andere Meer, das Meer, worin die Sonne untergegangen war, das Meer mit dem weit entfernten schwachen Schatten, der sich hinauszog und Frankreich war.

Ja, Liebe wirkte Wunder, und Mr. Arundel – sie konnte sich nicht sofort an seinen anderen Namen gewöhnen – war für Rose *die* Liebe; aber sie bewirkte auch Wunder entgegengesetzter Natur, sie formte, wie sie selbst wußte, nicht unweigerlich Menschen zu Heiligen und Engeln. Bedauerlicherweise bewirkte die Liebe gelegentlich das Gegenteil. Sie hatte im Leben

Liebe bis zum Übermaß empfangen. Hätte man sie damit in Ruhe gelassen oder sie zumindest maßvoll und unregelmäßig dosiert, hätte sie sich womöglich als passables, großmütiges, gütiges Wesen entpuppt. Und was war sie nun dank dieser Liebe, die Lotty so schwelgerisch beschwor? Krümel suchte nach einer gerechten Beschreibung. Sie war eine verwöhnte, säuerliche, mißtrauische und egoistische Jungfer.

Die Glastüre des Speisesaals öffnete sich, und die drei Herren traten in den Garten hinaus, wobei Mr. Wilkins' Stimme ihnen vorausschwebte. Er allein schien zu reden; die beiden anderen sagten nichts.

Vielleicht sollte sie lieber zu Lotty und Rose zurückkehren; es wäre ihr unangenehm, entdeckt und von Mr. Briggs in diesem *cul-de-sac* eingeschlossen zu werden.

Sie stand zögernd auf, denn sie hielt es für unverzeihlich, daß Mr. Briggs sie nötigte, so herumzuziehen, sie nötigte, jeden Platz, an dem sie gern säße, aufzugeben; und sie kam hinter dem Seidelbast hervor und fühlte sich wie die finster-strenge Verkörperung berechtigten Grolls und wünschte sich, sie sähe auch so finster-streng aus, wie sie sich fühlte; dann würde sie Abneigung in Mr. Briggs' Seele schleudern und wäre ihn los. Aber sie wußte, sie würde nicht so aussehen, wie sehr sie es auch versuchen mochte. Beim Abendessen zitterte seine Hand, als er trank, und ohne tiefrot zu werden und anschließend blaß, konnte er nicht mit ihr sprechen, und Mrs. Fishers Augen hatten ihre mit flehentlichem Blick gesucht, sie möge doch ja ihrem einzigen Sohn nicht weh tun.

Wie konnte sich ein menschliches Wesen, dachte Krümel stirnrunzelnd, als sie aus ihrem Winkel hervorkam, wie konnte sich ein Mensch, nach Gottes Ebenbild geformt, derart benehmen; er, der, davon war sie überzeugt, bei seiner Jugend, seiner Attraktivität und seiner Intelligenz zu Besserem berufen war. Er war intelligent. Sie hatte jedesmal, wenn Mrs. Fisher ihn beim Abendessen gezwungen hatte, sich ihr zuzuwenden und eine Antwort zu geben, vorsichtig einen prüfenden Blick auf ihn geworfen; zweifellos war er intelligent. Auch hatte er Charakter; sein Schädel, seine Stirnpartie, hatte etwas Edles; etwas Edles und Gütiges. Um so bedauerlicher, daß er sich vom Äußeren allein becircen ließ und Kraft und Seelenfrieden dafür vergeudete, einem Weibsstück hinterherzuhecheln. Wenn er doch nur durch sie hindurchsehen könnte, durch Haut und Gewebe – er wäre geheilt, und sie könnte ungestört allein in der wundervollen Nacht dasitzen.

Hinter dem Seidelbastgebüsch traf sie auf Frederick, der zu ihr eilte.

»Ich war fest entschlossen, Sie zuerst zu finden«, sagte er, »bevor ich zu Rose gehe.« Und rasch fügte er hinzu: »Ich möchte Ihnen die Schuhe küssen.«

»Wirklich?« sagte Krümel lächelnd. »Dann muß ich mir meine neuen Schuhe anziehen. Die hier sind bei weitem nicht präsentabel.«

Sie war Frederick äußerst wohlgesinnt. Er zumindest würde sie nicht mehr in Beschlag nehmen, nach ihr grapschen wollen. Seine Grapsch-Tage, so jäh und so kurz, waren vorbei. Netter Mann; angenehm. Sie mochte ihn jetzt ausgesprochen gern. Ganz offensichtlich war er dabei gewesen, sich in etwas zu verstricken, und sie war Lotty dankbar, sie rechtzeitig beim Abendessen daran gehindert zu haben, etwas zu sagen, was das Ganze hoffnungslos kompliziert hätte. Aber was immer das gewesen sein mochte, er hatte es nun hinter sich; sein Gesicht und Roses strahlten auf die gleiche Weise.

»Jetzt werde ich Sie für alle Zeit verehren«, gelobte Frederick.

Krümel lächelte. »Wirklich?« fragte sie.

»Vorher habe ich Sie wegen Ihrer Schönheit verehrt. Jetzt verehre ich Sie nicht nur, weil Sie schön wie ein Traum sind, sondern auch anständig wie ein Mann.«

Krümel lachte. »Ja?« sagte sie amüsiert.

»Als die impulsive junge Frau«, fuhr Frederick fort, »die glücklicherweise impulsive junge Frau, wie gerufen damit herausplatzte, daß ich Roses Mann bin, haben Sie sich genauso verhalten, wie sich ein Mann seinem Freund gegenüber verhalten würde.«

»Habe ich das?« fragte Krümel zurück, wobei ihr reizendes Grübchen sich deutlich zeigte.

»Es ist die seltenste, die schönste aller Verbindungen«, sagte Frederick, »eine Frau zu sein und die Loyalität eines Mannes zu haben.«

»Ja?« lächelte Krümel etwas wehmütig. Das waren in der Tat hübsche Komplimente. Wenn sie doch nur wirklich so wäre ...

»Und ich möchte Ihnen die Schuhe küssen.«

»Würde das nicht Mühe sparen?« fragte sie und streckte ihm die Hand hin.

Er nahm sie und küßte sie schnell, und schon zog es ihn wieder fort. »Alles Gute«, sagte er noch.

»Wo ist Ihr Gepäck?« rief Krümel hinter ihm her.

»Ach, du lieber Gott, ja ...«, sagte Frederick und blieb stehen. »Es ist am Bahnhof.«

»Ich lasse es holen.«

Er verschwand zwischen den Sträuchern. Sie ging hinein, um Anweisungen zu geben; und so geschah es, daß Domenico sich zum zweiten Mal an diesem Abend reichlich verwundert auf die Fahrt nach Mezzago begab.

Krümel trat dann, nachdem sie das Notwendige für das vollkommene Glück dieser beiden Personen veranlaßt hatte, wieder langsam in den Garten hinaus, tief in Gedanken versunken. Liebe schien allen, nur ihr nicht, Glück zu bringen. Sie hatte zweifellos jeden hier erwischt, in unterschiedlichen Spielarten, sie selbst ausgenommen. Den armen Mr. Briggs hatte es in der unwürdigsten Spielart erwischt. Armer Mr. Briggs. Er blieb ein störendes Phänomen, und seine Abreise am nächsten Tag, befürchtete sie, würde das Problem nicht lösen.

Als sie zu den anderen kam, ging Mr. Arundel gerade – sie vergaß ständig, daß er nicht Mr. Arundel war – mit Rose fort, den Arm hatte er durch ihren Arm geschlungen, wahrscheinlich zog es beide zur größeren Abgeschiedenheit des unteren Gartens. Sie hatten sich sicherlich eine Menge zu sagen; etwas war falsch zwischen ihnen gelaufen und war plötzlich wieder in Ordnung. San Salvatore, würde Lotty sagen, San Salvatore brachte wie durch Zauberkraft Glück hervor. Sie neigte durchaus dazu, an diesen Zauber zu glauben. Selbst sie war hier glücklicher als seit ewigen Zeiten. Die einzige Person, die leer ausginge, würde Mr. Briggs sein.

Der arme Mr. Briggs. Als sie der Gruppe ansichtig wurde, sah er viel zu nett und jungenhaft aus, um nicht glücklich zu sein. Es paßte nicht ins Bild, daß der Eigentümer des Castellos, die Person, der sie all das verdankten, die einzige Person sein sollte, die elend von dannen zog.

Reue packte Krümel. Was für angenehme Tage hatte sie in seinem Castello verbracht, hatte in seinem Garten gelegen, sich an seinen Blumen erfreut, seine Aussichten genossen, seine Sachen benutzt, es behaglich gehabt, sich ausgeruht: tatsächlich hatte sie zu sich gefunden. Die friedlichste und nachdenklichste Mußezeit ihres Lebens hatte sie erlebt; und das alles verdankte sie uneingeschränkt ihm. Oh, sie wußte, sie hatte ihm eine lächerlich kleine Summe pro Woche gezahlt, die in keinem Verhältnis stand zu den dafür empfangenen Wohltaten, aber wie tauchte das im Saldo auf? Und verdankte sie es ihm nicht ganz und gar, daß sie Lotty begegnet war? Niemals sonst hätten sie und Lotty sich getroffen; nie sich kennengelernt.

Reue legte ihre flinke, warme Hand auf Krümel. Impulsive Dankbarkeit überflutete sie. Sie ging geradewegs auf Briggs zu.

»Ich verdanke Ihnen so *viel*«, sagte sie, als ihr so bewußt wurde, was sie ihm alles verdankte, und sie schämte sich über ihre Mürrischkeit vom Nachmittag und Abendessen. Natürlich hatte er gar nicht mitbekommen, daß sie mürrisch war. Natürlich war ihr unangenehmes Innere wie gewöhnlich hinter einem zufällig angenehmen Äußeren getarnt; aber *sie* wußte es. Sie war mürrisch. Seit Jahren war sie mürrisch gegenüber aller Welt. Ein durchdringender Blick, ein wirklich durchdringender Blick, würde sie als das sehen, was sie war: eine verwöhnte, säuerliche, eine mißtrauische und egoistische Jungfer.

»Ich verdanke Ihnen so *viel*«, sagte Krümel darum voller Ernst und trat, demütig geworden durch diese Gedanken, direkt auf Briggs zu.

Er schaute sie erstaunt an. »*Sie* verdanken *mir* etwas?« fragte er. »Aber ich bin es doch . . ., ich bin . . .«, stammelte er. Sie hier in seinem Garten zu sehen . . ., nichts darin, keine weiße Blume war weißer, war erlesener.

»Bitte«, sagte Krümel, noch ernster werdend, »warum machen Sie sich nicht den Kopf frei von allem, außer der Wahrheit? Sie verdanken mir gar nichts. Wie sollten Sie das denn?«

»Ich verdanke Ihnen gar nichts?« echote Briggs. »Aber, ich verdanke Ihnen die erste Vision der . . ., der . . .«

»Ach, um Gottes willen . . ., um *Gottes* willen«, fragte Krümel flehentlich, »seien Sie doch normal. Seien Sie nicht demütig. Warum sollten Sie demütig sein? Es ist lächerlich, wenn Sie sich demütig geben. Sie sind fünfzigmal soviel wert wie ich.«

›Unklug‹, dachte Mr. Wilkins, der dabeistand, während Lotty auf der Mauer saß. Er war überrascht, war beunruhigt, ja schockiert, daß Lady Caroline Briggs derart ermutigte. ›Unklug . . ., und wie!‹, dachte Mr. Wilkins kopfschüttelnd.

Briggs' Zustand war schon so miserabel, daß die einzig anzuwendende Methode bei ihm wäre, ihn völlig abzuweisen. Halbherzige Maßnahmen brächten bei Briggs überhaupt nichts; Liebenswürdigkeit und ungezwungener Umgang würden von dem unglücklichen jungen Mann nur mißverstanden werden. Die Tochter der Droitwiches – unmöglich, das anzunehmen –

könnte nicht wirklich den Wunsch haben, ihn zu ermutigen. Briggs, schön und gut, aber Briggs war Briggs; sein Name allein bewies das. Wahrscheinlich konnte Lady Caroline die Wirkung ihrer Stimme und ihres Gesichts nicht recht einschätzen und wie beide es bewirkten, daß sonst alltägliche Worte nun, hm, ermutigend klangen. Aber diese Worte waren nicht ganz alltäglich; sie hatte sie wohl, so seine Befürchtung, nicht genügend abgewogen. Man konnte mit Fug und Recht sagen, sie brauchte einen Ratgeber, einen klugen, objektiven Berater wie ihn. Da stand sie nun vor Briggs und streckte ihm fast schon die Hände entgegen. Natürlich sollte man Briggs Dank aussprechen, denn sie hatten wunderschöne Ferien in seinem Castello, aber doch nicht in diesem Übermaß und nicht nur von seiten Lady Carolines. Er hatte just an diesem Abend bereits in Erwägung gezogen, ihm am nächsten Tag bei seiner Abreise eine Denkschrift mit dem Dank aller zu präsentieren; aber man sollte ihm nicht auf diese Weise danken, im Mondlicht, im Garten, und dazu die Dame, in die er so offenkundig vernarrt war.

Darum sagte Mr. Wilkins eilends, in dem Bestreben, Lady Caroline aus dieser Situation herauszuhelfen – er verließ sich da auf sein Taktgefühl –, mit Herzlichkeit: »Es ist höchst angebracht, Briggs, Ihnen Dank auszusprechen. Sie erlauben mir, daß ich meinen Ausdruck des Dankes und auch den meiner Frau demjenigen Lady Carolines hinzufüge. Wir wollten beim Abendessen ein Dankesvotum für Sie abgeben. Man hätte einen Toast auf Sie getrunken. Sicherlich wären auch einige . . .«

Aber Briggs nahm keinerlei Notiz von ihm; er schaute Lady Caroline einfach weiter an, als wäre sie die erste Frau, die er je zu Gesicht bekommen hatte. Genausowenig nahm Lady Caroline Notiz von ihm, wie Mr. Wilkins feststellte; auch sie schaute Briggs weiterhin an, und das mit dieser merkwürdigen Miene einer Beinah-Bittstellerin. Höchst unklug. Wirklich.

Lotty wiederum nahm zuviel Notiz von ihm und wählte just

den Augenblick, als Lady Caroline besonderen Beistand und Schutz brauchte, um ihre Mauer zu verlassen, sich bei ihm unterzuhaken und ihn wegzuziehen.

»Ich möchte dir etwas sagen, Mellersh«, sagte Lotty in diesem kritischen Augenblick.

»Gleich«, sagte Mr. Wilkins und tat sie mit einer Handbewegung ab.

»Nein, jetzt«, sagte Lotty und zog ihn mit sich.

Er ging äußerst widerstrebend. Briggs dürfte überhaupt keinen Spielraum haben, nicht einen Zentimeter.

»Also, was ist?« fragte er ungeduldig, während sie ihn zum Castello lotste. Lady Caroline sollte nicht allein gelassen werden und womöglich Ärger ausgesetzt sein.

»Aber das ist gar nicht der Fall«, versicherte Lotty ihm, als wenn er das laut gesagt hätte, was er mit Sicherheit nicht getan hatte. »Caroline geht es bestens.«

»Von wegen bestens. Dieser junge Briggs ist ...«

»Natürlich ist er das. Was hast du denn erwartet? Gehn wir hinein zum Kaminfeuer und zu Mrs. Fisher. Sie ist mutterseelenallein.«

»Ich kann nicht«, sagte Mr. Wilkins, den es in die Gegenrichtung zog, »Lady Caroline allein im Garten lassen.«

»Sei nicht dumm, Mellersh, sie ist es doch nicht. Außerdem möchte ich dir etwas sagen.«

»Nun, dann sag's mir.«

»Drinnen.«

Mit Widerstreben, das mit jedem Schritt zunahm, ließ sich Mr. Wilkins weiter und weiter von Lady Caroline wegführen. Er hielt jetzt viel von seiner Frau und vertraute ihr, aber bei dieser Gelegenheit machte sie seiner Meinung nach einen furchtbaren Fehler. Mrs. Fisher saß im Salotto am Feuer, und zweifellos war es für Mr. Wilkins, der nach Dunkelwerden Zimmer und Kaminfeuer Gärten und Mondschein vorzog, angenehmer, dort zu sein als draußen, wenn er nur Lady Caroline sicher an seiner Seite wüßte. Wie die Dinge lagen, trat er äußerst widerwillig ein.

Mrs. Fisher hatte die Hände im Schoß gefaltet und tat nichts, blickte nur starr ins Feuer. Die Lampe war so hingestellt, daß sie bequem hätte lesen können, aber sie las nicht. Die Lektüre ihrer großen toten Freunde schien sich an diesem Abend nicht zu lohnen. Sie sagten jetzt immer dasselbe, wiederholten es ein ums andere Mal, und nie wieder würde je etwas Neues aus ihnen herauszuholen sein. Sie waren gewiß bedeutender als irgendeiner heutzutage, aber sie hatten diesen ungeheuren Nachteil, sie waren tot. Man konnte nichts mehr von ihnen erwarten; wohingegen man von den Lebenden, was ließe sich da nicht alles erwarten? Sie sehnte sich nach der Gesellschaft der Lebenden, der sich Entwickelnden; die Festgeformten und Fertigen ermüdeten sie. Sie dachte gerade daran, hätte sie nur einen Sohn gehabt, einen Sohn wie Mr. Briggs, einen so netten Jungen, der sich entfaltete, der lebhaft, liebevoll war, sich ihrer annahm und sie gern hatte ...

Als Mrs. Wilkins den sehnsuchtsvollen Ausdruck auf ihrem Gesicht sah, versetzte dies ihrem Herzen einen kleinen Stoß. ›Armes Altchen‹, dachte sie, und die ganze Einsamkeit des Alters trat ihr blitzartig vor Augen, die Einsamkeit desjenigen, der länger auf der Welt bleibt als erwünscht, der sich nur geduldet weiß, die völlige Einsamkeit einer alten kinderlosen Frau, der es nicht vergönnt ist, Freunde zu haben. Es schien tatsächlich so zu sein, daß die Menschen bloß in Paaren wirklich glücklich waren, gleich welcher Art von Paar, nicht unbedingt Liebende, sondern Freunde, Mütter und Kinder, Geschwister – und wo ließ sich die andere Hälfte von Mrs. Fisher finden?

Mrs. Wilkins hatte das Empfinden, es sei vielleicht gut, sie nochmals zu küssen. Der Nachmittagskuß war ein großer Erfolg gewesen; sie wußte es, sie hatte sofort Mrs. Fishers Reaktion darauf gespürt. So ging sie zu ihr hin, beugte sich über sie, küßte sie und sagte fröhlich: »Wir sind gekommen...«, was offensichtlich war.

Diesmal hob Mrs. Fisher die Hand und zog Mrs. Wilkins' Wange heran an die eigene – dieses lebendige Wesen, voller Gefühl, Warmherzigkeit und Temperament; und als sie es tat, fühlte sie sich geborgen bei diesem seltsamen Geschöpf, war sich sicher, daß Lotty, die selbst Ungewöhnliches spontan tat, die Geste als selbstverständlich hinnehmen und sie nicht durch ihre Verwunderung in Verlegenheit bringen würde.

Mrs. Wilkins war überhaupt nicht verwundert; sie freute sich. ›Mir scheint's, *ich* bin die andere Hälfte ihres Paars‹, schoß es ihr in den Kopf. ›Mir scheint, ich selbst bin es, die Mrs. Fisher eine gute Freundin sein wird!‹

Als sie den Kopf hob, war ihr Gesicht ein einziges Lachen. Zu ungewöhnlich waren die Entwicklungen, die San Salvatore mit sich brachte. Sie und Mrs. Fisher..., aber sie *sah* sich und Mrs. Fisher als gute Freundinnen.

»Wo sind die anderen?« fragte Mrs. Fisher. »Danke..., Liebes«, fügte sie hinzu, als Mrs. Wilkins ihr einen Schemel unter die Füße schob, einen Schemel, den sie offensichtlich brauchte, da ihre Beine kurz waren.

›Ich sehe mich, wie ich die Jahre hindurch‹, dachte Mrs. Wilkins mit lustigen Augen, ›Mrs. Fisher Fußschemel bringe...‹

»Die Roses«, sagte sie, sich aufrichtend, »haben sich zum unteren Garten verzogen, ich *glaube*, um miteinander zu gurren.«

»Die Roses?«

»Na, die Fredericks, wenn Ihnen das lieber ist. Sie sind ein Herz und eine Seele, unzertrennlich.«

»Warum sagst du nicht: die Arbuthnots, meine Liebe?« erkundigte sich Mr. Wilkins.

»Na schön, Mellersh, die Arbuthnots. Und die Carolines...«

Mr. Wilkins und Mrs. Fisher fuhren zusammen. Mr. Wilkins, der sich sonst so in der Gewalt hatte, noch heftiger als Mrs. Fisher, und zum ersten Mal seit seiner Ankunft ärgerte er sich über seine Frau.

»Also wirklich . . .«, begann er aufgebracht.

»Na schön, Mellersh, dann halt die Briggses.«

»Die Briggses!« rief Mr. Wilkins aus, jetzt aufs äußerste verärgert; denn diese Andeutung beleidigte in seinen Augen auf ungeheure Weise das ganze Geschlecht der Desters: der toten Desters, der lebenden Desters und jener Desters, der bis dato unschuldigen, da noch nicht geborenen. »Wirklich . . .«

»Tut mir leid, Mellersh«, sagte Mrs. Wilkins und spielte die Kleinmütige, »wenn dir das nicht gefällt.«

»Gefällt! Du hast den Verstand verloren. Hör mal, sie haben sich bis zu diesem Tag nie zu Gesicht bekommen.«

»Stimmt. Genau deshalb können sie jetzt voranmachen.«

»Voranmachen!« Mr. Wilkins vermochte nur diesen ungeheuerlichen Ausdruck zu wiederholen.

»Tut mir leid; Mellersh«, sagte Mrs. Wilkins nochmals, »wenn dir das nicht gefällt, aber . . .«

Ihre grauen Augen leuchteten, und ihr Gesicht pulsierte vom Feuerschein und von der inneren Überzeugung, die Rose schon bei ihrer ersten Begegnung so überrascht hatte.

»Sinnlos, etwas dagegen zu haben«, sagte sie. »Ich würde mich nicht dagegen sträuben, wenn ich du wäre. Weil . . .«

Sie hielt inne, schaute zuerst auf das eine ernste, bestürzte Gesicht und dann auf das andere, und nicht nur der Widerschein des Feuers zuckte auf ihr, auch ein Lächeln zuckte um ihre Mundwinkel.

»Weil ich sie nämlich als die Briggses *vor mir sehe*«, beendete Mrs. Wilkins ihren Satz.

In dieser letzten Woche stand in San Salvatore der Flieder in Blüte, und alle Akazien blühten auf. Niemand hatte bemerkt, wie viele Akazien es gab, bis an einem Tag der Garten erfüllt war mit einem neuen Duft, und da zeigten sich die zierlichen Bäume, die dekorativen Nachfolger der Glyzinen, voll behangen mit Blüten zwischen ihren zitternden Blättern. In dieser letzten Woche unter einer Akazie zu liegen und hochzuschauen durch die Zweige und zu sehen, wie ihre zarten Blätter und weißen Blüten gegen das Blau des Himmels erbebten, während der leiseste Luftzug ihren Wohlgeruch herunterwehte, war ein großes Glücksgefühl. Der ganze Garten hüllte sich wahrlich gegen Ende des Monats nach und nach in Weiß und duftete immer betörender. Da blühten die Lilien, kräftig wie eh und je, die weißen Levkojen und die weißen Nelken und die weißen Lady-Bank's-Rosen und der Flieder und der Jasmin, und schließlich kam der krönende Wohlgeruch der Akazien. Als am ersten Mai alle abreisten, konnten sie, selbst nachdem sie den Hügel hinab und durch die schmiedeeisernen Tore hindurch ins Dorf gelangten, noch die Akazien riechen.